名模之死

阮金思 著

群众出版社

·北京·

图书在版编目（CIP）数据

名模之死/阮金思著. —北京：群众出版社，2015.10

ISBN 978-7-5014-5451-8

Ⅰ.①名… Ⅱ.①阮… Ⅲ.①侦探小说—中国—当代 Ⅳ.①I247.5

中国版本图书馆 CIP 数据核字（2015）第 253720 号

名模之死

阮金思 著

出版发行：群众出版社
地　　址：北京市西城区木樨地南里
邮政编码：100038
经　　销：新华书店
印　　刷：北京泰锐印刷有限责任公司

版　　次：2015 年 11 月第 1 版
印　　次：2015 年 11 月第 1 次
印　　张：11.375
开　　本：880 毫米×1230 毫米　1/32
字　　数：317 千字

书　　号：ISBN 978-7-5014-5451-8
定　　价：40.00 元

网　　址：www.qzcbs.com
电子邮箱：qzcbs@sohu.com

营销中心电话：010-83903254
读者服务部电话（门市）：010-83903257
警官读者俱乐部电话（网购、邮购）：010-83903253
电子音像与数字出版分社：010-83901601

第一章，庄妮小姐遭遇了接踵打击，就如同放屁闪腰一样的窝囊

庄妮小姐开出的“人生方剂”是，人在背运之时，绝不可以自暴自弃，应粉饰好脸蛋，挺起胸脯，再扯扯衣角并打起浪来上路

庄妮小姐的药品生意红红火火，是海海地来钱，但说倒霉也就倒霉了，且是连番接踵打击。有如喝水塞牙、放屁闪腰、“打野炮”弄断了命根子一样的窝囊。

这不，“今日网络”捅出了惊人的猛料，说庄妮小姐为抢占医药市场不择手段，雇用公关小姐同男医生开房。有小妞被检测出了人类免疫缺陷性病毒，且不可治愈并交叉传染，危及他人生命。

此消息爆出后，吓坏了一些医院的科主任和医生，也令他们的妻子日夜惶恐不安，纷纷到医院做了人类免疫缺陷性病毒的检测。此外，一些同男医生关系暧昧的女护士，也都成了热锅上的蚂蚁，偷偷地做了“健康性检查”。

现在，庄妮小姐的生意彻底毁了。更可恨的是，一些媒体仍没完没了地追踪报道这起事件。其间，有百万网民热议此事，责骂和谴责之声在网络媒体中比比皆是，也使得贴吧中热闹非凡。

另外，庄妮小姐命途多舛祸不单行。因为长时间持续地低烧，体重减轻了许多。更倒霉的是，她也被检出了人类免疫缺陷性病毒。无疑，这如同拿到了死亡通知书一样，庄妮小姐的精神说垮就垮了。

但庄妮小姐住进荷塘医院之后，遇到了一位好心的朵拉拉医生。她医术高明，在对付人类免疫缺陷性病毒方面极富经验，在她精心的治疗下庄妮的病情被有效地控制了。这使得她又重新燃起了生活的希望，而更让她欣喜的是，一位貌若天仙叫唐小荷的女护士，因为家境贫困，竟然同意去她的公司做公关部长了，而这对她在医药市场上的东山再起，简直就是个天大的好消息。

她相信，有了唐小荷这张漂亮的脸蛋，是足以挽救阿大药品公司危机的。她知道，自己的医药公司要想起死回生，并再大把大把地赚钱，没有公关小姐是绝对不行的，只不过不能再像以前那样使用公关小姐勾搭男医生开房了。另外，阿大药品公司需要重新注册，自己应该退到幕后去，以免再引起社会公众的注意。

在庄妮小姐看来，唐小荷是“水做的女人”。她那粉嫩白皙的脸蛋，只要用手指轻轻地一按就会按出水来，而她线条也蛮好，腰是腰腚是腚的，高高的胸脯走起路来还会一颤一颤地撩人。另外，唐小荷头脑精明，也很会来事，绝对是男医生喜欢的菜。就她那双迷人的“欧式眼”，再配上那长长的眼睫毛，真是招人喜欢啊！好像上下眼皮张合的瞬间，就会讲出许许多多美妙的情爱故事。

她想，那些男医生都是些骚得不能再骚的爷们儿，要是见了唐小荷这张俊俏的脸蛋儿是没法不动心的。只要唐小荷出现在那些男医生的面前，他们肯定会迈不动步。有了唐小荷这张决胜的王牌，就有了绝杀的秘器。想到这儿，她就有了满满的信心，也顿时感觉身体好了许多，且精神抖擞起来。

在当下美就是真理，而漂亮的女孩子会在医药市场上拿走更多的份额。谁要是拥有了年轻漂亮的女孩子，谁就拥有了无限的商机。而这其中的秘密就是男人见了美貌的女人，智商会瞬间归零。她的那些娃娃们在向男医生推销药品时，是卓有成效的，且每每收益不菲。

妈妈的，都说什么柳下惠坐怀不乱，这事谁会信呢？在这个世界上，哪有男人会有那样的定力。庄妮小姐暗自叨咕着，思考着，并慢慢地下定了重返江湖的决心。

同时，她暗暗地为自己点背的人生开出了疗伤的“方剂”，人在背运之时，没有理由自暴自弃。相反，应该粉饰好脸蛋，挺起胸脯，再扯扯衣角并打起浪来上路！

是的，人需要有精神，要精神振作。而生意要做下去，赚钱才是硬道理。此后，庄妮小姐慢慢地向唐小荷护士渗透了自己的一些美妙的想法。她说，知道吗，小荷，我有重大秘密，你是想听还是不想听？

什么秘密？姐，那您说说看！

小荷，我跟你说，只有漂亮的女孩子才会赚大钱。并且，来钱也特快。你知道，当下什么职业最赚钱？

哦？这我不知道，也从没有想过。

我来告诉你，当下最赚钱的职业就是医药代表。而且漂亮的女孩子是最适合做医药代表的。

哦，是嘛，但为什么呀？

庄妮小姐神秘地说，只要女孩子脸蛋漂亮，赚钱就不是问题，知道不！另外，医药代表这个活，只有脸蛋漂亮才可以做得来。再说了，你一个小护士一年才赚几个钱，小孩子都数得来！

嗯，有道理。姐，每次发工资时，我就感觉钱不够花，扯巴扯巴钱就没了。

小荷，据我的经验，女孩子只要脸蛋漂亮，不管做什么工作都会成功。漂亮的女孩子去推销医药产品，那就如同拿到了绿色通行证。如果再配上一张会说话的小甜嘴，那钱就哗哗地来了。知道吗，千说万说，不赚钱的事你就别跟我说。而千难万难，那没钱的事是最难的了。你说，吃得花钱吧？穿得花钱吧？如果要是得病了，那就得花大钱了。

听了庄妮姐姐的话，唐小荷觉得自己什么都不是了。而更为重要的是，她觉得无论如何自己都不能再受穷了。另外，她在医院工作已经有一段时间，也是看出了一些门道的。那些做医药代表的女孩子真的很来钱，花钱也都很冲。还有，那些主治医生们都是关起门来同女医药代表窃窃私语的，其中不排除有什么猫腻。哼，如果没有回扣的话，那些科主任干吗要跟女医药代表勾肩搭背的呢！要不，就是其中的秘密谁都不说罢了。

于是，唐小荷说，姐，那我就跟着您干！如果您看我行的话，我也想赚点钱，好补贴补贴家用。

好啊，小荷，姐来帮你赚钱！

姐，那我谢谢您啦！可是，我真的行吗？

嗨，这有什么不行的。小荷，你肯定行的。庄妮小姐看着唐小荷发亮的眼睛，知道她心里有了活泛的意思，就又紧跟了一句，并说得斩钉截铁。小荷，这我跟你说，只要你在推销药品时轻抛一个媚眼，那些握有批量采购药品大权的爷们儿就会立刻触电，也会屁颠屁颠地帮你办事，并开出大单子来采购你的药品，还有医疗设备什么的。你信不信，小荷，钱就这么到手了，你想不拿都不好意思。

啊，是嘛！听了庄妮姐姐的话，唐小荷再次张大了那双迷人的眼睛，并不由自主地感叹了一声。

无疑，穷真是太可怕了，也是最大的恶。还有，重病的母亲苦了一辈子，眼下都快熬不起了，也实在太拖累人了。于是，唐小荷说，那这样吧，姐，我就啥都不说了，您就带着我干好了。我完全听您的，咱们共同来赚钱。

好！好！小荷，我们一言为定。来，咱们拉钩扯线，谁都不许后悔。之后，庄妮小姐伸出了右手的中指，同唐小荷的中指勾在了一起。

庄妮小姐的话，让护士唐小荷的心里安慰了许多，也如春风拂面一般的温暖，那白白嫩嫩的脸蛋满是红润。

庄妮小姐心想，唐小荷真美，真该亲她一口。

第二章　一根无情的绳索，索去了莫迪小姐的生命

这突发的事件，让唐小荷变得惊魂落魄，手中的处置盘掉到了地面上。随即，是她撕心裂肺的尖叫声。

这不，在唐小荷同意去阿大药品公司做公关部长后，庄妮小姐悄悄地为她写好了正式的聘书。那张红红的聘书上写着一行金色的大字："聘请唐小荷为阿大药品公司公关部长。"而下面，是阿大药品公司红红的印章。

之后，庄妮小姐对唐小荷说，小荷，你做阿大药品公司的公关部长，是不二人选。

是嘛，但肯定不是唯一的人选。

这话没错。不过，你看，我给你多少周薪好呢？

姐，不对，是月薪！

不，小荷，我是按照西方的办事规则来做。知道吗，一个现代化的公司，必须同西方社会接轨。

哦，这我就不知道了。姐，您看着给吧，只是别低于医院的薪水就行。

不，不会的。这样吧，小荷，你看周薪5000元少不少？如果少的话，我给你再加一些。如果做好了公关部长，年终还会按销售比例给你提成，你看中不中？

现在，唐小荷在荷塘医院的月薪是800元。听了庄妮小姐的话，她赶紧说，啊？姐，这是真的吗？

真的，你姐的话，是说一不二，吐口吐沫也是钉！

哦，姐，您真好！姐，说句实在话，我真的很需要钱，因为我妈妈患了卵巢癌。在手术和化疗期间，已经把家里的钱都花光了。不，是欠了一屁股债。我爸爸欠的债多少不说，光我这儿就欠了10多万。不瞒您说，债主都是咱们医院里的人，真是愁死我了！

事实上，庄妮小姐聘请唐小荷做阿大药品公司公关部长，不仅仅因为她聪明漂亮，还因为她是“赤贫成分”。一个显著的标志，就是唐小荷的文胸已经磨得飞边了，且用针线细细密密地缝过，但用线的颜色没有搭配好，一搭眼就看得出来。庄妮小姐之所以知道这些，是因为她请唐小荷一块洗澡时发现的。一个穷孩子是最需要钱的。但对于唐小荷欠债10万元钱的事，却是最新的消息。在这之前，庄妮小姐并不知道。

在庄妮小姐看来，贫穷是世界上最大的罪，也是世界上最大的恶。贫穷会让男人去偷偷摸摸地干一些歪门邪道的事，比如撬门轧锁，拦路抢劫，做些不劳而获，甚至铤而走险的事情。为了摆脱贫穷，女人则会抛弃道德良俗，委身于人，甚至甘于生活的堕落和不断地沉沦。因此，在金钱至上的社会里，人们是笑贫不笑娼的。至少，庄妮小姐是这么看的，并且唐小荷也真的接受了高薪聘请。

可是，问题来了。唐小荷忧愁地对庄妮小姐说道，哎呀，姐，我可能还是走不了的。

哦，为什么，你说！

因为10万元的债务，我还不上人家。我在医院里工作，那些债主会看在面子上而不好张口要钱。可一旦我离开了医院，那人家就没有什么不好意思的了，不追着屁股要钱那才怪呢！

姐，您说这该咋办啊，我一点主意都没有。

嗯，有道理，也是这么回事。庄妮小姐说后，沉思了好一会儿。又说，那这样吧，小荷，我一会儿就给你拿钱去，不就是10万块嘛，我帮你把账清单。然后嘛，你再去我的公司报到好了。怎么样，小荷？姐是不能不管妹子的事的。另外，谁让你愿意跟着我一块干事呢！

姐，您可真是个敞亮人。可是，难题还是有的，那我该拿什么还您呀？唐小荷说着说着声调就低了下来，脸上完全变成了一副无可奈何的样子。

没关系的，小荷，你就先欠我的。姐这儿有的是钱，等你慢慢赚钱了，再还我不就得了嘛！哦，好了，我现在就给你弄钱去，你把欠债都逐一还了。你今晚是夜班，那就后天到我的公司报到，先熟悉熟悉情况。再过两天，我就出院了。

当天午后，庄妮小姐就将10万元钱交到了唐小荷的手里。而唐小荷逐一将欠款还掉后，就安心地值了当晚的夜班。

第二天早上五点钟，值夜班的唐小荷手机里飞出了磁性般的歌声，那是周杰伦的《东风破》。于是，她揉了揉睡眼，又躺了五分钟，才从值班室的床上爬起来。

作为护士，她要善始善终地完成最后一个夜班的工作。然后，再将写好的辞职书交到院部去。再之后，不管医院批不批，都立马走人。是的，要按着庄妮姐姐的要求去做，多赚些钱，来养活自己患病的母亲。

穿好衣服，唐小荷离开了值班室，又逐个病房为患者查体、送药、采集标本什么的。另外，她昨晚还想到了一件事情，并且同男朋友说定了，要去西山看风景。

她知道，西山那儿山峦起伏，翠柏苍松，满眼都是绿色。而那些喇叭花都是淘气包子，会悄悄地爬到树梢上去，还蔑视一切地随风招摇。

大都市的西山景色真是好看极了。更为重要的是，那儿时常会堆满热恋中的青年男女，并做一些不为人知的事情。

不过，她约男朋友去西山看风景，已经有了不同的目的。也就是说，不仅仅是看风景的事了。她想找一处避人的地方，让自己的心上人彻底变换个角色，由男朋友升格为事实上的丈夫。

因为脸蛋漂亮，唐小荷在读初中时就影响了学业。否则的话，以她129的智商读完大学是没问题的。因为世界上的大学，都是按照人类IQ105设计的。

可惜，她没有机会完成学业。都怪一些男孩子老是捣蛋，不好好读书，并对她穷追不舍。特别是后边的一个男生，老是踹她的板凳，这分散了她的注意力，并影响了她考入大学。不过，她现在的心情好极了，一个穷博士正疯狂地追求着她。

对此，她已经掂量再三。在跟庄妮姐去做事之前，可以把自己的身体交给他。她想，她这样做，爱情的问题就彻底稳固了。而后，再安心地跟庄妮姐姐去做事，也就没什么后顾之忧了。

是的，应该千方百计地去赚钱，好挽救生养自己的母亲。无疑，这是最要紧的事。

她同男朋友去西山看风景，也是因为穷博士的极度渴求。他对她说。你说说看，宝贝儿，如果我们之间都没有那事儿的话，我怎么会知道你是真心爱我呢?

哦，这怎么说呢!

还有，你说说吧，咱们都是学医的，都知道那事儿是怎么回事。而相思苦恋的人，光靠接吻能行吗？多难受啊！我想你，你也应该想我。知道嘛，我们之间不能再那么“渴”了。

不行的，那不行的。

当时，她说这个话时，那位穷博士看上去好伤心。不过，现在的唐小荷已经想通了。一个漂亮的女护士，应该能够同一个穷博士打个平手，因为女孩子漂亮就是真理嘛!

不过，一个突发的事件，彻底打乱了唐小荷所有的计划。

这不，当她推开721病房时，眼前的场景彻底地把她吓坏了。昨晚，刚刚入院的那位女患者就吊死在暖气管子上了。此刻，那人的眼睛都没有闭合。胳膊是下垂着的，一根无情的绳索绕在了她的脖子上，并悄然无声地索去了那女孩儿年轻的生命。

这突发的事件让唐小荷变得惊魂落魄，手中的处置盘掉到了地面上。随即，发出了当啷啷清脆的响声，紧接着是她那撕心裂肺的尖叫声。啊，我的天哪，怎么会啊！

第三章　你得了吧，净胡说八道，一个好好的人谁会自杀呢

死者莫迪，21 岁，一个曾经走红世界的名模，是在 721 病房里吊死的。那么，莫迪小姐是自杀，还是他杀？

有早起的患者听到了唐小荷声嘶力竭的叫声，并看到她从 721 病房里疯狂地冲了出来。快，快，快啊，成达医生，成达医生，你快来看呐，有人上吊自杀了！

现在，整个荷塘医院的七楼住院病房全都乱套了。成达医生听到了唐小荷的叫声之后，急匆匆地赶了过来。他用手指摸了摸那个上吊女孩儿的颈动脉，没有心跳，没有呼吸。她的生命体征已经完全消失。可是，她人虽然死了，但眼睛还是大大地张着的，看上去十分恐怖。

吊死的患者叫莫迪，21 岁，一个曾经走红的世界名模。可是，她为什么要吊死呢？又为什么要来医院吊死呢？要是想死，去哪儿不行啊。可她为什么要来医院住院又选择吊死呢？真是的！

现在，住院部的楼道里聚满了围观的人。围绕 721 病房患者吊死事件，人们开始议论纷纷。

这人，真是的，有病治病嘛，干吗非要自杀呢？

你得了吧，净胡说八道，一个好好的人谁会自杀呢？搁你你乐意呀，好死还不如赖活着呢！

你说，那不是自杀，又会是什么呢？谁又会深更半夜的来医院杀人呢？

告诉你吧，那是他杀，懂不！你看见了没有，那不是勒死的嘛！你这人好没脑子啊，什么都不懂的，净乱放炮！

对，您说得对，那个扣件是足以吊死她的！可是，她不是模特吗？为什么要吊死呢！你知道吗？模特业老来钱了！

是啊，影星、歌星还有模特，都是赚钱的主儿。可是，赚钱的主儿也会自杀的！我想到了，那人肯定是有转不过去的事。否则的话，她是不会自杀的。

此刻，莫迪小姐之死，已经一窝蜂地传开了。但究竟是自杀，还是他杀？这个事件迷雾重重，没有人能够说得清楚。

五时三刻，大都市公安局刑警总队值班室的电话急促地响了。是言宁支队长值夜班，她抓起了电话。喂，您好，我是大都公安局刑警总队的言宁，您请讲！

您好，言宁支队长，我是荷塘区刑警大队大队长王万东，有重要事情向您报告。刚才，我接到了荷塘派出所的报告，说荷塘医院住院部七楼有一个女患者上吊自杀了。荷塘医院的报告人叫唐小荷，职业护士。据她讲，早上五点多钟，她为患者查体时，发现一名昨晚刚刚住院的女患者吊死了，案发地点是721病房，患者的名字叫莫迪，是一个曾经走红世界的名模，但吊死的原因不明。另外，我还要补充一点，唐小荷护士发现莫迪小姐死亡的时间是五时三十分。在这之前，她挨个病房例行检查。再有，这个病区的值班医生叫成达。

好了，我认识成达医生。还有，我知道一些有关莫迪小姐的情况，因为我看过她在T型台上走猫步。可是，她为什么会吊死呢？她那么春风得意，不该自杀嘛！

可是，莫迪小姐的确是死了，至少那个护士唐小荷是这样讲的，一根绳索勒在她的脖子上，挂在了固定暖气管子的扣件上。言宁支队长，情况就这些了，我听候您的指令。

知道了，您马上出现场，我这就到。不过，您在到达现场之后，要维护好那里的秩序，并保护好案发现场不受破坏。现在，我立即向局领导作汇报，有什么情况我再通知你。另外，刑警总队的人，也会马上赶赴现场的。

好了，就这样，言宁支队长。现在，我已经在赶往荷塘医院的路上，再有一会儿就到荷塘医院了。

之后，言宁支队长拨通了市公安局副局长王子皇的手机，并汇报了案发情况。王子皇说，言宁，你立即出现场，再叫上两个人。如果情况复杂，电话通知我。

可是，王局长，我母亲是朵拉拉医生，在荷塘医院工作。而且，她就是七楼病房的科主任。

哦，你什么意思？言宁，你是不是觉得你母亲的单位发生了案件，你出现场不合适？

是的，王局长，我正是这么想的。您看，我要不要回避？

嗯，你说得对。可是，那派谁去呢？我知道你们刑警总队总队长杨志安被抽调去协助调查缅甸佤邦一个国际贩毒集团走私毒品的案件了。你们刑警总队其他几个副总队长，也都在外地办着案子呢！说吧，言宁支队长，你有什么好招！

王局长，您看这样好吗，暂时请刑事案件实验室主任渔泽水来牵头，负责调查这起案件。您知道的，他是法医，又极富刑侦经验。另外，他是全国公安战线十大杰出侦探，是个不可多得的人才。

这我知道。渔泽水主任肯定会出现场的，但你们刑警总队也应该有领导参与案件的调查。好了，言宁，你立即赶赴现场吧！我认为，朵拉拉医生虽然在荷塘医院工作，案件也发生在七楼病房。但我想，你母亲只是一个科主任，未必同那个吊死的患者有什么关系。而且，那个模特又是刚刚入住医院，也未必同你妈妈熟悉。去吧，你去办案吧，应该不会影响办案的公正。再说了，如果随着案件调查的深入，的确发现了你母亲同案件当事人有些关系的话，我会立即将你撤出来。

好的，王局长，我听从您的命令！

言宁，还有，朵拉拉医生昨晚是不是值夜班，你知道吗？这很重要。你说，现在朵拉拉医生在哪里？是在家还是在医院，你清楚吗？

这个，我知道。昨晚，我母亲应该在家里睡觉，而不是夜班。但我知道，她昨天回家很晚，的确是因为一个患者入院的事情，在荷塘医院忙到很晚才回到家的。

哦，是吗？可是，言宁，这些情况你是怎么知道的？昨晚你不是值夜班吗？又没有在家休息！言宁，可不能随口说话！

此刻，言宁支队长凭听觉就感觉到了，王子皇副局长是怀疑自己的话不那么可信。

于是，她赶紧说道：是这样的，王局长。昨天晚上，我因为值夜班，回家吃的晚饭，但我妈妈没有在家。于是，我给她打了电话。她说她在上班呐，在为一个患者会诊。她还说了，一会儿就回家了。因此，我知道我妈妈不是夜班，也没有住在医院。现在，她应该是在家里睡觉呢，我想就是这样。

噢，那就好，那你去吧，我看不会有什么问题了，你妈妈应该不会同那个死亡的患者有什么关系。

是，王局长，我马上出现场！

在言宁支队长看来，这仅仅是一般案件，都用不着刑警总队的人出现场，由荷塘区公安分局刑警大队办案就可以了。但事实上，她的判断完全错了。

言宁驾驶着一辆桑塔纳警车，向荷塘医院的方向疾驰而去。在出发前，她拨打了几个电话，叫来几个同事一块参与案件的侦破。

第四章　死者两眼惊恐，一副冤魂附体的样子

她梦见一个高挑靓丽的女孩儿，迈着轻盈的猫步向她走来。而这女孩儿目光深邃，美丽惊艳，宛如一位冷面天使。

荷塘医院是一家很有名气的大型综合性医院，但在管理上也会有漏洞，还会发生一些令人猝不及防的突发事件。莫迪小姐的死，就说明了一切。现在，整个住院部的七楼乱糟糟的，围满了好多人。

朵拉拉医生是荷塘医院的科主任，莫迪小姐的主治医生，还是一位国内外有名望的临床医学专家。在唐小荷受到惊吓的时候，她正在家里沉睡，并沉迷在梦境之中。

她梦见一个高挑靓丽且时尚健康的女孩儿，身着当季最流行的中国红的时装，迈着轻盈的猫步，婀娜多姿地向她走来。这个女孩儿目光深邃，美丽惊艳，宛如一位冷面天使而魅力四射。

啊，天哪，她可真美!

你说什么呢？老婆子，该醒醒了，太阳都照腚了，快起来吧，该上班了！朵拉拉医生的老头子叫言起年，他在呼唤老伴起床。

昨晚，朵拉拉医生是因为一个感染了人类免疫缺陷性病毒的模

特，搞到很晚才回家的。朵拉拉医生是尽职尽责的人，对待患者极其负责，又特别热情。

这时，朵拉拉医生家的电话急促地响了，那叮铃铃的响声，是一阵紧跟着一阵。当朵拉拉医生睁开眼睛时，她的老头子已经在客厅同对方接上话了。

喂，您讲，我是言起年。

言伯伯，我是荷塘医院的护士唐小荷。请您马上让朵老师来接听电话。快，言伯伯，快！

唐小荷犹如催命的判官，一句紧催着一句，让言起年觉得好像发生了什么重大事件。噢，好，好，小唐，你稍等，我这就让朵拉拉医生接电话！

然后，他喊道，老婆子，你赶紧来接听电话吧，是你们医院的护士。她好像有什么急事儿！

朵拉拉说，哦，是吗？净乱说话，一个医院里面能有什么大事。

不知道，你赶紧接听电话吧，小荷急着呢。

喂，小荷，你说，我是朵医生，究竟嘛事？我听着呢！

朵老师，不好了，不好了，咱们病房里发生大事了。有位患者死了！

噢，我知道了，这不是什么大事。那样，小荷，你去找她亲属，把那位死者送到殡仪馆就是了！说完，朵拉拉医生把电话撂了。朵拉拉知道，科内有几位高危病人，已经时日不多了。她深知，谁都挽救不了那些感染人类免疫缺陷性病毒的危重病人，包括上帝在内。

这时，唐小荷又把电话打了过来。朵老师，我的话还没说完呢，您怎么就把电话撂了呢！

哦，小荷，不就是死个人嘛，你们处理一下不就完了嘛！

不，不，朵老师，不是死了人。唐小荷因为紧张，话说得有些语无伦次。

哦？小荷，你在说什么呢！我刚才明明听你说是死了人，可现在又说不是死人了？唐小荷，你好糊涂啊，怎么连死人的事都搞不准呢！

朵老师，不是我糊涂，是您没有听我把话说完！

哦，你说什么？到底是怎么回事？

朵老师，您昨晚接收住院的那个模特，记得吗？她自己吊死了，在 721 病房。

啊，天哪，是真的吗？唐小荷，应该不会吧。那个莫迪小姐不是刚来住院嘛，怎么会吊死呢？再说了，那个女孩子是没有什么生命危险的，不应该死的呀！

是真的，朵老师，好吓人啊！那个莫迪小姐真的是上吊自杀了。现在，她人还挂在暖气管子的扣件上呢！朵老师，您快来看看吧，看看该怎么整吧！

好的，小荷，你赶快报警吧，我马上就赶往医院。另外，你也叫上医院保卫处的人！

嗯，朵老师，我已经报警了。荷塘派出所的人说了，他们马上就到。还有，住院部七楼都乱成一锅粥了，走廊里到处都是人。真是的，急死人了。

好吧，小荷，你稳住大家，我一会儿就到。但注意，不要让其他人进 721 病房，知道吗，这很重要。

我知道，您放心好了。还有，朵老师，我要不要派救护车去接您，现在救护车就在楼下。

不用，我打出租车！

当朵拉拉医生赶到医院时，她发现整个楼层的过道都挤满了人。可见，莫迪小姐吊死的消息不胫而走。不过，荷塘派出所的民警已经到了，刑警大队的人也到了。

还好，莫迪小姐住的 721 病房已经被护士唐小荷加了锁。对此，朵拉拉医生很满意，成达医生和护士唐小荷临机处理问题的能力不错，现在没有什么大的失误。

在病房的走廊里，朵拉拉医生看到了护士王娜在来来回回地忙碌着。朵拉拉医生知道，护士王娜应该是今晚才值夜班的，怎么也来了呢？便问道，王娜，你怎么来了？

王娜说，是唐小荷叫我来的。王娜很沉着，在忙着为其他患者输液，好像住院部七楼根本就没有发生什么吊死人的事件。

在朵拉拉医生看来，这样很好，不能因为一下子发生了什么突发事件，就影响到了正常的秩序，一切均应该有条不紊地进行。

朵拉拉医生来到了721病房，但被一个警察拦住了。护士唐小荷对那个警察说，朵拉拉医生是这儿的科主任，您应该让她看看那位死者。

朵拉拉医生透过门口，看见了莫迪小姐就吊在暖气管子的扣件上，而她的脖子被绳索拉得好长，两眼惊恐，像是一副冤魂附体的样子！朵拉拉医生心想，如果莫迪小姐是自杀的话，她肯定是合理地利用了那个铁固件作支撑，并把自己吊死在上面。在朵拉拉医生看来，那个铁固件的高度刚好可以吊死莫迪小姐。但如果她真想死的话，应该是先踩在床头上，再将绳套套在自己的脖子上才对。还有，朵拉拉医生想不明白，莫迪小姐为什么要吊死呢？昨晚，她还为她作了接诊。至少，在接诊时，她没有看出莫迪小姐有自杀的征兆。可见，她应该没有寻死的理由。

昨晚，护士唐小荷发给莫迪小姐的病号服，现在，竟然成了她死亡的装束。这真是太不可思议了，也有点寒酸，这身装束真是不符合一个世界名模的身份。

人真是不可预测啊，怎么能说死就死了呢！朵拉拉医生感叹道。

可是，莫迪小姐既然想死，那为什么不穿得好一点呢？还有，她又为什么要来荷塘医院住院呢？这麻烦真是大了！朵拉拉医生自言自语地叨咕了一句。

由于职业的关系，朵拉拉医生见过好多病人死去。但莫迪小姐的死，让她有些质疑。一个好好的人，是不该死去的，也没有理由死去。毕竟，莫迪小姐才21岁呀！

莫迪，身高183厘米，比例协调，且面目清秀，肤色白皙。应该说，她是一个绝美的佳人。过去，她曾是T型台上众人瞩目的模特，有着无限美好的前程。并且，她很富有。可是现在，她竟然选择了死亡，还以一种不雅的方式终结了生命。这让朵拉拉产生疑惑。

真是不应该啊，她为什么会想不开呢？难道说，莫迪小姐的不幸是因为她感染了这种免疫系统疾病吗？朵拉拉医生认为，这不应该是她选择死亡的理由，而且还是这种暴力的方式。

朵拉拉医生表情哀伤，为莫迪的死而惋惜。于是，她转过身去，对唐小荷说，把钥匙拿来，我到病房里面看看。

不，朵拉拉医生，您不能进去。一个警察突然拦住了她，打断了她进入 721 病房的想法。

朵拉拉医生说，为什么？我是科主任，我有权进去看看我的患者！

不，妈妈，您不能进去，这是刑警的事！这时，言宁支队长突然冲到了她的面前。她刚刚赶到现场，就看到了朵拉拉医生和一名警察纠缠在一起。

朵拉拉说，不，言宁，你给我听清楚了，我是这儿的医生，还是科主任，莫迪小姐是我的患者，我应该进去看看她，看看她为什么会死！

是的，妈妈，您的想法我能够理解。作为医生，您要看看自己的患者，这没什么问题。但现在不行，因为莫迪小姐死亡的原因没有搞清楚。因此，您不能进去，也没有权力进到病房里面。而且，妈妈，您还得离开这里，回到您的办公室去，但不要走远，要接受侦查人员的询问和调查！

言宁的话，说得有些僵硬，让朵拉拉医生睁大了眼睛，她惊讶地看着自己的女儿说，言宁，你在说什么呢？我告诉你，我是这儿的科主任，有权了解患者的情况，尽管她是吊死的。

是的，妈妈，这正是警察所关心的事情，也是警察分内的职责。妈妈，这里不再需要您了，请您马上离开！

言宁的话，让朵拉拉医生很生气。在她看来，这些话不应该出自女儿之口。于是，朵拉拉医生说，什么？你说什么？言宁，我还要听候你的什么询问？说吧，你什么意思？难道我是罪犯？你连妈妈都怀疑，亏得你还是我的女儿！

不，妈妈，我不是这个意思，您不要生我的气，您去吧，离开这里，但不要走远，一会儿真的要询问事情，需要您配合。

没有办法，朵拉拉回到了自己的办公室。她为女儿刚才的话烦着呢！坐在凳子上，朵拉拉医生还张口喘着粗气，又自言自语地骂了一句，这个死丫头，竟然对我吆五喝六的！

这时，警察已疏散了所有围观的群众。几个刑侦技术人员，小心翼翼地采集着门把手上的指纹。然后，他们打开了病房的门锁，其中一个侦查员进行了现场拍照，包括莫迪吊死的姿势以及病房内的所有物品。忙活了大半天，他们才结束了对现场的勘查。同时，他们还提取了所有医护人员的指纹以及所有住院病人的指纹，其中包括护理危重病人的家属的指纹。

由于病房里发生了突发事件，护士唐小荷当日的所有计划全部被打乱了。于是，她趁有一点空闲的时间，偷偷地给穷博士打了个电话。说道，哥，我们医院里发生了突发事件，咱们去西山看风景的事取消了！

啊，什么呀！小荷，我都请好假了，连车票都订好了。哎，宝贝儿，你是不是又变心了呀，是不是不爱我了呀？宝贝儿，你可真让我上火，为什么老是折磨我呀！

傻小子，你说啥呢，马上给我闭嘴。我不是跟你说了嘛。真的，我们医院发生了一起患者吊死的案件，警方正在调查呢！你说吧，我值夜班，还能走得了吗？真是的，蠢嘛，还说我不爱你，亏得你说得出口，哼，看我见面时不收拾你才怪呢！

哦，是吗？好，我知道了。但宝贝儿，你为什么不早说呢！要是你早说病房里有人吊死了，那我还会说那么蠢的话吗？真是的！宝贝儿，别生我的气！

好了，傻帽，你快闭嘴，我正忙着呢！

宝贝儿，有空打电话给我！

好了，警方正逐个找人谈话呢！

啊，宝贝儿，那死人的事，应该和你没什么关系吧？可是，我就想不明白了，那些警察为什么要找你谈话呢？哎吆吆，我都为你担心死了，你真的没什么事吧？

看你，没事的，净瞎想些什么呀！我怎么会有事呢？又不是什么杀人犯。好了，滚蛋吧，我看你脑子进水了，哪像个什么博士呀！

什么呀！穷博士的话还没有说完，唐小荷就挂断了电话，留给他的是一个个“嘟嘟嘟”的响声。他瞧瞧电话，又摇了摇头，很无奈地把电话撂了。

第五章　那么说，在零时之前，莫迪小姐还活着

五点多钟，也许是吧，我听到了唐小荷的尖叫声。于是，我知道发生了莫迪小姐吊死的事件。

现场勘查之后，言宁和她的队友逐一询问了所有的医护人员，还有住院的病人，也包括那些护理危重病人的家属。但询问的重点是值班医生成达，还有护士唐小荷。

成达医生，有些日子没有见到您了，您可好？言宁说。

是的，还不错，马马虎虎吧！在朵拉拉医生的领导下挺开心的。说句实在话，你妈妈对我真的不错，只是很不幸，没有机会请她做我的丈母娘了。

噢，原来您有过这样的想法，那为什么不早说呢。只是，您现在已经没有机会了，我不能说是名花有主，但的确有一个小子看上了我。另外，我妈妈脾气不大好，您还得将就她。

不，言宁，她老人家脾气很好，对我们都是很好的。

成达医生，我们说点正事吧。我想知道，您昨晚值夜班时都听到了什么？或者说是看到了什么？您说给我听听，好吗？

是这样的，当天我值夜班，没有发现什么异常情况，同以往并没什么两样。真的，就这样，但莫迪小姐吊死了。

您认识莫迪小姐？

我不认识莫迪小姐，但我看过她走T型台，是在电视里面。昨晚我没有看出她有什么异样的情况。至少，我看不出她有自杀的想法，是的，她不像要自杀的人。可是，她又真的吊死了，就这样。

成达医生，您是什么时候见到莫迪小姐的？

昨晚，应该是下班后了，好像是18时30分，具体时间我有点搞不准了。不过，莫迪小姐是朵拉拉医生接的诊。我协同朵拉拉医生为她作了系统检查，并下达了临时的医嘱，唐小荷护士为莫迪小姐输的液。实际上，医嘱是由朵拉拉医生下达的，我做的病案记录。其他嘛，应该是没有什么了。

噢，是这样。那昨晚您还做了些什么？您别介意，我需要搞清您昨晚的活动情况。以排除一切可能。

这个我懂，也没什么的。对此，我能够理解。至于我都做了些什么？等等，容我想一想。哦，对了，我为莫迪小姐安排了相关的事宜。按照朵拉拉医生的医嘱，开了药方。后来我逐一巡视了所有的病房，包括莫迪小姐的病房。再后来我就休息了，因为没什么事了。

那您具体的休息时间是什么时候？是几点钟？谁能证实您的话？

应该是朵老师走后。哦对，是朵老师走后。我想想，应该是21时30分！不，是22时，我想清楚了，这个时间没有错。

成达医生，您对时间为什么会记得那么准？我想，您一定是做了什么，否则，时间上不会记得那么准！请您说说具体情况。

噢，是的，言宁，你真是聪明，我的确如此。你知道的呀，我特别喜欢体育节目。在朵老师离开之后，我看了一会儿世界杯女子网球比赛，是在医生值班室看的。然后就睡觉了，就是这样，别的没有什么了。

成达医生，我想知道，是谁和谁的网球比赛？单打还是双打？

是世界杯女子网球比赛，比赛地在温布尔登，是萨拉波娃对阵美国的小威廉姆斯。噢，你应该知道萨拉波娃是网球明星。还有，她可真迷人呐，有高超的球技不说，还是一道亮丽的风景线。应该说，我是萨拉波娃的铁杆球迷！

可是，我还知道，您不仅仅是她的球迷，还迷恋萨拉波娃本人呢！成达医生，再说一说比赛情况。言宁和成达医生以前就开过玩笑，因为朵拉拉医生，言宁也常来荷塘医院。因而，他们早就熟了。

是的，萨拉波娃的确让我着迷。不过，我说，言宁支队长，你怎么会这样了解我呢？昨晚可惜了，萨拉波娃输球了，那个人打疯了，战胜了她，比分三比二，应该赢的，但还是输了。真可惜啊！不过，你知道的，萨拉波娃虽败犹荣。实际上，她才是网球界的女单高手，也肯定会战胜小威廉姆斯的，并且也有过战胜小威廉姆斯的纪录。

然后呢？您又做了什么？

我睡觉了。

那唐小荷呢？她在做什么？

哦，我不知道。她应该在为莫迪小姐输液吧！我想想，的确是这样的，唐小荷在为莫迪小姐输液。

此外，成达医生，您还有什么补充吗？比如，对于莫迪小姐之死，您怎么看？她为什么会吊死呢？是自杀，还是他杀？

这我就说不大清楚了，不过，我知道莫迪小姐吊死的消息是早上五点多吧，不，是五点半，也许是吧。应该说，我是听到了唐小荷的尖叫声之后，才赶到721病房的，在摸了摸莫迪小姐的颈动脉后，发现她已经没有了生命体征。为此，我感到十分震惊！也真的搞不明白，她为什么会吊死。然后，我吩咐唐小荷马上给荷塘派出所打电话，再向朵拉拉医生报告。唐小荷照着我说的做了，并且为721病房加了锁，这是我没有想到的，说明那个小丫头的脑子还是够用的。这之后嘛，荷塘派出所的警察来了，然后是朵拉拉医生来了，再后来是您来了。我所知道的就是这些，其他没有什么了。

言宁想了想说，谢谢您，成达医生，我没有其他的事了。如果以后有事的话，我可能还会麻烦您。

这没说的。言宁，我随时听候你的问话。不过，我是不是没有什么事了，是不是可以回家了？

是的，您没有什么事了。那好，谢谢您！

之后，言宁支队长询问了唐小荷。言宁说，小荷妹妹，你可真漂亮，让我好嫉妒啊！

哦，是吗，我真的漂亮吗？

是的，是真漂亮！来吧，小荷，把你知道的情况，给我说说好吗？你认识莫迪小姐吗？

言宁身旁坐着一个年轻的警官。他看了看唐小荷，眼睛立马发亮，但又马上低头专心地做着他的询问笔录。

唐小荷说，我不认识莫迪小姐。我发现她的时候是早上五点半。我嘛，是五点一刻起的床。我的工作是为病人查体，采集标本什么的，还包括送药。您知道的言宁姐，这是我例行的工作。我到721病房，要为莫迪小姐查体温。妈呀，莫迪小姐活活地吊在暖气管子上了。于是，我赶紧喊来了成达医生。

哦，是这样。另外，我想知道的是，你昨天晚上是什么时候接的班？

17时吧，对，就是那个时间。17时，是我们交接班的时间。

然后呢？我是说，你都做了些什么？说给我听听好吗？

昨晚，我忙活了一些事儿，都是护士应该做的事。后来嘛，按照朵拉拉医生的医嘱，为莫迪小姐采了血。再后来，我给她输了液，一直忙活到零时才休息。

噢，是这样。那么说，小荷，按照你的叙述，在零时之前，莫迪小姐肯定是活着的，是这样吗？

是的，我想是的。在零时之前，莫迪小姐活着，她没有死。我想，如果她选择自杀的话，那应该是零时之后的事了。可是，我看不出她有自杀的可能。如果莫迪小姐想自杀的话，那就没有必要来荷塘医院住院了，也就没必要输液了。因此，我不认为莫迪小姐是自杀。可是，我又想不明白，谁会杀她呢？竟然一点动静都没有啊！

是的，小荷，你说得有道理。如果莫迪小姐想自杀的话，那她就没有必要来这儿住院了，但这只是我们的怀疑。这样的看法需要小心求证。还有，我想知道的是，你为莫迪小姐输液都是些什么药物？

我想想，都是按照朵拉拉医生下达的医嘱进行输液的。应该说，都是一些广谱抗生素药，有氧氟沙星、制霉菌素。我相信，这些药是不会导致她死亡的。哦，对了，我还给她注射了羚羊角注射液。

哦，这么说，莫迪小姐发烧了，对吗？

是的，莫迪小姐高烧 39℃，已经三四天没怎么吃东西了。莫迪小姐的身体已经极其虚弱。我想，如果轻轻地碰她一下，人就立马会倒下。另外，这人真是瘦得可怜了，简直就是一副骨头架子，有点可怜巴巴的样子。

噢，是这样。那么说，莫迪小姐是没有什么抵抗力的了，而任何人都可以轻易地杀死她，是这样吗？

我想是的。莫迪小姐非常的虚弱，又伴有高烧。她真的是好可怜啊，一个名模就这样死了，多可惜啊！而且，她还是个有钱人！

噢，小荷，你怎么知道她有钱？

模特都有钱，不光我知道。

好，那你还有什么情况需要向我介绍的？

没有了。我知道她昨晚入院，感染了一种人类免疫缺陷性病毒。按照朵老师的意见，我为她抽了血，送到实验室作了病毒检验。言宁姐，我知道的就是这些，您还需要问些什么吗？

好了，谢谢你！噢，对了，小荷，护士王娜是不是昨晚也值夜班？你能把她找来吗？

不，她不是夜班。今天早上，我发现莫迪小姐吊死了，因为一时忙不过来，才把王娜找来的。按照值班表的排序，昨天王娜是下的白班，今天晚上的夜班。

噢，那您就不必找她了。言宁说。

那我可以走了吗？言宁姐。

可以走了。小荷，我妈妈常常提起你。她说，你非常好，比我要好，好像你才是她的女儿。谢谢你，小荷，你常常照顾我的母亲。

那没说的，言宁姐。我听朵老师说了，您工作特别忙。不过，我看您这个活儿不怎么好，老是和死人打交道，也挺瘆人的，好没意思啊！

噢，我不总是这样。工作是忙一些，也的确很累，但苦中有乐。你看，我今晚又不能睡觉了，得琢磨案子。

那是，但您多注意休息！

谢谢！

第六章　在721病房卡片上，清晰地写着庄妮小姐的名字

不过，我讨厌模特业，也说不清是为什么，搔首弄姿，扭扭屁股就赚钱，这像什么话！

接下来，言宁支队长对朵拉拉医生进行了问话。言宁说，朵拉拉医生，您说说吧。把您知道的与莫迪小姐有关的情况，都说给我们，便于我们进一步分析和掌握情况！

在言宁的旁边坐着一个年轻的警官，他正在做笔录。那个警官叫谢阶平，很英俊，也很平和。他瞧了瞧朵拉拉医生，没有说什么。不同于询问其他人的是，那个警官站起来，为朵拉拉医生弄了一杯水。

朵拉拉说道，言宁，你想让我说些什么？不过，我看你好可恶。刚才，你竟然当着大家的面，对我那么的冷酷。而且，有些话是不该那样说的。你说，言宁，你是不是做了刑警支队长，就六亲不认了？连我都不是你的妈妈了？

哦不，不是。妈妈，非常对不起！您知道的，我当时可能有些急躁了，话说得重了，也快了些。对此，您要谅解我。现在，把您知道的有关莫迪小姐的情况说给我们，并尽可能地详细一点，便于

我们分析。

朵拉拉医生说，昨天，我是下班后接待的莫迪小姐。她是由母亲一块儿陪着来的。莫迪小姐来的时候，手里还拿着市卫生局邹正道副局长的条子，要求我给莫迪小姐看看病。在这之前，邹正道副局长特意打电话给我，说，老同学，您一会儿为一个孩子瞧瞧病，她是我朋友的女儿。她会晚一些到，因为她是模特，不好白天去你那看病。于是，我就答应了。当时，我为莫迪小姐查了体。她正发着39℃的高烧。她向我提供了一些资料，包括感染人类免疫缺陷性病毒的诊断。另外，经过查体，莫迪小姐还伴有机会性感染。于是，我为她下达了临时性的医嘱。针对她的机会性感染的体征，我给出了初步治疗的方案。对于莫迪小姐的情况，我知道的就是这些，你还需要我谈些什么？说这话时，朵拉拉医生的面孔有点冷。

朵拉拉医生，您在这之前，认识莫迪小姐吗？还有，您是说莫迪小姐是邹正道副局长介绍来的，是这样吗？

不，我不认识莫迪。如果我认识她的话，她就不会找邹正道副局长了。再有，莫迪小姐的确是邹正道副局长介绍来的。可是，你用不着怀疑什么。其实，病人都是通过关系来找我的，但也真的没有什么。从一般情况来讲，患者都是四处托人，请最好的医生为自己治病。我想，莫迪请人说话，不外乎是找我为她治病而已，但不巧的是她死了。现在，我跟你们说吧，这都是医疗行当中常见的事，千万不要怀疑一切。再有，不谦虚地说，我在这个行当里面，应该算是最好的医生了，求我治病的人多着呢！但我不像你，言宁，办案子时，对自己的母亲也是那么的冷酷！

不，朵拉拉主任，您可不能误解我们言宁支队长啊！这时，侦查员谢阶平说话了，对于言宁支队长，我们侦查员都了解她，人好着呢！

接着，言宁说道，朵拉拉医生，您不要生我的气。现在，我还有一个问题。您在接待莫迪小姐的时候，怎么看待她的精神状态？也就是说，她当时的精神状态好吗？有没有什么异常情况？或者说，莫迪小姐会有自杀的倾向吗？朵拉拉医生，这个情况很重要，对于案件定性非常关键。当然，还会有一些其他方面的求证。

你是说莫迪小姐会不会是自杀，对吗？

是的，这是我们的疑点。如果莫迪小姐的精神状况不够好，那她就有自杀的可能。

我看，莫迪小姐来我这时，她的精神状态很一般，或者说不大好。应该说，她有比较严重的精神抑郁症。另外，她发着高烧，又骨瘦如柴的样子，好像随时都有可能倒下去。据她本人叙述，来这之前，已经有三天没有吃东西了。由于长时间高烧，183 厘米的个子，体重还不到 90 斤。在我看来，她至少应该在 120 斤。她真是太瘦了，骨瘦如柴，很可怜的样子，像是随时都会被风吹倒，真是让人担心呐！

不，您说错了，她应该是一个骨感的美人。您知道嘛，模特界以瘦为美。因此，我永远都做不了模特。

不，言宁，莫迪小姐只是一个骨瘦如柴的病人。不过，我讨厌模特行业，也说不清为什么，搔首弄姿的，扭扭屁股就赚钱，像什么话！为了美，一些模特会疯狂地减肥，甚至拒绝进食，以水果蔬菜为生，但最终搭上了性命。

朵拉拉医生，看来您还不知道模特行业的主旋律，真的是以瘦为美。在那些模特看来，瘦就是美，而美就是真理。再有，莫迪小姐是个名模，一个特别出众的名模。她 13 岁就走上 T 型台，16 岁就差不多出道了。可是，她虽有惊人之美，但又凋谢得如此之快，也真令人惋惜！

小宁，莫迪小姐的情况，你是怎么知道的？朵拉拉医生说这话时，已经睁大了眼睛，并直愣愣地看着自己的女儿。可见，她怀疑言宁所知道的一切，并担心言宁是不务正业了。

妈，没事的时候，我常常会去表演场或者娱乐城去看那些模特们走猫步，还有夜场表演什么的。您知道吗，在“天上人间”或者别的什么地方，那些名模表演都是很好看的。当然，我也欣赏那些华丽的时装，还会关注她们身后的秘密。不过，妈妈，我从没有向您要过钱的，也从没有买过什么华丽时装。

言宁，我不喜欢你这么做。你可以欣赏模特的美丽，但不可以关注个人的隐私。关注别人的隐私，那是极不道德的行为。知道吗，我的女儿不能那么做。还有，你每次回家晚，不都是说搞案子嘛，怎么会有那么多的闲情逸致去什么“天上人间”呢，去看什么模特走什么猫步呢？

妈，您的女儿并不是一个傻子，也十分热爱生活。不同的是，因为工作关系，我也会关注浮光掠影后面的秘密，那些掩盖着的并不为人知的秘密。妈妈，我这样做并没有什么不好，是我所从事职业的特质。可是，妈妈，您知道警察的职业特点是什么吗？就是怀疑一切。不过，妈妈，我可是一向守口如瓶的人，从没有说出我所知道的一切，包括您在内，我什么都没有说过。您回忆一下，是不是没有跟您说过什么有关莫迪小姐的情况，以及他人的什么私密，尽管您是我的母亲！还有，妈妈，如果您也能够生一个像莫迪小姐那样漂亮的我，那我就不会干什么刑警了。可惜，妈妈，我不如莫迪小姐那么漂亮，这应该是您的遗憾！说完，言宁微微地露出了笑意。

可是，言宁，你比莫迪小姐幸运多了。现在，她已经死了，而你还活着，是非常健康地活着。不过，你不如莫迪小姐漂亮的事，那跟我说不上。这事，你应该去跟你爸爸说。我年轻的时候，也非常漂亮。可惜，我现在老了，已经不那么漂亮了。

不，妈妈，您不老的！在我看来，您青春永驻，依然是那么漂亮。可是，妈妈，我爸爸要是不英俊的话，您怎么会嫁给他呢！否则的话，我也不会这么标致嘛！妈妈，我们走题了。朵拉拉医生，您看莫迪小姐是自杀呢，还是他杀呢？

言宁，这我是说不准的。我想，她可能是精神抑郁了，在感染人类免疫缺陷性病毒的患者中，有的人会精神绝望。不过，当时我还看不出莫迪小姐有自杀的可能。因此，我为莫迪小姐惋惜。你不知道的，我可以延长她的生命，让她的病情得到控制。可惜呀，她不该选择自杀！

噢，朵拉拉医生，您不应该说莫迪小姐是死于自杀，这个结论下得过早。再说了，莫迪小姐的死，不该由您作出自杀的结论。做结论的人应该是法医，不是您，也不是我。

朵拉拉瞪了言宁一眼，说了一句，这还用你说吗？我从医快30多年了。

说后，朵拉拉医生是气哼哼地走了。不过马上她又回来了，并扔下了一句话。言宁，你给我听着，多注意休息，别干活不要命似的，让你爸爸老是操心！朵拉拉没有说自己为女儿操心，但言宁知道，妈妈是爱着自己的。是的，朵拉拉医生是一个心直口快的人，也从不隐瞒自己的观点。

是，妈妈，我听您的！言宁向朵拉拉医生做了一个鬼脸，又对谢阶平说道，小谢，我们去刑事案件鉴定中心吧，去看看渔泽水主任那边的进展。

在离开病房之前，言宁又提出了一个问题，我应该去看看莫迪小姐的病历。

可是，当她来到护士站索取莫迪小姐病历时，言宁发现那张卡片上有问题。在721病房的卡片上，清晰地写着庄妮小姐的名字，而不是莫迪小姐的名字。

于是，她产生了疑问，这究竟是怎么回事呢？来，小荷，我问你，难道莫迪小姐不住在721病房吗？

言宁姐，莫迪小姐是住在721病房，这不会有错的！怎么，有什么问题吗？

是的，有问题。你看看，这病房卡片上写的你看到没有，721病房卡片上的名字不是莫迪小姐，而是庄妮。我问你，庄妮是谁？721病房的卡片为什么会写着庄妮的名字？

是这样的。庄妮是另一位患者，原来她住721病房。在莫迪小姐住进来后，庄妮不愿意两人合住一个房间。于是，庄妮搬到了VIP病房，而721病房就住了莫迪小姐。

噢，是这样！可是，小荷，那张卡片上写的是庄妮，而不是莫迪？这，你又怎么解释呢？

这没有什么，也很好解释。昨晚，我是因为忙，忽略了病房卡片的整理，没有及时更换庄妮小姐的卡片。

对于工作人员的疏忽，言宁支队长能够理解。不过，她觉得应该同庄妮谈谈，核实一下这个情况。于是，她说，小荷，你看这样好吗，把庄妮找来，我想同她谈谈。

哦，可以。唐小荷便去了。不一会儿，庄妮到了。在言宁看来，庄妮小姐非常年轻，也就二十六七岁的年龄，长得非常的漂亮，眉清目秀的样子。但实际上，庄妮小姐的年龄还要大一些。

您是庄妮？言宁支队长问道。

是的，我是庄妮。怎么，您有什么事吗？

哦，我叫言宁，是刑警总队的一名警官。来，我们谈谈好吗？我听说，您以前住 721 病房，但昨晚搬到 VIP 病房去了，是这样吗？

是的。因为那儿又来了新的病人，我不愿意两人合住，所以我就搬出去了。不同的是，VIP 病房的要价会高一些，但对我来说无所谓。

可是，那您为什么在住院时，没有直接住到 VIP 病房呢？

噢，是这样。我来的时候，VIP 病房已经有人了。所以，我就没有住进去。现在，因为 721 病房来了新人，而 VIP 病房又倒出来了。所以，我就搬过去了。再有，我恨那些漂亮的女人。因为漂亮的女孩儿会让男人变心的。

哦，您这样看。那我冒昧地问您一句，庄妮小姐，您以前是不是感情上受过什么打击？对此，庄妮小姐沉默不语。

可是，庄妮小姐，在我看来，您不也是挺漂亮的嘛。还有，在这之前，您同莫迪小姐认识吗？

哦不，不认识。但我知道她，一个走红的世界名模。可是，我不愿意和她住在一起！

那为什么？

不为什么吧，就是心里不得劲儿。

那好吧，庄妮小姐，我们今天就谈到这儿，您去休息吧！谢谢您！

走，我们去刑事案件鉴定中心，看看渔泽水主任那边的进展。言宁支队长指令谢阶平驾车。

第七章　您瞧，有钱人都是不怎么有把握的人

那么，谁会是凶手呢？且在夜半时分，潜入了荷塘医院721病房，杀死了莫迪小姐，并且制造了自杀的假象？

离开荷塘医院后，言宁直接去了市公安局刑事案件鉴定中心。她关心实验室对莫迪小姐尸体检验的结果，因为这涉及案件的侦破方向。

渔泽水是刑事案件鉴定中心主任，也是共和国最杰出的法医之一。他已经65岁了，但组织上还没有批准他退休。作为法医，他是行道中的特殊人才，并深孚众望，得到了公安战线主要领导的高度器重。

现在，大都市公安局刑事案件鉴定中心，不仅装备极其精良、功能齐全，而且可以对各种各样的刑事犯罪进行模拟或痕检。一般情况下，全国一些特殊的重大疑难案件，都是在这里作出科学鉴定，包括痕检和DNA检验。

言宁来到渔泽水办公室前敲了敲门，还没有听到里面的回声就推门进去了。她说，渔伯伯，我特意来这儿看您的，白天你忙我也忙。现场勘查之后，我都没有来得及跟您交换意见。

言宁，难得你有时间来我这儿。我猜你来这儿是不是关心莫迪小姐的死因，又急着要检验结果?

渔伯伯，您是圣人，什么事都猜得准。我来您这儿的确是想知道莫迪小姐的死亡结论。

你早了点，因为莫迪小姐的尸体还没有解剖。现在，我的助手正做着痕检。一会儿吧，尸体解剖的时候，他们会通知我的。如果你想参与的话，也可以去解剖室看看。不过，你害怕看尸体吗？解剖尸体会有血，言宁!

不，渔伯伯，我不害怕解剖尸体。作为刑警，我最怕的是搞错了案子，让罪犯逍遥法外。如果是搞错了案子，不仅法律上交代不过去，就是良心上也会受到折磨。您说，那该有多难受吧！不过，我是心里有数的人。一般情况下，在渔伯伯没有给出鉴定结论之前，我不会擅自作出自杀或他杀的结论。渔伯伯，您说是吧，我必须有证据牢牢抓在手上。

嗨，毛丫头，你还挺有心计的。说，是不是想拿你渔伯伯做个垫背的。

哎呀呀，渔伯伯，您算是说对了，我又为什么不呢。再说了，您是刑事案件鉴定方面的泰斗，我要是不抓住您的话，那不就太没有脑子了嘛！渔伯伯，我宁可犯傻，也绝不做错。我相信，只要有了您的鉴定结果，我就不会办错案子。渔伯伯，假如您说莫迪小姐是自杀的话，那我就省事了，就没有必要继续调查了。对了渔伯伯，顺便跟您说个事，哪天，您得帮我一个忙，去帮我看一个小子。

哦，言宁，是不是处对象了？如果是处对象了，那渔伯伯为你高兴。你今年 28 岁了吧？我记得是这样的。

不，渔伯伯，我虚岁 29 了。不过，刚才说的这个人，还不能称为对象，只是见了几次面。我工作忙，他也忙，见面的机会就少。他约过我几次，只是时间上没有契合。

噢，那小伙子多大岁数？做什么的？给渔伯伯说说看。

他也是 28 岁，做房地产开发的，脑袋活泛些。应该说，那个小子手头上是有两个小钱的，不算穷。

哎，姑娘，该不会是看上人家手里的钱了吧？

哪里，您信吗？渔伯伯，我会是见钱眼开的人吗？再说了，别人可以误解我，您也不可以误解我呀。

不会，渔伯伯是相信你的。我们的言宁，可不是那种见钱眼开的人。

哎，这就对了。渔伯伯，是那个小子托人追的我。您说吧，就我这么漂亮的姑娘，后边不是排着队那才怪呢！可是，渔伯伯，是不是漂亮的姑娘后面都有男孩子追呢？说完，言宁自己咯咯地笑了。

我信，言宁！男孩子找对象，都喜欢漂亮姑娘，很少综合考虑问题，比如学识呀、性格呀、心胸呀、善良啊，还有善解人意呀什么的。不过，如果是那个小伙子追的你，那说明他挺有眼力。言宁，这找对象的事，只要你感觉好就行。渔伯伯已经老了，是落伍了，跟不上这时代的步调了。

不，渔伯伯，我就信您的。这事儿，我还没有跟我妈说呐。没办法，事情没有搞妥之前，是不好跟老娘张口的。

那你跟我说了，就不怕渔伯伯告诉你妈妈吗？我和你妈妈都是大都医科大学的校友，还在荷塘医院一块工作过。不过呀，我要是同意了，你妈妈那儿也会同意的，她信得过我的。

渔伯伯，这事儿，你还真不能告诉我妈妈。我知道我妈的心思，她已经说过了，希望我嫁给一个做学问的人，而不希望我嫁给一个商人。她总说，这社会上有钱人都不那么有把握，坑蒙拐骗的，还有包养二奶什么的，有的还藏着什么小三，都是靠不住的啊！渔伯伯，如果您把这事告诉我妈，那这档子事就吹了。

哦，是吗？不过，那也应该告诉你妈妈呀！做老人的经验是非常宝贵的，你不可以忽略的。

这我知道，渔伯伯。但我现在还不想告诉我妈妈。渔伯伯，您说，您是成人之美好呢，还是打破头好呢？

那还用说嘛，当然是成人之美。不过，跟不跟你妈妈说，那不取决于你，而是取决于我，取决于我对你说的那个小伙子的判断。如果那个小伙子真的不错，那就不一定跟你妈说了，如果我觉得他还不够可心，而你又同意的话，我还非跟你妈说不可。

渔伯伯，我就知道您是向着我的，不会让我吃亏的。不过，我之所以求您为我把关，是因为那小子的父亲是当官的，还帮过您的忙。也就是说，您认识他的父亲。

啊，是吗？谁家的孩子呀？

真的，您应该认识他的父亲。在您创办这个刑事案件鉴定中心的时候，那些进口设备的资金，都是他爸爸帮您解决的，是鼎力支持！

噢，我知道了，他叫高声树，对不对？我认识的，一个很不错的小伙子！哎呀，对了，我曾经还想过要把高声树介绍给你的。言宁，我看可以的，高声树这小伙子可以。知道吗，他爸爸是高官，叫高加乔。姑娘，你可以嫁给他的，那是一个很不错的人家。

可是，渔伯伯，您看，我嫁给一个高官子弟的话，会不会受欺负呢？就因为这个问题，我才请您帮我把关的。没有您的同意，我是不会松口的。

这么说吧，姑娘，我不仅了解高声树，更了解他的父亲高加乔。高加乔是一个很有能力、很有水平的领导干部。在创建刑事案件鉴定中心的时候，高加乔帮了我的大忙！至今，我们一直保持着朋友关系。有时候，我还会找他要俩钱，比如更新设备什么的，他都很支持。

要不，渔伯伯，我哪天请您吃饭，您抽空帮我瞧瞧那小子，好吗？

没问题的，先忙过这阵子再说吧！

嗯！

这时，渔泽水办公桌上的电话叮铃铃地响了起来。他拿起电话，只嗯了一声就撂了。走，姑娘，我们到解剖室去吧，马上解剖莫迪小姐的尸体。

解剖室在刑事案件鉴定中心的地下室，是一个完全密闭的系统，周边的地面要高些，中心偏低。在地面的中心处，还有一个污水排放口，便于清理卫生。以前，言宁是看过尸体解剖的，但那是在大都公安大学攻读刑警专业的时候。此刻，莫迪小姐的尸体被平放在解剖台上。她赤裸而安静地躺在那里，似乎在做着无声的抗议，因为她的眼睛还没有闭合。

言宁觉得莫迪小姐真是太瘦了，几乎没有什么肌肉，是有点可怜巴巴的样子。在她的颈部，有绳索的勒痕，皮下淤青。不同于其他死者的是，莫迪小姐的两只眼睛张得大大的，尽管已经死去，也让参与解剖的人有些心悸，包括言宁在内。此刻，她好像是在注视着解剖室里的每一个人，看谁敢向我下刀，有点叫板的意思。

她竟然死了，好可惜，言宁心想。

在这之前，法医对莫迪小姐的尸体进行了检查。发现她的左脚踝外侧擦破，有血液渗出的痕迹，不过，伤口已经干巴了；再就是她的左手背有一处擦伤，擦伤处是在小指的根部与手背的关节处。身体的其他部分，都是完好的。法医在她的擦伤处，仔细地检出了水泥、白灰、细沙等微小颗粒，由此判断，与之擦伤的应该是病房的墙体。事后，刑侦技术人员在莫迪小姐所住病房紧靠床的墙体上，找到了两处细微的擦痕。经检验，墙体上有细微的血迹，同莫迪小姐的血型一致。

此外，经过现场模拟，认定莫迪小姐是仰面躺在病床上的时候与墙体擦蹭，擦伤了左脚的外踝和左手背的外侧。可是，莫迪小姐睡觉时，为什么会那么不小心呢？擦伤脚踝的同时，还擦伤了手的外背。

那么，是莫迪小姐自已不小心擦伤了左脚的外踝和左手背外侧的吗？还是在受到人为攻击的时候，因为挣扎而擦伤的呢？这成了案件侦破的焦点。

显而易见，结论的不同，案件的性质也会大相径庭。如果属于前者，莫迪小姐是不小心擦伤了自己，那就是自杀。而结论为后者的话，莫迪小姐就有可能死于他杀，这起事件就是一起重大刑事案件。

结合外观检查，法医发现了新的问题。莫迪小姐的眼睑出血、鼻腔和嘴唇发绀，属严重缺氧所致。剖开莫迪小姐的肺部，发现莫迪小姐患有严重的肺感染。此外，她的肺泡多处出血，内脏浆膜面有点状出血且有血淤，尸体内部出现了血液暗红色流动状。经检查，莫迪小姐的颈部，有机械窒息的痕迹，而且小舌的根部软骨断了。显然，莫迪小姐因为窒息，而导致了身体内部出血。

于是，渔泽水主任得出了尸检的结论：莫迪小姐在吊死之前，就应该已经窒息，而且疑似是人为所致。而后，她被吊在了固定暖气管子的扣件之上。可是，这个结论科学吗？需要进一步的求证。

经过对莫迪小姐睡过的枕头检测，枕头上面确实残留有涕液和唾液。可见，枕头有可能是致使莫迪小姐窒息的凶器。但还有待DNA的检验结果进一步确认。

经过进一步的检查，渔泽水主任又发现了新的问题。在吊死莫迪小姐的那根墨绿色的尼龙绳上，有白色线织物残留，但在病房内没有发现有同一物质的白色线织物，包括床单、被褥，还有莫迪小姐的服装，均没有相同的白色线织物成分。后经生物学检验分析得出，白色线织物为棉花成分。他认定，在吊死莫迪小姐的时候，白色手套与尼龙绳有过密切的接触，在牵拉的过程中，由于绳索在重力的作用下，白色线织物被咬合在了尼龙绳上的缝隙处。

最后，渔泽水主任为莫迪小姐的死亡作出了定性的结论：莫迪小姐死于他杀，且凶手是戴着白色线手套作案，而线手套为纯棉制品。谋杀的具体步骤是，凶手用枕头作为凶器，先将莫迪小姐闷死或者闷昏，再将尼龙绳套在莫迪小姐的脖子上，将莫迪小姐吊在了固定暖气管子的扣件之上。

此外，渔泽水主任还检查了莫迪小姐的生殖系统。检验结果认定，莫迪小姐在死亡之前，没有遭遇他人的强暴，不属于因强奸而杀人的案件。

那么，谁会是凶手呢？且在夜半时分潜入了荷塘医院的721病房，杀死了莫迪小姐，又制造了自杀的假象？换句话说，莫迪小姐会与谁有仇而令此人大开杀戒呢？

此后，莫迪小姐的身世，还有她的生活，以及与她有密切关联的人，成了侦查员们追踪的目标，也是之后调查的重点。

第八章　莫迪是个美人，她的身材曼妙无比

模特界美女如云，但概括模特行业只需八个字就够了：人靓，道黑，钱多，残酷！

言宁离开大都市公安局刑事案件鉴定中心的时候，已经是第二天黎明。一轮火红的旭日冉冉升起，出现在东方的天际线，充满希望的一天开始了。

言宁要赶回家去吃点东西，并顺便问妈妈一个问题，是有关莫迪小姐的事。可是，她不知道的是，这个时候朵拉拉医生正跟言起年吵架呢，且不依不饶的。

朵拉拉说，你看看吧，言起年，你女儿一宿都没有回家。一个丫头片子，让我都担心死了。自已都管不好自己，还做什么刑警支队长，真是怪了。

哎，老婆子，你就别管那么多闲事了，咸吃萝卜淡操心的。知道吗，言宁能不能干支队长那个活儿，那是人家组织上的事情，不是我们家的事。人家公安局刑警总队的头头都是有脑子的人。对于言宁怎么个用法，组织上自有量度的。你呀，管好你自己得了。老婆子，可别再惹我生气了。

你说什么呢？言起年，竟敢跟我这样说话。好了，你给我闭上

嘴巴。现在，我用不着你来跟我说这样的话，知道不？还有，你女儿在医院里，当着那么多人的面顶撞我，这都是你言起年没有教育好她的结果。

好，好，老婆子，子不教父之过，都是我没有教育好，而你一点责任都没有？

屁话，就是你当父亲的责任。

老婆子，你消消气吧！可别生那么多闲气了，咱家是受不了你这个的，祖宗啊！

言起年心里明白，老婆子对女儿有气，但都把气发在了自己身上。言起年记得，在言宁高考的时候，朵拉拉就不同意女儿干什么刑警。可是，言宁没有听从母亲的话，只报了一个大学，大都公安大学；只填了一个专业，刑侦专业。当然，这都是过去的事了。但朵拉拉并没有随着时间的推移，消除对女儿的怨气。

哼，言起年，你给我听清楚了，要是言宁再当着其他人的面顶撞我，那我回来就收拾你！

行，没问题。老婆子，我就是你的出气筒。得了，你好我好就行了呗，咱用不着跟言宁生闲气了。

言起年，不是我爱生什么闲气，是你的女儿不懂事！哪有这样的女儿，竟然跟自己的妈妈那样说话，哼！

那是，都是我的不是！

言起年，你还有不知道的呢。那言宁，当时可是老横了。你说她不是刚刚上班五年嘛，一个丫头片子，怎么能干得了刑警支队长呢！还有，她上班之后，从没有往家里交过什么钱吧？一定是给什么当官的行贿了。要不，就是因为女孩子的脸蛋漂亮，在提拔的时候，得到了特殊的照顾。真是的，言起年，你女儿能干什么我是知道的，她根本做不来什么刑警，更做不来什么刑警支队长。

老婆子，你呀，我看是心里有病，都是让人类免疫缺陷性病毒给折腾的，怎么老是胡说八道呢！你瞧瞧吧，这一大早的，因为言宁一个晚上没有回来，看给你气的，连我都不得消停！言起年的话，重重地撞了朵拉拉一句。

这时，言宁开门进屋了，喜得言起年屁颠屁颠地说道，姑娘，你是不是又折腾了一宿，这样可不行，爸爸心疼啊！

爸爸，我没问题，只是有点犯困。可是，不光我自己是这样啊，好多人都和我一样的，也都一宿没睡嘛！哦，妈妈，我好饿！

言起年，你还不赶紧给宝贝女儿做饭去，真是老糊涂了！去，快去，孩子饿了，真是的！

言起年说，你看看，你看看！言宁，这不，刚才你妈妈还跟我抱怨呢，没少嚷嗓我！可这工夫，又说你是宝贝了。哼，你妈呀，就敢跟我横，她不敢跟你横，我算是窝囊透了！

是吗，妈妈？我知道的，妈妈总是关心自己的女儿的。爸爸，您不也一样嘛！

那是！言起年说，言宁，你多注意休息吧，可别累坏了身子！否则的话，你妈妈会老喊个没完！

放心吧，爸爸，我这身子板儿是铁打的。妈，我问您一件事行吗？在您的病历当中，并没有注明莫迪小姐的职业。这是疏忽，还是什么？我知道她是模特，可病历上没有她的单位。

哦，这个是我忽略了。我想想看，哦，对了，她是用医保卡看的病，但医保卡我交给护士唐小荷了。

好了，那我通过派出所查一查她的单位和职业吧！

言宁吃过早饭后，并没有休息，又到公安局刑警总队去了。通过信息系统，她查到了莫迪小姐的情况，也查到了莫迪传媒公司以及家庭住址。在莫迪传媒公司，她任董事长兼总经理，而艺术总监是郎子歌。

言宁立即带人去了莫迪传媒公司，一个女摄影师很热情地接待了她。女摄影师叫王子夫，看上去干净利落，是一个风风火火的女人，性格绝对像个男人。

言宁说，王子夫小姐，我们是市公安局刑警总队的，来您这儿是为了调查莫迪小姐的情况。您知道吗？昨天莫迪小姐发生了不测，她在荷塘医院里吊死了。我想，这您应该是听说了吧！

是的，我听说了，莫迪小姐死了。可是，我不知道为什么她会自杀，又为什么会吊死。真是的，好恐怖啊，我有点接受不了！

是的，莫迪小姐死得很恐怖。王子夫小姐，请将您所知道的有关她的情况，都告诉我们，尽可能详细一些，以便于我们对案件进行调查。

好吧，我应该配合你们的工作，王子夫说。我知道的情况是这样的，莫迪小姐是模特，并开创了莫迪传媒公司。莫迪传媒公司虽是一家民营企业，但生意红红火火，主打项目是媒体广告。您看，这些照片，都是莫迪小姐的形象，她也经常会出现在一些著名的时尚杂志上，还有高速公路两侧的广告牌上。应该说，莫迪小姐是个美人坯子，身材曼妙无比，的确是上帝精心缔造的宠儿。她不仅做时装广告，还有汽车广告和房地产广告，哦，公益广告也做一些。如果您有时间的话，打开电视机就能够看到保护森林、保护水资源的公益广告，那都是莫迪小姐做的，不收一分钱。不过，近来她的身体出了问题，影响了广告的接单，也影响了莫迪传媒公司的运作和效益。好了，我能提供的情况就是这些，再没有别的了。

您还了解莫迪小姐的其他情况吗？比如，她有什么不开心的事吗？或者说，有复杂的人际关系吗？我想知道得更具体一些。

没有了，我知道的没有什么了。不过，男模出身的郎子歌是她的未婚夫，彼此好着呐。昨天，当郎子歌得知莫迪小姐吊死的消息后，当即就昏了过去。莫迪小姐和郎子歌应该是并蒂花开，郎才女貌，人间绝配！

噢，是这样。言宁点点头又说道，王子夫小姐，在我看来，莫迪传媒公司在经营过程中，肯定会遇到一些问题，比如经济纠纷什么的，我想应该会有的。我是说，您了解这方面的情况吗？还有，莫迪小姐在外面有没有什么债权？或者说，她还欠谁的债务没有？我想说，莫迪小姐的死，会不会是因为经济纠纷而引发的人命案子？

您是说莫迪小姐死于他杀？是有人谋杀了她？那这个问题可太复杂了。

哦不，王子夫小姐，我还不是那个意思。因为莫迪小姐的死，公安部门尚没有作出结论，但不排除有他杀的可能。我刚才的话，只是一种考虑。您知道的，因为经济纠纷而发生的刑事案件，在社会中比比皆是。知道吗，疑虑是解开案件的一把钥匙，也是科学发现的始点。

哦，我赞同您的看法。但据我所知，莫迪传媒公司的业务没有什么问题。至于资金嘛，那都是由郎子歌的叔叔注入的。公司运作的情况也是非常好的。至今，还没有什么经济纠纷问题。另外，据我了解，莫迪小姐没有得罪过什么人。这不，在您到来之前，一家名为俏佳人的服装公司，为了感谢莫迪小姐的支持，先是打来了唁电，又给了100万元钱，是派人带支票过来的。

哦，这样的情况不多见。那为什么呢？言宁说。

是这样的，那家服装公司专门生产女人用的文胸，用料颇为讲究，都是产自意大利的布料，价格十分昂贵。但这家公司在初创时，没有多少钱做广告，产品销路不好。于是，通过关系找到了郎子歌，求莫迪小姐为其免费做了广告。现在，俏佳人服装公司的产品，在市场上卖得很火。当得知莫迪小姐的不幸消息后，特意拿来100万元支票。您说，像莫迪小姐这样的人，怎么会有经济纠纷问题呢，也不会有什么仇人的。我觉得像莫迪小姐这样心地善良的人，应该不会死于什么谋杀。可是，她也应该没有什么自杀的诱因。至于为什么会吊死，那我就说不清了。我难以理解，真是不应该发生这样的事。

那么说，根据您了解的情况，莫迪小姐还没有和谁过不去的事情，也没有什么冤仇？

我想是的，至少我掌握的情况是这样的。她没有和谁有过不去的事。哦，我想起了一件事，但不知道当讲不当讲！

您说吧，把您所知道的情况都告诉我们，便于我们对莫迪小姐的情况有一个比较全面的了解。

怎么说呢，我是莫迪小姐聘来的摄影师。因为来这儿，我辞去了电视台摄影师的工作。过去，我在娱乐频道工作，也常常跟模特界的人打交道。具体说，是常和模特界的大亨们打交道，而最有名的人就是单善了。而莫迪小姐，就是单善精心培养出的世界名模。但后来，她同单善合作得不好了，是因为想自己单干。但当时，单善是坚决不同意的。而莫迪小姐的男朋友郎子歌，却执意让她自己单做。于是，莫迪小姐和郎子歌同单善之间是发生了一些不愉快的事情。但后来，事情得到了解决，至于是怎么解决的，我就不甚了了。不过，可以肯定地说，没有单善，莫迪小姐就不可能成为世界名模，至少得要晚几年的。尽管莫迪小姐很是出色，但不给单善使钱，或者不和单善上床的话，那她就不会成为名模。另外，据听说，单善是黑白两道的人，他之所以参与模特界，是因为模特界美女如云，概括来说就八个字，人靓、道黑、钱多、残酷！现在，莫迪小姐已经是很有钱的人了，但这是她依靠单善出名之后的事了。

王子夫小姐，您刚才说到了单善，还说到了莫迪小姐同他是有过合作的。但据我所知，单善早就死了。

是的，单善是死了有一年多了。但他们之间有过合作，并且很不愉快。另外，单善是个有钱人，黑白两道都有人。不过，他也很不幸，人说死就死了。

王子夫小姐，我还想知道莫迪小姐同单善之间的合作为什么会不愉快，是郎子歌和莫迪小姐执意脱离单善的模特公司，还是别的什么引起的？他们的目的只是为了自己单做吗？

是的，就是因为他们想脱离单善的模特公司。

但单善死了。即使有些怨恨，那单善也没有报复莫迪小姐的可能。您同意我的说法吗？王子夫小姐。也就是说，莫迪小姐的死，应该同单善没有关系。

那是，我同意。因为单善死了，也不会再对莫迪小姐进行报复了。但不排除单善的喽啰对她实施报复。我知道，他们都是一些驴马烂，什么屎都拉。如果莫迪小姐真的死于谋杀，那些人应该受到怀疑！

哦，您是说单善的喽啰们，他们有可能实施谋杀？此外，您还有什么要对我说的吗，有关莫迪小姐的情况？

没什么了。有机会的话，您应该同郎子歌谈谈，还有莫迪小姐的父母。没准，他们会知道得更多一些。我谈的这些情况，仅供你们参考，没有法律依据。

那是，我们知道！好了，那谢谢您！哦，对了，王子夫小姐，您能帮我们联系郎子歌吗？我们想同他谈谈！

好吧，我联系他好了。不一会儿，王子夫小姐就拨通了郎子歌的手机。子歌，您能来趟公司吗？市公安局刑警总队的言宁支队长在这儿，是有关莫迪小姐死亡的事，言宁支队长想和您单独谈谈。

好吧，你跟公安局的人说，我马上就到！电话那边，传来了郎子歌的说话声。

不一会儿，郎子歌到了。他是一个模样英俊的小伙子，很帅气，但也很忧郁。显然，他还没有从莫迪小姐死亡的悲伤中解脱出来。在言宁看来，郎子歌和莫迪小姐的确很般配，一个漂亮，一个英俊，都是出众的模特。可是，郎子歌同言宁一搭话，就足见他很单纯。相对于郎子歌来说，王子夫小姐却是熟透了的人。她在郎子歌到来后，就知趣地走开了。

郎子歌说，言宁支队长，您可来了。您说，莫迪小姐怎么说死就死了呢？我知道的，她是感染了人类免疫缺陷性病毒。可是，我爱着她啊！您说吧，姐，她为什么就想不开呢？说着，郎子歌呜呜地哭了。那种悲悲切切的样子，真是伤心至极！

哦？郎子歌，您知道她是有病的吗？

是的，我知道，这都怪单善那个王八犊子，将人类免疫缺陷性病毒传染给了她。为此，莫迪恨死单善了。假如那个王八犊子活着的话，我会马上宰了他。他毁了莫迪，也毁了我的生活。我想，莫迪要不是因为单善而染病，她就不会吊死。他妈的，单善这个王八犊子！郎子歌的愤怒让言宁吃惊不小。这里面肯定有耐人寻味的故事，言宁想。

郎子歌，你怎么知道莫迪小姐是自己吊死的呢？她真的是想自杀吗？可是，您为什么这样肯定呢？

是莫迪以前跟我说过的，她想到过死。因为她想死，所以我每天都提心吊胆的。可是，现在她真的就死了。真的，就这样，事情就这样！可是，她一点也不考虑我的感受。您说说吧，这个传媒广告公司该怎么办吧？哎哟，还有我自己，该去做什么呀？也是没办法了。

说着说着，郎子歌就像一个很委屈的大男孩儿，悲悲切切地哭了起来。看到郎子歌哭得浑身上下直打哆嗦，言宁感到心里很不得劲。

显然，莫迪小姐的死，应该同郎子歌是没有什么关系的。言宁心想。另外，她还有了新的启示：爱是甜蜜的，但也不都是幸福的，真爱就会有真苦，因为苦是爱的一部分。

第九章　人不怕失望，最可怕的是心里没有希望

在当下，钱是硬通货。有实力的人都有钱。而有钱的人，又都有魅力。

言宁没怎么费劲就找到了莫迪小姐的家。莫迪出生在一个普通市民的家庭。不过，她父母住的房子很大，有二百多平方米。房间前后通透明亮，且收拾得井井有条。只是一走进她的家，就明显感觉到了一种压抑而悲伤的气氛。是的，莫迪小姐的死，给这个普普通通的家庭带来了诸多不幸。

莫迪的父亲叫莫大真，高高的个子，是大都市型材厂的一个普通工人，娶了一个乡下妹子做老婆。而不同的是，他的老婆绝对标致，也美得令人窒息，人到中年后，身材依然婀娜，且眉清目秀的样子。可见，莫迪小姐那曼妙的身材，应该是遗传的结果。

也许，是刚刚发生的变故，是莫迪小姐的突然死亡，让莫大真和他的妻子孙艳丽的眼睛都变得红肿如球了，眼睛里满是忧郁和悲伤。这种无法言说的悲情，让言宁支队长心碎，并感觉到胃里有酸液上涌。

此刻，莫迪小姐的母亲好像是对谁都不信任了，包括对言宁的到来，也充满了警惕和敌意。在发现莫迪小姐吊死后，莫大真，还

有孙艳丽，都是在第一时间赶到了医院。言宁看到孙艳丽当场就昏了过去，当然昏过去的，还有郎子歌。

言宁向他们出示了警官证。说道，莫叔叔，我是市公安局刑警总队的警察言宁。我来您这儿，是想和您聊聊莫迪小姐的事。请您谅解，在如此悲伤的时刻，我不得不打扰您们，真是不好意思！

莫大真没有言语，而孙艳丽却欲言又止的样子，这令言宁支队长疑窦丛生。是的，他们共有的漂亮的女儿已经死去，现在的莫大真和孙艳丽的生活已经陷入了无望的深渊。人不怕失望，但最怕心里没有希望。

莫叔叔，您能给我介绍一下莫迪小姐的情况吗？您尽可能讲详细些，便于我更全面地掌握情况。言宁接着说。

我跟您说，我女儿莫迪是非常优秀的。可是，我错了。不，是我们都错了。我不该让她去做模特！孙艳丽开口说话了。之后，她看了看莫大真，嘴唇微微地颤抖着。

莫大真说，如果莫迪不去做模特，那她可能就不会死。我想，莫迪应该不会是自杀的。而且，有人要为莫迪的死负责。

在言宁支队长看来，莫大真之所以这样说话，好像是知道了什么。或许，是知道了自己的女儿死于非命。刑事案件鉴定中心刚刚给出的结论，莫迪小姐的确死于他杀，但这还没有向社会公布，也不会有人提前跟莫大真说了什么。可是，莫大真好像真的知道了什么。那么，莫大真知道自己的女儿是他人所杀吗？如果是的话，这究竟又是怎么回事呢？言宁暗想。

您说吧，莫叔叔，说说莫迪小姐的情况。我需要她的真实情况，越全面越好。您知道的，这有助于我们对此案的调查。

突然，孙艳丽的泪水夺眶而出，并顺着脸颊无声地滚落到地面上。可她的表情又几乎没有什么变化。言宁想，一个美人的哭泣，也与众不同。即使在哭泣的时候，也是那么的好看。看来，这或许就是美人与普通人的差异！

孙艳丽说，莫迪小的时候，我送她去舞蹈学校。同时，还培养她唱歌。到 13 岁那年，舞蹈老师向我提出了建议，你们应该送莫迪去学猫步。知道嘛，这孩子会长得很高，也会在模特界有不俗的表现！那时，莫迪的身高已达到了170厘米。于是，我接受了老师的建议，把莫迪送到了新时代模特有限公司。你知道吗？新时代模特有限公司是由单善投资的，而那家伙十恶不赦，就是一个流氓！他靠承包工程起家，后来做了房地产开发的生意。再后来，又投资了时装产业。在一个模特经纪人的建议下，他又染指了模特行业，还不断花样翻新地推出了什么盛装表演。于是，单善有了自己的模特培训基地，也和那些评选佳丽的评委们打得火热，这是谁都知道的，新时代模特有限公司推出的佳丽，往往会在时装模特界屡屡胜出。由于我们莫迪条件好还兼具歌舞的天赋，被单善看中了，他向我提出愿意为莫迪开开小灶，如果想出名的话。我说，那是不是要收很多的费用，可我家里没钱。他说不用，只要我们同意就是了。他有的是钱，用不着我们花钱的。当时，我还很感谢他。

孙艳丽顿了顿，接着说。后来，单善搞到了一个影视配角的机会，提出由莫迪来演，说会有钱赚的。他还对我说，知道嘛，我非常喜欢莫迪，很看好她，但是让她演有个条件。这一年，我的女儿只有16岁，但显而易见，他想在我女儿的身上打主意。对此，我很气愤，断然地回绝了他。但眼见的机会，也就这样失去了。一个大不如我女儿的模特，被他潜规则后出任了那个角色。再后来，那姑娘还真就鬼使神差地有了名气，很风光地出现在影视剧当中，并做了一些产品形象代言人。又过了一年，单善再次对我提出了这个要求。

他说，知道嘛，你的脑筋落后了，已不新潮，一点都不懂得当下的规矩。再说了，一些出名的女演员，在20岁之前都破过身子，这你应当听说过。女孩子要是不付出代价的话，你又没什么背景，那绝对成不了名人，更成不了影视剧的主角。一个女孩子光有一副好身材顶什么用？我要是不支持莫迪，她就很难成为名模。你知道吗？所有参与名模评比的评委都是控制在我的手上，我让他们把票投给谁，他们就会投票给谁。还有，他们给出的分数高低，可都是很有说道的。你不糊涂，应该是知道的嘛。为什么我的公司能够不断地推出名模佳丽，难道你还不清楚吗？说到底，还不是因为我有实力。在当下，我告诉你，钱是硬通货，有实力的人都有钱，而有钱的人又都极具魅力。显而易见，名模就是这么出来的！现在，莫迪的机会又再次来了，你如果想让她出名的话，应该认真考虑我说的事。这样的机会，实在是不多的呀，您应该紧紧地抓住才是。这不是谁强求谁的事，牌嘛，毕竟是抓在你的手上，你有权利决定莫迪小姐的命运和未来，是让她出名，还是一直这样不为人知！

为这事，我想了好一段时间。最后没有跟她爸爸商量，就偷偷地说服了女儿。我把莫迪交到了单善的手上。我记得，单善住的是大都郊区的一幢豪华别墅。在一个晚上，我把莫迪送过去了。第二天早上，我接莫迪回来的时候，看到她一脸的憔悴真是心疼，我真后悔呀！而后，只要单善那个王八犊子要求莫迪去他那儿，莫迪就会应邀而去。于是，莫迪成了他的囊中之物。现在说来，我是愚蠢至极，是用女儿的身子，换来了现在的住所和一幢别墅，换来了莫迪的名模身份，还有莫迪传媒公司！在莫迪获得模特冠军之后，她又先后参加了美国、意大利、法国、英国等国际时装模特走秀，都取得了好成绩。莫迪虽然梦想成真，但单善却毁了我的女儿。您不知道的，单善这王八犊子滥交感染了人类免疫缺陷性病毒，并传染给了我的女儿，这是后来发现的。我不瞒您说，单善是一个烂男人，好多前程似锦的漂亮姑娘，都毁在了这个淫棍手上。说着说着，孙艳丽的眼睛里流露出少见的凶光，泪水中还伴有血色。

言宁猜测，孙艳丽眼睛流血，可能是毛细血管破裂所致。不过，如果单善还活在这个世上的话，这个女人会马上杀了他。而且，她会舍去生命，勇于赴死。

此刻，莫大真面无表情，就像他的老婆孙艳丽说着别人家的故事，同他一点关系都没有。但言宁看清了，莫大真的内心燃烧着熊熊烈火，眼睛放着凶光。

莫大真说，我女儿肯定死于单善的人之手。可是，莫迪死得值啊！莫迪在死之前，也让那个造孽的单善死掉了。

莫大真的话，让言宁大为吃惊。她专注地看着莫大真的脸，这人是不是因为女儿没了，精神上受到了刺激，在说胡话？不过，她立即感受到了什么，莫大真的话里是有着耐人寻味的故事。如果真像莫大真说的那样，是莫迪小姐杀死了单善的话，那莫迪就是凶手了。

但莫大真的话可信吗？是不是因为莫迪小姐吊死了，莫大真变得疯言疯语了。没准，莫大真说了疯话。生活中有这样的情况，在肉体和精神饱受摧残之后，人为了抒发心中的郁闷，会说些不着边际的昏话。

您开玩笑了，莫叔叔。您这样讲话，会毁了莫迪小姐的好名声，也会引发诸多的法律问题。莫叔叔，这可不是小事，您不能因为心中怨恨单善而乱讲话啊！您说，是莫迪小姐杀死了单善，是这样吗？

是的，她杀死了单善。警官，您不知道，我没有乱讲话，也从不乱讲话。

言宁瞧瞧莫大真，他神色平淡，言语肯定，不像是在说气话。在言宁看来，莫大真好像对什么都不在乎了，就像一个心死的人，已经没有什么希望了。可是，一个心死的人又会在乎什么呢？

此刻，莫大真，还有他的老婆孙艳丽，人虽然活着，但心已经死掉了。言宁暗自想着。

现在，莫大真和孙艳丽的眼睛里已经没有了泪水，但却充满了不可遏制的愤怒！可是，单善已经死了，尸骨已经火化，他们竟还那么恨他。

此刻，莫大真，还有孙艳丽，可能是因为莫迪小姐感染的人类免疫缺陷性病毒是由单善传染的而憎恨单善。或许，莫迪小姐实在是抗不了人类免疫缺陷性病毒的折磨，而上吊自杀了，这使她父母满腔怒火。可见，生活的悲苦，已经牢牢地控制了莫大真和孙艳丽的心灵。在他们的脸上，已无欢乐，也没有生活的希望了。

孙艳丽说，言宁警官，我老头儿说的事儿都是真的，绝无虚假。这个事儿，是莫迪亲口对我说的。莫迪说，妈妈，你让我跟着单善，他让我出了名，但毁了我呀！我是不知道他有传染病的。当我知道时，已经晚了。我虽然得到了名模的桂冠，也获得了金钱，但死亡在等着我呀，妈妈！

我说，是的，都是妈妈的错。

莫迪说，妈妈，我是不得已才选择了报复。那天晚上，他在别墅约我见面，我们还喝了酒，也发生了性关系。他说口渴，我在一个凉水杯里加了一粒高效麻醉剂。他喝了，就睡死过去了。为了不让人发现秘密，我乘他熟睡时，戴上手套，清理了别墅内的所有器皿，并消掉了可能留下的指纹，也包括脚印什么的。同时，我还带走了他与我单独通话用的手机。

哦，孙阿姨，如果您说的是真的话，那这就是一起谋杀案了。

不，我的女儿没有罪，她是正义的。不过，我女儿已经死了，不会再受到追究了。否则，我不会向您说这些。现在，我赞同莫迪的抉择。单善这个流氓应该死去！而单善的死去，也会让这个社会变得干净些。他不仅仅毁了我的女儿，还毁了好多像我女儿一样的如花似玉的姑娘。您知道吗？言宁，那可都是些好姑娘啊！

可是，您在莫迪小姐实施谋杀单善之前，是否知道她的谋杀方案呢？我是说，您知道那天晚上，您的女儿莫迪小姐要杀死单善吗？孙艳丽没有做声。知道吗？您说。

不，不知道，我的老婆不知道那天晚上的事，包括我在内，也是不知道的。我老婆之所以会知道这件事，是前天晚上，她陪着莫迪去荷塘医院见朵拉拉医生的路上，莫迪对她妈妈说了这件事。而这件事，是一年前发生的。

可是，莫迪小姐为什么要说这件事呢？

因为她知道自己感染了人类免疫缺陷性病毒，已经没有多长时间活头了。所以，莫迪向她妈妈说了实情。而我知道这件事的时间，还要晚一些，是我老婆昨天对我说的。也就是说，孩子她娘和我知道这件事，是在莫迪被吊死之前头一两天。是不是，莫迪她娘？

孙艳丽瞧着言宁，并没有说话，但也没有表示异议。她眼含泪水，仍然伴有一点点的血色。不，是眼睛里红红的。

好吧，你们说的事情很重要，我需要你们跟我去一趟刑警总队，做个笔录，可以吗？

噢，没关系的，想怎么样都行，反正我女儿已经毁了。不，是已经死了。莫大真这样说着，事实就是这样。单善的亲属发现他死亡的时候，已经是第二天午后了。后来，她们向市公安局报了案，侦查员和法医出了现场。初步鉴定的结果是单善可能死于心衰。当时，他的老婆虞尔宁是在场的！言宁知道这些。

到了刑警总队，言宁单独询问了莫大真，还有孙艳丽，他们的说法与之前一致。

莫叔叔，您知道，莫迪是怎么认识邹正道副局长的吗？在去荷塘医院时，她手里还拿着卫生局邹正道副局长的条子，去见了朵拉拉医生。叔，您怎么看这件事？特别是对邹正道副局长。言宁问道。我的意思是，调查莫迪小姐之死，应该怀疑与之有关的所有人，包括她的恋人郎子歌。您知道的，要用排除法一个个排除掉与案件无关的人。那么，剩下的那个人，就可能是真正的罪犯了。

噢，对，应该是这样的推理。不过，邹正道副局长是我的恩人，他在市卫生局工作，不会是凶手的。对了，他还救过我的命。那时，我和他都在大都型材厂工作。我当工人，他是医科大学毕业后刚分配来的大学生，在型材厂卫生所做大夫。一天，我被吊车吊起的钢材碰伤了头，是颞叶出血，昏迷不醒。应该说，我是危在旦夕。邹正道认为，如果不立即手术的话，我会死在送往大医院的途中。于是，就在卫生所，他冒着极大的风险，挨着我脑袋碰伤处的旁边打了一个小洞，让淤血流了出来，我这才没有死掉。再后来，我被送到了大医院，外科医生给我做了补救手术。我才保住了性命。可以说，在条件简陋的卫生所，他创造了一个奇迹。这次，莫迪得了人类免疫缺陷性病，是我去求邹正道教授帮的忙。于是，他向我推荐了朵拉拉医生。那天晚上，我老婆陪着莫迪去了荷塘医院。但没有想到的是，莫迪竟然死在那里了。我想，这肯定是单善的手下人作的孽。不过，也好，既然莫迪死了，也就不用受罪了。您知道的，莫迪得了不治之症，谁都没有办法的呀！

此刻，言宁看看莫大真，还有孙艳丽，痛苦就写在他们的脸上，还伴有对莫迪不明原因死去的种种疑惑。现在，莫大真和孙艳丽的眼睛里已完全没了神色，空茫茫的样子，似乎在慢慢地腐朽着。是的，莫迪小姐带给他们的悲痛，会伴随他们的后半生了。

第十章　但凡有福的人，死的时候都会平静

世事难料，单善竟然死在了自己亲手建造的别墅之内，他请的风水先生也没能改变他的命运。

莫迪小姐的死，真的会是单善手下的人干的吗？

言宁知道，单善是黑道上滚过来的人。单善死后，他的追随者的利益受到了重大损失，另外对他人采取某种报复行为，也是有可能的事。

当然，这需要求证。单善的死，警方没有给出他杀的结论。也没有证据证明，单善死于莫迪小姐之手。

现在，只有孙艳丽一个人这么说，而且她也是听女儿莫迪小姐说的。

那么，莫迪小姐是否死于单善手下之手呢？另外，单善真的如同莫迪小姐父母所说的那么坏吗？又真的是莫迪小姐麻醉了他，而后就死了的吗？如果是真的，那莫迪小姐就是害死单善的凶手。可是，莫迪小姐死了，单善的死已经难以查证。倒是莫迪小姐的死，渔泽水主任给出了他杀的检验意见。

单善之死，已经过去一年多了，至今都没有人提出过异议。如果说，是有人谋杀了单善，那单善的死应该是个悬案。在侦破莫迪

小姐死亡的案件时，还有必要对过往案件重提再查吗？

毫无疑问，应该继续追踪调查，并依法给出必要的结论。虽然这是个迷案，但对于莫大真和孙艳丽的说法，应该进行认真调查。或者说，应该对单善之死，给出是否是他杀的结论。

但令人匪夷所思的是，在莫迪小姐死亡之后，又冒出了单善死于谋杀的说法，而凶手又恰恰指向本案死者莫迪。对此，言宁有些头痛，显然，案子越来越复杂，是一个案子未破，另一个案子又被提起。

这案中生案，扑朔迷离，究竟该怎么办呢？

言宁支队长一时陷入了困境。就所掌握的单善死亡的初步情况，与莫迪小姐父母所说的莫迪小姐杀了单善的情况是大相径庭的。但她没有把自己想的问题说出来，也没有必要让莫大真和孙艳丽知道自己的想法。无疑，这些重要的想法，除了自己的上级，是不宜透露给他人的。

言宁记得，在一年之前，单善死在了大都市郊区的一幢豪华别墅内。那天，言宁奉命陪同渔泽水法医出了现场，但当时，她还只是一名普通侦查员。

单善的那幢别墅豪华无比，总造价在一亿五千万元左右，而且是上风上水的好住处。单善的别墅颜色特别鲜亮，为鹅黄色，还伴有一点点的天蓝色。单善的别墅前面是水，后面是山。可见，单善对住宅风水笃信不疑。

在生活中，单善痴迷于风水且远胜于科学。在建造别墅时，他特地摆了一个好大的场子，请来了风水界特有名望的先生，拿着一个精致的罗盘转着圈折腾了好一阵子。单善渴望大富大贵，渴望财源滚滚，渴望寿比南山。

但世事难料，单善竟然死在了自己亲手建造的别墅之内。可见，风水先生也没能改变他的命运。而他也永远都不会知道，这座建造精美的属于上风上水的别墅，竟然成为了他的死亡之地，而且是被谋杀，莫迪小姐说自己谋杀了他。

言宁回忆着往事，那天，是一个小雨霏霏的午后，她接到了单善所在辖区派出所一位民警打来的电话，说单善死了，死在了别墅之内，但原因不明。单善不是一般人，是大都市著名民营企业家之一，很有钱，在社会上也很有名望。

于是，言宁向上级作了报告，刑警总队队长指令她立即出现场。但到达现场之后，她获悉打电话给派出所报案的人不是单善的老婆，而是单善的管家刘平印。经过了解，刘平印是单善最好的朋友，也是他忠实的仆人。

言宁同渔泽水法医一同看了现场。单善死在别墅二楼的一个房间里，他平静地躺在一张黄花梨做的大床上，神态安详，就像一个生活得意的男人躺在床上做着甜蜜的美梦一样。他光着屁股，以不打扰他人的方式平静地告别了人世。

令言宁印象深刻的是，单善的别墅装修极其豪华，简直就是帝王在郊外的一座豪华寝宫。他所住的房间，足足有300多平方米。一排价值不菲的黄花梨家具侧立在寝室内的两侧，里面摆满了各种名贵的西服和休闲服装。不可思议的是，言宁在衣服柜里发现了两件透明的女士蚕丝睡衣。她知道，这种女士蚕丝睡衣价格不菲，每一件都要十万块钱左右。

在进门的左侧，是一间宽大的厕所。言宁打开门看了，坐便和洗手盆是镏金的瓷器，干净得一尘不染。厕所的旁边，是并排的淋浴间。淋浴间的地面没有水迹，干干净净。显然，主人在临睡觉之前没有淋浴，甚至连一根头发丝，乃至体毛都没有发现。

刑侦技术人员仔细地检查了所有的房间，包括垃圾桶都认认真真地看过。还有一楼、三楼的角角落落，均没有发现什么可疑的物件。是的，门窗没有撬轧过的痕迹，锁头完好。

在方厅里，有一张特别大的沙发，是意大利出产的软鹿皮沙发。沙发的旁边，是一个黄花梨做的茶几，极其精致和典雅高贵。在茶几的上面，摆着几瓶法国产的依云矿泉水。矿泉水旁边是一个托盘，里面有四个洁净的茶杯。言宁仔细看过茶杯，没有任何指纹。显然，茶杯没有人用过。

刑侦技术人员在卫生间、淋浴间、家具门，还有门把手上，查找可能有的指纹，但一无所获。显然，这很奇怪。既然别墅有人住，那就应该有指纹的痕迹残留。无疑，这极不正常。除非是有人用抹布专门擦拭过。还有，在整个大厅和寝室铺的桃木地板上，也没有发现什么异样。

不过，在大厅的地板上，侦查人员还是发现了一些细微的鞋印，虽然不够清晰，但经过勘验，还是得到了证实，是管家刘平印和虞尔宁的鞋印，其他就再没有什么可疑的物品了。包括单善，也没有留下脚印。再有，床单干干净净，没有一根头发，也没有体毛，甚至连应该有的皮屑都没有找到。就像床单被人用吸尘器仔细地吸过一样。

为此，言宁觉得非常的可疑。为什么连单善的脚印都没有留在地板上呢？这不正常。不过，很快她就想明白了，单善穿的是一双皮质拖鞋，就摆在黄花梨大床的跟前。

可是，会不会是有人穿着拖鞋谋杀了单善呢？当然，言宁当时也只是这样想想罢了。因为现场实证，在单善躺着的那张大床的旁边，还有一把黄花梨座椅。在座椅的上面，搭着单善的衣物。看上去，他应该是自主入睡的。单善的身上一丝不挂，裤头随随便便地扔在地板上。单善的第三任老婆虞尔宁说，他喜欢甲级睡眠，把裤头扔在地板上，是他特有的生活习惯。

刘平印说，单善的裤头只穿一次，第二天就会扔掉。无疑，这是有钱人的奢侈生活。

言宁暗想，单善就像换裤头一样，喜欢新鲜的女人，但前提是必须年轻，必须漂亮，必须是少女。因此，他可能很少重复一个女人。不过，莫迪小姐应该除外。因为莫迪小姐妖艳无比，而且她母亲说了，只要单善要莫迪赴约，她就会把女儿送过去。对，是送到郊区的别墅去。

单善死了。一年之后，跟单善上床的莫迪小姐，也莫名其妙地死了。那么，单善真的是他人所杀吗？这令人怀疑。但莫迪小姐说了她杀了单善。

现在，莫迪小姐之死，已经与单善之死紧密地联系在一起了。

但不同的是，莫迪小姐死的时候非常的恐怖，两眼满是惊恐。而单善死亡的时候却异常的平静，是安详地过世。无疑，莫迪小姐的死是谋杀，而单善的死如同帝王沉睡在美梦中一般，是安静地睡去了。

当时，对于单善的死，渔泽水法医提出了不同于他人的看法。但很遗憾，当时没有得到足够重视。渔泽水主任在仔细地勘查了单善死亡的现场之后，认为单善可能死于心衰，但不排除有他杀的可能。

渔泽水提出了自己的意见。他说，应该把单善送到刑事案件鉴定中心，我来解剖他的尸体。在尸体解剖之后，就会得出单善死亡的结论，是正常死亡，或是非正常死亡。

但渔泽水主任的提议，立即遭到了单善第三任老婆虞尔宁的断然拒绝。她的理由很简单，且态度强硬。虞尔宁说，我听明白了，您是没有直接证据表明我的丈夫死于谋杀。既然这样，我不同意随随便便肢解他的尸体。你们是知道的，单善是有名望的人。既然你们没有明显的他杀证据，那我就认为，我丈夫是睡着了。而且，你们都知道的，凡是有福的人，在死亡的时候，都会很平静，也会很安详，就像睡着了一样。我看，那就这样吧，你们可以回去了，由我来打理家事，并安抚我丈夫的灵魂。现在，他应该安息了。好了，你们都走吧，都走吧，让我好好地安静一会儿。不，也让我的丈夫不受打扰，让他安息吧！说完，虞尔宁的眼睛里立即涌满了泪水。无疑，这完全是一个寡妇才会有的悲伤情节。

言宁看了看虞尔宁，她头脑清晰，沉稳干练，是一个敢于担当的人。但因为单善的过世，她悲伤，她流泪，但又绝不是悲苦，也不像一个刚刚死去丈夫的妻子那样无助和精神紊乱。不过，虞尔宁的态度是可以理解的。而且，单善同虞尔宁之间的关系看样子是很好的。

不过，但凡熟悉他们的人都知道，他们是半路夫妻。毋庸置疑，虞尔宁是单善唯一合法的妻子，尽管他们之间的爱情来得晚了一些。或者说，单善和虞尔宁之间可能是拥有真爱，或者说没有真爱。但虞尔宁对单善的后事处置，确确实实是拥有不可置疑的决定权。既然这样，民不举官不究也就是了。

单善的死亡，没有明显的他杀的直接证据，那就应该认定单善属于意外死亡，也可以按照心衰来进行死亡处置。在这个时候，虞尔宁讲这样的话，符合她作为妻子的身份，也没有什么不妥的因由。

第十一章　谁都知道爱情易老，会腐烂，不会千年不朽

作为一个女人，尤其是漂亮的女人，找一个有地位、有钱、有影响力的男人，应当视为理性的选择。因为没有哪个漂亮的女人，愿意嫁给一个穷光蛋。

虞尔宁在嫁给单善之前就一心想找一个有地位的男人。或者说，找一个有钱的男人。

作为一个女人，尤其是漂亮的女人，找一个有地位、有钱、有影响力的男人，应当视为理性的选择。因为没有哪个漂亮的女人，愿意嫁给一个穷光蛋。因此，虞尔宁虽然结婚很晚，但她幸运地遇到了心仪的单善。

虞尔宁的模样出众，脸蛋俊俏、身材苗条。单善看过之后，很是满意。不仅如此，虞尔宁还有特别吸引男人眼球的地方。这不，她那一头波浪起伏油光闪亮的秀发，会悠然地在她那裸露的肩膀之上婆娑起舞。还有，她那半裸露着的极其丰满的胸脯，也会随着身体来来回回的移动一颤一颤的撩人。

她是一个非常喜欢钱财的女人，而单善又是一个非常喜欢美貌

女人的男人。钱财和美貌是虞尔宁和单善各自的明智之选，欲望也让他们疯狂地追求着各自所需要的东西。是的，没有哪个男人会不喜欢美女，也没有哪个美女不喜欢金钱。而逐臭的苍蝇，则会在厕所里面聚集，并翻飞起舞。有钱的男人会拥有无数个女人，当时，言宁有了这样的揣测。

单善先后踹了两个老婆，理由都非常的简单明了，但又有悖常理。他说过这样的话，一个有钱的男人，老婆不仅仅应该漂亮，还必须年轻，也不应该只拥有一个嘛！

据单善的私人管家刘平印介绍的情况，单善同虞尔宁只是过了一年。准确地说，他们半年之后就开始分居了。单善比虞尔宁要大20岁。显然，虞尔宁和单善之间不会有什么真爱，谁都知道爱情易老，爱情也会腐烂，爱情永远都不会千年不朽。何况，单善和虞尔宁又都各取所需。而他们之间的结合，又都是现实的相互利用。一个为了名利，另一个则为了美色。我这样说单善，不是对他不敬，也不是对不起朋友，我非常了解他，也包括我对虞尔宁的了解。

由于虞尔宁的坚持，单善的尸体最终没有被解剖，其死亡的原因不了了之。这对公安部门来说，也没什么不妥。既然没有确凿的证据说明单善死于他杀，那就没必要继续调查下去了。

据我所知，单善的尸体是在第三天被火化的。然后，单善的骨灰被撒在了潮白河里，这是虞尔宁的决策。不言而喻，她是恨单善的。因为他同她结婚之后，依然不间断地寻花问柳。对此，虞尔宁曾经怒火中烧，但蚍蜉撼树，无济于事，胳膊是拧不过大腿的，她没有能力改变一个有钱人的嗜好。

现在，她拥有了单善在世时的一切权力，还有钱财。就凭她将单善的骨灰抛在污染很重的潮白河里这件事，就足以说明虞尔宁的心肠是够硬的。不，她是不希望再见到单善的骨灰，还有他的任何遗物，但钱财除外。

可是，在结案后听说的一个情况让言宁十分震惊。在单善死的那天半夜，有人看到一个高挑的女孩儿离开了单善的别墅。还有，一个高个子男孩儿开车将那女孩儿接走的。而这个话，是侦查员边路遥说给言宁的。

而这个话，边路遥说是听单善的邻居说的。据他说，单善的别墅，不时会有年轻漂亮的女孩子光顾。而单善又是一个特有艳福的人，女孩子好像都特别喜欢他。他的妻子虞尔宁，只是一个摆在中堂的牌牌而已。

可是，说这话的人，对于那个女孩儿长得什么样子，却不甚了了。但他描述了那个女孩儿的特征，身材高挑，脚步轻盈，是匆匆忙忙离开单善别墅的。他还说，但凡来单善别墅的女孩儿，都有着惊人的俊俏脸蛋，那身段真是好看极了。当时，边路遥说给言宁听的时候，单善的尸体已经化成了灰烬。

侦查员边路遥之所以会了解到这些情况，是因为他代表叔叔参加了单善的葬礼。边路遥的叔叔叫边在帝，是国内知名模特大赛的评委。而且，边在帝和单善之间有着紧密的合作关系。确切地说，他们是事业上默契的合伙人。边在帝是评委，按照单善的意愿投票之后，就可以暗中拿钱。

单善死的时候，边在帝去纽约参加国际时装展了，他委托侄儿边路遥代为参加单善的葬礼。在送葬过程中，侦查员边路遥听到单善的邻居夏雨讲了这些话，而夏雨是在送葬时和熟人讲的，只是被边路遥听到了，又告诉了言宁。

不过，当时侦查员边路遥只是说说而已。但此刻，言宁却有了真切的回忆。因为莫迪小姐的母亲孙艳丽亲口说，是莫迪亲手杀死了单善，莫迪死得也是值了。

现在，怀疑莫迪小姐被他人所杀，而莫迪小姐的母亲又提供了莫迪杀死单善的证词。单善的死因，现在应该引起高度关注了。

那么，孙艳丽的说法真实吗？如果真实，那个夜半时分离开单善别墅的高挑女孩儿，就很值得怀疑了。可见，对于单善之死，调查应该从新开启。

言宁推测，那个半夜离开单善别墅的女孩儿，应该就是莫迪小姐。如果单善死于谋杀的话，莫迪小姐应该受到怀疑。也许，莫迪小姐真的是杀死单善的凶手。可是，单善的尸骨火化了，已化作尘埃，并被涓涓流淌着的潮白河水带向了未知的远方。

那么，对于单善的死，还真的有必要继续侦查吗？言宁在心里揣测着。再有，莫迪小姐的死，会与单善过去的那些手下的喽啰们有关吗？这都是难说的事情。

调查的情况表明，单善 11 岁开始贩鱼，后来垄断了鱼市。再后来，他做了包工头，进入了很赚钱的土木工程行业。不久，有钱的单善在大都的郊区以低价拿到了 1000 亩土地，并开办了养殖场和饲料厂，为整个大都市提供鸡鸭鱼肉，并将饲料卖给一些养殖户。

随着改革开放的持续推进，土地成了重要的生产要素，但谁也不会想到，土地价格会发疯地上涨。这不，单善就此来了一个华丽转身，摇身一变成了亿万富翁。在投资房地产之后，他的生意渐渐地做大。手中有了大量的资本，又把钱换成了更多的土地。单善相信，土地会在商品经济中有大幅的升值空间。显然，他独具慧眼，又像一个不要命的赌徒，每次又都押对了筹码，而且赌注惊人！

于是，单善成了名副其实富甲天下的商贾，也是大都市的名人。而后，单善又垄断了大都市装饰材料市场。在淘汰第二个老婆的那年，他 46 岁的时候，开始染指无烟的产业，即模特云集的时装行业。

单善是新时代的宠儿，也是新时代模特有限公司的董事长兼总经理。单善是很有心计的人，通过贿赂官员，他不仅鬼使神差地拿到了更多的土地，还巧妙地控制了模特行业。模特行业在当时是新兴的产业，没有人知道其中的猫腻，还有金钱所能画出的模特成长的暗中轨迹。

莫迪小姐加入新时代模特有限公司的时候，正是单善春风得意之时。单善通过不断地推出新的佳丽，好再从她们身上赚取更多的钱财。为此，单善有了自己独到的手法，在推出名模之前，他会不计成本的砸下重金，并敢于向那些评委使大钱，也就有了更多的名模出自他的麾下。

于是，单善的新时代模特有限公司，在模特界很快就声名鹊起了。也正因如此，一些身材高挑、面目娇艳的女孩子，因为渴望成名而纷纷向他扑来，甚至在送上金钱的同时，也满面春色地将自己的香体送上。因而，单善通过培训模特赚模特家长的钱。此外，在模特出道成名之后，又通过模特的名望和身体赚更多的钱。

单善和模特签约一般为 5 年，赚的钱会三七分成，模特得三，他得七。也就是说，单善为模特代理广告签约，如果是 100 万的合同，他要拿走 70 万。单善是当代社会名副其实的寄生虫。而不同的是，他所寄食的对象都是些漂亮的模特，还有她们的香体。可是，单善不仅仅是吸血，还对美女香体疯狂的蹂躏和肆意的践踏。如果哪个模特不想受控制提出毁约，都会给他带来巨大的经济损失，单善自有对付她的办法，他会通过合同中的霸王条款，成倍地加收模特的违约金，300 万、500 万，甚至会更多，当然会同时伴有暴力威胁。但他又会节制到一定的程度，这又体现了他的精明之处。单善想赚钱，但又绝不想有案子在身。

如果你不想死的话，你就老老实实地为我赚钱！单善这样威胁那些模特，甚至有打手摇着硫酸瓶对模特说，这玩意儿会让人麻脸的！

自然，没有哪一个模特想死，也没有哪一个模特想麻脸的。她们深知，活着要比死好，麻脸会断送“钱途”，而活着赚钱才是王道。因此，是没有人敢得罪单善的。因为她们都知道单善的底细，是手黑着呢！何况，他身边有一帮喽啰。

一般来说，一个名模五年之内，至少会给他带来 700 万到 1000 万元不等的利润，甚至还会更多。而他控制的名模，不只是一个，而是十几个，有时甚至多达几十个。这还不包括那些没有出名，但又极具潜质的模特。可见，单善不但靠房地产开发赚钱，还干着一笔包赚不赔的买卖。那没有成本的，又类似于人肉的生意，真是财源滚滚。而玩玩女人，那只是他的一个插曲而已。

由此，单善在那些模特香肩丽影的背后，钱是越聚越多，也成了推出名模佳丽的专业户，还是衣着光鲜的社会名流。在大都，有身份的人，以及没有身份的人，无不知道单善的名字。他手中美女如云。其实，莫迪小姐只是他控制的众多模特之一，但有所不同的是，莫迪小姐最终背叛了他。

现在，莫迪小姐死了，又牵出了单善的死，让刑警支队长言宁是云里雾里。可是，莫迪小姐母亲的话是真真切切的。如果是真的话，那又该去找谁对证呢？现在，可对证的莫迪小姐已经死了，而单善在一年之前也已化作了尘埃。

但不同的是，莫迪小姐死于他杀，这是渔泽水主任给出的结论。单善可能死于他杀，却是渔泽水法医出现场时曾有过的怀疑。对于单善的死亡，怀疑就能够立案吗？答案显而易见，绝对不能！何况，单善死亡的案件，已经过去很久，也很难探知其周围所发生的一些秘密了。

那么，是否可以将单善之死，同莫迪小姐之死进行并案侦查呢？毋庸置疑，应该并案侦查，言宁这样想。是的，一个刑警的重大使命，就是守望社会的公平与正义。这是职责所在，也是良心使然。

第十二章　天使不如魔鬼，而魔鬼要比天使更有力量

大都监狱又发生了非正常死亡的毒杀案，狱警张茅、罪犯常希令，都死在了021牢房之内。

在刑警总队的办公室里，侦查员边路遥和韦闾正分析着荷塘医院的监控录像。他们一共索取了100个小时的影像资料，反反复复地察看，希望能够找到罪犯的蛛丝马迹。但结果令人失望，几乎没有发现任何有价值的东西，甚至连一个可供怀疑的人影都没有出现。

那个谋杀了莫迪小姐的人，简直就是个魔鬼，消失得无影无踪了。更令人气愤的是，荷塘医院的名声很大，但算计得如同穷鬼一样，安装的监控装置，只是设在了医院的大门口、挂号窗口，还有收费大厅以及电梯间之内。由于考虑成本因素，医院的消防通道和病房的走廊，均没有设置监控装置。

任何一个凶手，都会巧妙地选择通过安全通道直接上到住院部的任何一个楼层，进而躲过监控装置的捕捉。事实上，罪犯在实施犯罪之前，都会经过周密谋划，以躲过各种“暗道机关”，为防止被抓现行和事后追踪。

在案发当天，住院部7楼的通道大门没有加锁，而平常也是如此。不仅仅住院部7楼是这样，其他楼层在晚上也均没有加锁的习惯，这是紧急救护病人的需要。可是，这为案件的发生提供了便利条件，也为案件的侦破带来了诸多困难。谁都知道，案件发生之后，如果没有线索来源，那案件的侦破将无从下手。

这时，言宁支队长回来了。边路遥说，头儿，您来得正好。我们正在对荷塘医院的监控录像资料进行分析，但没有发现任何疑点，也没有发现任何可疑的人，甚至在零时至凌晨5时，都没有人乘坐电梯到过7楼。不过，在监控录像中，我们看到了莫迪小姐，还有她母亲和朵拉拉医生。

言宁说，有什么疑点吗？

韦闾说，没有。朵拉拉医生是21时30分走的，莫迪小姐的母亲是21时50分离开病房的。此后，再没有人进入7楼。令人头痛的是，防火通道贯穿各个楼层，各个楼层的走廊里根本没有监控设置。更为可气的是，楼内有两个消防通道，一边一个。如果有人从消防通道上来，监控装置根本发现不了什么。

边路遥说，另外，在一楼电梯间外，有一个固定着的监控探头，但它坏了，没有及时修复，只是一个摆设。即使罪犯从那儿走过，也不会留下什么踪影。可见，荷塘医院之所以有些名气，不外乎是有了一些著名的医生，其安全管理是一塌糊涂。头儿，如果我是莫迪小姐的亲人，我会向人民法院对荷塘医院提起公诉，强烈要求医院赔偿经济损失。何况，莫迪小姐是名模，索赔200万元应该不是问题。

韦闾说，头儿，莫迪小姐之死，从某种程度上说，是荷塘医院管理上的失败。因为管理学上说了，任何管理上的成功，都是管理者的成功。任何管理上的失败，都是管理者的失败。因此，荷塘医院管理上的过失和医院领导者的失职，导致了莫迪小姐的无辜死亡。

言宁说，哦，你这么看。

韦闾说，是的，绝对没错。

言宁说，好了，这个问题我们暂不探讨，还是留给荷塘医院的领导班子讨论吧！现在，我想说的是，如果莫迪小姐是被他人谋杀，那是不是说凶手是一个幽灵，它悄悄地潜入了荷塘医院，又悄悄地潜入了莫迪小姐的病房，并手段残忍地杀死了她。然后，又轻松地将莫迪小姐吊在了暖气管子的扣件之上。再后来，那个幽灵又悄无声息地溜走了。

头儿，是的，我想是的。侦查员边路遥说，那个害死莫迪小姐的人肯定是个魔鬼。现在看来，天使真的不如魔鬼，而魔鬼要比天使更有力量。

那么，你们想想看，那个杀死莫迪小姐的魔鬼，它现在会躲在哪儿呢？难道它就没有留下一点点的蛛丝马迹？言宁说道。

韦闾说，要我说，头儿，杀死莫迪小姐的人，肯定同莫迪小姐有利害关系。否则，谁敢开玩笑下死手！

噢，韦闾，你算是说对了，如果没有利害关系的话，那个人就不会杀死莫迪小姐。可是，如果他真的是个魔鬼，那么，他为什么选择在医院杀死莫迪小姐。你们想过没有，其实，这个魔鬼可以在任何地方出手并杀死莫迪小姐。

边路遥说，是的，我信您的话。

这时，大都市公安局分管刑侦工作的副局长王子皇到了。他站在他们身后，言宁支队长在同韦闾和边路遥讨论案情时，精力过于集中，对副局长王子皇的到来根本没有注意到。

当言宁转过身才发现了王子皇局长，说，王局长，您什么时候到的，我还想去您那儿汇报呢！不过，您来得正好，我将初步了解到的情况简要向您汇报一下。现在看，莫迪小姐吊死的事件错综复杂，一时还难以理出头绪。到目前为止，尚没有发现什么有价值的线索。

哦，是嘛！

是的！这时，王子皇的手机响了，他接听了电话。喂，我是王子皇，请讲！

您好，王局长，我是大都监狱监狱长游乐。我有重要事情向您报告。不好了，我们监狱里发生了非正常死亡案件。一个是狱警张茅，另一个是罪犯常希令。他们都死在了021牢房。王局长，您得马上派人来这儿看看，越快越好！

哦，好的，我马上就到。王子皇合上了手机，对言宁下达了命令，走，言宁，我们马上去大都监狱，那儿有两个人死了。噢，对了，你得马上给渔泽水主任打电话，请他立即赶到大都监狱。我们在那儿会面。

是，立即出发！言宁马上给渔泽水主任打了电话。渔伯伯，大都监狱发生了死亡案件，王子皇副局长要您立即赶到大都监狱。我们在那儿会面。

好的，马上就到！渔泽水说。

临走前，言宁将从孙艳丽那儿拿来的莫迪小姐的录像，交给了侦查员边路遥和韦闾。她说，你们仔细地看一看，这是莫迪小姐在T型台上的录像，说不定会有什么新的发现。然后，她和王子皇副局长开车赶往了大都监狱。

大都监狱位于郊区，监狱长游乐向王子皇副局长和刑警支队长言宁介绍了案情。王局长，今晚18点30分，我给监狱打电话，但没有人接听。我看了看值班表，应该是狱警张茅值班。于是，我又拨打他的手机，但他关机了。于是，我决定去监狱检查。我和副监狱长辜明理一块儿来到监狱，发现狱警张茅脱岗了。之后，我们逐一巡视了监狱。在021监室，我发现狱警张茅和常希令均已死亡，都躺在了地板上，并口吐污物。

游狱长，一般情况下，你们监狱是几班倒，每个班次又是几个民警值班？王子皇问道。

三班倒，每个班次是八个小时。白天民警会多一些，晚上是两名狱警值班，并轮流换岗。另外，监狱四个角的岗楼，均由武警战士放哨，因此用不着那么多民警。值班狱警的任务是临时处置监狱内的一些突发情况，或者事件什么的。我和辜明理来到监狱时，另一名民警正在休息，他是准备零点后接班的。

这时，渔泽水法医到了。王子皇副局长说，走，渔主任，我们一块儿去现场看看。

王子皇和言宁，还有渔泽水法医，以及相关的技术人员，在监狱长游乐的陪同下，来到了021监室。

大都监狱的监室是一字排开的，而走廊是一个窄型过道，各个监室都有一个铁门与过道相通。但各个监室的门口又都是相互错开着的。因此，在斜对面的监室，看不到对面监室的门。这样设计的好处是各个监室的犯人不能相互交流，但各个监室也难以知道其他监室发生了什么问题。经现场勘查，021室有一个小窗口，上面有铁栅栏，窗子是合上的。门口的铁门有一把锁，但已经打开。后来，言宁支队长在狱警张茅的裤兜里，找到了那把打开监室锁头的钥匙。刑警支队的一名技术人员将021监室的锁头和钥匙，装在了一个塑料袋里面，并一一做了标记。

监室的地板上有香肠，还有煮熟的鸡蛋和水煮的花生米。从地板上的鸡蛋皮看，茶蛋是四个，已经吃掉了。显然，常希令和张茅应该各吃了两个。而且，他们还吃了一些其他的东西。在常希令和张茅的尸体旁边，各有一个百事可乐塑料瓶被扔在了地板上。百事可乐塑料瓶瓶体上的图标非常显眼，那上面写着无糖、刺激和极度无忌的字样，很是诱人。

刑侦技术人员对现场进行了认真拍照，并绘制了草图。渔泽水小心翼翼地将百事可乐瓶装进了塑料袋里。经查看，瓶体里面还有少量的残余液体，但液体是黑色的。

渔泽水发现，常希令和张茅全身紫绀，各自都歪向了一边，且四肢已经僵直，口吐白沫，监室内有多处呕吐物。经检查发现，他俩都有小便失禁的现象。

渔泽水分别采集了现场的呕吐物标本，还有他们吃剩的食物。随即，支队长言宁指令警员，将常希令和张茅的尸体，立即送到刑事案件鉴定中心进行解剖，以便查明死者的死因。

从现场勘查的情况看，渔泽水给出了初步认定。他说，王局长，以我的判断，常希令和张茅可能死于食物中毒。从现场死者的症状上看，不排除是毒鼠强致死，但需要实验室进一步确认。

王子皇点点头，表示知道了，同时包含着信服的意思。因为渔泽水法医曾多次勘查过毒鼠强致人死亡的现场，有着丰富的实践经验。

王局长，在鉴定结果出来之后，我们应立即召开案件分析会，讨论狱警张茅和罪犯常希令死亡的案件，包括莫迪小姐被谋杀的案件。您看好吗？言宁提出了请示。

是的，应该连夜召开案件分析会。不过，渔主任，你们要连夜工作，抓紧给出狱警张茅和罪犯常希令死亡的检验结果，会议可以晚一点召开。王子皇副局长向鱼泽水主任下达了指令。

是的，没问题，立即去办。渔泽水主任说。

第十三章　在我那儿住院的患者，一般都患有精神抑郁症

不，妈妈，莫迪小姐真的死于他杀，这不会错的。知道嘛，这是渔伯伯给出的结论。

凌晨3点钟，言宁拖着疲惫的身子回到家。朵拉拉和言起年夫妇俩已经睡了，但言宁开门的声音，还是被朵拉拉听到了。是你吗，言宁？

噢，妈，是我。

怎么回来得这么晚？还要不要命了？

妈妈，我又出现场了。这不，大都监狱发生了一起毒杀案。因为是顺道，我就回家了。妈妈，对不起，我影响您休息了，您接着睡吧！

言宁，你吃过饭没有？

噢，还没有。妈妈，您不用管我了，我自己搞一点饭吃就可以了。说着，言宁走进了厨房。

朵拉拉从床上爬了起来，并对身边的老头子喊道。哎，哎，言起年，你赶紧给我起来，给姑娘做饭去。你瞧瞧，这都什么时候了，饭还没有吃上，可真是的！

言起年从床上爬了起来，来到了厨房。对言宁说，姑娘，我看你早晚得把身体搞坏了，哪有这么不注意身体的。

言宁说，爸爸，您去睡觉吧，我自己来就行了。

这时，朵拉拉也从床上爬起来说，言宁，你老是这样忙工作，身体能行吗，受得了吗？

噢，没什么的。妈妈，您就放心好啦，我什么事都没有，身体好着呢。我不能说是钢筋铁骨，但什么病都没有。妈妈，您女儿的身板结实着呢！

那就好，朵拉拉说，那个案子到底怎么样了？有个谱没有，该不是他杀吧？

妈妈，莫迪小姐是死于他杀。鉴定结果已经出来了，只是没有对外公布。

哦，是吗？

是的，她先被人窒息，又吊死在暖气管子上。

什么？言宁，这怎么会呀？我看不排除是精神抑郁而自杀的可能。知道嘛，言宁，在我那儿住院的患者，一般都患有精神抑郁症，自杀也是常见的现象。因为精神抑郁而自杀的人时有发生，但一般都不是发生在医院里。姑娘，你可能还不够了解这些患者，他们一旦感染了人类免疫缺陷性病毒，精神往往就垮了。对此，我比你有经验。所以，我不大相信你们的结论，莫迪小姐不排除有自杀的可能。

不，妈妈，莫迪小姐真的死于他杀，这是渔伯伯给出的结论。您知道嘛，渔伯伯是法医中的刑事案件鉴定专家，没有谁能够比得了的。渔主任认为，是有人用枕头使莫迪小姐窒息了，然后又用墨绿色尼龙绳把她吊在了暖气管子的扣件之上。妈妈，这个结论不会错的。知道嘛，渔伯伯不会错的，他是刑侦方面的权威。

哦，渔泽水嘛，我是知道他的。可是，他早就该退休了，怎么还在做事呢？我想想，他应该比我大8岁吧！

嗯，差不多。妈妈，渔伯伯是特殊人才，组织上虽然同意他退休，但实际上他还在工作。现在看，老法医真是宝啊！渔伯伯是个老侦探，厉害着呢！

言宁，记得不，你高考的时候，我让你去学医，可你就是不干，非要死乞白赖地去做什么刑警。现在知道了吧，学医多好，至少不会三更半夜的吃不上饭嘛！

妈妈，我非常喜欢刑警的工作，您不要老提这事儿好不好。妈，您说，谁会去医院杀死莫迪小姐呢？对此，您老有什么看法吗？

哦，没有。我什么都不知道。可是，我不大相信莫迪小姐是他杀的结论。我看，你们是不是在做什么蠢事？怎么会有人杀死一个患者呢？不过，莫迪小姐要是自杀的话，可她又为什么来这儿住院呢？这倒也是个问题。

是的，妈妈，如果她要自杀的话，就不会去医院了。有关莫迪小姐他杀的结论，的确是渔伯伯给出来的，您就不要怀疑了。另外，现场的痕检也支持他杀的结论。再有，莫迪小姐属于他杀的结论，是法医鉴定小组集体作出的，而且非常审慎，莫迪小姐的确死于他人之手。

那你说说看，究竟是谁杀死了莫迪小姐？可又为什么要杀死她呢？这里面会有什么蹊跷的事吗？如果她死于他杀，那肯定会有因由的，对不对？

那是，妈妈，肯定是有因由的，只是现在我还不知道，一切还没有头绪，都是乱糟糟的一团麻。不过，很快就会水落石出的，罪犯一定会被绳之以法。

但愿如此吧！不过，姑娘，瞧瞧你，这两天熬的，眼圈都发黑了，嘴唇也破皮了，肯定是没有睡好觉。一会儿，好好在家睡一觉吧，别把身体搞坏了。否则，你爸爸非怪罪我不可！

言宁，你妈妈对你有意见了，知道不？她说你在医院里说话冷冰冰的，是这样吗？言起年将热好的饭菜端了上来。

哦？爸爸，不会吧！说我冷冰冰的，那肯定不会是我妈妈说的话。是吧，妈，您对我多好啊！

那是，我怎么会怪罪自己的女儿呢？可是，言宁，莫迪小姐真的死于他杀吗？

是的，这个结论确切无疑，但凶手还没有找到，案件扑朔迷离，一时还难以搞得清楚。不过，我们会搞明白的。知道嘛，法网恢恢，疏而不漏。

言宁吃过饭之后，说道，妈，我得去公安局开会了，还要继续研究案子。爸爸，对不起，搞得你们都睡不好觉。妈妈，你们睡吧，有什么事我再给你们打电话！

朵拉拉说，言宁，你一定要好好休息，老是这样下去怎么行啊！时间长了，你会搞坏身体的。再说了，爸爸妈妈就你这么一个宝贝儿。

哦，妈妈，我注意就是了，您尽管放心好了。妈妈，那我走了，您赶快休息吧，我把门锁好。

言宁走后，言起年说，你看看，老婆子，我女儿做事该有多认真，是一个典型的工作狂，就跟你一样！我看呐，你以后得劝劝言宁了，可别再干什么刑警了，非累坏了身子不可。知道嘛，咱可就这一个姑娘。

哼，我早就不同意她干刑警。就是因为你，老是顺着她的，都把姑娘惯坏了，弄得这深更半夜的都不得休息。

好了，好了，老婆子。你看你，又生气了不是。要我看，这都是你的不对！

言起年，你跟我说什么？哼，我的不对？你再给我说一个，言起年，你还敢跟我说这话，真是的！

噢，我错了。老婆子，我说错了，好不好！你看这三更半夜的，姑娘都走了，你还让我睡一会儿不？

我告诉你，言起年，你可以睡觉，但必须给我老实点。否则，我可不惯着你！

那行，我一定听话。你呀你，就知道跟我横，一见了言宁你就什么话都不敢说了。真是的，你就会跟自己的老头子装横！

怎么的？你是不是不服，言起年？

不怎么的，我服，我哪敢不服你啊！哎，我说言宁她妈，你也快睡吧，离天亮还早着呢！否则，你明天别想上班了。

哎，这孩子，真是疯了！

因为童年的一个故事，言宁做了刑警。而且，她不顾母亲朵拉拉的坚决反对，可父亲言起年对言宁的职业选择是坚定支持的，这里面都因为一个小小的故事。

言宁五岁那年，因为额头上生出一个水痘，并用小手抠破的缘故，在眉心处留下了一个浅浅的疤痕，而且永远都去不掉了。每次洗过脸后，妈妈都会按照印度人的习俗，找来一个小碟，用一点朱砂涂抹在额头上。有时会涂成圆点，有时会涂成水滴形状。而那颗红红的圆点，又恰好掩盖了她额头上的疤痕，也让她变得如天使般的美丽。

妈妈还对言宁说，宁宁，你知道吗？那颗红点有象征意义，就是说，你是佛教化过的人。

哦，是嘛，那佛会保佑我的。

是的，佛会保佑你的，并伴你左右，宝贝儿。

后来，言宁知道了，那颗红点还有其他方面的象征，是象征着少女的纯洁和善良。说来也是巧了，突然有一天，小小的言宁被大都大学一位著名的美学教授江大军发现了，并注目了很久，那种神情有如乞丐发现了价值连城的珠宝，顿生了艺术家的创作灵感。

可是，小小的言宁却疑惑不解地问道，伯伯，您为什么老是看着我呀？

江大军说，噢，小姑娘，我看你好漂亮啊！我能不能为你作幅画呀？如果你愿意的话。

哦不，我妈妈说不行的，因为我没有钱给你。然后，小言宁对妈妈说，妈妈，伯伯要给我画画，你看行吗？

朵拉拉说，哦，你高兴吗？如果你高兴的话，那就让这位伯伯给你画吧！

高兴，妈妈，我高兴，只是没有钱该怎么办啊？

江大军说，不，小姑娘，伯伯为你作画不要钱。来，你坐在凳子上，我来给你作画。

于是，小言宁有了自己的一幅画，也是唯一的一幅油画，并一直珍藏到现在，就挂在她的卧室里。

那天，江大军教授还对她说，小姑娘，你知道吗？你额头上的小小的疤痕，是可以做成一颗红豆的，可以是水滴型，也可以是圆珠型。还有你脸蛋上的两个浅浅的酒窝，会使你变得非常的漂亮。噢，小姑娘，你真是美丽极了，特别是你微笑的时候，可漂亮了！

啊，伯伯，您是在夸我吗？我真的有你说的那么漂亮吗？你是不是在骗我呀？因为我没那么漂亮呀！

哦不，伯伯不会骗你的。小姑娘，你真的好漂亮，非常的漂亮。哎，小姑娘，我看你就是天使。知道嘛，你是一个非常漂亮的小天使！

噢，伯伯，我知道什么是天使。因为妈妈给我讲过天使的故事。伯伯，谢谢你！可是，我怎么才能变成天使呀？

这样吧，我给你点化一下，你就可以变成天使了。不，你还是变成二郎神吧。小姑娘，你知道二郎神吗？他有三只眼。

哦，是嘛！伯伯，可我不知道谁是二郎神，也从来没有听说过二郎神！伯伯，二郎神是好人还是坏人呀？如果他是好人，那我就做二郎神。他要是坏人的话，那我就不做二郎神。

小姑娘，二郎神是神话故事里的人物。知道嘛，二郎神是天神，是火部兵马大元帅，他会捉拿孙悟空的。

啊，孙悟空，我知道的。可是，我还是不懂，不知道什么是神话故事。还有，那天神又是什么呀？不过，伯伯，我知道孙悟空，他会七十二变呢！我还知道，他和唐僧去西天取经，去老远老远的地方。

噢，好！小姑娘，我来告诉你好了，二郎神是天神，就是守护着天堂的人。他的第三只眼睛是火眼金睛，能够看清人世间的一切，谁都休想骗过他。包括孙悟空七十二变，都逃不出他的手掌心。小姑娘，我问你，你想不想做二郎神呀？如果想的话，我能立马让你变成二郎神，你信不信？

哦不，我不信。伯伯，我不是二郎神。不过，我听你这么说，那我愿意做二郎神。可是，伯伯，那你做孙悟空好吗？你要是做了孙悟空，那就跑不出我的手掌心了！说着，还将小手伸了出来，说，伯伯，孙悟空是不是在这儿呀！

对的，小姑娘！来，让我给你点化一下好嘛，在你的额头上画个红点，就会变成火眼金睛了。之后，你就可以用第三只眼睛看世界了。

哦，好啊！

于是，江大军教授在言宁的眉心之处只轻轻地画了几笔，一只竖着的眼睛就出现在了小言宁的额头之上。

之后，那个美学教授对她说，小姑娘，现在你拿镜子看看，你已经有了“开天眼”。将来，你就可以做马王爷了，也是无所不能的华光大帝了！

啊，是嘛，那好啊，我愿意做帝王！

此后，小小的言宁，常常在额头上绘出红色的圆点，或者是画成水滴型。令朵拉拉医生没有想到的，就是这个偶遇竟然决定了言宁事业的选择。尽管她坚决反对，但言宁还是坚定了做刑警的决心。

之后，言宁在报考大学的时候，只选读了大都公安大学的刑警专业。她决心做二郎神了，并决心铲除人世间的一切罪恶。

第十四章　在官场里，人和人都充满了算计

权力就是魔鬼，一个会依附于人体并毒化人心灵的魔鬼。不仅仅如此，魔鬼还会控制人的行为，会促使一些正常人做出一些邪恶的事情来。

做了刑警之后，言宁对刑警的职业有了深刻的了解。刑警不仅要有非凡的智力，还要有冷静的头脑，甚至要有无限的精力和不知疲倦的体魄。否则，是难以适应侦破复杂案件的需要的。

不可思议的是，一个刑警所面对的问题，不仅仅是案件本身，还要承受来自方方面面的巨大压力，包括组织上的政治压力，还有公众的舆论压力。

可是，这两天的案子偏偏是一个接着一个，而且难以见到光亮，更为重要的是，这些案子的侦破都要由她来挑头。

当言宁来到刑警总队会议室，准备参加案件分析会时，那些与会人员尚没有到。于是，她打开了电视机，屏幕上出现了一个英俊的男主播，正播报着午夜新闻。

各位观众，根据本台刚刚收到的消息，大都监狱发生了一起谋杀案。其中两人死亡，一名是狱警，另一名是在押的罪犯。据可靠消息证实，那名狱警叫张茅，罪犯叫常希令。常希令是原大都市卫

生局局长，因受贿获罪入狱。目前，常希令死因不明。此前，警方已经赶赴大都监狱勘查了犯罪现场，正全力组织警力侦破此案。有关此案的后续情况，本台将陆续跟踪报道，谢谢观众收看！

接下来，电视机里面出现了明星广告。莫迪小姐身着三点式内衣，迈着猫步深情款款地从T型台的远端走来。定格的瞬间，莫迪小姐用右手的大拇指轻挑自己胸部的文胸，而那上面有“俏佳人”内衣商标。言宁清楚，这是莫迪小姐为俏佳人服装公司代言的产品。

噢，这定格的瞬间，无疑是摄影师王子夫小姐的杰作。是的，为了吸引观众的眼球和提高收视率，一些摄影师通常都是这么干的。不过，这没有什么，摄影师的职业就是追求生活的美好，也应该让影星和模特变得更加性感，进而获得经济效益的最大化。

言宁盯着电视屏幕，莫迪小姐款款走来，风姿妖娆，又极度迷人。但很可惜，正处鲜花怒放的年龄，莫迪小姐却不明不白地死了，而且死时眼睛充满惊恐。

言宁忧郁地关掉了电视机，并转身来到了公安局大楼的楼顶。她想吹吹夜风，让昏昏欲睡的脑袋清醒一些，以便开会时对已经发生的一系列的案件进行必要的分析。同时，也想趁此机会俯瞰夜色中大都市的迷人景色。

言宁的确是有些困倦了，但破案的压力不允许她有片刻的休息。现在，她站在市公安局大楼顶层，观看着大都的美丽夜色。那条被华灯扮亮的无比宽阔的帝王大道，川流不息的车流，宛如一条五光十色的河流，有着“滔天巨浪朝天涌”的气势。

除了川流不息的车流，言宁还看到了街道两旁的一些稀疏往来的人们，在夜色中急匆匆地走过。她不知道，这些人都来自哪里，又会飘向何处。或许，这就是生活，是铅华不尽的生活，人们各自忙碌不已。

言宁顺着流光溢彩的帝王大道向远方眺望。在可见之处，色彩缤纷的帝王大道与遥远的天际紧紧地连接在一起。这真是一幅壮丽的景色，美丽极了。

她想，如果伟大的诗人郭沫若还活着的话，看到了此情此景，那《天上的街市》又会有续篇了，也定会是不朽的伟大诗篇。

之后，言宁对帝王大道两旁一些错落有致的高楼注视了好一会儿，每座高楼都有霓虹的盛装，并散发着迷人的梦幻。不知道为什么，言宁想到了一些问题，那些高楼都是重要权力机关，一些聪明绝顶的人会在里面办公，而他们都握有权力。因而，在现实生活中，他们不仅会俯视一切，也会蔑视一切，甚至包括自己在内，他们都会不屑一顾。

不过，言宁生来对权力看得很淡。她觉得，权力就是魔鬼，一个会依附于人体并毒化人心灵的魔鬼。不仅仅如此，魔鬼还会控制人的行为，会促使一些正常人做出一些邪恶的事情来。

另外，在宦海之中，人们往往都很会虚捧。而虚捧别人的同时，也接受别人对自己的虚捧。但不会虚捧的人，或不想虚捧别人的人，在官场里是肯定混不下去的。或者说，只有看透世事的人，才不想在官场混下去了。

因为在官场里面，人和人都充满了算计，也难有什么掏心窝子的话。不过，那没完没了的又言不由衷的虚捧，倒真是充满了迷人的艺术，既会让人趋之若鹜，也会让人沉迷其中。其不为人知的秘密，就是虚捧别人的时候要脸不红，而接受虚捧的时候要谦虚低调。而没有虚捧的官场，会让人心里不舒坦。

噢，宦海里面的水太深了，而且是深不可测，也真够累人的了。言宁觉得，在那些高楼里面的人们都好可怜，也都身不由已。哦，官场好没意思。此刻，言宁突然自顾自地叨咕了一句。

在她看来，政客的职业远不如刑警来得干净。她很为自己的选择而庆幸。但做了刑警之后，也真的很累人。不过，作为一种职业选择，她无怨无悔。她想，刑警是上帝赋予的神圣职业。既惩恶扬善，又张扬正义。因此，刑警责任重大，使命光荣，而最终守望的是社会的公平与正义。

是的，言宁本是可以从政的。但在大学毕业之后，她毅然决然地放弃了从政，来到了刑警第一线。她知道，政客们的心都黑着呢，做事又都难说是靠谱的。

还有，总有一些道貌岸然的家伙，不仅在官场上忽忽悠悠，还会在暗中干一些不为人知的龌龊事情，包括收受贿赂，搞个小二、小三什么的。而那些在官场里面的人也已经很不自由了。他们既为自己的欲望所驱使，也为自己的欲望而折腾。折腾自己的同时，还要折腾别人。

她想，欲望真是可怕呀！不仅会毁掉人的良心，也会毁掉人的生活，甚至会毁掉宝贵的生命和自由。

这不，常希令说死就死了。他会不会是死于某种欲望呢？如果是死于某种欲望，那围绕他的案件又会有什么秘密呢？常希令这个人，真是可怜，也令人不可思议。言宁暗想，常希令遭遇毒杀，不排除是一起政治阴谋。是的，一个已经离开官场而获刑的人，一定是知道了什么不为人知的秘密。

那么，常希令之死，又会是谁干的呢？这是个谜，让她不得其解。

她想想自己，想想自己肩上的担子，真是重若万斤啊！还有，社会的公平和正义，已经向自己发出了强烈的呼唤。而回应社会的呼唤，那就是要抓紧破案，抓紧破解围绕常希令惨遭杀戮的谜团！还有，单善虽是个恶人，但也需要公正，前提是如果单善真的是被人所杀。

被夜风吹过之后，言宁的脑袋清醒了许多。当她回到会议室时，参与案件讨论的人们已经到了。公安局副局长王子皇就坐在居中的位置。但渔泽水法医尚没有到来，因为他在组织一些人员，对大都监狱021监室发生的涉案人员的死因进行科学检验。如果检验结果出来了，渔泽水主任会立即赶来参加会议的。

王子皇说，坐吧，言宁，大家都静一静，我们现在开会，是有关莫迪小姐死亡和大都监狱毒杀案的分析会。

第十五章　莫迪小姐的病房，又为什么会有 45 码的大鞋印

我发现莫迪小姐的尸体已经变凉了，但没有僵硬。所以，莫迪小姐的死，不会是三点之后的事。

王子皇说，近来，大都市接连发生了一些重大的刑事案件。今天，我们要讨论两起案子，一个是莫迪小姐在荷塘医院遭遇他杀的案件，另一个是大都监狱 021 监室发生的毒杀案，其中罪犯常希令、狱警张茅死亡。现在看，这两起案件共死亡三人，尤其大都监狱发生的毒杀案，其性质严重，影响很坏，也是监狱系统多年来没有发生过的恶性案件。现在，我们请参与案件调查的人员逐一介绍情况。来，郝笛声你先说。

刑侦技术科科长郝笛声参与了莫迪小姐谋杀案件的现场勘查。他说，早上五点四十分，刑警总队接到荷塘区公安分局刑警大队报案称，之前，荷塘派出所接到荷塘医院护士唐小荷打来的报警电话，说荷塘医院 721 病房发生了一起突发事件，刚刚住院的女患者吊死了。随即，言宁支队长带领我们赶赴了现场，现场发现死者莫迪，女，生前是名模。据唐小荷介绍，当夜，她给莫迪小姐输液到零点。然后，莫迪小姐就休息了。而第二天早上，准确地说是五时

三十分，护士唐小荷发现莫迪小姐吊死了。在我们现场勘查时，我发现莫迪小姐的尸体已经变凉了，但没有僵硬。所以，莫迪小姐的死，不会是三点之后的事。如果三点之后莫迪小姐死亡，其尸体不会变凉。由此推断，莫迪小姐应该死于凌晨一点到三点之间。在唐小荷发现莫迪小姐吊死之后，她是惊慌地喊来了成达医生。经成达医生检查，确认莫迪小姐已经没了生命体征。而成达医生检查的时间，应该是五时三十分之后，不会超过五时四十分。

此外，我负责对现场进行了技术勘验。721 病房在七楼病房偏右，左右都有病房，也都有人。721 病房一共是两张床，莫迪小姐住在进门的左手床。在莫迪小姐的病床与靠近窗户的墙体之间，有一点空当。空当处有一根暖气管子贯通了楼层的上下，莫迪小姐就吊死在了那个固定暖气管子的扣件之上。显然，莫迪小姐如果想死，她应该是踩在床头上挂的绳索，再将绳套套在自己的脖子上。但从勘查的情况看，莫迪小姐双手下垂，两眼惊恐。可见，是有他杀的嫌疑。在尸体检查时，我们又有了重大的发现。莫迪小姐的左手掌外侧关节处，还有左脚的外踝处，均有擦伤的痕迹。因此，无法排除他杀的可能。也就是说，在莫迪小姐被杀的时候，她可能有过挣扎，进而擦伤了左脚的外踝，还有左手背外侧的关节处。此外，据荷塘医院七楼病房的医护人员讲，莫迪小姐患有人类免疫缺陷性病，又伴有机会性感染，高烧 39℃，身体极其虚弱。因此，要杀死莫迪小姐，很容易得手，因为她没有体力与罪犯进行搏斗。事后，我们验证了莫迪小姐的病历，并询问了朵拉拉医生，还有成达医生以及唐小荷护士，莫迪小姐的确高烧 39℃。说到这儿，郝笛声停顿了一下，他在翻看一些从医院影印来的资料。

这时，王子皇说道，笛声，你接着讲。另外，现场采集到指纹没有，是不是都做了现场痕检？还有，我听说有个怪怪的大鞋印，那又说明了什么？

是的，现场痕检时发现了一些问题。在病房的门上，首先发现了指纹，有唐小荷的，也有成达医生的，还有莫迪小姐的，以及莫迪小姐母亲的。不过，如果莫迪小姐死于他杀的话，那说明凶手很有经验，因为现场没有留下其他人的指纹。包括床头，还有暖气管子及其扣件上，都没有找到指纹，但不排除现场被精心地擦拭过了，或者是采取了防护措施。此外，现场找到了一些脚印，但核对的结果是，有唐小荷的脚印、成达医生的脚印，还有莫迪小姐母亲孙艳丽的脚印。最为可疑的是，有几个45码的大鞋印。由此，我们产生了怀疑，因为所有的医生、护士以及所有的住院病人和护理危重病人的人，均没有穿45码鞋的人。他们的身高，也没有超过185厘米的。因此，那几个45码的大鞋印，非常令人怀疑。我推测，有可能是这个人谋杀了莫迪小姐。如果我们的推论成立的话，莫迪小姐死于谋杀，而那个45码大脚印的人就是凶手。郝笛声说后，喝了一口水。

言宁问道，笛声，你接着说，介绍一下犯罪现场的其他物证，便于大家对案件进行分析和综合。

郝笛声说，好的，言宁支队长。下面，我要说的是，莫迪小姐是被一根墨绿色尼龙绳吊死的。经调查，墨绿色尼龙绳是江上春泥尼龙绳生产厂的产品，在农贸市场随手就可以买到。不过，那根墨绿色尼龙绳是一根用过的旧绳子，不排除被人用过后，把绳子扔掉了，又被罪犯捡回来当成了杀人的工具。案发之后，我们派人对尼龙绳的来源进行了广泛调查，但至今没有什么结果。我掌握的情况就是这些，汇报完了。

是谁看的监控录像？噢，我想起来了，韦闾，还有边路遥，你们介绍一下情况，抓紧！王子皇说。

韦闾说，监控录像资料是我和边路遥一块看的，但很遗憾，没有发现什么重大线索。只是一点二十七分的时候，一个患者死了，有几个人将尸体用平车推了出去。这是户外监控录像看到的影像，其他就没有什么了。

边路遥说，那天，我们共搜集了100个小时的监控录像资料，均没有发现有价值的东西。而且，荷塘医院比较抠门儿，只是在大门口和电梯间安装了监控装置。而安全通道、病房的走廊里，都没有安装监控。可见，任何一个凶手要想实施谋杀的话，都会绕过监控装置而走消防通道的。况且，消防通道是两个，其中一个还不与电梯间相通。另外，病房夜间是开放的，也从来不加锁的。不仅仅是7楼病房，其他楼层也从不加锁。

言宁说，莫迪小姐走秀的录像我交给你们了，你们都看过了吗？发现什么问题没有？

韦闾说，我看过了。莫迪小姐就职于新时代模特有限公司。这个公司是由著名的民营企业家单善创办的。其中，我们发现了一些情况，但不足以说明问题。一个是莫迪小姐在成名前后的神态是不一样的。成名之前，特别是在16岁之前，脸上始终带着灿烂的笑意，迈着轻盈的步伐，荡漾着青春气息，沿着一条直线婀娜多姿地走来走去。应该说，她是一个楚楚动人又令人喜爱的女孩！而不同的是，17岁之后，她的神态突然改变了，目光犀利，自信而冷目。两个截然不同的形象，让我印象深刻，感觉她好像看透了什么，甚至包括人性的丑陋。应该说，在16岁之前，莫迪小姐是靠着微笑和婀娜的身姿而出众；17岁之后，她是靠女孩子少有的冷目和自信而不断地胜出。就在18岁那年，冷艳的莫迪小姐因一场举世瞩目的比赛成了当红的名模。那年的所有走秀录像，她看上去都是非常高傲，尤其是那冷冷的目光，会让人不寒而栗，甚至直击人心。赛前，媒体给出了这样的评论，“莫迪小姐是模特行当中的冷面杀手，会以她的冷目打败她所有的竞争对手而夺冠”！这是当年资深的评论员的话，具体说是边路遥的叔叔边在帝的原话。巧的是，比赛结果确实被边在帝言中了。莫迪小姐凭借着出众的身材，冷目而又卓尔不群的神态，轻松地战胜了所有的对手，赢得了所有评委的一致赞成。就这样，莫迪小姐高票胜出，成为最近几年所诞生的最为优秀的模特！而第二个不同是，一个男模始终围着她的身边转悠，那个小伙子英俊、标致、清秀，长得棱角分明。有时候，他为莫迪小姐打点行装；有时候，他会与莫迪小姐同台走秀。而莫迪小姐也只有挽着那个小伙子的胳膊时，才会露出少有的甜美微笑。当他们一同走来时，谁都认为，这才是人间绝配。不同于莫迪小姐的是，那小伙子的眼神中，会时不时地流露出忧郁的情愫，也会有愤怒的眼神。第三点是，在录像中，莫迪小姐会用冷冷的目光盯着单善。她好像很恨他。这其中究竟说明了什么，很难搞得清楚。在我看来，莫迪小姐的成名具备一切天赋的条件，更得益于新时代模特有限公司的培养。应该说，单善是莫迪小姐的启蒙恩师，莫迪小姐应该感谢他的。但在获得模特大赛冠军时，莫迪小姐没有微笑，也没有泪水。相反，她是极端的冷目。莫迪小姐在发表获奖感言时说，感谢我的父母，感谢所有的评委，感谢所有关心我的人。但她没有说感谢新时代模特有限公司，也没有说感谢单善。显然，这很不正常。其他嘛，我这就没有什么了。就在这时，渔泽水法医到了。

王子皇说，尊敬的渔主任，您坐，如果检验结果出来了，那您先说说莫迪小姐死亡的鉴定情况。

好的，有关莫迪小姐吊死的原因，我已经作出了报告。我的结论是，莫迪小姐死于他杀。凶手先将莫迪小姐窒息后，再吊在了固定暖气管子的扣件上。此外，尼龙绳上还检测出了线织物的残留，为棉花制品。在莫迪小姐的病房里面，没有找到同类的白色线织物物品，包括床单、被褥等，也包括莫迪小姐随身所携带的物品。显然，尼龙绳上的线织物是外来的，是线手套留下的，但现场没有找到白色的线手套。具体说，可能是凶手戴着线手套作案时留下来的。此外，在案发现场，还发现了莫迪小姐用过的枕头，那上面有唾液和涕液。经 DNA 检验，其结果同莫迪小姐的 DNA 一致。所以，我们可以得出结论，莫迪小姐死于他杀，枕头就是凶器。而莫迪小姐是被人用枕头窒息之后，又将她吊死在了固定暖气管子的扣件上。显然，凶手制造了莫迪小姐自杀的假象！

王子皇说，那么，其他侦查员再谈一谈，看看大家还有什么补充没有。

这时，年轻的侦查员谢阶平说，我陪同言宁支队长去了莫迪小姐的家，见了她的父母。据她的母亲孙艳丽说，单善是个淫棍，是他毁了莫迪小姐，尽管帮莫迪小姐成了名模，但也将人类免疫缺陷性病毒传染给了莫迪。另外她提供了一个重要的信息，她说莫迪小姐选择了报复，是莫迪亲手杀死了单善。在调查中，我们发现单善确实是个生活糜烂、作恶多端的家伙。他踹了两任老婆，又娶了第三任妻子虞尔宁。之后，单善同虞尔宁只生活了半年就分居了，他经常约不同的女孩到家里，也包括莫迪小姐。如果说单善毁了莫迪小姐，并将人类免疫缺陷性病毒传染给了她。那么，莫迪小姐杀死单善，这也不无可能。但我们知道，单善一年前就死了，而莫迪小姐前不久死于他杀，二者之间究竟有什么关联？如果将莫迪小姐死亡的案件，同单善死亡的案件进行并案侦查。目前的问题是，单善的尸体已经火化，骨灰撒进了潮白河，这是单善的管家，也是单善的好友刘平印讲的。潮白河是一条季节性河流，而且污染严重。也就是说，我们是很难找到什么线索了。我想，虞尔宁这样做，肯定有耐人寻味的故事。但据莫迪传媒公司摄影师王子夫提供的线索，对于莫迪小姐的死，会不会是单善的喽啰们干的呢？还需要进一步调查。还有，虞尔宁这人也很值得怀疑。这可能关系到案件的侦破方向。好了，我就补充这些。

王子皇说，其他人呢，你们再看看，还有什么补充吗？

言宁说，边路遥，将你对我说的情况，再介绍一下。

边路遥说，是这样。一年前，单善死后出殡火化的时候，我代表叔叔参加了单善的葬礼。我的叔叔叫边在帝同单善是朋友关系，也是模特大赛的重要评委之一。单善有个邻居叫夏雨。那天，在单善出殡的时候，夏雨对旁人说，单善死亡的那天半夜，他看见了一个高挑的年轻女孩离开了单善的豪华别墅。还有一个年轻的男孩儿，开车接走了那个女孩儿。如果单善死得蹊跷，这可能是个佐证，但他的尸体已经被火化了！现在，已经一年过去了，我看是难以搞清什么了！

渔泽水说，当时，我对单善的死因提出了异议，也想搞清楚。因此，我提出解剖单善的尸体，但被单善的老婆虞尔宁拒绝了。不过，从外观检查看，单善的尸体没有什么异样，也没有足够的证据表明单善死于谋杀。应该说，单善死的时候，他很安详，没有痛苦，不像被人谋杀的样子！

王子皇说，好，我知道了。来，咱们回过头来，继续莫迪小姐的案情。现在，莫迪小姐是死在了荷塘医院的，那荷塘医院的医护人员会不会有什么问题呢？

没有发现什么问题！谢阶平说，从了解到的情况看，荷塘医院七楼病房的所有医护人员，包括住院的病人，还有陪护人员，都只是从电视上看到过莫迪小姐，现实中没有人认识她，也没有发现谁同她有直接的利害关系。具体说，莫迪小姐是刚刚入院的患者，也仅仅是住了一个晚上。因此，在荷塘医院的医护人员中，我看不出谁有谋杀莫迪小姐的可能。经过了解，当班的成达医生是个网球迷，在他看过世界杯女子网球赛之后就睡觉了。莫迪小姐死亡的案件发生后，经过对当时住院的病人，以及护理人员进行逐一排查，至少现在没有发现什么疑点。我想，如果莫迪小姐死于谋杀的话，那应该不会同医护人员和住院病人有什么关系，至少我这样认为。

谈谈你的意见，言宁。王子皇说。

言宁说，莫迪小姐死于谋杀，这是渔泽水主任给出的结论，应该立案侦查。现在看，她和单善有扯不清的关系。她的母亲说，单善看中了她的女儿。于是，她为了女儿能成名，没有和丈夫商量，就将莫迪小姐交给了单善。此后，单善通过花钱打点，为莫迪小姐成为名模铺平了道路。在莫迪小姐 18 岁的时候，成为当红的名模。可见，单善亲自操纵了莫迪小姐成为名模这件事。此外，孙艳丽还说，是莫迪麻醉了单善，然后他就睡死过去了。如果这是真的，莫迪小姐的死，可能是因为受到了单善喽啰的报复。因此，我的意见是，应将莫迪小姐之死与单善之死实施并案侦查。不过，这会带来很大的难度，因为两案相隔了一年。侦查的重点，应该放在与莫迪小姐关系密切的人身上。还有，对单善有仇的人也应该列为重点！

王子皇说，好吧，就这样，可以把莫迪小姐死亡的案件同单善的死亡实施并案侦查。侦查的重点，可以放在与单善有关人员的身上。不过，对医院的情况还需要进一步调查。既然莫迪小姐死在了医院，渔泽水主任又给出了他杀的结论，那么，凶手肯定会在医院留下什么影子，或者什么痕迹的。我相信，罪犯不会是什么鬼魂，来无影去无踪的，肯定会有信息留下来。此外，还要进一步扩大调查范围，要发现更多的线索。比如，那墨绿色尼龙绳到底来自何处？还有，尼龙绳上的线织物又来自哪里？另外，莫迪小姐的病房，又为什么会有45码的大鞋印？是谁留下来的？现在，我们必须加强力量，快速组织侦破，包括莫迪小姐的母亲所说的，莫迪小姐亲口说的杀死单善的问题，言宁你们都要小心地求证。

是的，对莫迪小姐死亡的案件，同单善死亡的案件实行立案，一道并案侦查，言宁说。

那这个案子就讨论到这。侦破案件的分工，由言宁支队长来决定。下面，我们讨论大都监狱721监室发生的常希令和狱警张茅死亡的案件。言宁，你来主持这起毒杀案的分析。噢，对了，应该把大都监狱长游乐请过来，参加案件的讨论和研究。

第十六章　有人想灭口，并已经完成了谋杀

两位死者面色青灰，肤色紫绀，胃内有白色混浊容物。检测结果与百事可乐汽水瓶里面的残留物一致，为毒鼠强溶液。

韦闾出去了，将在外面等候的大都监狱监狱长游乐请进了会议室。游乐表情凝重，还有点不知所以的样子。

言宁说，您坐，游狱长，我们来共同讨论大都监狱021监室发生的毒杀案。现在，请您先谈谈所知道的常希令和张茅死亡的情况。

游乐说，大都监狱内部有规定，早上8点和下午17点，是两个重要的交接班时间。我的惯例是雷打不动参加交接班的。如果不能参加交班，也会在交班后，给值班的狱警打个电话，叮嘱一些问题，算是抽查了。我之所以这样做，是为了加强监管，保证监狱内别发生什么问题。因为，监控装置过于陈旧，时不时的就坏。这不，监控装置已经坏了一个月，多次请求上级更新设备，但一直拖到现在都没有结果。因此，内部抽查工作就显得十分必要。昨天晚上，我给监狱打电话。可是，值班民警张茅没有接听。于是，我叫上了副监狱长辜明理，从司法局开会现场回到监狱检查工作，继而

发现了 021 监室的毒杀案，死亡两人，一个是罪犯常希令，另一个是狱警张茅。

言宁说，对此，渔泽水主任在现场勘查时，对大都监狱 021 监室两人死亡的案件已经给出了初步意见，认为常希令和狱警张茅死于毒杀，是毒鼠强致死。现在，我们请渔泽水主任介绍一下实验室检验的情况。

渔泽水说，现在，常希令和张茅死亡的原因，已经有了实验室的检验结果。经过对呕吐物进行化验，结果为毒鼠强溶液。毒鼠强，也叫没鼠命，化学名叫四亚甲基二砜四氨，是一种无味、无臭、剧毒的粉状有机化合物。毒鼠强作为一种神经毒素，能引起致命性的抽搐，是最危险的杀鼠剂之一，其毒性比氰化钾强 100 倍。人的致死剂量为 6 至 12 毫克，可于数分钟内死亡。从化验的情况看，现场的两个百事可乐汽水瓶里面均有毒鼠强液体残留。在他们吃过的香肠、花生米等食物中，经过检验没有发现毒鼠强的成分。经尸检发现，两位死者面色青灰、肤色紫绀、胃内有白色混浊容物，检测结果与百事可乐汽水瓶里面的残留物相一致，均为毒鼠强溶液。因此，常希令和张茅是服用了含有毒鼠强溶液的百事可乐汽水而死。显然，这是一起恶性毒杀案！

言宁说，在大都监狱 021 监室的现场，从狱警张茅的兜里，我们找到了打开监室门的钥匙。渔主任，您将检验张茅指纹的比对情况介绍一下。

渔泽水说，在大都监狱 021 监室，用塑胶在锁头和钥匙上采集到了指纹。经过比对，均是狱警张茅的指纹。据此认定，张茅是打开 021 监室房门的人。另外，需要补充的是，百事可乐汽水的瓶坯为塑料制品，瓶底是收缩的。外包装是黑色塑料纸加封上去的，印有百事可乐的图标。在收缩的瓶底和加封的塑料纸之间，我们找到了注射的针孔，并且用蜡封死了。显然，毒鼠强是人为用针头注射进去的。还有，瓶盖上印有生产日期为 9 月 2 日，保质期为一年，容量 500 毫升，生产厂家是百事公司许可大都市百事可乐饮料有限公司。

王子皇说，大都监狱的监控录像分析了吗？哦，对了，已经坏了一个月了！

言宁说，通过渔泽水主任的介绍，我们理清了这样的一个事实：发生在大都监狱021监室的两人死亡的案件，是一起恶性毒杀案件。死者两人，分别是罪犯常希令和狱警张茅。死因是服用了含有毒鼠强的百事可乐汽水。那么，是谁杀死了常希令和张茅呢？他，或者他们，又为什么要实施谋杀呢？另外，是谁将含有毒鼠强的百事可乐汽水带进了大都监狱的呢？还有，那些花生米、香肠、煮熟的鸡蛋，都是从哪里来的呢？又通过什么渠道带进了大都监狱，并带进了021监室的呢？再有，当班的狱警张茅，又为什么会出现在大都监狱的021监室呢？此外，大都监狱这样一个重要场所，为什么监控设备老是坏呢？由此，我们推测，这其中会不会有人为的原因。

游乐说，是这样的，大都监狱上的监控装置是第一代电子产品。当时，价格非常昂贵。现在，那些设备陈旧破损了，三天两头就坏，已经没有什么维修价值了，并且有的配件都难以找到生产厂家。为此，我多次向上级机关打过报告，但至今都没有什么下文。

言宁说，大都监狱021监室发生的毒杀案，其性质极其恶劣，手段非常残忍。可以说，犯罪分子是胆大妄为。尽管如此，我相信，他们还是会留下蛛丝马迹，但现在，我们没有找到其他线索。可见，案件的侦破会有非常大的难度。因此，我的意见是应该注意两个重点。一个是狱警张茅，这个人有可能是凶手，但也有可能是被毒杀的对象。就是说常希令的死，张茅可能是凶手。可是，他为什么要杀死常希令呢？又从哪里搞来的毒鼠强呢？还有那些食品、汽水，又都来自哪里呢？另一个重点是常希令，他是已经被判刑的罪犯，为什么会有人毒杀他呢？显然，常希令可能知道一些秘密，一些不为人知的秘密。因此，有人想杀人灭口，并且已经成功地完成了谋杀。那么，常希令究竟知道些什么秘密呢？而这些秘密又足以让他惨遭杀戮。因此，我的意见是，这个案子由郝笛声负责，韦间配合，同时调用其他警力，全力侦破这起毒杀案。还有，立即向各个派出所下发协查通令，对含有毒鼠强的百事可乐汽水以及相关食品的来源，进行广泛的调查。您看呢？王局长。

王子皇说，可以，言宁，我同意你的意见。不过，案件调查人员要注意到每一个细节。比如，百事可乐汽水来自哪里？还有那些花生米、茶蛋、香肠等食物。更为重要的是，毒鼠强的来源，应该迅速找到！此外，要关注与常希令密切接触的所有人，以及他或者他们的台前幕后的生活。还有，在这之前，狱警张茅都和谁有过亲密的接触？他为什么要进入 021 监室？又为什么会同常希令一道用餐？事实上，可能如言宁支队长推理的那样，假定狱警张茅就是凶手。由此，我们可以进一步推断，狱警张茅可能知道百事可乐汽水里面含有毒鼠强的成分。如果是这样，那么，他会是自杀吗？从案件现场勘查的情况分析，应该说，狱警张茅肯定是凶手，这毋庸置疑。但是，谋杀常希令应该不会是他一个人所为，应该还有人共同参与了谋杀，如果狱警张茅同常希令无冤无仇的话。再有一种可能，就是狱警张茅不知道百事可乐汽水里面含有毒鼠强的话，那么，张茅也是被谋杀的对象。可见，凶手则是一个老到的阴谋者，在毒杀常希令的同时，又毒杀了狱警张茅。综上我分析，属于前者的可能性会大一些，而后者的可能性会小一些。我相信，狱警张茅有可能知道自己是凶手，其目的就是毒杀常希令。那么，令人费解的是，他为什么会这么干呢？其中一定有什么秘密。现在看，狱警张茅死了，但他是否知道自己会死呢？这很耐人寻味，也应该是案件突破的重点。好了，我谈的这些问题，供你们在办案时参考。

好了，会议到此结束！言宁说。

大家离去了，言宁看看手表，已是早上 6 点了。她抬头看看天，一轮旭日穿破云层正在冉冉升起。这时，渔泽水主任开门走了出去。言宁大声喊道，渔伯伯，如果没有什么急事的话，您在楼下稍等我一会儿！

噢，好的！渔泽水点点头离开了会议室。

王子皇在相关人员离开会议室后，对言宁说道，言宁，你的任务非常艰巨，既要突破大都监狱的毒杀案，也要抓紧荷塘医院的案子。同时，还要注意休息。还有，也要注意到新闻媒体和社会公众的关注度。

是的，您放心好了。王局长，这不是两起案子，可能是三起案子，单善有可能死于他人谋杀。王局长点点头，表示同意，但没有说话。

第十七章　喂，土地佬，你是不是还在睡觉，太阳都照腚了

我不信你的鬼话，什么爱情千年不朽，那都是糊弄人的鬼话。这个世界上从来没有千年不朽的爱情，傻小子！

离开会议室后，言宁给高声树打了电话。喂，土地佬，你是不是还在睡觉？太阳都照腚了。

言宁是个性格开朗的姑娘，正处着一个男朋友，他叫高声树，是从事房地产的开发商。因此，她会称他为土地佬。

噢，言宁支队长，您早起了，就不想再让别人睡觉了。好啦，言宁，我听着呐，您说吧，有什么具体吩咐？顺便说个事，如果您方便的话，今天晚上能不能出来坐一坐。

不，就现在好了，马上安排个地方吃点饭。

哦，这都什么呀？不是刚刚早上六点嘛！

是的，土地佬，怎么你不愿意是不是？如果你不愿意的话，那就算了，用不着你请客了。

不，不，言宁，我不是那个意思，怎么会呢！噢，这样好啦，您说，想吃点什么？

吃什么，早茶呗，广东早茶好啦。不过，我还要带一张嘴去。没准，去的人你还认识呢！

啊，是嘛，那好啊！我这就起床，一会儿就赶到广州酒楼见面好了。我现在订个地儿，你一会儿到了就提我好啦！

言宁来到了楼下，看见了渔泽水主任。渔伯伯，走吧，您都熬一宿了，今天我请客，咱们一块吃点东西去！

姑娘，我看你还是回家休息一会儿吧，已经几天没有休息好了。去吧，你回家睡一会儿。我看，这两个案子不是一时半会儿就能搞透的。言宁，别累坏了身子，到时你妈妈该操心了！

不，渔伯伯，我们吃早茶去，这不影响办案。有一个小子马上到了，您帮我见见他。

哦，是这样。可是，你说，这一大早的合适吗？

没什么，渔伯伯，一个土小子，您什么时候见他，他都得乖乖的来。走吧，渔伯伯，我饿着呢！

噢，去哪里？

广州酒楼，我让土地佬在那儿订位了。那儿是粤菜，还不错的，主要想吃点粥什么的，连续熬夜有点受不了了。

广州酒楼的早茶在大都很有名。整个上午，都会食客云集，生意火得很！见面之后，言宁向高声树介绍了渔泽水。哎，土地佬，认识不，这是渔伯伯，同你爸爸熟得很呐！

噢，渔伯伯，我见过。我想想，应该是小的时候嘛！

也许，是你小学快毕业的时候。

哦，是的，差不多吧。渔伯伯，菜我点过了。您看再点什么，挑您愿意吃的。

嗯，不要了，只是言宁这几天没有休息好。她很累，你为她要个汤吧！渔泽水看看高声树，细高个，一个标致的小伙子，眉清目秀的样子，他的确从心里喜欢。

渔伯伯，您看这小子行吗？他可一直在追着我，非要跟我搞对象！言宁的话直，说得高声树面带羞涩，脸瞬间变得通红。

我看可以的，声树这孩子蛮好的，言宁，你好有眼力嘛！

哎，渔伯伯，您可别搞错了。不是我好眼力，而是他追的我。渔伯伯，要说眼力好，那应该说是高声树眼力好。对吧，土地佬，你说，是不是这么回事！

嗯，是。我要是看不中的话，那就不会追了。您说呢，渔伯伯，我追言宁没错吧！

渔泽水说，没错。不过，言宁，要是俩人好的话，那还在乎谁追谁嘛！声树，渔伯伯一百个赞成，言宁这孩子是好着呐。

高声树说，渔伯伯，您要是赞成的话，那我这事就定下来了。言宁，渔伯伯已经为我做主了！

美得你，一边去。土地佬，知道嘛，今天渔伯伯是来吃早茶的，不是来给谁做主的。对吧，渔伯伯。再说了，高声树，你拿什么对待我，我还得好好看看呢！

渔泽水说，言宁，声树这小伙子不错，可以定下来了。过去，声树他爸可是没少帮过我，我也多次去过他的家。因此，自打声树小的时候，我就对他有所了解了。

哎，渔伯伯，您是来吃饭的，可不是来给他定事的啊！另外，土地佬，你还没有说拿什么来对待我呢？

一颗心，言宁，一颗真爱你的心。如果你同意的话，我们的爱情会千年不朽。您看呢，渔伯伯，这事就定了吧！

你拉倒吧，我不信你的鬼话，什么爱情千年不朽，那都是糊弄人的。高声树，我郑重地跟你说，这个世界上从来没有千年不朽的爱情，知道不，傻小子！

有的，有千年不朽的爱情。知道嘛，我是说，你和我共同创造千年不朽的爱情，就如同梁山伯与祝英台一样。

不，我们的爱情可不能像梁山伯与祝英台一样。知道嘛，那是凄美的爱情，而我们不要那样的爱情。

嗯，我同意！

不过，我觉得声树这孩子说得很好，你们就是要共同创造千年不朽的爱情。言宁，我看声树这孩子可以，就这样定了吧，我来见证你们的订婚。言宁，等回头，我再跟你妈妈说一声。声树，你和你爸爸也说一声，就说我非常同意你和言宁处朋友。你爸爸要是知道了，他也会高兴的。还有，声树，给你爸爸带个话，我打心眼里感谢他。没有你爸爸的支持，我那个刑事案件鉴定中心肯定搞不起来，就是搞起来了，那些科技含量特别高的装备，也很难全面配套。再有，言宁，你的事，我是可以做主的。你知道吗？我和你妈妈是老校友，也是老同事，啥说的都没有。哦，对了，声树，我听言宁说，你在搞土地开发，应该是有钱人了。因此，我得丑话说在前头，可不能有钱就学坏啊！渔伯伯这样说，不是不相信你，我是看过一些有钱人是怎么学坏的，不是甩了老婆，就是包养了二奶，或者有了小三，要不就是和女人狗打连环似的扯不清楚。当然，女的也有学坏的，什么“一夜情”的都有。比如，有了钱的富婆，在外面养个什么鸭子的。不过，我知道声树你，你是不会学坏的。另外，言宁这孩子好，我非常了解她，特别的优秀，真是没有人能够比得了的。如果你不能好好待言宁的话，那可是不行的，渔伯伯会找你麻烦的。

噢，渔伯伯，我相信自己不会变坏。即使言宁要我变坏的话，那我也不会。不过，您放心好啦，我绝对不会亏待言宁。如果言宁不是个好姑娘，那我也就不追她了。既然我喜欢言宁，那就要承担起男人的责任，努力创造一个千年不朽的爱情神话。

不，土地佬，我要的是更多的责任和义务。言宁说。

哦，没错。渔伯伯，您现在应该对言宁说句话，我看她性子有些急嘛，以后，您会不会担心她欺负我呢，渔伯伯？

言宁说，土地佬，你说什么呐，我可不能让着你，知道不。不过，我是讲道理的人，可不是什么刁女人。再说了，我工作非常忙，可没工夫跟你扯闲杂！

渔泽水说，放心吧，声树，言宁是个好孩子。敬业、能干、正直，有啥说啥，又特别的漂亮。还有，你算好福气喽，追言宁算是追对了。像言宁这样的好姑娘，在当下不好找啊！不过，你应该有个思想准备，她忙得很，打理家务的事，我看你是指望不上她了。我想，她是不会围着你转的，那些案子就够她忙的了。如果你不后悔的话，我应该叮嘱你一句话，找对象最好别找刑警，危险不说，还忙得很呐。

是的，这我知道。可是，渔伯伯，我爱言宁，这真是没有办法了，可偏偏她又是刑警，就得我将就她了。

哎，土地佬，你可别胡说八道，是我将就你了，知道不。说到这儿，言宁转过头对渔泽水说，那好吧，渔伯伯，既然您老也同意了，那这事儿就算定下来了。至于我妈妈那儿嘛，等我有时间再说一声！

言宁，如果你不好意思说的话，那渔伯伯给你说去。我相信，她会赞同我的意见的。

不，渔伯伯，我自己的事，还是我自己说好。否则的话，我妈妈会不高兴的。哎，土地佬，今天算是便宜你了，只是吃了点早茶。

哎，言宁，那这样好不，咱们晚上再来这。我看过了，这儿的鲍鱼是很不错的，有进口的墨西哥黄金鲍，还有澳大利亚的龙虾，但不是四斤半的龙虾，赵本山说的四斤半的龙虾不可以有。怎么样，渔伯伯，咱们晚上再来这儿坐坐。

噢，不，我没有时间了，言宁知道的，有几个案子非常棘手，一时半会儿都很难搞清楚。

拉倒吧，土地佬，我和渔伯伯可没工夫陪你玩，我们还有不少事呢！走吧，渔伯伯，您今天为他做主，算便宜这小子了！

好，渔伯伯，那咱们改日见！高声树说。

第十八章　狡兔死，良狗烹，你现在可以去了

为了我丈夫的名声，你不准将单善约会女人的事说出去。事实上，我应该为朋友的隐私保守秘密。

莫迪小姐的男朋友叫郎子歌，190 厘米的大个，大眼睛双眼皮，脸蛋透着青春的红润，好一个帅气的小伙子。侦查员谢阶平和边路遥带着郎子歌的照片，请单善的邻居夏雨来指认。

夏雨一下子就认出了莫迪小姐，还有郎子歌。对，就是这女孩儿，我见过她。这个男的嘛，我得好好看看。嗯，像，应该就是他了。对，是他接走了那女孩儿。那天半夜，我看见高个的女孩儿是从别墅里走出来的。这个男孩儿嘛，开着一辆红色跑车，他们一块开车走的。

之后，侦查员边路遥又找到了单善的私人管家刘平印。他的话，让侦查员谢阶平和边路遥大吃一惊。

刘平印说，应该说，我的老板单善这人很仗义，待我很不错，能说一些掏心窝子的话。可是，他也有不好的地方，就是喜欢脸蛋漂亮的女孩儿，又特别看重处女。他离了两次婚，在去世前的一年，又娶了第三任老婆，她叫虞尔宁。那女人很漂亮，也很骚。但

结婚后不久，单善就不和她住一起了，并不时地领女孩儿回来住。因为虞尔宁住在城里，单善就把女孩子领到别墅这儿来玩。在一般情况下，女孩子都是头天晚上来这儿，第二天早上离开。但是，虞尔宁管不了单善，也非常恨他，是咬牙切齿的那种恨，俩人是没完没了地吵架。再后来，是谁都不让着谁了，就开始了分居的生活。

这时，边路遥拿出了莫迪小姐的照片让刘平印看。叔，您见过这女孩儿吗？

哦，见过，她应该叫莫迪。莫迪小姐是常来别墅的，单善也很中意这女孩儿，并不在意我在这儿。另外，我知道，单善并不仅仅跟莫迪小姐混在一起，还同其他一些女孩子保持着密切的男女关系。不过，他同莫迪小姐的情人关系应该是最长的了，有几年的光景吧！

您来回忆一下，单善死的那天，莫迪小姐来过别墅吗？

哦，我想想，她来过，应该来过。哦，对了，我记得那天莫迪小姐是和单善同车来的。但不到十分钟，我就离开了别墅。而第二天我再去别墅的时候，就发现单善死了。

这是什么时候？也就是说，你发现单善死的时候，具体时间是？

午后，午后两点左右。

谢阶平说，噢，是这样。那么，您知道莫迪小姐是什么时候离开别墅的吗？

哦，我不知道，不知道她什么时间离开的。不过，有个情况我应当说一下。就是我的老板约见情人，一般都会事先通知我，但绝不会让虞尔宁知道。我呐，得为老板准备好相应的东西，比如衣物呀、热水呀、红酒呀，以及夜宵呀什么的。之后，我就会离开别墅。不过，在离开别墅之前，我会打电话告诉他的。我之所以这样做，是不想和老板碰面。因为老板约见情人，毕竟是他个人的隐私。我虽然得到了他的信任，但他约见情人的事，还是不见面为好。我的任务是为他看守别墅，兼做一些其他方面的事情，比如偷偷地办一些机密的事儿，他有一些零花钱，也是放在我这儿的，但不多。对此，虞尔宁是不知道的。不过，单善死后，剩余了100多万元，我统统交给了虞尔宁。可是，她不但没有谢我，甚至都懒得瞧我一眼，还冷冷地说了一句话，什么“狡兔死，良狗烹，你现在可以去了”。

我想，她这样对我，完全是出于某种愤恨。对此，我能够理解。因为没有哪个女人愿意让自己的老公包养情人，更恨那些为老公秘密包养情人做些私密事情的人。她知道，单善很信任我，也知道一些秘密的事儿都由我来办。对此，她因为恨单善，也就恨我了，这是正常的，也都没有什么。不过，我对她是有想法的。虞尔宁是个刁蛮的女人，尽管有点墨水，是大都师范大学毕业的，但不太开事，竟然对我如此无礼。我真是有点后悔，不该把剩余的钱都交给她。不过，那钱我真的不会留下。如果留下了，那做朋友的就不地道了。现在嘛，她将单善的财产全部裹走了。不过，应该说，单善死后，她有权继承单善的所有遗产。尽管他们之间是分居了，但没有办理离婚手续。而且，单善这个人无后，虞尔宁是唯一的财产继承人。

那天，单善死亡是你报的案？

对，我报的案。那天，大约是午后的2点钟吧，也许还晚一点！一般情况下，我的老板会在中午离开别墅，去城里的办公室，而我会在午后来到他的别墅。但那天中午，他没有打电话给我，是我给他打的电话，但他没有接听。之后，我去了别墅。打开门之后，我上到二楼，发现他死了。于是，我电话通知了虞尔宁。我知道，单善是有两部手机的。但那天，我在别墅内只找到了一部手机，而另一部手机不见了。

你知道那部手机的号码吗？

噢，不知道。不过，莫迪小姐好像也是两部手机，其中一部手机是同单善单独通话用的。可是，莫迪小姐几乎同单善一样，每次通话之后，手机号码就会换新的，这是单善跟我说的。可能，他们有秘密约定，是不会让他人知道的。但我之所以知道这些，是因为单善曾在私下里对我说过。那天，虞尔宁知道单善死后，急火火地赶来了。她看了看单善的尸体，在地板上来来回回地走动。过了一会儿，她让我打电话报警！

谢阶平说，那天，是有刑警来过这儿的。可是，您当时为什么没有将莫迪小姐来过别墅的情况告诉警察呢？

哦，对不起，实在对不起。因为这之前，虞尔宁对我有话。她说，为了我丈夫的好名声，你不准将他约会女人的事说出去。事实上，我也的确应该如此。这做朋友的，你们应该理解，应当为朋友的隐私保守秘密！因此，在你们调查时，我没有说出实情，只是说单善一个人住在这儿，这也是虞尔宁要求我这样说的。

您还知道些什么？比如，有关单善的情况，以及莫迪小姐的情况！

哦，对了，还有这么个情况。我的老板养了一条东方神犬，在他死前这条狗就被人活活地勒死了。我想，这件事好像与莫迪小姐有关，也应该同莫迪小姐的男朋友郎子歌有点什么牵扯。而这些事，我只是听老板叨咕过，他很气愤。

您能讲得再细致一些吗？

噢，这有点复杂。莫迪小姐 18 岁的时候，她一夜成名了。但在莫迪小姐 17 岁时，她与新时代模特有限公司正式签约，合同期五年，这我是知道的。签约的目的嘛，是由新时代模特有限公司负责对她实施包装。但在她成名之后，要为新时代模特有限公司提供有偿服务。所谓提供有偿服务，主要是赚钱后按比例分成。可是，郎子歌在莫迪小姐成名后的两三年，就撺掇她脱离新时代模特有限公司，被单善断然拒绝了。您知道，郎子歌的叔叔是黑白两道上的人，特意派人来说情。可是，单善蠢了，不够开事也过于计较钱财了。那天，我看见一个很有身份的人，带着两个剃了平头的家伙，专门来找单善。但我的老板不惧生死，还挺横的，也没给那个人的面子。当晚，那条藏獒就被吊死了。又过了一段时间，三个月吧，或许时间还长一点，单善就不明不白地死了。

哦，真的是这样吗？

这不会有假。

好了，那你说说，来的那个人是谁？有什么特征？还有其他两个人都是什么样的人？

我想想。那天，我的老板让我参与接待。噢，我想起来了，来的那个人叫吴心正。是的，是叫吴心正。他着正装，两眼笑眯眯的又老谋深算的样子。

那个人说，单总，郎尔格先生让我专程来拜见您，他把您看作朋友。现在，他有一点小事相求。

单善说，噢，是嘛，那郎先生高抬我了。您知道的，我不如郎尔格先生名气大。

郎先生吩咐的事，我必须办好。您知道的，我和郎先生是老朋友，他令我敬重。

您回去后，务必给郎先生带个话，就说我很珍重这份友谊。说吧，吴先生，您是郎先生的经纪人。您的吩咐，就是郎先生的吩咐，我将悉听尊便！

吴心正说，郎先生有个侄子叫郎子歌，在您的新时代模特有限公司做事，他是郎先生哥哥唯一的独苗，他得到了您的不少关照。为此，郎先生是特意让我给您带话，向您表示最真挚的感谢！

单善说，您可千万别客气，没必要客气的。再说了，我跟郎先生是情同手足的。您说吧，吴先生，郎先生究竟对我有什么具体的吩咐，尽管说好了，我当尽心效力。

吴心正说，郎先生有求于您，但不是他侄子的事。郎子歌在您的新时代模特有限公司里处了一个对象，她叫莫迪。而且，莫迪小姐也成名了，真得感谢您！可见，新时代模特有限公司在您的运作下，是辉煌无边，又人才辈出！

哦，过奖了。您说，郎先生的意思是？

吴心正说，郎先生的意思嘛，是想让莫迪小姐脱离您的公司。因为郎子歌和莫迪小姐恋爱了，他们是想自己做点事情。因此，郎先生希望您能成全此事。我知道，这会给您造成一些经济损失。怎么样，单总，您给个面子吧！

单善说，哦，这可有问题了。您知道的，我为莫迪小姐的成名，至少在过去的几年里投入了500多万元，还不包括她参加模特大赛需要打点的费用。您知道的，吴先生，为了培养不具天赋的莫迪小姐，我是不惜血本了。请导演，请化妆师，请舞美导师，甚至连摄像师我都请了，并且都是一对一的。为此，我都没有收她一分钱。莫迪小姐在我这儿，包吃包住不说，那些走秀的时装，也都是专门在国外量身定制的，可不只是一套啊，是几十套呢，也都是白穿的。再有，莫迪小姐参加国际国内时装模特大赛往返的飞机票，高档宾馆的住宿费用，统统都是我白掏的。吴先生，您应该是明白人，模特这个行当里面的猫腻太多！如果不花钱打点这个那个的，绝对是不行的。再说了，因为莫迪小姐不那么优秀，你说那些有名望的评委，怎么会给莫迪小姐画圈圈呢？绝对是不可能的。给评委花钱，吴先生，你应该有个估摸，那可都不是小钱，特别是参加国际模特大赛，那些外国人做评委，都需要特别的暗自打点到位。否则的话，您说吧，她莫迪小姐怎么会成为名模呢？

吴心正说，正因如此，郎先生才有求于您了，务必得给个面子，高抬贵手并成全他侄子和莫迪小姐的好事！您知道的，郎先生很尊重他的哥哥。郎先生小的时候，生活艰难，是他哥哥一手带大的。应该说，既是一奶同胞，又恩重如山。我想，单总，您肯定会给郎先生面子的。因为您重义气，讲交情。您知道的，郎先生有性格，又特讲友情。只要谁对他有恩，就会牢牢记在心上，也会作出丰厚回报。而且，他既有能力，也有实力。

单善说，哦，这我知道。可这不是一个小问题，我有些犯难了。您回去后，务必跟郎先生说清楚，不是我不给郎先生的面子，而是这个事让我太难做了。我的经纪人已经为莫迪小姐签订了一系列的代理合同，包括名车、名表、名牌时装、名牌化妆品，以及裘皮服装的形象代言人，大约是8位数的进项，千万元的收入啊！吴先生，没办法的，如果我解除了莫迪小姐的合同，那损失会更大。否则，我一定会遵照郎先生的意思，把事情办好的！

吴心正说，看来，单总是有些困难了。对此，我表示理解。不过，您再考虑考虑，郎先生的面子，在您这儿可不能摔在地上。如果您要是为难了，那我就不勉强了，不行的话，也就算了。好吧，单总，再见，您多保重！单善说，哪里哪里，可不能这样说。不过，您要是能够说服郎尔格先生，让他愿意将CBD核心区那块土地转让给我，我会考虑郎尔格先生的意见的。当然，我也会给郎先生足额补偿的。说完，单善不眨眼地盯着吴心正。

但吴心正只嘿嘿地笑了一下，说道，这就有问题了。因为郎尔格先生对那块土地已经有了统筹规划，几个亿的资本已经砸下去了。单总，您不该提出这样的问题。以您同我主人之间的友谊看，不应该有相互交换的成分。我应该向您说清，郎尔格先生是最看重友谊的人，而不屑什么等价交换。我想，您也一样。好了，我说多了。单总，既然如此，那就这样吧。对不起，单总，我打扰您了，有机会再见！吴心正走的时候，微笑着同单善握了握手，还拍了拍单善的肩膀。看样子，他们之间非常亲切，就像多年老朋友离别一样的亲切，令人感动，其相互之间是没有任何罅隙！

谢阶平说，那后来呢？后来又怎么样了？又发生了什么事没有？

第二天早上，饲养场那边给我打来了电话。说，不好了，刘管家，单总的上品藏獒被扒皮了！您说怎么办啊？您能不能跟单总好好说啊，千万不要让单总跟我们急眼呐！

这有什么呀，不就是一条狗嘛！谢阶平说。

刘平印说，哦不，这可不是一条普通的狗！您知道吗？那条藏獒产自西藏河曲地区，是纯种的藏獒，还有一个响亮的名字，叫东方神犬。黑色，目光炯炯有神，体型彪悍，犹如雄狮一般的威猛，又对主人特别的忠诚。你们不知道的，我的老板为了那条藏獒，花了400万元啊！他把藏獒作为种犬，每交配一次就要收10万块。可惜了，东方神犬是被人活活地吊死了。那天，我和单总去了现场，惨状令人惊悚，一条绳索勒在了藏獒的脖子上，皮被扒掉，舌头被割了下来。此外，饲养员还递给了单总一张纸条，是夹在绳索上的。那纸条上有几个歪歪斜斜的字：狡兔死，良狗烹。显然，留条的人，是引用了古人的话，那个意思好像是我不跟你玩了。单总看了现场之后，特别气愤，他呼呼地喘着粗气，只说了一句话，郎尔格，我非杀了你不可！但说完，单总就一口气没上来，重重地倒在地上。之后，被我送医院抢救了过来。但不久，郎子歌被暴打了一顿，他的那台价值100多万的法拉利红色跑车也被一台载重汽车撞毁了。此后，吴心正来拜见过单总，因为郎子歌的汽车被撞的事。那天，我看见单善和吴心正又言归于好了。可是，三个月之后，单善就莫名其妙地死了。

哦，是嘛，这真是有些不可思议。

第十九章　一个狱警，应该不会有什么巨额收入

显然，那30万元钱与毒杀案可能有着某种联系。如果能够确认钱的来源，021监室的毒杀案就可能告破。

言宁支队长带着郝笛声和韦闾再次去了大都监狱，并围绕021监室毒杀案进行了深入调查。

警卫向小初说，那天是我值班，但我没有觉得有什么异常。大都监狱的安全通道一共是三道门，平时管理都非常严格。正门有警卫把守，门禁区处设有监控装置。第二道门要刷卡才通得过去。而最后一道门采用的是红外线技术，设有指纹和瞳孔识别系统。因此，不是大都监狱的人，是绝对进不到监狱里面来的。但那天，狱警张茅确实带了一些食物，是用可降解饭盒装着的食品。可里面究竟装着什么，我没看。据他说，都是上夜班吃的东西。按照规定，任何人都不准将食物带入监狱。但他生活困难，妻子患有紫癜肾，一般都是自己随便带点饭吃，这样就可以省一点钱，不用再交监狱里面的伙食费了。因此，我很同情他。他的生活真是太难了。不过，那天我没有看见他带百事可乐汽水进去，也不知道百事可乐汽水为什么会出现在021监室。

可是，你看到过其他人带百事可乐汽水进入监狱里面吗？或者说，你看见谁将香肠、鸡蛋、花生米什么的带进了监狱？言宁说。

噢，没有，我没有发现任何人带东西进入监狱。但客观地说，张茅是监狱内部的工作人员。所以，安全检查时就不那么严了。现在看来，这都是我的错。组织上已经免掉了我的职位，但我没有怨言。说着，向小初哭了。

是的，他应该被免职，言宁支队长这样看。因为他的过失，导致了021监室毒杀案的发生。

之后，言宁，监狱长游乐，副监狱长辜明理，还有侦查员郝笛声和韦闾来到了监狱长的办公室。郝笛声说，头儿，我看，不排除张茅将汽水别在了裤带上，或者是放在了裤兜里带进监狱，并且利用职务的便利，直接毒杀了常希令。如果狱警张茅想毒杀常希令的话，那他肯定会这么干。

游乐说，可见，021监室的毒杀案是我们监狱内部管理不严的结果。对此，言宁支队长，我责任重大，愧对组织上对我的培养和信任了。现在，我已经向组织上提出了辞职的请求，并愿意接受任何处分。

言宁说，哦，游乐监狱长，我知道您很自责，对此，我非常理解您此刻的心情。不过，我们还是再详细讨论一下狱警张茅的情况，也便于我们对他有一个全面的了解。不管怎么说，狱警张茅非常值得怀疑。

辜明理说，那好，我来介绍一下狱警张茅的情况。应该说，这个人平时的工作表现是不差的，敬业，也不多言语，没有什么反常的现象。不过，他有一个病老婆，患有紫癜，后来演变成了紫癜肾。前不久，他老婆接受了换肾大手术。但他的家里很穷，欠下了一屁股债。为此，张茅精神上有些忧郁，这是长期生活困苦压抑的结果。对此，我们游乐监狱长是个心善的人，对张茅很照顾。组织监狱内的同志们进行捐款，安排工会组织实施救济，监狱长本人拿的钱比谁都多。总之，我们平常没有发现张茅有什么问题。但他生活艰难，这在大都监狱都是知道的。可是，他为什么会死在021监室呢？真让人难以理解。

言宁说，游乐监狱长，您说说吧，张茅平时都和谁往来，关系比较密切的人是谁？

游乐说，张茅跟同事的关系都不错，挺合群的，他同狱医埃农最好。因为老婆身患紫癜肾，在治疗问题上，埃农医生帮他出了不少主意。埃农是个大学生，人也特别讲究，他没少帮张茅的忙，包括联系住院治疗，还有换肾大手术什么的。此外，埃农没少接济张茅，但他的收入不多。应该说，要是没有埃农的话，那张茅的老婆鄢红不仅换不了肾，还可能早就死了。另外，张茅是一个感情专一的人，他对老婆是特别的好。他们俩青梅竹马，两小无猜。其他嘛，我就不知道。

言宁说，游乐监狱长，您说张茅为什么会出现在021监室呢？还有，那百事可乐汽水会是从哪里来的呢？

游乐说，显然，应该是张茅带进监狱的，但监狱的警卫糊里糊涂的，什么都没发现。应该说，我们监狱对内部人的安全检查走了形式。无疑，我负有责任。

之后，言宁向郝笛声下达了指令，说，笛声，你立即通知所有参与此案调查的民警，还有各个派出所，全力查找百事可乐汽水的来源，并把大都市百事可乐汽水公司生产的汽水的销路彻底搞清楚。同时，将所有超市销售百事可乐汽水的录像统统调来，由韦闾组织人进行认真分析。

之后，言宁又悄悄地对韦闾说，韦闾，你配合郝笛声，在分析各超市监控录像时，要特别注意张茅。同时，也要注意有没有埃农的影像，这是分析的重点。知道吗？或许，案件的突破口就在这儿了。另外，埃农与狱警张茅感情最好，也应该作为案件调查的重点。

交代完这些事项，言宁说，这样吧，两位监狱长，请你们立即将张茅的照片，以及监狱内工作人员的照片，统统搞到手，以便案件调查时进行必要的辨认。

游乐说，好的，这没问题。

在游乐监狱长的带领下，言宁去了张茅的家。张茅的家住在大都监狱家属楼的一层，是两个居室，室内的设施非常简陋，几乎没有什么像样的家具。但在方厅的正面，挂着一副彩色放大的照片，那是张茅和妻子鄢红的结婚照。张茅和妻子相互依偎在一起，恩爱有加。但很不幸，鄢红在结婚后不久就患上了紫癜，而后转变成了紫癜肾。因此，他们没有要孩子。现在，张茅已经走了，留下了一个生活无助的妻子。前不久，鄢红刚刚完成了换肾治疗，但她并不知道那换肾的钱是从哪儿来的。此时，当游乐和言宁到来后，鄢红哭得死去活来，两眼红肿，精神极度萎靡，人就像散了架子似的歪倒在床边上。

鄢红说，监狱长，您可得给张茅做主啊！您知道的，他是个好狱警啊！这些年，他工作非常努力。为了治我的病，可是操碎了心，但从没有过多地影响工作。监狱长，我应该好好谢谢您的。您是张茅的领导，也是我们家的恩人，我一辈子都不会忘记您的大恩大德。

基于鄢红的身体状况，言宁没有搜查张茅的家，询问了一些与之有关的情况后就离开了。

言宁知道，大都监狱出了这档子事，游狱长的压力已经够大的了。而且，一个狱警同罪犯一块死亡，监狱长有可能会被撤职的。

好吧，游狱长，您忙吧，我们今天就到这儿。

离开大都监狱，言宁去了经侦处，仔细阅读了银行电脑的信息系统，调查了张茅的资金往来情况。言宁发现，狱警张茅在两个月之前就有了存钱的记录，也有取钱的记录。其中，在工商银行一次性存入了30万元，并找到了他存钱时的影像资料。

不过，第二天。张茅又取出了两万元钱。而余下的28万元钱，由张茅转移到了大都医学院第一附属医院住院部。显然，张茅支付了妻子鄢红换肾的费用。

一贫如洗的张茅，怎么会有如此巨额款项？张茅的钱从哪里来的？显然，30万元钱同021监室的毒杀案有着某种神秘的联系。如果能够确认钱的来源，案件就会有突破性的进展。可是，张茅已经死在了021监室。而且无法知道的是，他是被谋杀的，还是在毒杀了常希令之后，自己又自杀了呢？这是个迷。

言宁支队长推测，对于021监室的毒杀案，或许还有知情者。但他又会是谁呢？还有，这起特大谋杀案，肯定会有幕后人指使，只不过幕后主使者至今没有公开露面。那么，这个人会躲在哪里？

当言宁再次与埃农见面时，她立马就觉得埃农是一个不可多得的人才。埃农冷静，沉稳，头脑清晰，29岁，毕业于大都医学院医疗专业，是一个普通农民的儿子。

您好，埃农医生，我来您这儿是想请您谈谈大都监狱021监室毒杀案的情况。埃农，您怎么看这个案子？会是谁实施了谋杀？包括狱警张茅在内，他为什么会死在021监室？

噢，这怎么说呢！我想想，大都监狱发生这样的案件，真是令人震惊！而且，张茅的死，也是不可理喻的。可见，上帝不是个东西，它并没有恩泽穷人，也不会同穷人站在一起。人们相信上帝，那真是错了，这个世界上根本就没有什么上帝。言宁支队长，您知道的，张茅是我哥们儿，我俩好着呢！张茅人好，工作也好。更感人的是，他和他老婆是恩爱有加，并千方百计给鄢红换肾。当下的社会中，很少有张茅这样的痴情男人。您知道的，家里一个病老婆，那就是烧钱啊！可是，张茅这哥们是够意思的。他不仅没有抛弃病老婆，还精心呵护和照料着鄢红，甚至在没有钱治病的情况下，他会偷偷地去卖血，那情形真是令人感动啊！因此，我认可张茅，并亲自去大都医学院给他联系了换肾的教授。您知道的，姚弟之教授是全国有名的换肾专家，是他亲自为鄢红做了换肾手术。可是，现在完蛋了，张茅死了，鄢红的日子今后该怎么过。嗨，真是难啊，好痛心啊！

哦，张茅的事是令人感动。不过，埃农，我还想知道您的一些情况。比如，您是哪年大学毕业？又是哪年来到大都监狱工作？是先去了医院，还是毕业后就来到了大都监狱？

噢，是这样，我毕业后直接来到了大都监狱，这是一种特例。一般来说，做狱医要有临床经验，而我没有在医院工作过。应该说，我命运不济，但学习一点都不比其他同学差。在大学毕业后，我应该去一家大型医院。可是，我去不了大的医院，因为没有任何关系。正赶上大都监狱要人，但又没有人愿意来这儿。所以，我就来到了大都监狱。说着，埃农耸了耸肩并摊了摊手，作出一副无可奈何的表示。

那么，埃农，你觉得狱医这个工作怎么样？你感觉舒心吗？应该说，这是一个与本案无关的话题了，但言宁这样问也在情理之中。不过，埃农回答得很是巧妙。

还不错，我感觉这儿蛮好的，也挺有意思的。您知道嘛，言宁支队长，那些犯人都是一帮不同寻常的家伙，其中一些人极其聪明，又阴损得很。你同他们打交道，要绝对小心，那些是绝对不同于常人的人。你要是对他们好，那他们就对你好。你要是对他们不好，如果他们有机会了，就会当面报复你，甚至都不会过夜。如果你不小心得罪了谁，那完蛋就是早晚的事了。我给他们看病，主要是医治一些头疼脑热的病，要不就是打架斗殴有个皮外伤什么的。现在看，那帮家伙都很感激我。另外，有的犯人家属有钱，会派人专门来监狱看望我，请我吃海鲜大餐什么的。您瞧瞧，他们够意思不，那是绝对够意思的。因此，我在这工作也挺知足的。不过，我接受罪犯家属宴请的事是不合适的。因此，拜托言宁支队长，您可别对外说啊！不过，我从不收罪犯家属的钱，这涉及受贿问题。

听着埃农的话，言宁心里面琢磨着。应该说，一个不满足于现有岗位的人，才会做些不合常理的事来。但埃农是不同的，他喜欢狱医的工作。而且，他是狱警张茅最好的朋友，他会同监狱里面的毒杀案有关系吗？

想到这儿，言宁进一步问道，埃农，我知道你同狱警张茅的关系不错。可是，你怎么看张茅？换句话说，张茅死了，他肯定是被害者，但他有可能是凶手吗？据大都监狱的看守说，是张茅将食物带进了监狱。对此，您说说看法，或许，这对我们调查这起毒杀案会有帮助。

张茅将食物带进监狱的事，我想，不会是张茅一个人这么干，并且他应该也不会是最后一个人。应该说，张茅是个不错的狱警。我跟您说过了，他是我最好的哥们儿。我想，张茅应该不会是凶手。现在，我很难想象，这件事儿也真是怪了。张茅为什么要带食物进监狱呢？这在大都监狱都是有严格规定的，也是犯忌的事。也许因为他人缘好，监狱的警卫就批准他将食物带进了监狱。那么，如果他们批准张茅这样做，会不会也准许其他人这么做呢？我想会的。因此，张茅应该是犯罪嫌疑人，但不排除有其他人作案的可能。

噢，您是这么认为的。您怀疑有其他人参与了谋杀，是这样吗？那么，凶手会是谁呢？您看，谁最可疑呢？

是的，不排除这种可能，但我说不准会是谁，也不知道谁会是凶手。不过，狱警张茅应该受到怀疑，所有大都监狱的人，都应该受到怀疑，也包括我在内。

说得对，狱警张茅应该受到怀疑，也包括其他人。可是，我在来您这儿之前，已经接到了可靠的信息，因为痕检报告出来了。在监狱的门上、钥匙上，锁头上，还有那包装食品的塑料袋上的指纹，包括百事可乐汽水瓶上的指纹，都是狱警张茅的，没有发现其他人的指纹。另一瓶百事可乐汽水瓶上，有常希令的指纹。哎，您说，那百事可乐汽水是怎么被带进监狱里面的呢？此时，言宁支队长的话多了，但不排除她是故意所为。

这我说不准。可是，如果张茅是凶手的话，那他为什么也死了呢？这有点解释不通。我知道的，一个谋杀他人的人，一般不会死去，或者不愿死去。我还知道，一个想死的人，会有偏执狂的，或者说有坚定的意志力。如果张茅不是这样的人的话，那他就不会死去。

是的，埃农医生，我同意您的看法，也应该是这么个理。可是，如果有人谋杀了常希令，也会谋杀狱警张茅的，因为他是凶手。显然，这是为了封口。还有一个问题我想知道，您也帮我分析一下。您说，那毒鼠强又是怎么加进汽水瓶里面的呢？

这个嘛，我看应该很容易吧。比如，把汽水瓶的瓶盖打开，加进毒鼠强就是了。然后，再将瓶盖拧紧。

不，埃农，如果是那样的话，我想，常希令可能就不喝了。他会产生某种怀疑。再有，如果瓶盖打开的话，狱警张茅还会喝吗？那百事可乐汽水还安全吗？

我想，常希令会喝的，因为狱警送给他的百事可乐汽水，他应该不会怀疑。相反，常希令会很感动。但狱警张茅会不会喝那百事可乐汽水，我不好推理，但要是他想死的话，会喝下去的。可是，他为什么要这么干呢？如果他谋杀了常希令，这真的是令人费解。

是的，这的确令人费解。不过，你说得对，如果是狱警给常希令的汽水，他应该不会怀疑。但狱警张茅死了，这又很难解释。如果狱警张茅是凶手的话，那他应该不会死去。好吧，埃农，我们今天就聊到这儿吧，谢谢您！

不客气，言宁支队长需要我提供什么情况的话，您随时吩咐就好，我当尽力而为。

对狱警张茅的毒杀案，狱医埃农很坦率，坦率得令人信服，这让言宁支队长印象深刻。她想，在一般情况下，一个没有涉案的人会说实话的。但埃农说了实话，而且同狱警张茅是哥们儿。

那么，埃农会不会是涉案的人呢？应该说，到目前为止，警方没有找到任何可供怀疑埃农的理由。谈话的时候，埃农神色淡定，没有迹象表明是他协同狱警张茅共同实施了对罪犯常希令的谋杀案。

可是，埃农的话真的可信吗？不管怎么说，埃农是同狱警张茅走得最近的人。但埃农说了，能够把食物带进监狱的人，狱警张茅不是唯一的一个，也不会是最后一个。

毋庸置疑，大都监狱的管理存在诸多严重的问题，因为疏于管理，而诱发了021监室毒杀案。但言宁支队长相信，这不是根本的原因。而谋杀常希令的人精心导演了大都监狱021监室毒杀案，此人才是罪魁祸首。

不过，埃农还说到了一种可能，那就是张茅应该是犯罪嫌疑人，但不排除有其他人也参与了作案。

是的，会有其他人参与作案，言宁坚定地相信狱医埃农的推理。应该说，021 监室的毒杀案，不会是一个人作案，肯定会有其他人参与了对常希令的谋杀。可是，那又会是谁谋杀了常希令呢？这幕后的主使者，又会躲在哪里呢？

常希令是原大都市卫生局局长，因为利用职务便利受贿获刑，但他为什么会遭遇谋杀呢？这些事，令言宁支队长头疼，还有荷塘医院莫迪小姐的死亡，都令人费解。

第二十章　郎子歌，应该不是杀死莫迪小姐的凶手

莫迪小姐不是烂女人，她是为了出名才跟上单善的。应该说，单善是烂男人。他毁了莫迪，也毁了我的生活。

侦查员谢阶平和边路遥按照言宁支队长的指令，秘密找到了郎子歌的法拉利跑车。从跑车的外观上看，这是一部新车。即使他们钻到了车底下，也没有发现被撞击而维修过的痕迹。

谢阶平断定，单善的管家刘平印肯定说了谎，郎子歌那台法拉利跑车根本就没有撞过。边路遥知道，被撞的车无论是怎么个维修法，都会留下抹不掉的痕迹。

刘平印给人的印象是老实、厚道，应该不会撒谎。他跟着单善干了将近 30 年，并得到了绝对信任。更难能可贵的是，他在单善死亡之后，将剩余的 100 万元私房钱统统交给了单善的老婆虞尔宁。可见，刘平印不贪钱财，也应该不会撒谎。

那么，刘平印的话可信吗？郎子歌的法拉利跑车是真的被撞击过吗？他应该没有撒谎的理由。

可是，如果郎子歌的跑车没被撞击的话，那就很难说吴心正会

见了单善。进而说明单善的死，可能同吴心正没有关系。或许，单善的死同莫迪小姐和郎子歌也没有关系。如此推论下去，郎尔格先生同单善的死更没有关系。

回过头来，谢阶平决定找到郎子歌，相信他是知情人。至少，通过郎子歌可以搞清两个疑点。一个是法拉利跑车被砸的问题。另外一个问题，就是那天晚上单善死得蹊跷，又是他接走了莫迪。显然，如果莫迪小姐真的杀死了单善，那郎子歌就是同案人。一个是直接谋杀者，另一个是谋杀者的策应人。现在，无论如何都不能排除郎子歌和莫迪小姐参与了此案，如果单善被人谋杀的话。还不仅仅如此，郎尔格先生、吴心正等人，也应该受到合理的怀疑，如果单善死于谋杀。

谢阶平和边路遥相信，搞清单善的死，还有莫迪小姐的死，郎子歌是突破口。也许，这会是唯一的突破口。于是，他们向言宁支队长作了汇报。获得批准之后，在一个慢摇酒吧，他们秘密带走了喝得醉醺醺的郎子歌。因为莫迪小姐的死，郎子歌一直都没有从阴霾中缓过劲来，而是靠醉酒来打发一些难熬的时间。

郎子歌，我们是公安局的。你知道吗，有人举报你，说你的法拉利跑车是水货，而且来路不明。为此，公安局正在进行调查，请你跟我们走一趟！侦查员谢阶平和边路遥在说明情况的同时，也向郎子歌出示了警官证。

不，我的车是买的，手续齐全，这没说的，你们不用怀疑！

那我们需要进一步核实，请你跟我们走一趟吧！在搞清情况之后，你就没事了。

那好吧，去哪儿？

公安局。谢阶平和边路遥，把醉得迷迷瞪瞪的郎子歌带到了刑警总队。

谢阶平说，说吧，郎子歌。你的车究竟从哪里搞来的？是不是走私的水货？对此，你要说实话。否则，你的麻烦就大了。

哦，没问题的。我的车不是水货，是我叔送的。在这之前，我的车被撞毁了。没办法，我叔就给我买了这台新车。

郎子歌的话，证实了单善的管家刘平印的话是真实的。可见，刘平印没有撒谎。如果郎子歌的车真的被撞了，那无疑会加重郎尔格先生同单善之间的矛盾，但不至于会有单善被杀戮的事情发生。也就是说，郎尔格先生还不至于因为郎子歌的车被撞了，而出手杀死单善。

说吧，郎子歌，你叔叔叫什么名字？

郎尔格，不，你们应该称他为郎尔格先生。可是，你们怎么会不知道他啊，我叔叔是大都市最著名的民营企业家之一，包揽了大都市的钢材市场，还有物流生意，是谁都比不了的。我想，你们不会不知道他的，人们多叫他郎尔格先生。知道嘛，我叔非常受人们的尊敬。

郎子歌，你接着说，你原来的那部车是什么牌子？是法拉利跑车吗？

是的，是红色法拉利跑车，同现在这台车一样华丽，但被单善安排人用载重汽车给撞毁了。

噢，是这样。可是，郎子歌，还有一件事。我问你，你知道单善是怎么死的吗？说！谢阶平突然发问，让郎子歌大吃了一惊，但他马上就平复了下来。

不，我不知道单善死的事，也没有人告诉我说他死了。我想想，单善应该死了有一年多了吧。可是，你们问他死的事想干吗，又跟我扯不上关系！

不，有关系。说吧，单善是怎么死的？这里面究竟有什么猫腻？而且，有人指证了你，还有其他人，但你是重要嫌疑人！

哦不，我可不是什么嫌疑人。另外，其他人我不知道。噢，对了，你们怎么会这样跟我讲话呢！据我所知，单善死于心衰。在他出殡的时候，人们都是这样说的。我申明，单善的死，同我没有关系。

不，单善不是死于心衰，而是有人谋杀了他。说吧，将你知道的情况统统说出来，究竟是谁杀死了单善？而且你知道。

不，我真的不知道你们说的情况。不行的话，你们再找别人去问问吧，免得你们认为我好像怎么他了。

那你为什么会在半夜的时候出现在单善别墅的附近。而且，有人看你接走了莫迪小姐。说吧，要老老实实交代问题，不许撒谎。

不，我没有接走莫迪小姐。说后，郎子歌似乎从醉酒中彻底清醒了过来。随即，他突然呜呜地哭了起来。

说吧，郎子歌，把你知道的问题都统统交代出来，免得我们费事！说后，谢阶平还“当”的一下敲了桌子，郎子歌被吓了一跳，脸上立马由红色变成了白色。

可是，你们怎么知道我去了单善的别墅的？郎子歌说。

这不是你的事，总之我们知道你去了单善的别墅，并接走了莫迪小姐。

那天，我想想看。我是接走了莫迪。因为我爱她，而她也爱我。不过，单善是个王八犊子。他坑了莫迪。为此，我叔叔的经纪人也说了莫迪不好的话。他说，莫迪是个烂女人。可我知道，莫迪不是烂女人。她是为了出名才跟上了单善的，这都是没办法的事。应该说，单善才是个烂男人，是他毁了莫迪小姐，也毁了我的生活。如果单善现在还活着的话，那我一定会杀了他！

郎子歌的脸上突然露出了凶光，而醉酒的神态一扫而光。谢阶平看得出来，郎子歌对单善恨之入骨，也对莫迪小姐爱之深切。不过，他真的会参与谋杀单善吗？也许，他只是说说而已，是快哒快哒嘴罢了。

说吧，那天晚上你都干了些什么？有人见到你了，为什么用法拉利跑车接走了莫迪小姐？

是的，是我接走了莫迪。但我必须声明，我可什么事都没干过，真的什么都没干。另外，莫迪小姐是个非常好的女孩儿，她也不会杀死单善。

哦？郎子歌，你怎么知道莫迪小姐不是杀死单善的凶手？说，如果你不说，又想包庇莫迪小姐的话，那你就在这张纸上签个字，我们把你扔进去！

郎子歌认真看了看那张纸。那张纸的上面清晰地印着逮捕令的字样，还写着他的名字。侦查员边路遥将逮捕令递给了郎子歌。他看了后双手颤抖，脑门子冒汗。谢阶平猜测，郎子歌肯定知道什么秘密。这时，他又拍了一下桌子。说，郎子歌，把你知道的秘密统统都交代出来。

郎子歌说，好吧，我说。那天晚上，我的确是用法拉利跑车接走了莫迪。但我知道，她没有杀死单善。她对我说了，单善被我麻醉了。她还说，在一个水杯里面放了一片高效麻醉剂，让单善喝下去了。然后，他就呼呼大睡了。再后来，她又跟我说，我相信单善很快就会死的。当时，对于莫迪小姐所做的事情，我挺高兴的，认为单善应该死掉。噢，对了，还有个情况，是有关虞尔宁的情况，不知道当讲不当讲?

好，你说，但你要如实介绍情况，不得耍滑头，知道吗？边路遥说。

那天，在我们回去的路上，莫迪小姐还跟我说了一个情况。她说，虞尔宁一会儿就到。我问莫迪，她来干什么？莫迪说，我俩约好的，她来别墅处理单善。因此，我想，莫迪小姐不会杀死单善。如果莫迪小姐杀死了单善，虞尔宁来了就会发现。如果单善死了，那莫迪就有麻烦了，会被授人以柄。我想，莫迪小姐的脑子够用，也从没有那么蠢。我不知道这样的推理是不是有道理？因此，我认为单善的死，同莫迪小姐没有关系。如果说单善真的是死于谋杀，那虞尔宁应该受到怀疑。

郎子歌，我们不能说你的推理没有道理，但需要进行调查。好了，你接着讲！

如果单善死于谋杀的话，我想，那会不会是虞尔宁干的呢？现在，莫迪小姐死了，这事儿是很难说得清楚的。对此，我很难判断这个事，也不知道莫迪小姐为什么要跟我说这些，因为当时我没有问更多的情况。不过，我看莫迪小姐很冷静，也很高兴。因此，我很难相信你们的话，莫迪小姐不会是谋杀单善的人。依我看，莫迪小姐是恨单善，这不假，但她不至于杀死他。我知道的情况就是这些，其他没有什么了。

谢阶平说，郎子歌，你刚才的话有没有撒谎？是莫迪小姐亲口对你说的吗？

是的，这不会有假，都是莫迪小姐亲口对我说的。谢阶平和边路遥相互看了看对方，又都点了点头。

之后，谢阶平对边路遥耳语了几句。边路遥说道，郎子歌，你说，按常理，如果单善约见莫迪小姐，他的老婆不应该知道。这事儿，作为单善来说，恐怕躲还来不及呐。好了，你说，让我怎么相信你的话。单善约见情人，而他的老婆又怎么会知道？而且，虞尔宁还要来别墅同莫迪小姐相见？再说了，单善的老婆，同莫迪小姐应该说是敌对关系。但她怎么会知道虞尔宁要来别墅呢？或许，是虞尔宁同莫迪小姐相互之间的事前约定。或者，是单善告诉莫迪小姐，虞尔宁会在午夜来到别墅。可是，我相信不会，因为单善没有那么蠢，他没有必要让虞尔宁知道自已在约会情人。另外，一般情况下，莫迪小姐去见单善，那应该是过夜的。可是，又为什么会在夜半时分离开别墅呢？而且，还要你接走她。

谢阶平说，郎子歌，我问你，每次莫迪小姐同单善约会，你是不是都负责接送？

哦不，仅仅这一次。当时，我不知道单善的别墅在哪儿？对此，我恨莫迪，认为她轻佻，为什么要跟那个王八犊子呢？可是，我爱她。但不知道为什么，几次想离开她，最终都没有离开。过去，有人说过，莫迪小姐跟单善好着呐，但我感觉不是那么回事，妈的！后来，我曾经跟踪莫迪，才知道了他们之间的关系，莫迪也承认了。因此，我恨莫迪，但更恨单善。我知道他人挺骚的，是有名的“色棒”，一些人都在暗地里这样叫他。但后来，莫迪跟我作了解释。她说，我没有办法，为了成名，只得舍出一头儿了。你要是不同意的话，那咱俩的事就拉倒吧！对此，我很不理解她。但事后，也就理解了。从内心上说，我是爱莫迪的，我的生活不能没有她。此外，在莫迪成名的问题上，我又帮不上什么忙。她很穷，我又拿不出钱来。还有，我知道模特行业有潜规则，有好多女孩子都是舍身成名，并为此赴汤蹈火。

你说，是谁让你接的莫迪？是吴心正，还是莫迪本人？

不，不是吴心正，是莫迪跟我说好的事情。她说，你来单善的别墅接我，并且把具体地点告诉了我。我们约定的时间是21点整，但我多等了一会儿。可是，这事儿，你们都是怎么知道的呀？

郎子歌，你刚才的话，要绝对封口，不得泄露给任何人。如果你说出去了，我会立马逮捕你！

好，我知道，不对别人说不就完了嘛。

谢阶平说，郎子歌，你再说说你挨揍的事吧，单善为什么安排人揍你？还有，他为什么安排人撞你的法拉利跑车？说吧，这究竟是为了什么？

郎子歌犹豫了一会儿。他说，因为我叔叔的经纪人吴心正找了单善，是为了我的事。那时，我在新时代模特有限公司走秀，并同莫迪相爱了。莫迪成名之后的第三年，也许还要多一点时间，我希望莫迪离开新时代模特有限公司，自己单挑做事。但单善不同意，还威胁开除我。为此，我跟叔叔说了。他就派了吴心正找了单善，但单善没有给我叔叔的面子。后来，单善饲养的一条东方神犬就莫名其妙地被扒皮了。单善对我说，都是你叔叔指使人干的。于是，他安排人在光天化日之下把我暴打了一顿。当时，他的那些打手还威胁说，今后，如果单总本人和家庭财产发生什么不测的事，就是你叔叔干的，我们立马就废了你！为此，我去找了叔叔，但他没有言语。后来，吴心正找到了我。吴心正说，好了，小子，你叔叔对我有话。你的事，统统由我处理。单善那个小子，他不能把你怎么样。回去吧，什么事都不会有了。后来，我真的就没什么事了。而且，单总看见我之后，还挺客气的。但莫迪离开新时代模特有限公司的事被搁置了。一直到单善死了，我和莫迪才单独做事。

边路遥说，郎子歌，还有一个问题，你说，究竟是谁杀死了莫迪小姐？

哦，这我不知道。不过，我觉得莫迪死得不明不白。说完，郎子歌伤心地哭了。他为莫迪小姐的死去而悲伤，那种为爱而无助的表情，全部写在了他的脸上。

可见，爱是神圣的。世界上是有真爱的。23 岁的郎子歌，还情迷于死去的莫迪。但很遗憾，莫迪小姐去了另外一个极乐的世界。这个大男孩儿，对于莫迪小姐魂牵梦绕，让谢阶平和边路遥看了很是心酸。可见，郎子歌属于感情专一的人。他深爱着莫迪，也应该不是他杀死了莫迪小姐的。可是，他是穿 45 码鞋的人，这很值得怀疑。

谢阶平说，郎子歌，依你的看法，谁会是杀死莫迪小姐的凶手呢？或者说，莫迪小姐同什么人有仇吗？

没有，我知道莫迪是没有什么仇人的。对于谁谋杀了莫迪的事，我真的说不好。或许，是单善的那些打手们谋杀了她。可是，如果是他们谋杀了莫迪的话，又为什么要这么干呢？也没有道理呀！

可见，郎子歌充满了困惑，并无法理解莫迪小姐为什么会离奇古怪地死去。那么，莫迪小姐究竟死于何人之手呢？

第二十一章　张茅有重大嫌疑，但他死了

毒杀常希令不应该是一个人。除了狱警张茅之外，肯定有幕后黑手。但那个黑手会是谁呢？又躲在何处？

郝笛声和韦闾把大都监狱021监室毒杀案的重点，锁定在了狱警张茅，以及与张茅密切接触的埃农身上。

其中，毒鼠强的来源，百事可乐汽水的来源，是他们着力调查的重点。

为此，他们去了大都市百事可乐汽水有限公司，详细询问了汽水生产和销售的情况。据销售部门的负责人介绍，百事可乐汽水的主要销售渠道是批发给各大超市。同时，也批发给一些零售商。至于零售商会将汽水卖给谁，那就无法知道了。我想，应该都是些个体用户买走的。

那么，用于毒杀狱警张茅和常希令的百事可乐汽水，会是从哪儿买的呢？郝笛声和韦闾认为，只要找到百事可乐汽水的来源就有希望。而唯一的办法，就是进行大面积的排查。

于是，他们把这个意见向言宁支队长作了汇报，并得到了支

持。为此，大都市公安局组织了大批民警，进行了广泛的市场排查。排查期间，民警们带着大都监狱工作人员的照片，请各个销售百事可乐汽水的人员逐一进行辨认，但最终一无所获。

排查完毕后没有人认出张茅，也没有人认出埃农，包括在大都监狱工作的所有人，都没有发现他们有购买百事可乐汽水的行为。

出现在021监室的百事可乐汽水的来源，成了难解之谜。但郝笛声和韦闾相信，在排查中一定是某个工作人员疏忽了什么，使购买百事可乐汽水用来作案的人漏网了。不过，这个人有可能是狱警张茅，也有可能是另外一个人，并且这个人雇用了狱警张茅实施了谋杀。不言而喻，已经贫困潦倒的张茅，突然又富有了，在他的名下，侦查员发现了30万元的银行存款，而这又说明了什么呢?

此外，对于毒鼠强的来源，郝笛声和韦闾组织人力进行了全面而细致的排查。还好，农药主管部门提供了一些情况，让他们看到了希望。

据农药主管部门介绍，国家已经不允许毒鼠强生产，因为，毒鼠强是一种Y－氨基丁酸的拮抗物，与神经元的氨基丁酸受体形成不可逆转的结合，会使氯通道和神经元丧失功能，且尚未有确认的解毒剂。另外，毒鼠强对所有的温血动物都有剧毒。药物会遗留在被毒死的牲畜体内，而食用这些动物的肉，会有二次中毒的危险。因此，毒鼠强属于国家禁药，已经于1991年发文确定毒鼠强属禁用品，并明令禁止生产、销售和使用。但因其合成方法简单，成本低，驱使不法商人牟取暴利而暗自生产，并通过多种渠道进入市场，由此导致了由自杀、误食，或蓄意投毒引起的人、畜伤亡的案件不时地发生。

调查中，广大民警走访了一个又一个的农药市场，仍未发现任何可供参考的情况，也没有人认出张茅，更没有人认出埃农。

可见，这两个重要嫌疑人都没有购买过毒鼠强。不过，在广泛普查期间，还是有了一些收获，大都市公安局相继打掉了三个毒鼠强黑加工点，进一步净化了大都市的农药市场。

天道酬勤，接续的调查有了令人欣喜的消息。在南郊市场调查时，大都市南郊派出所管片民警王茂盛了解到一个十分重要的信息，并最终确认了狱警张茅购买了花生米、香肠和茶蛋的事实。无疑，这是一个巨大的惊喜，让言宁支队长和她的民警们看到了破案的希望。

据民警王茂盛说，一个女摊主指着狱警张茅的照片说，那天午后，这个人来过我这儿，一共买了四个煮熟的茶蛋，还买了一些花生米和香肠。令我印象深刻的是，他应该给我三十二块钱，但拿了四张十元的票子，没等我找钱呢，他就摆摆手走人了。嗨，我觉得这人满敞亮的。所以，我就记住了他面相，但他没有穿警服，是黑裤和米色的衬衫。

事后，在狱警张茅的更衣箱里，果然找到了那件黑裤和米色衬衫，这与女摊主的叙述是一致的。无疑，这是一个重大的突破，但狱警张茅已经死了。

那么，张茅为什么会去南郊市场采购熟食呢？因为监狱家属楼旁边就有茶蛋和花生米零售摊位。可见，他舍近求远是刻意回避什么。或者说，是有着什么不可告人的目的。否则的话，他就没有必要这么干了。因为南郊市场与大都监狱相距 20 公里，不仅要付出交通成本，而且要付出时间成本。显然，这从经济学上讲，狱警张茅这样做是绝对不划算的。可见，狱警张茅是一个诡异的人。换句话说，他是毒杀常希令的凶手。但令人失望的是，狱警张茅同常希令一样，都被毒鼠强夺去了生命。已经掌握的情况，又无法取得新的突破了。

那么，毒杀常希令会是张茅一个人吗？这是一个谜。可是，仍不排除会有其他人参与作案的可能。郝笛声和韦间坚信，除了狱警张茅外，肯定有其他幕后黑手。而那个黑手又会是谁呢？又躲在何处呢？尚无从知晓。

还有，张茅那 30 万元钱的来源，依然没有什么头绪。那笔巨款究竟来自哪里？又出自何人之手？为什么会出现在张茅的名下？均没有答案。

在大都监狱，谁都知道鄢红患了紫癜肾，导致家贫如洗。但令人匪夷所思的是，张茅为什么突然说有钱就有钱了呢？还鬼使神差地支付了鄢红换肾的巨额费用，这无论如何都是一个问题，也需要查明巨额款源的来源。

显然，狱警张茅是有了一笔外财，还收入不菲，而且是一次性进账。可是，张茅的外财究竟来自何处？

郝笛声和韦闾相信，那个给张茅送钱的人，肯定是幕后黑手，至少应该作出这样的怀疑。但这仅仅是推理，还无法找到支撑这个推理的法律事实。

显然，一个狱警是不可能有机会赚30万元钱的，也很少有人会一次性送给他那么多钱。可见，钱是毒杀他人的诱饵，也是杀手所要实现的目的。无疑，有人想谋杀常希令，也有人乐于做这件事。那么，被谋杀的常希令，他究竟知道什么秘密？按道理说，一个人有了牢狱之灾，就不应该再遭到报复了。但事实不是那么回事，身陷囹圄的常希令，还是被人毒杀了。

现在，摆在郝笛声和韦闾面前的各个超市的录像已经搜集到了。但在这些影像资料中，还能够发现什么吗？

十几个做事认真的民警在计算机旁已经工作了四个昼夜，但仍一无所获，依旧没有张茅的影子，也没有鄢红的影子。或许，张茅和鄢红因为生活拮据，他们已经没有什么可供消费的钱了，是根本去不起超市的，也购买不起什么商品了。不过，街边的小店，还有零售商，也没有人认出张茅，还有他的妻子鄢红，包括狱医埃农，以及大都监狱所有的人。

那么，带进大都监狱021监室的含有毒鼠强的百事可乐汽水，究竟是从哪里来的呢？这个谜一时无法揭开。为此，侦查员郝笛声和韦闾是寝食难安。

在夜半时分，郝笛声突然向韦闾提出了一个问题。他说，韦闾老弟，你看这样好嘛，一会儿我们再分析一下张茅的通信记录，或许，会有什么新的发现。

韦闾说，噢，我的哥，不是已经分析很多次了吗？你看还有那个必要吗？不行算了，应该不会有什么问题的。据我所知，张茅是警察出身，是有反侦查经验的，如果是他作案的话，肯定不会在通信记录里面留下什么蛛丝马迹。

郝笛声说，不，要反复分析。没准的话，我们会有什么新的发现。或许，还能够找到点什么，这都是说不准的事了。

韦闾说，可是，从分析的情况来看，张茅只是用手机给家里通话，再就是同大都监狱通话。应该说，狱警张茅因为妻子鄢红有病，几乎是没有什么朋友了，也同外界失去了联系。他同监狱的通话，应该都是些工作上的事。他家的座机嘛，也是如此。无疑，从通信记录来看，我觉得应该没有什么了。

郝笛声说，可是，我坚信，他不可能是一个人单独作案。如果是同他人一块作案的话，那他就会有联系，也就会有蛛丝马迹留下来。即使在通信记录上没有什么，那罪证也会在其他的什么地方留下来。

韦闾说，是的，哥，我没法不同意你的看法。不过，张茅是个狱警，应该受过侦查与反侦查的专业训练，也应该知道在毒杀他人的同时，要千方百计躲过公安局的调查。而且，在监狱里面作案，破案的概率是非常高的。因此，我相信，张茅在毒杀他人的同时，也毒杀了自己。

郝笛声说，是的，不排除这种可能。张茅是狱警，既是谋杀他人的罪犯，也是被谋杀的对象。或者说，他是甘于自杀了。可是，他为何要这么做呢？难道活着就没有意义了吗？

韦闾说，哥，这个人会乐于活着的。不过，他如果是遇到了难心的事，也会选择死亡，但他一定是为了什么？钱，或者别的什么。我想，那30万元钱是足以让其铤而走险的了，但他付出了生命的代价。

可是，为了30万元钱，搭上自己的性命，这样值得嘛！

郝笛声说，或许是为了鄢红？但这也是很难说的事情，除非他值得这么做，又不得不这样做了。但说不上为什么，或许，他就是一个犯拧的人。

韦闾说，可是，那又为什么呢？哥，如果他为了鄢红而失去自己的生命，有这个必要吗？在现实当中，以一个健康的生命换取一个濒临死亡的生命，那绝对是不划算的。除非狱警张茅是个傻子，而他又愿意这么干。

郝笛声说，从了解到的情况看，狱警张茅不是傻子。相反，他是一个头脑健全的人。而唯一的可能是，他的精神抑郁了，因为鄢红患了紫癜肾。嗨，谁要是摊了一个救治无望的病老婆，即使不是精神抑郁的话，那也会没有生活希望的。

韦闾说，也许吧，狱警张茅因为精神焦虑而愿意舍身赴死，并得到了 30 万元钱。

郝笛声说，好了，老弟，我们扯远了。走，我饿了，喝碗粥怎么样？

好啊！

这个案子很棘手，我都食不甘味了。更气人的是，整日里连老婆都见不着，憋得难受。这不，昨天你嫂子还打电话来了，说家里有事，催着我回家呢！可是，回不去呀！兄弟，苦啊！

哥，嫂子是想你了，是要你回家缴“公粮”了，哈哈！

郝笛声说，扯淡，一边去。

说后，他们来到了大都监狱附近的一个稻花香粥铺，各自要了碗绿豆粥，韦闾还要了肉馅饼。这时，狱医埃农走了进来，他要了两个肉馅饼就走了。但埃农和老板娘的对话，让韦闾听到了，并且印象深刻。

噢，埃农，您好像有些天没来了，是不是因为你哥们儿张茅的事上火了？

可不是呗，这人说没就没了。

您瞧瞧，前一阵子，您和张茅还在我这吃饭呢！可现在，你就一个人了。你说说，是不是人不知死，车不知翻。但我想，如果你知道张茅会死，绝对不会让他值夜班。

那是，我若知道他会死，一定会劝劝他的！不过，人应该知足啊，可不能为了钱什么事都干！

哦，你是说张茅得到钱了？有多少钱，才会让他对常希令下毒？这可是杀人的事啊！

噢，不知道，我不知道张茅得没得钱，也不知道他得了多少钱。但如果是他谋杀了常希令，那他肯定不会白干的。可是，他从没有跟我说过这事。另外，我也不相信张茅会这么干，这不值啊！

是的，你说的有道理。可是，那个案子到底怎么样了？你知道吗？应该有点谱了吧？

哦不，我不知道。那是公安局的事了。而且，那些办案人员整天都神神叨叨的。不过，我听说了，在张茅的银行卡上，好像有不少钱的。可见，这里面有说道。

哦，埃农，您还要点什么吗？我再给你炒个菜怎么样？

哦不，不了，谢谢嫂子！说着，埃农拿着两个肉馅饼走了。

这时，郝笛声的手机欢快地叫了起来。他看了看手机来电显示，并接听了电话。噢，头儿，请指示！

笛声，你和韦闾在一起吗？

是的，他就在我身边，吃肉馅饼呐，跟狼似的，专往肉上叨。头儿，案子还没怎么样，韦闾的小肚子就已经吃溜鼓了。

那好，你们马上赶往大都市检察院，我们一块去看看常希令受贿案的卷宗，了解一下他犯罪的情况，也许会对侦破案件有所帮助。

好的，一个小时就到！郝笛声合上了手机，对韦闾说，走吧，兄弟，去市检察院。头儿说了，让我俩去看看常希令的卷宗。今晚，没准你可以回家看弟妹了。

哦，是嘛，那感情好了，可以卸去一身的疲惫了。

在市检察院，言宁等人详细阅读了常希令的受贿案的卷宗。作为市长助理兼卫生局局长的常希令，他握有药品和医疗设备采购权，当然不会是他亲自做这样的事情。从某种程度上讲，常希令还影响着所属各医疗机构的干部任免。因为市委组织部在任命医疗机构的主要干部时，会听取他的意见。因此，医疗机构的所有干部，没有人不在意常希令的影响力，这为他滥用权力提供了便利条件。

从卷宗上看，检察院认定常希令犯有受贿罪，总计 600 万元。

此外，还有巨额财产来源不明罪，被处以14年有期徒刑。

实际上，常希令的受贿案并不复杂，每年各医疗机构都会给他送些红包，也包括患者请专家治病什么的。于是，他出面说话后，会多多少少的有些好处。再有，香港阿大药品与医疗设备有限公司的分红钱，经检察院认定，也是构成了受贿罪。

在阿大药品公司，常希令入股了100万元，但每年分红就高达100万元。检察院认为，香港阿大药品与医疗设备有限公司有如此高的分红不合常理。更为重要的是，检察院已经查实了常希令的一些情况，在一些医疗机构采购药品和医疗设备时，他为香港阿大药品与医疗设备有限公司打过招呼，或者是向某些采购药品单位有过某种暗示的。因此，香港阿大药品公司获得了巨额订单。

阿大药品公司的总部设在香港，在大都设有分支机构。仅仅几年的工夫，就茁壮地成长为年销售额在8个亿左右的公司。这期间，常希令通过庄妮小姐可以任意支配阿大药品公司的钱财。可见，阿大药品公司成了大都市各医疗机构的供货商之一，也在暗中成了常希令的提款机。

在言宁看来，常希令应该有更多的钱，但案件没有得到彻底调查。言宁相信，可能是有人暗中保护了他。此外，在其身后，肯定会有更多的秘密链条。否则，常希令不会被人毒杀。因此，常希令一定是知道了一些不为人知的秘密。

让言宁眼睛一亮的是，在常希令受贿的卷宗里面，她发现了在荷塘医院曾见过的年轻貌美的庄妮小姐的笔迹，也知道了她是香港阿大药品与医疗设备有限公司的总经理。在案卷中，有庄妮小姐的证言，但没有记载她同常希令局长的关系。而在她提供的证人证言的材料中，只说常希令是股东，会有分红给他，不存在什么行贿受贿问题。

不可思议的是，庄妮除了常希令的情况之外，也没有说给其他人行贿。言宁知道，一个药品供货商，在不规范的医药市场中，不行贿是很难玩得转市场的。再有，一个医药代表，得不断地打点与他接触的某些医生才行。

可见，庄妮这个人是明白社会潜规则的，但她守口如瓶。或许，她保护了许多人。言宁猜测，庄妮肯定有行贿问题，但没有把行贿的事说出来。

那么，围绕常希令的受贿案，还有什么问题吗？为什么会有人出手这么狠呢？非要毒杀常希令不可呢？可是，案件当事人死了。还有，可能是毒杀常希令的狱警张茅也死了。那么，谁是这罪恶案件的幕后主使者呢？

可见，一切都没有答案，也无从知晓，但不为人知的罪恶总有一天会浮出水面。言宁断定，纸终将包不住火。

第二十二章　哦，床上出现两个裸体，并极度地疯狂

> 我去别墅的时候，单善已经睡了。我是用微型注射器在他大腿根部的动脉处注入了氯化钾。不一会，他就抽搐死了。

一个午后，侦查员谢阶平和边路遥通过电话监听，发现了虞尔宁的生活秘密。

虞尔宁说，哎，宝贝儿，你忙啥哪？我刚才给你打电话为啥不接呀！你说，心里想我没有？

哦，想了，尔宁姐，我能不想嘛，想得都上不好课。刚才，我在上课呢，因此电话不敢接听。这不，我刚下课就给你回拨了电话。有事吗？尔宁姐。

哎，宝贝儿，我就知道你会想我的。所以，我给你打电话。今天晚上没事的话，你就到夏威夷宾馆来找我吧，我好好让你享受享受，怎么样？宝贝儿。

噢，那恐怕不行，一个是我今晚有课，是英语课，而且是两次考试都过不去的，就是因为你。另一个是我不大愿意去宾馆，那多不安全啊！姐，那样行嘛，你想我的话，咱们就到你家吧！

谢阶平和边路遥不知道虞尔宁与之通话的人是谁，但从对方说话的内容看，他们猜测应该是一个在校的大学生。

噢，那不行的，你知道我家有保姆，多不方便啊，让人知道了不好。好了，宝贝儿，你就到夏威夷宾馆来找我吧！放心吧，什么事都没有的。

尔宁姐，我还是不想去，得跑那么远的路。您知道的，我来回打车得花多少钱啊！

什么，你还差那点钱吗？往返也就 30 块钱嘛，真是的，我没想到你一个男人那么抠，好不争气啊！

不，姐，您不知道的，这个月我的钱花多了。这不，有的同学母亲去世了，我花了点钱。还有，我们同学们之间聚餐了几次，也是花了钱的。姐，你给我的那点钱根本不够花。再说了，我的一个女同学特别漂亮，她跟了一个大款后，人家每月就给她一万块，还不包括购买高档时装和化妆品的费用。可是，您才给我 5000 块钱，您说那算啥呀！

什么，五千块钱已经不少了呀！我看你好健忘，还记得不，在乐乐酒吧，你寒酸得连一杯咖啡都喝不起了。好了，宝贝儿，咱们晚上见面后再说。不行的话，我再给你拿点钱。

姐，你给我的钱不多。知道嘛，我还有一个男同学也跟上了一个富婆。当然，她比你岁数要大得多，但人家可敞亮了，是一次到位，每个月两万多块，还给买了房和车的。现在，那小子都不在学生宿舍住了。姐，要不行的话，您再找别人吧！或者，我再给你介绍一个都行，但他的条件可能会比我差些。

罗威纳，你给我住嘴，净胡说些什么呀？这事能是乱来的吗？真是的，我看你的脑子好像是昏了。

不，姐，我说这个话，您千万别多想，我只是了解了一些行情之后随便给你说说的，其他没有别的什么。姐，你说我还去夏威夷宾馆吗？

过来吧，必须过来。宝贝儿，你说的事，我们晚上再谈，不行的话，我再考虑给你增加费用。好啦，宝贝儿，拜拜！

噢，姐，您就是敞亮。好啦，我现在就过去。

怎么，你不是有课吗？

不，管它呢，上课算啥呀，因为姐想我了。尔宁姐，一会儿到了，你订好宾馆后，立即告诉我房间号。

好的，你现在过来吧，我这就去夏威夷宾馆，拜拜！

坐在夏威夷宾馆的大厅里，侦查员谢阶平和边路遥看到虞尔宁依然风采妖娆地走了进来。她住进了1201房间。又过了半小时，一个眉清目秀的小伙子敲开了房门。

30分钟后，谢阶平和边路遥请宾馆服务员打开了房门，床上出现两个裸体，他们正在极度地疯狂。

噢，虞尔宁女士，对不起，我们打扰您了。起来吧，马上穿好衣服，请跟我们走一趟！侦查员边路遥对虞尔宁下达了明确的指令。

看到突然闯入的两个陌生人，虞尔宁被吓得筛糠了。什么？你、你们是干什么的？是怎么进来的？为什么要我跟你们走？如果要钱的话，我这儿还有一点点！

谢阶平将衣服扔给了虞尔宁，并把警官证拿给她看。说道，不，虞尔宁女士，我们是不要钱的。你瞧瞧吧，这是我们的警官证。走吧，虞尔宁女士，请您跟我们到刑警总队核实情况。

哦不，我不去，有事你们就在这儿说好了！

这事儿由不得你。马上穿好衣服，走！没准，你还会有个新的名称，叫养“鸭子”专业户，知道不？

边路遥看看那个小伙子，很标致，很年轻，也就二十一二岁的年龄，但已经吓得浑身哆嗦，连安全套都没有摘下来就把裤子套上了！

谢阶平把那个小伙子叫到一边，说，你叫什么名字？拿出证件来我看看，是做什么的？

罗威纳，大都工学院的学生。他拿出了学生证，给谢阶平看过，双手还一个劲地颤抖不止。

好了，你可以走了，明天我会去找你的。听清楚，好好读书，以后别再当什么“鸭子”了。否则，我饶不了你！

啊，是，谢、谢谢叔啊！小伙子转身跑开了。可见，惊吓不一定是坏事。或许，罗威纳会悔过自新的。

当夜，言宁还安排人找到了吴心正，并把他带到了一个秘密地点，分别对他和虞尔宁进行了询问。

说吧，虞尔宁，你为什么要干这种骚事呢？能对得起你死去的男人吗？再有，单善是怎么死的？说！边路遥问。

噢，这没什么呀，他愿意跟我搞对象啊！因为我们之间谈得好就开房了。还有一个问题是什么来着？你问我的。

单善是怎么死的？说！

啊，这个事呀，你们刑警有人知道的啊！单善是意外死亡。当时，你们还去了人的呀！哦对了，是一个女的，叫什么名字我现在不知道了。可是，你们问我这事儿，还有什么意义嘛，没有的，他都死一年多了。

说吧，虞尔宁，如果没有意义的话，那就不会半夜三更地找到你了。说吧，单善究竟是怎么死的？

这谁都知道的呀，单善是睡死的呀！噢，对了，不是心衰嘛！你们问我这个事，还有什么说道儿吗？

有的，如果没说道儿的话，那我们还跟你废话干什么？说吧，单善死得蹊跷，而且不是意外死亡。

什么，不是意外死亡？我想，你们肯定是搞错了。而且，你们是去了人调查过的。单善死于心衰，这是谁都知道的事情。我就知道这些。

你听着，虞尔宁，单善死的那天晚上，你都做了些什么？一一说来，不得有任何撒谎！如果你撒谎的话，连同你养“鸭子”的事情，我一块儿追究你的责任，知道不？我要让你颜面丢尽，谁见你谁吐吐沫，淹死你！

是的，我懂。那天晚上嘛，我就在家睡觉来着，没干什么呀，哪儿都没有去嘛。你们肯定是搞错了。这个事，是不应该来找我的嘛！再说了，那天，也是你们同意我处理单善尸体的。我就知道这些，其他真的没有什么了。

不对，你在撒谎。说吧，那天半夜三更的你到底是干什么去了？还自己开着车，对吧！说，干什么去了？如果你不说实话的话，那会罪加一等。如果坦白交代的话，会依法从宽处理！这个机会，就看你自己怎么把握了，别说我没有提示过你。好了，老实交代问题，说，虞尔宁！

不，我可什么都没有干！

不对，你还在撒谎！说，那天半夜，你是不是开着红色宝马小轿车？

啊，是的，是红色宝马轿车，怎么的！

你自己说，我们要是不掌握你的情况，还深更半夜找你干什么？我警告你，虞尔宁，你不要有侥幸心理。

此刻，虞尔宁已非常紧张，甚至有尿液流了出来。但她还是夹紧了自己的双腿，强力控制住自己不让身子颤抖，也意在不让尿液流出来。可是，已经有尿水流在了地面上。

警官，说真的，我真的什么事都没有干，真的！她突然声嘶力竭地喊叫着，又肆意流着泪水。

谢阶平突然一拍桌子，大喊一声。虞尔宁，你还敢跟我撒谎！吴心正你认不认识？说，把你知道的情况统统说出来！否则，你是自作自受，后悔都来不及！这时，吴心正被两个警察从门口带了过去，虞尔宁透过玻璃窗子看得清清楚楚。

吴心正，他，他都说了什么呀？虞尔宁的身子抖动得更加剧烈了，且尿水流淌了一地。可见，虞尔宁已经完全不能自控了！

说吧，吴心正说的话，一会儿我再告诉你！不过，我提示你，吴心正要比你聪明得多，他为自己盘算得非常周到。可见，你真是个蠢货，女人头发长见识短，你还在抵赖什么呀？说吧，你应该像吴心正那样聪明才对！

好吧，我说。可是，我说了之后，会有什么好处吗？是不是能够宽大处理呢？或者说能够有点什么照顾？虞尔宁的态度是软了下来。

只要你老老实实交代问题，组织上会从宽考虑你的问题，但不可以狡猾抵赖，知道不！但虞尔宁又沉默不语了。

虞尔宁，你不要自作聪明。我问你，你知道莫迪小姐吗？一个模特，单善的情人！

啊！我知道。她不是死了吗？我在报纸上看到了，莫迪小姐是死在了医院里，说是吊死的。

是的，她死了。可是，单善死的那天晚上，莫迪小姐没有死，这是一年前的事情。说吧，你早说早主动，晚说就被动，不说就死路一条。你要是不说的话，会有好事儿等着你！另外，我告诉你，即使你不说的话，吴心正也会说清楚的，到那时你就被动了，得吃不了兜着走。

在顽强抵抗之后，虞尔宁的精神终于崩溃。汗水止不住地流下来，尿液顺着凳子腿流到了地板上，两条腿止不住地颤抖，不时带动凳子撞击着地板并发出了嘚、嘚、嘚的响声。

噢，我说了吧，那天半夜我去了别墅。我知道，单善是在别墅那儿约会莫迪小姐。不，是我同莫迪小姐约好了的。她办完事之后，用单善的手机给我打电话，是 23 点多打的电话。于是，我去了别墅。

你是说，莫迪小姐从别墅走后，你去的别墅，对吧！那么，单善是怎么死的？

是的，莫迪小姐走后，我到了别墅。不过，单善是睡死的呀，这是你们所知道的事情。就这样，其他就没什么了。

不，虞尔宁，你还在撒谎！说，把实情统统说出来，单善是怎么死的？你和莫迪小姐是怎么分工的？

分工？分工嘛，啊，是，是这样，是莫迪小姐麻死了他！我到别墅的时候，单善已经死了。真的，他已经死了。

你知道吗？莫迪小姐用的是什么麻醉药？

噢，是，是一种高效水溶麻醉药片。

接着说，你到别墅后都干了些什么？老实交代问题，免得你和我都费事。好了，说吧！

真的，我是去了别墅，但什么都没干。单善已经死了，就，就这样，没有别的了。

你给我住嘴，虞尔宁，你再胡说八道的话，你会有麻烦的！说吧，你半夜三更去别墅，为什么第二天午后，才让刘平印向警方报案，说单善死了？你知道的，这不符合常理？另外，刘平印讲的和你讲的不一致。说吧，只有老实交代问题，才会对你有好处。

是的，我是去了别墅，但单善已经睡着了。然后，我就走了，什么事都没有干！

撒谎，虞尔宁。说，单善是怎么死的。如果我们不掌握实际情况，那就不可能找你了，知道吗？这时，虞尔宁呜呜地哭了起来。

是的，我知道。那天晚上，是莫迪小姐先麻醉了他。我去别墅时，单善已经睡了。然后，我用微型注射器，在他的动脉上注入了氯化钾。不一会儿，他抬了抬身子，瞧了我一眼，还咧咧嘴笑了一下。随即，他抽搐了一下，人就不动了，死了。之后，我整理了他的身子，不让你们看出什么破绽来。另外，我知道三个小时后，注射的针眼就会消失了，是谁都看不出来的。

说，你怎么知道注射氯化钾会致人死亡？是谁告诉你的？我相信你不会知道氯化钾会致人于死地的。

氯化钾的事，是莫迪小姐告诉我的。她说，处死单善有两个方法，一个是给他注射空气，让他栓塞死亡，另一个是注射氯化钾，使他的心肌收缩死亡。她说，人体内氯化钾含量过高的话，会患上高血钾症，并导致心肌中毒，进而抑制心肌收缩，最后抽搐死亡。我给单善注射了氯化钾。

虞尔宁，那注射器和氯化钾你都是从哪儿搞来的？是谁交给你的？

氯化钾和微型注射器都是莫迪小姐交给我的，但我不知道她是从哪里搞来的。真的，就这些。

说，你拿到手的氯化钾是用什么包装的？具体描述一下，要说得准确一些。

是一个小盒子，里面是两只玻璃管，用砂轮片割破后，就可以把药水抽出来了。然后，我用微型注射器注射到了单善的体内，就这样。

你把玻璃管丢在哪儿了？还有微型注射器都在哪儿？说得具体一些。

噢，都被我处理掉了。

是怎么处理的？

埋掉了。在回去的路上，我把那些东西埋掉了，是在一棵松树的旁边。

位置，具体位置？

噢，我不记得了，大约离开别墅十五分钟的车程左右，也许是吧，道路两旁都是些高高大大的松树，具体是哪棵树我就记不得了，是埋在了树根下。

是道路的左侧，还是右侧？

噢，我想想，记不清了。哦，好像是道路的右侧，是一棵松树的底下。

你为什么要杀死单善？

单善是个王八犊子，他毁了我。在我嫁给他之前，他说非我不娶！可是，我嫁给他之后，他仍花心不改。于是，我们常常吵架，不久就分居了。再后来，他向我提出离婚，我没有同意。你们知道吗？他毁了我的青春不说，而且还要我净身出户。所以，我决定杀死他。说到这，虞尔宁的眼睛里放射出因复仇而冷酷的光，身子也不再那么抖动了。

虞尔宁，你是怎么同莫迪小姐达成默契的？按道理，单善的情人，应该是你的仇人。再有，单善约会情人，也会对你保密。那么，你们仇人之间，又是怎么达成默契的？说吧！

在这之前，我不知道单善的情人是谁，但我知道他的情人不会少，也是听到了不少的风声。我知道的，单善最信任的人是刘平印，有人跟我说过他。一些人告诉我说，刘平印会悄悄地安排单善同一些女孩儿会面，而不会让我知道。对此，我恨死刘平印了。

接着说，你是怎么认识莫迪小姐的？

我能够认识莫迪小姐是因为吴心正，他跟我说过莫迪小姐。那是一天下午，吴心正来我家里见我。他说，虞尔宁女士，您是单善的夫人。可是，您知道吗？有位模特跟着单善嘞！我说，你说的事情我不知道，我跟他已经分居了。不过，我说了，单善是个王八犊子，我知道他不会闲着的。后来，吴心正跟我说，虞尔宁女士，你知道吗？莫迪小姐是位出众的模特，她跟了单善。这个事，你当老婆的应该管管。另外，莫迪小姐也恨单善，这你知道吗？不过，他们之间是有合同的。因此，莫迪小姐实际上受控于单善。如果莫迪小姐非要脱身的话，那要损失好多钱财呢！我看，你做老婆的应该想想办法，帮莫迪小姐解脱出来。另外，我知道你们已经分居了。如果任由事情发展下去，单善一旦同你离婚的话，你恐怕得净身出户，什么财产也得不到，知道吗？单善是个精明人，他的财产在同你结婚之前就已经公证了。吴心正走后，我认为他说得对，是在关心我。我知道，单善不会对我发善心的。他同两个前妻离婚时，也都女方净身出户的。真的，我是恨死他了！

接着说，说细致一些！

后来，吴心正又找到了我。对我说，你想解决这件事吗？如果想解决的话，那您可以同莫迪小姐见个面，进一步商量一下这事情该怎么办，看看她有什么办法没有？如果莫迪小姐能有办法，你既不损失财产，莫迪小姐又解脱了身子，岂不两全其美嘛！我说的这个事，还有一个问题，那就是有位小伙子爱上了莫迪小姐。虞尔宁女士，如果你能够解决好这件事，那就成全了他们的恋情，也成全了你自己。因为你还年轻，犯不上跟单善这么熬一辈子嘛，但也绝不能两手空空地同他分手。

你当时是怎么想的？

我想想也是，吴心正说的在理。于是，在吴心正的安排下，我悄悄地在上岛咖啡厅会见了莫迪小姐。她恨单善，也恨他将人类免疫缺陷性病毒传染给她。之后，她和我约定，由她对单善实施麻醉，而后续的事，由我采取跟进措施，就这样！

说！你都采取了什么跟进措施？

我给单善打了针，注射了氯化钾！

什么部位？

在大腿的根部，内侧的动脉血管！

以上的情况属实吗？你要负法律责任！

是的，我说的情况属实。

还有一个问题，你知道吗，是谁杀死了莫迪小姐？

啊，这个我不知道。我不知道莫迪小姐是怎么死的。但我知道她死在了医院，是上吊死的。我想，杀死莫迪小姐的人应该是个男人。否则的话，一个女人，怎么会有那么大的力气把莫迪小姐吊起来？哦，你们该不会怀疑我吧？我可没有杀死莫迪小姐，这是真的！

谢阶平瞧了瞧虞尔宁，没有再说什么。他认可虞尔宁的话，她的确没有杀死莫迪小姐。因为在这之前已经秘密调查过了。那天晚上，莫迪小姐死的时候，虞尔宁自始至终都同罗威纳泡在一起。因此，她没有直接杀死莫迪小姐的可能。也没有证据表明，是虞尔宁雇凶杀死了莫迪小姐。

好吧，那我们今天就谈到这儿！

我可以回家了吗？

不可以。虞尔宁女士，对你说的情况，我们还必须进一步调查，有些问题还需要核实。

噢，你们并没有宽大我呀，是不是在骗我呀？此时，虞尔宁似乎有了顿悟，但又无可奈何的样子。

不，我们不会骗你的。请你相信，我们会根据案件的调查情况依法进行处置。您知道的，法律绝不会误判一个好人，也绝不会放过一个坏人。只要谁敢触犯法律，就严惩不贷。

第二十三章　单善包养情人，当老婆的应该管管自己的丈夫

您知道的，一个有出息的人，是不会看上一个脸蛋漂亮但缺乏道德操守的人，哪怕她很有名气。

之后，谢阶平和边路遥来到了另一个房间，吴心正坐在凳子上。他不明情况，但很沉稳，好像是刑警总队请来的客人，但他受到了冷落，傻坐了很长时间。

谢阶平说，吴心正，这深更半夜的，我们打扰你了，真是不好意思。你知道我们请你来这儿干吗嘛？

不知道。我想，你们肯定是有什么事吧。不然的话，你们是不会让我来这儿的。不过，我愿意为你们效劳，悉听尊便，尽管吩咐好啦！

说吧，你叫什么名字，多大岁数，还有你的职业？

哦？问这个，有事说事嘛！

不，这是需要说清楚的，也是必要的程序。你请讲！

吴心正，48岁，职业经纪人。具体说，我是郎尔格先生的代理人，也叫经济顾问。

噢，我知道郎尔格先生，是一位著名的民营企业家。可是，他有个侄子。如果我没有记错的话，他叫郎子歌，对吧？

噢，是的，他是叫郎子歌。不过，这小子没什么出息，辜负了

郎尔格先生的期望。这小子看上了一个模特，叫莫迪。您知道的，一个有出息的人，不会看上一个脸蛋漂亮但缺乏道德操守的人，哪怕她很有名气。莫迪小姐很有名气。

是的，我们知道。不仅仅如此，我们还知道莫迪小姐与单善是签约人。由于不能脱身，你出面协调了这件事。现在看，你的一些做法很不地道，因为有些事不该发生。

噢，您的话我有些听不懂。这期间，我按照郎尔格先生的意思是参与了一些事情，但不会有不合适的做法。您知道的，我是经纪人，而经纪人做事必须依法合规。我这人崇尚法律，而法律至高无上。我也崇尚道德，而道德会约束人的行为。因此，我不会做一些粗活，也不会做一些不得体的事儿。再说了，也没有什么不该发生的事情嘛。

你知道吗？单善有条东方神犬。可是，你为什么要派人勒死它呢？你知道的，那条东方神犬价值不菲的！另外，你出手挺重，这是我没有想到的。还有，你那么做，不符合你的身份，也有损郎尔格先生的名声。

不，你们搞错了。我是一个有教养的人，怎么会杀死一条东方神犬呢？另外，我是信佛的，这可能你们都不知道，我是从不杀生的。此外，我还是一个动物保护主义者。如果我有钱的话，肯定会买来那条东方神犬进行饲养，而不是杀了它。我知道的，那条东方神犬真是太可爱了，应该是绝对的纯种藏獒！真可惜啊，有人割断了它的喉咙，这会影响藏獒种群的繁衍。

可是，你为什么要安排人杀死那条名贵的藏獒呢？真是太可惜了！不过，我知道的，一般人不会这么干，可你就这样做了。于是，我不得不向你提出一个问题了，你究竟为了什么非得要这么干呢？为吗要杀死东方神犬呢？说吧！

不，警官，您搞错了。我说过，我信佛，是从不杀生的。现在，我应该提示您注意了。作为一名警官，您说的话可不能没有什么根据，也不能让我心里不舒服。

吴心正，你知道吗？因为你的做法不那么合适，这导致了单善的死亡。实际上，你是故意这样做的，是你设计谋杀了单善，谋杀了一个著名的民营企业家，对吧？

哦不，您真的搞错了，我绝对不会做那样的事，也从不做那样的暴力的事情。我不得不再次提示您注意，我做事总是成全他人的，怎么会导致他人死亡呢？我刚才说过了，我是一个诚实的佛教信徒，是不会杀生的，更不会杀人。我想过了，您是不是听到了什么，那些流言蜚语不足以信！我不信，你们也不要信。真的，那些流言蜚语不足为凭，会害死人的。因此，是不是因为这件事你们才找我来这儿的？

是的，因为你做了一些不符合你身份的事情。说吧，吴先生，你是不是故意设计了谋杀单善的方案？具体说，你让他的老婆虞尔宁同莫迪小姐合谋杀死了单善！

不，您不该这样对我说话。知道吗？您的话很不合适。而且，那意思是我组织了谋杀。不过，说句实在话，我的确是见过虞尔宁女士，只是请她想想办法，为郎子歌爱上的莫迪小姐有个合理的解脱，就这样。另外，您知道的，虞尔宁是单善的老婆。单善包养了情人，那当老婆的是不是应该管管自己的丈夫呢？这不言而喻。否则，这个社会的道德会江河日下，是没有希望的，也不符合和谐社会的要求。再说了，虞尔宁干预她丈夫包养情人的事，也没有什么不妥，而且是完全应该的。因为虞尔宁还没有同单善离婚，尽管他们之间是一种苟合，也没有那种神圣爱情彼此真心相爱的基础。当然了，这样做对于郎子歌爱上的莫迪小姐也是个解脱嘛。事实上，这没有什么不好，是都有好处的！如果虞尔宁说我的做法不合适，那纯属瞎扯，或者说是胡说八道！您知道的，我从没有违法违纪的记录。我理解你们，为了案件的侦破，从怀疑出发，推断可能的犯罪事实，进而找到罪犯，这绝对是可以理解的。但是，我不是谋杀单善的人，也不是为他人怎么样而让人怎么样的人。我是帮助虞尔宁出了主意，但没什么不好，只是要她管管自己的丈夫，不再胡作非为就行了。如果你们认为，是我设计谋杀了单善，那是很没道理的。如果虞尔宁认为，是我故意设计谋杀了单善的话，我想，她的脑子一定是昏了。不过，这也没有什么。女人嘛，头发长见识短，脑子昏一回，甚至昏上十回，也是可以理解的。但问题不是那么回事，我不会出那样的主意。这么说吧，我没有谋杀单善，也没有理由谋杀单善，更不会设计谋杀单善。你们也知道，单善是郎尔格先生的朋友啊！我为郎先生做事，怎么会设计谋杀郎尔格先生的朋友呢！如果说，我设计谋杀了我主人的朋友，那郎尔格先生会怎么想，会怎么看我呢？您说吧，我谋生的饭碗还能端下去吗？不能的。哦，对了，我听说，单善是死于意外，没有证据表明他死于谋杀，甚至我说怀疑虞尔宁谋杀她丈夫的话，那也都是无中生有的事情，也都是闲扯的事儿，绝不会有那样的事情发生！不过，也都说不准，林子大了什么鸟都有，人一上百，就会各色不一。

吴心正，我问你，虞尔宁谋杀单善的氯化钾，还有那个微型注射器，你是从哪儿搞到手的，并且交给了莫迪小姐，又转交到了虞尔宁手上的？

谢阶平希望通过突然的发问，来扰乱他的心态，让吴心正立马就范。但吴心正眼珠转了一下，马上就有了自己的合适的说法。

吴心正说，不，我不知道你们说的情况。什么氯化钾，还有什么微型注射器，我统统都不知道。这个事，你们去问莫迪小姐好了。噢，她已经死了，那你们应该让虞尔宁说清楚。我真的是不知道你们说的事情。要不，虞尔宁就是一条疯狗，是胡乱咬人的母狗！

此后，吴心正对于谢阶平和边路遥的问话，是不再言语了。他保持了沉默，对什么问话都不再作答了。

侦查员谢阶平和边路遥分析，吴心正的确不是直接杀死单善的凶手。但他可能参与了谋杀单善的方案设计，并且提供了氯化钾，还有微型注射器，甚至就方案的细节而言，也应该是对莫迪小姐作了交代的。但他矢口否认了一切，否认了对谋杀单善的方案设计。

现在，莫迪小姐死了，已无从对证。显然，吴心正是懂得怎么保护自己的，也知道怎么能够躲过法律的追责。在侦查员们看来，吴心正是一个狡猾的狐狸，且老谋深算，他知道，那黑洞洞的枪口在哪里，会在喷火的瞬间夺去人的生命！

第二十四章　头儿，那个娘们儿又封口了

> 你这个娘们儿，真他妈的无赖！说吧，没有人逼你，你为什么要反悔？明明是你杀死了单善。

侦查员谢阶平和边路遥带着欣喜的心情，向言宁作了情况汇报。谢阶平说，头儿，有好消息，单善死亡的案子破了，虞尔宁那个娘们儿撂了。

哦，她承认杀死了单善？

是的。她用微型注射器给单善注射了氯化钾。然后，单善抽搐了一下就死了。

好，很好，你们干得不错！不过，仅仅靠她自己承认谋杀单善还不够，还要找到与之相关的证据。记着，不是她怎么说就怎么定案的。我们要靠证据说话，靠法律事实说话，要把所有的证据链都串起来。否则的话，将无法为虞尔宁定罪，知道嘛，这非常重要。

为什么呀，头儿，旁证都已经有了呀！莫迪小姐的母亲说过的，是莫迪用麻醉剂麻昏了单善，而且第二天他就死了。现在，虞尔宁已经吐了，这就是主证。这期间，吴心正还承认了一件事：让虞尔宁管管单善。于是才有，虞尔宁同莫迪小姐见面，并商定了谋杀单善的方案。我看，案子已经破了，可以为虞尔宁定罪。谢阶

平说。

不，如果现在就为虞尔宁定罪的话，证据还不充分。记着，逻辑学告诉我们，没有大前提、小前提，就推导不出结论。首先，单善真的是死于高血钾症吗？你们有证据吗？知道嘛，我们手中没有单善死于高血钾症的结论。而且，单善的尸体一年前就火化了。你们知道的，当时，对单善的尸体并没有进行解剖。因为虞尔宁是他的妻子，坚持自己处置单善的尸体。虽然我们有过怀疑，但还是按照自然死亡处理了。其次，单善真的是莫迪小姐麻醉的吗？这也有待于求证。我们得到的信息，只是听莫迪小姐母亲说的，这很不可靠。记着，听说不能为凭，只有法律认定的事实，才能作为刑事犯罪的证据。第三，如果真的是虞尔宁给单善注射了氯化钾，那么，凭据又在哪儿？在法庭上又拿什么举证？如果法官向我们索取证据的话，你们又会作何解释？知道嘛，我们需要铁证如山的证据。第四，说虞尔宁同莫迪小姐联合谋杀了单善，这也没有证据。更何况莫迪小姐已经死了，如果能够让莫迪小姐活着，并开口说话的话，那则是另一回事。可见，你们只是完成了部分情况的调查，案件的侦结还早着呢！

谢阶平说，头儿，杀死单善是虞尔宁那娘们自己承认的。我相信，她不是蠢人。如果她没有杀人，那又为什么要承认杀人呢？您知道的，边路遥也在的，我们对虞尔宁的询问，可没有搞什么刑讯逼供呀！

是的，我相信你们。但是，虞尔宁有翻案的可能啊。记着，为罪犯量刑定罪，不能仅仅依据罪犯怎么说，应以事实为据。只有尊重科学，尊重法律事实，才能办铁案，才能经得起事实和历史的检验。再有，虞尔宁用过的氯化钾的物证在哪儿？还有微型注射器在哪儿？都必须统统找到。否则的话，宁可放人，也不能定案，绝不能因为一起案子失实，而让人们怀疑法律的公正。

头儿，我知道您的意思，办铁案就是维护社会的公平和正义。可是，要找不到氯化钾呢？找不到微型注射器呢？那是不是就得放了虞尔宁？

是的，那将很难追究虞尔宁的刑事责任。也就是说，难以为她定罪！尽管虞尔宁说是自己谋杀了单善，但我们没有找到直接的证据，就没法为她定罪！还不仅如此，我们知道她有谋杀单善的重大嫌疑，但因为找不到她犯罪的事实，将会很麻烦，她会在光天化日之下逃脱法律的制裁。

噢，头儿，您真是难为人。您知道的呀，单善死了一年多了，且是被火化的呀！现在看，事就摆在那儿，谁能够确认单善死于高血钾症啊？没有办法的。还有，到哪儿去找单善的血液标本啊？有关氯化钾和微型注射器的物证，也很难找到。头儿，这事难啊，您该不是折磨人吧！

不，这是侦破悬疑案件的需要。我知道的，核对单善的死因很困难。正因为困难，才需要人民警察发挥神圣的作用。否则的话，我们将如何向人民交代，如何对得起用钱养活我们的百姓呢！如果认定单善死于谋杀，虞尔宁有罪的话，那就必须找到虞尔宁实施谋杀的证据。否则，案子不能说告破，也不能追究虞尔宁的刑事责任。

谢阶平说，那好吧，头儿，我听明白了。可是，案子又很难整得明白。如果是那样的话，头儿，您不会说我们无能吧。

不会，但必须尽一切可能，找到罪证。哪怕是挖地三尺，也要找到微型注射器等物证。

之后，谢阶平和边路遥再次提审了虞尔宁。但没有想到的是，事情发生了逆转。虞尔宁坚决否认之前的说法。她说，我郑重地跟你们说吧，我没有杀死单善。你们也用不着吓唬我，他是正常死亡。那天晚上，我也没有去他的别墅。

嗨，在这之前，你是怎么说的了，不是你亲口说杀死了单善嘛，是你为他注射了氯化钾，而且是在大腿的根部。现在，说否认就否认了？

哦不，我没有矢口否认，因为我什么都没有做。在这之前，我没有经住你们的吓唬，才说了那样的谎话，但那些话都不是事实。我现在郑重地说明白，单善是正常死亡，我没有杀他。

边路遥说，我们没有人逼你，你为什么要反悔？明明是你杀死了单善，为什么又要矢口否认？

不，我绝对没有杀死单善。在这之前，我是因为你们的刑讯逼供才说了胡话。我想过了，杀死单善的人，应该是莫迪小姐。不是我干的，是那个婊子干的。你们说吧，我为什么要杀死我的丈夫呢？这没有理由啊！我们的日子过得好好的呀，我爱他，他也爱我呀，我们是人间绝配呀！

侦查员谢阶平和边路遥以为案子进展顺利，但没有想到虞尔宁会变化得如此之快。是的，他们有点措手不及了。于是，他们将虞尔宁押了下去。

之后，谢阶平说，我看头儿算说对了，应该进一步调查，寻找虞尔宁谋杀单善的证据。但那天，我们去了大道两旁，没有找到微型注射器和氯化钾的包装物。

是的，应该找到虞尔宁谋杀单善的证据。否则，虞尔宁拒不承认的话，那谁都没有办法。明知道她是罪犯，但你也得放了她。看来，头儿要比咱们俩高明得多。

那是，要不能当支队长嘛。知道嘛，支队长可不是吃干饭的，你和我都得学着点。

于是，他们再次向言宁支队长作了汇报。谢阶平说，头儿，那个娘们儿又翻供了，说单善不是她杀的。

这是肯定的，虞尔宁不是傻子。她知道剃头挑子哪儿头热，也知道杀人的后果，还知道欠债还钱杀人偿命的道理。好了，你们要立即作出工作调整，在寻找虞尔宁谋杀单善的证据上下功夫，要人给人。

不过，在这之前，虞尔宁说过，她用过的微型注射器被处理掉了，埋在了一棵松树旁，但我们没有找到。头儿，我想应该投放力量，找到虞尔宁用过的氯化钾的包装物，还有微型注射器。那样，我们就有办法对付她了。

好的，我同意你们的意见。此外，还有麻醉片剂的来源，也要搞清楚。再有，还有没有其他人参与了谋杀，也要搞清楚。比如说，吴心正？

头儿，这很难啊。据虞尔宁讲，氯化钾和微型注射器，都是莫迪小姐交给她的。现在，莫迪小姐死了，您说该找谁核对吧！

我知道的，这很难，但要尽心尽力，千方百计去做。我相信会水落石出的。哦，对了，还要搞清与之有关的单善的情况，尽快建立起虞尔宁谋杀单善的相关模型。

为了找到虞尔宁谋杀单善的证据，谢阶平详细地勘查了现场，并绘制了平面图。此后，言宁动用了上百名警察，在单善的豪华别墅到市区二十公里的沿路范围内，拉网式地搜查了虞尔宁埋藏掉的谋杀单善的证据。

为了防止疏漏，每名警察采取了分树包干的办法，责任到人。同时，参与搜查的人均得到命令，每棵松树搜查的范围以 30 米为半径，严防漏掉每一处埋藏物证的地点。

上百名警察用了整整一周的时间，把二十公里道路两旁的每棵松树周边的土地，都认认真真的翻了一遍，有的甚至翻了两遍。最终，在一棵雪松枝桠覆盖的土地下面，找到了一个密封的小塑料袋，它被迅速送到了市公安局刑事案件鉴定中心。

渔泽水主任仔细地查看了密封的小塑料袋，那里面有些水蒸气。但塑料袋外面，还可以清晰地看到法文的标识。显然，这个塑料袋是微型注射器的内包装。塑料袋里面，有两支小玻璃瓶，还有破碎的玻璃片，一个微型注射器，一张纸巾，还有一个薄薄的砂轮片。

微型注射器由法国生产，是一种自动和微型化的医用注射器。微型注射器上面，有一根可移动的针，包括可检测血管的检测器系统，并根据提供的信息，控制微型针的移位，以及一个容纳注射液的储液器。

此外，在塑料袋里面，还发现了两支氯化钾注射液的玻璃瓶，但都被割破了，还有几块碎片。氯化钾的瓶体上有清晰的文字，氯化钾注射液，10 毫克。

渔泽水主任明白，按照氯化钾的用法用量要求，用于严重低钾血症，一般用法是将 10% 的氯化钾注射液 10 毫克加入到 500 毫升的葡萄糖溶液中滴入，并且不得直接静脉滴注或推入。如果直接推入氯化钾注射液，就会使当事人患上高血钾症，因心肌中毒而死亡。

面对两支氯化钾注射液瓶体，渔泽水主任心情沉重。他猜测，单善可能死于谋杀，死因应该是高血钾症。如果他真的是被人谋杀的，那虞尔宁就是凶手。但推论还不等于法律事实，尚需小心求证。

不过，在小塑料袋里面，渔泽水发现了一张被污染的纸巾。对此，他一时想不明白，这污染物会是什么呢？鼻涕，或者血迹？对，可能是血迹。于是，他给那张纸巾上面涂上了发光氨。发光氨是一种化学物质，可以使血迹显露无遗。

涂过发光氨的纸巾显露出了血迹。渔泽水主任琢磨着，这血迹会是谁的呢？他推测，应该是单善的，如果虞尔宁的确谋杀了单善，他可能会出血。可是，他马上又产生了怀疑。因为微型注射器最大的好处是，可以为细胞注射，注射针头要比头发丝细得多。因此，通过微型注射器给人注射液体，不会有血液渗出。显然，纸巾上的血迹，很难说是单善的。于是，他有了新的推断，纸巾上的血迹不应该是单善的。可是，又会是谁的呢？或许，是虞尔宁的血迹，有可能是她在为单善注射氯化钾液体时弄破了手指。于是，渔泽水主任在那张纸巾上的血污处采集了标本，并指示助手作 DNA 检验。

之后，渔泽水又拿起了微型注射器仔细地察看，注射器上有污物，而且注射器的手柄并没有推到底。此外，容器外面有污迹，是一点点黑色的凝结物。那么，这些凝结物会是什么呢？它又能够传递什么信息吗？

渔泽水再次把发光氨涂在了微型注射器的表面上，哦，他发现了问题。在微型针头上面有血迹，而且容器上，特别是针柄处也有血迹。之后，他采集了血迹的标本，并再次指令助手作了 DNA 检验。

之后，他用卡尺小心翼翼地度量了容器的空间，计算容器里面凝结物的容量，并从容器里面采集了标本，除了指令助手检测 DNA 外，还指令检测了氯化钾的含量。

可是，令渔泽水想不明白的是，为什么微型注射器里面会有凝结物呢？按常理，管柄推进去之后就不会有液体存留了。那容器里面的黑色凝结物又会是什么成分呢？这些凝结物，又是从哪里来的呢？又会传递着什么样的信息呢？或者它能说明什么吗？这都是问题。

渔泽水想到的唯一的推论是，注射者可能是回抽了被注射者的血液。可是，如果虞尔宁谋杀了单善，那她又为什么要这样干呢？还有，那针柄上的血液又是从哪里来的呢？它会载有什么重要的信息吗？遗憾的是，由于时间过长，没有在微型注射器上采集到当事人的指纹。

不久，DNA 检验给出了答案，针柄上的血液，同纸巾上的血液，是同一人的标本；而微型注射器容器内的物体为血凝物，是另一人的血液，其中有高含量的氯化钾成分。如果氯化钾直接推入人体内，足以使当事人患上高血钾症而死亡。

问题是，微型注射器容器里面的血液，会是单善的吗？应该找到单善的血液，同时，也应该采集虞尔宁的血液。采集虞尔宁的血液是很容易的，但要找到单善的血液标本，却是很困难的。

第二十五章　我死后，也要为我的父母守望

单善的骨灰撒到了潮白河里，就算淘遍整个潮白河，也要找到他的残渣，进而确认他的DNA！

刑事案件实验室采集了虞尔宁的血液标本。不久，渔泽水主任给出了检验结果。虞尔宁的DNA同塑料袋里面发现的纸巾上血迹的DNA相一致，也同微型注射器针柄上的血液的DNA相一致，但与微型注射器里面残留血液的DNA不相一致。

由此，渔泽水主任得出了结论，虞尔宁接触过氯化钾瓶体和微型注射器。在割破氯化钾瓶体时，她可能割破了自己的手指，并且把血液留在了微型注射器上。于是，她用纸巾擦掉了手指的血迹，并污染了纸巾。

那么，微型注射器容器里面的血凝物会是谁的呢？是单善的吗？按照推理，微型注射器容器里面的血凝物应该是单善的血迹。如果推理能够成立，那单善就是死于谋杀，而谋杀单善的凶手无疑就是虞尔宁。就算她百般抵赖，也难逃法网。

可是，如何证明微型注射器容器里面的血凝物是单善的血液呢？

根据渔泽水主任的推理，虞尔宁在为单善注射氯化钾的时候，

又回拉了微型注射器的手柄，因而有血液残留在了微型注射器的容器里。那么，唯一的可能，就是找到单善的血液。

可是，虞尔宁有必要这样做吗？如果虞尔宁真的回抽了单善的血液，那只有一个可能，就是在为单善注射氯化钾时，虞尔宁精神紧张。也就是说，回抽单善的血液不是她的主观故意，而是因为精神紧张所致。

可是，她为什么要那么紧张呢？难道，她谋杀单善时没有什么心理准备吗？不，她应该是有心理准备的，但一个谋杀他人的人，特别是在实施谋杀时，其精神会高度紧张，也会有行为上的扭曲，但这需要细心地求证，而不是靠想象得出结论。然而，这样的求证只有一个人能够证实，就是单善的第三任老婆虞尔宁。

在没有得到求证之前，也就是说，在没有获得单善的 DNA 之前，还不能说明单善死于他杀。也不能说明，单善的死同虞尔宁有着某种因果关系。如果说，微型注射器容器里的血凝物不是单善的，那虞尔宁就不是谋杀单善的凶手，但她肯定是接触过微型注射器和氯化钾包装物的。因此，我们需要证明微型注射器内的血凝物到底是谁的？

按理来说，那血凝物应该属于单善。因为警方根据虞尔宁的交代找到了微型注射器，还有氯化钾注射液的瓶体，以及验证了虞尔宁的 DNA，并同注射器手柄上的血迹和纸巾上的血迹相一致。可见，这是案件的重大突破。

现在看，对于单善是否死于谋杀的问题，只有一步之遥了。而谋杀单善的凶手，也将很快浮出水面。而这确凿的证据，也一步步地指向了虞尔宁。可是，虞尔宁先是承认谋杀了单善，但又矢口否认了谋杀。

于是，言宁向谢阶平和边路遥再次下达了指令，要千方百计找到单善的 DNA。她说，你们是知道的，单善的骨灰不是被撒到潮白河里了嘛，就算淘遍整个潮白河，也要找到他骨灰的残渣，进而确认他的 DNA。

于是，侦查员谢阶平和边路遥再次找到了单善的管家刘平印。

对他说，我们知道你是负责处理单善后事的人，并且是你将单善的骨灰撒到潮白河里去的。而现在，我们需要找到他的骨头，只需一点点就行。

刘平印说，可是，单善的后事我只承担了一部分，就是处理他的骨灰，其他都是虞尔宁亲自操办的。

好，我们知道了。你带我们去潮白河，找到你撒骨灰的地方，如果幸运的话，我们能够找到单善的骨头残渣。

噢，可以。刘平印说，单善出生在潮白河畔的一个小山村。而他的父母，也就他这么一根独苗。因此，在他得病后，单善同我说过这样的话。他说，这些年，你为我没少操劳。我死了之后，你呐，就按我说的办。这幢别墅送给你，我们做一回朋友，也算是我对友谊的尊重。你呐，把我送回故乡去，就将我埋在我父母的坟旁。还说，小时候啊，我没能尽到孝道，死后嘛，也要为我的父母守望。

边路遥说，那么说，单善这小子还算孝顺。不过，按你说的是，单善的骨灰并没有撒到潮白河里，而是埋在了他父母的坟旁，是这样吗？

不，是全都撒到潮白河里去了。应该说，按照单善的意愿，是应该把骨灰埋到他的家族墓地去，但虞尔宁坚决不同意。她不考虑单善的意愿。于是，我按照虞尔宁的指令，将单善的骨灰撒到了潮白河里。那一段河流嘛，就在单善的故乡不远处。我可以带你们去找一找，但是肯定很难找得到他的骨头残渣了。因为骨头渣最大的，也就几公分大小。可是，你们找单善的骨灰又做什么用呢？人都死了，还有必要折腾他吗？

哦，我们需要对单善作 DNA 检验。噢，对了，那单善的骨灰盒呢？您把它放在了什么地方？边路遥说。

骨灰盒埋在了单善的家族墓地。那儿，还有他的一绺白发，也埋在坟里面了。每到清明时，我作为朋友会去给他扫扫墓。他这个人无后。我呐，也就算尽点朋友情谊。

是这样！那我们就到单善的家族墓地去。或许，事情会变得简单些，就用不着淘潮白河水了。

单善的家族墓地背有青山，前有河流，面前是一望无际的青翠，这的确是一处上好的风水墓地。单善的家族墓地一共有两处坟茔，一座是他父母合葬的坟墓，刻有他父母的名字。一座是单善本人的坟墓。两座坟茔的周边是高高大大的松柏，这都是单善精心栽下的。但与众不同的是，单善的坟前竖着一块花岗岩的石碑。那上面横刻着的是“似水流年”，而竖刻着的是“单善之墓”，墓碑底座则是单善的卒年。

刘平印吃力地挖开了单善的坟墓。在坟茔里面，是水泥砌成的墓穴，摆放着单善的骨灰盒。打开骨灰盒之后，谢阶平发现了一绺白发，是用细细的红丝线扎着的。那骨灰盒里面，还有些许的骨灰残渣。

临走之前，边路遥提议，应该采集单善父母的骨样，以便对单善的 DNA 作进一步确认。谢阶平采纳了边路遥的意见。刘平印又从单善父母的坟茔里面，精心挑选了单善的母亲和他父亲的遗骨，是没有火化过的遗骨。之后，谢阶平对刘平印说，我想知道的是，您是怎么得到单善的那些白发的呢？也就是说，我怎么才能相信那绺头发的确是单善的呢？

哦，是这样。我在打理单善私事的同时，还负责为单善理发，因为他从不去理发店。在每次理发之后，单善都会叮嘱我把头发中的几根白发薅下来，而不是剪下来。于是，我就将他的白发精心地留了下来。在处理单善的骨灰时，我决定将单善的骨灰盒埋到他的家族墓地去，连同他的白发，埋在了他父母的坟旁。

噢，是这样。可是刘平印，您说的这些事都是真的吗？

是的，这不会错。如果我说得不准，那么，从单善父母的遗骨中是可以验证出来的。

那请您将情况写下来，便于警方的调查，有关单善头发的来源，包括骨灰残渣，以及他父母骨头采样的一切。

为什么呢？有这个必要吗？还搞得这么复杂干啥！

哦，有必要。这样做是为了验证单善的头发和骨灰残渣的真实性，进而确认单善的 DNA。不过，这同您本人没有任何关系。

噢，是这样，那好吧！

在获得单善的骨灰、头发之后，谢阶平和边路遥将其交到了刑事案件鉴定中心。经过检验，认证了单善头发的 DNA。但高温过后的骨灰，已经无法作 DNA 检验了，这是没有想到的。同时，也将单善的 DNA 与其父母的 DNA 进行了比对。

经过实验室的科学比对，验证了单善的 DNA 同微型注射器内的血凝物的 DNA 相一致。由此判定，微型注射器的针头，在刺破单善皮肤之后，注射了氯化钾，又回抽了单善的血液，且单善的血液留在了微型注射器的容器里。

可见，单善的死已有了结论，是死于谋杀。但不知道为什么，并没有检测到麻醉剂成分。可能是因为时间过长，麻醉剂成分挥发掉了。

第二十六章 真是苍天有眼，我们找到了你谋杀单善的证据

不，警官，单善不是我杀的，他是自然死亡。单善的死和我没有任何关系

再次提审虞尔宁时，她还是一口咬定，单善死于心衰，而不是死于谋杀。另外，虞尔宁说，我们的夫妻关系好着呢！

可见，她之所以推翻原来的说法，是因为她知道了其中的利害关系，那就是杀人偿命。

说吧，虞尔宁，你为什么要杀死单善呢？讲出你心中的秘密。谢阶平是用了内涵明确的意思，“你杀死了单善”的语意。

虞尔宁脑子不糠，她听出了谢阶平话语中的含义，立马作出了回应。不，警官，您说错了，单善不是我杀的，他是自然死亡。你们知道的，单善的死和我没有什么关系。

说吧，虞尔宁女士，你以为我们都是些笨蛋，是不是？不知道是你杀死了单善，是不是？可是，我们已经掌握了一切证据，有关于您犯罪的罪证。

不，我真的是没有谋杀单善，因为他是我的丈夫。再说了，你们没有证据证明我谋杀了他。你们知道的，我一不缺钱，二长得不

丑，三又有绝对的身体自由。我没必要跟单善计较什么，真的没必要非杀死他不可。既然他可以在外面胡来，那我又为什么不做让自己高兴的事呢！这么说吧，我能够做的就是报复单善，我让他戴绿帽子，在没有离婚之前。哼，他妈的，我恨死他了，这个王八犊子。

哦，你什么意思？

我是说，我身体自由。我可以随便来。他能怎么着我？我是想开了，怎么快乐就怎么玩，没有谁能够干涉得了我的自由，还有"性"福。

哦，您是说可以随便同别的男人睡觉，也包括你包养的"鸭子"罗威纳。是这样吗？尊敬的虞尔宁女士。

是的，这有什么呀？我的丈夫死了，我有权利恋爱，也有权利再嫁，没有任何人干涉得了我的自由。另外，我自由，我快乐，我想干啥就干啥，这有什么呀？你们真是少见多怪了。有些人是没事吃饱撑的，专爱管别人的闲事。

噢，您是这么想的，真是可喜可贺。但很可惜，您现在已经没有自由了。再换句话说吧，您应该为那不可饶恕的罪恶承担法律责任。此外，我知道单善是个有钱人。而不同的是，你同单善结婚之前，他的财产就已经作了公证。我还知道，一个女人在离婚时，为了获得难以计数的钱财，也会铤而走险。虞尔宁，你说吧，为什么要杀死单善呢？

可是，你们搞错了，也是低估我了。说句实在话，我真的不会干什么蠢事。我再说一遍，单善的死亡同我毫不相干。你们真的是搞错了，愿意找谁就找谁去吧。我没有杀死单善。

不，我们没有错。虞尔宁女士，是你杀死了单善，杀死了你的丈夫，尽管他已经不再爱你了。现在，我手头上有您谋杀单善的证据。为了搞到这些证据，您让我们费尽了周折，甚至动用了上百名警察，翻遍了接近二十公里的道路两旁的每一寸土地。同时，还做了无数次的检验，甚至刨开了单善的坟墓。但苍天有眼，我们总算是找到了您不期望找到又能够证明您谋杀单善的证据。说吧，虞尔宁女士，您为什么要谋杀单善呢？

不，你们在胡说八道，为什么要栽赃于我呢？如果你们有证据，拿给我看好了。虞尔宁的蛮横渐渐地消失了。

好吧，虞尔宁女士，您真是一个不见棺材不落泪的主儿！您瞧瞧吧，这是您用来谋杀单善的工具，一个法国产的微型注射器。还有，那两支氯化钾注射液瓶体，一个薄薄的砂轮片，一张污染的纸巾。我想，这些东西，您应该认识。而且，您都亲自使用过的。不过，您还可以再次作出否认，因为您不想政府宽大处理。说吧，虞尔宁，您是希望政府宽大处理呢？还是要死抗到底？

侦查员边路遥站了起来，他拿着微型注射器等相关物证给虞尔宁看过。说道，虞尔宁，你知道的，这真是麻烦，但我们还是找到它了，并且作了科学检验。现在，你可以否认一切，但都无济于事。而这些物证，已经证明你犯下了谋杀他人的不可饶恕的罪行！

不，你们在诬陷我。我不认识那个什么法国产的微型注射器，还有什么氯化钾注射液。是的，你们都是搞错了，那些东西同我没有任何关系。

虞尔宁女士，您真是贵人多忘事啊！瞧，您用氯化钾谋杀了单善，谋杀了您的丈夫。还有您的血液残留在了微型注射器的手柄之上。可是，您怎么能那么不小心呢？为什么在割破玻璃管的同时，又割破了自己的手指呢？你说吧，这是为什么？

虞尔宁双腿哆嗦着，人又不住地颤抖起来。你，你们是怎么找到这些东西的？

说吧，手指割破了没有？

是，是的，是割破了食指，是破碎的玻璃瓶扎的，我还用纸巾擦了手上的血。

说吧，手是怎么割破的？是不是你还不够专业？在割破氯化钾玻璃瓶的同时，还不小心割破了食指。

是，是的。我用砂轮片割破了氯化钾注射液的小玻璃瓶，在用手掰的时候，玻璃瓶的茬口刺破了我左手的食指，就这样。

再说一遍，是哪个手指？

左手的食指。然后，我用纸巾按住了伤口。但操作微型注射器时，手指又出血了。

现在，我们已经检验了你的DNA，你老实交代问题。说吧，虞尔宁女士，您为什么又回抽了单善的血液？你知道吗？在微型注射器的容器里面，有单善的血液。虽然不多，但我们还是发现了它，并对它进行了DNA检验。不过，在我们找到那个微型注射器的时候，那容器里面的血液已经凝固了，但不影响DNA检验。知道嘛，核糖核酸的检验结果已经出来了，他同单善的DNA是相一致的。

不，不是我回抽了单善的血液。那是因为莫迪小姐在电话中告诉我，麻醉剂的有效时间约一个小时，而我到达单善的别墅时，又耽搁了一会儿。因此，在给单善注射氯化钾时，我非常紧张，割破了手指。在注射完之后，不小心把手柄拉回了一些。于是，注射器里面可能有了单善的血液。

虞尔宁女士，你杀死单善是为了钱吗？可是，我想知道，你已经是有钱人了。

是的，我不缺钱。但单善在我们结婚之前，就把财产作了公证，可他并没有跟我说，这些都是吴心正告诉我的。他说，你离婚后，一分钱也得不到。单善的财产已经作了公证，离婚时你得净身出户。所以，我觉得那个王八犊子骗了我，但我不能白跟他一回。于是，当莫迪小姐说要杀死单善时，我同意了。我们商定的方案是，由她麻醉单善，我采取跟进措施。之后，莫迪小姐就将微型注射器交给了我，还有两小瓶氯化钾注射液。她说，如果你想让单善立马就死的话，你将氯化钾注射液直接推到单善的血管中就可以了。

于是，你就按照莫迪小姐说的做了？

是的，我为单善注射了氯化钾！

注射在什么部位，是大腿的根部吗？这是你上次说的。

是的，是单善大腿的根部血管动脉处。

为什么？你为什么要杀死单善？

不为什么，我恨他，他不是人！

还有一个问题，推注氯化钾会致人死亡，可你是怎么知道的？这是一种谋杀的方法。

噢，我想想，是莫迪小姐告诉我的。我原来不知道。

那么，莫迪小姐是怎么知道的？

哦，这我不知道。你去问她好了！

还有，氯化钾注射液，微型注射器，这些东西都来自哪里？特别是微型注射器，我知道市面上根本就没有卖的，只有专业机构才有的。你说吧，说出实情。

我说过了，是莫迪小姐亲手交给我的，你们去问她好了。

虞尔宁被押下去了。不，是被架走的。她不仅再次尿湿了裤子，而且双腿已经无法支撑自己的体重了。作为谋杀者，她将罪有应得。

然而，莫迪小姐的死，却带走了一些不为人知的秘密。谋杀单善的微型注射器，还有氯化钾注射液，又都来自哪里呢？在侦查员们看来，单善遭遇了谋杀，应该还有同案犯的。起码，吴心正是重要嫌疑人，但他自始至终都没有承认。

吴心正说，我只是让虞尔宁管管道德失范的丈夫。另外，也是为了成全郎子歌和莫迪小姐。我这样做，当然是我当事人的要求。但没有想到的事发生了，谁知道虞尔宁搞来了一些什么东西，并谋杀了单善。可是，你们应该清楚的呀，那不是我的错，而是虞尔宁的错。

吴心正说得没错，直接凶手就是虞尔宁。莫迪小姐也不能脱掉干系，可她死了。不过，吴心正与本案有着更为密切的关系，有可能是藏在幕后的策划者，但不是直接实施谋杀单善的第一人。另外，吴心正说得再清楚不过了，因为郎尔格先生的侄子深爱着莫迪小姐，且郎子歌是一个没有出息的人。

对于吴心正是否有罪，唯一能够作证的就是莫迪小姐，但她莫名其妙地死了。因此，围绕吴心正可能有罪的问题，成为了一个谜团，并难以破解。尽管警方有理由怀疑吴心正所说的一切，但他还是被无罪释放了，因为没有直接的证据能够证明吴心正有罪。

那么，用于谋杀单善的微型注射器，以及氯化钾注射液，又是谁交给莫迪小姐的呢？警方相信，这里面肯定有着神秘的故事。

言宁认为，莫迪小姐作为一个模特，不会知道直接推注氯化钾会致人死亡的原理。也不会知道还有什么微型注射器。

她还相信，以莫迪小姐的美貌，应该不会是一个见多识广的人。相反，美貌会悄悄地降低她的智商，使其注意力会发生某些不为察觉的偏移。在向世人展示美貌的同时，莫迪小姐渴望获得财富，而不是知识。

那么，莫迪小姐究竟是死于谁人之手呢？还有，大都监狱发生的毒杀案又是怎么回事呢？这都是迷雾，需要认真调查并找出凶手。

第二十七章　头儿，吴心正有理由谋杀莫迪小姐

在莫迪小姐被杀的那晚，虞尔宁同罗威纳泡在一起。这儿有他们开房的影像资料。

再次讨论莫迪小姐谋杀案和大都监狱的毒杀案的会议，在刑警总队的会议室进行。

言宁说，对莫迪小姐谋杀案件的调查，我们有了收获，就是单善被谋杀的案件的告破。现在，单善的第三任妻子虞尔宁已经交代了罪行。而且，我们找到了支持其有罪的证据，但无法证实莫迪小姐参与了对单善的谋杀。同时，因为莫迪小姐的死亡，与之相关的参与谋杀单善的嫌疑人，也一时难以证明其有罪，比如吴心正等人。

现在，我们继续讨论莫迪小姐的谋杀案，还有大都监狱的毒杀案。那么，莫迪小姐是谁所杀？还有，大都监狱发生的毒杀案，又是谁实施的阴谋？

对于莫迪小姐之死，当初的推理可能出现了问题。认为莫迪小姐之死，可能是单善的喽啰们干的。现在看来，我们是错的。第一，单善同莫迪小姐是情人关系，但他的喽啰们并不知晓其中的秘密；第二，单善死后按照自然死亡处置，并没有人知道其是死于谋

杀。也就是说，莫迪小姐可能参与了对单善的谋杀，但他的喽啰们并不知道。第三，单善遭遇谋杀案件的告破，我们至今都没有向社会公布。因此，单善的喽啰们不可能为了复仇，而杀死莫迪小姐。显然，莫迪小姐的谋杀案，应另有原因，需要深入调查。

是的，头儿，我同意您的推理。谢阶平说，无疑，莫迪小姐之死，不是单善的喽啰们干的，而是另有人谋杀了她。对此，我曾怀疑过刘平印，他是单善最为信任的人。因为某种原因，他可能谋杀了莫迪。但调查中，我又否认了这个推理。因为在莫迪小姐被杀的当晚，刘平印一直在家里睡觉，这有他老婆和儿子的证实。

边路遥说，还有，在调查单善之死的案件中，也曾推断过虞尔宁是重要嫌疑人，因为虞尔宁同莫迪小姐合谋杀死了单善。当时我怀疑，虞尔宁为了封口，有谋杀或雇凶杀死莫迪小姐的嫌疑。可是，现在看来，如果她要杀死莫迪小姐的话，为什么要拖延到一年以后呢？这不符合常理。如果虞尔宁想要灭口，也应该在单善死亡不久，而设法杀死莫迪小姐。再说了，她应该想到的是，还有其他人知道单善的死因，而这个人就是吴心正。因此，虞尔宁为了灭口，应该首先杀死吴心正，之后才是莫迪小姐。可见，虞尔宁应该不是凶手。依我看，以虞尔宁的体力，也不足以将莫迪小姐吊在暖气管子的扣件之上。另外，在调查中发现，虞尔宁将单善的资产几乎全部占为了已有。而且，期间还送钱给莫迪小姐。显然，钱财是让人保持沉默的最好封条。再有，为了掩盖单善死于谋杀的真相而杀人，虞尔宁完全没有必要。因为莫迪是她的合谋者，如果莫迪将杀死单善的事说出去了，那对谁都没有好处。不过，之所以排除掉虞尔宁谋杀了莫迪小姐的理由，还有一个重要因素，就是虞尔宁在莫迪小姐被杀的那个晚上，即十九点至第二天早上六点钟，她同罗威纳泡在一起，而地点就在夏威夷宾馆的 701 房间。这儿不仅有她开房的登记，还有她和罗威纳进出宾馆的影像资料。另外，我们通过大都理工大学查明了罗威纳的情况，这是一个贫困的大学生，但大学不知道他是靠提供性服务来供自己念书并养活自己的。可见，虞尔宁不是凶手，也没有必要雇凶杀人。

郝笛声说，头儿，我看莫迪小姐之死，会不会同吴心正有关。吴心正这个人很神秘，他可能是阴谋的制造者。

言宁说，你说，根据是什么吗？

头儿，吴心正有理由谋杀莫迪小姐。他可能设计了对单善的谋杀。因此，莫迪知道了其中的秘密，这是吴心正值得怀疑的问题之一。再有，他为郎尔格先生做事。为了郎家的名声，郎尔格可能决意终止郎子歌同莫迪小姐的恋情，并指使吴心正安排人杀死她。理由嘛，也非常简单，他是不想让自己的侄子跟上一个道德失范的女孩儿。再说了，莫迪跟上单善，当然是为了出名，但名声不好。而发生这样的事，郎子歌可以接受，但郎尔格先生就未必能接受。于是，他有可能指令吴心正派人谋杀了莫迪小姐。而做这样的事，对吴心正来说是一件快意的事情，起到了一箭双雕的效果，既封掉了谋杀单善的秘密，也实现了郎尔格先生的某种意愿。假如上述推理能够成立的话，那谋杀莫迪小姐的人，应该是吴心正！

好了，如果你的推理成立的话，那么，一个新的问题来了。你说，谁会是直接杀死莫迪小姐的凶手呢？显然，吴心正不会直接杀人，也不会亲自动手去干一些会脏手的粗活。

边路遥说，头儿，难说，只要吴先生觉得这样做是值得的，就有可能实施谋杀。我说不清其中的因由，还仅仅是怀疑罢了。

韦闾说，我曾怀疑过郎子歌，他是穿45码鞋的人。因为案发现场发现了几个45码的大鞋印，这很值得怀疑。另外，郎子歌同莫迪小姐相恋，不排除因为某些问题俩人感情闹翻了。不过，郎子歌作为嫌疑人，还是被排除掉了。理由嘛，郎子歌依然爱着莫迪小姐并情深不移。因为在他获知莫迪小姐死亡的消息后，立马昏了过去。现在，我觉得郝笛声的推理有道理，谋杀莫迪小姐不排除是郎先生的主意，其目的是家族的好声誉。再有，郎尔格是黑白两道的人，什么事都干得出来。不过，一个身家百亿元的民营企业家，也真不该杀人越货，除非是为了更大的经济利益。或者说，除非是有些事值得他这么干的。可是，如果他做了这样的事情，那么，他又为些什么呢？对此，我很难理解。

边路遥说，可是，郎尔格先生有这个必要吗？我是说，郎子歌是他的侄子，又不是他的亲儿子。谁都知道，对待自己的侄子和对待自己的儿子可是两码事！

谢阶平说，不，一切皆有可能，但我又无法说得清楚。我是这样想的，为了100%的利益，人们就会铤而走险。可问题是，我们不知道谁会这么干。但我相信，这背后肯定有更大的黑幕。只是拉开黑幕的绳索，我们至今都没有找到。

言宁说，如果郎先生真的想做掉莫迪小姐的话，那他选择的时机不应该是现在，而应该是在单善死亡之后不久。再说了，这期间莫迪小姐和郎子歌共同创办了莫迪传媒公司。而且，公司的业务红红火火。因此，莫迪小姐之死，可能不是郎尔格先生所为，而是另有他人，只是我们没有找到真正的元凶。那么，杀死莫迪小姐的凶手会是谁呢？

谢阶平说，现在，我们还没有找到一丝线索，包括那个45码的大鞋印，还有绿色尼龙绳的来源，以及尼龙绳上的棉絮，都没有落实下来。更可气的是，在荷塘医院的监控录像中没有发现一丝线索。但吴心正那小子，真的是让我生疑。特别是在单善的谋杀案上，他有重大嫌疑，也非常值得怀疑！

好吧，这个问题就讨论到这！言宁说，现在，我向大家提出一个新的问题：你们说说看，莫迪小姐之死会不会和大都监狱的常希令、张茅的毒杀案有些关联呢？请大家各自谈谈看法。我之所以会提出这个问题，是因为在常希令受贿案件中，我发现了庄妮小姐的名字。还因为在荷塘医院发现了一个问题，那就是庄妮小姐原来是住在721房间，但她在莫迪小姐被谋杀的当晚，因为不愿意同莫迪小姐住在同一房间，而搬到VIP高间去了。

谢阶平说，头儿，我看这没有什么关系。第一，案发地点不同。莫迪小姐死于荷塘医院，而常希令和狱警张茅是死于大都监狱。第二，谋杀方法不同。莫迪小姐先被人窒息，后被残忍地吊在了暖气管子的扣件之上；常希令和张茅则是死于毒杀。第三，死者之间互不熟悉。莫迪小姐不认识常希令，也不认识张茅，反之亦然。第四，所属行业不同。莫迪小姐是著名模特，常希令是原市卫生局局长，而张茅只是一个狱警。头儿，我看这个问题没有讨论下去的意义。虽然庄妮小姐的名字出现在了常希令的受贿案之中，也是在当天晚上搬出了荷塘医院的721房间，但两起案件没有必然的因果关系，不排除是一种巧合。

韦闾说，头儿，我赞同谢阶平的意见。的确如此，这两起案件之间尚没有因果关系。只是在不长的时间内，发生在大都的两起刑事案件而已。如果非要人为地将这两起案件并在一起，那案件侦破工作会陷入死胡同的！

边路遥说，我看，不排除这两起案件会有某种联系，但我们只是没有找到突破口而已。我知道，说这样的话真的没有什么依据。但事物存在普遍联系，这是一个哲学命题，而不管你们同意不同意，我想，一切皆有可能。

可是，你能够说清楚二者之间的因果关系吗？韦闾说。

边路遥说，不，我不能，但一切真的皆有可能。谁知道呢，也许是我在瞎想吧。因为吴心正认识单善，还通过郎子歌认识了莫迪小姐。可是，吴心正同常希令和张茅又真的没有什么关系，也包括莫迪小姐在内，他们都不熟悉，就这样！

言宁说，好了，既然找不到两起案件之间的联系，又找不到莫迪小姐被杀的突破口，那我们就集中精力讨论大都监狱的毒杀案，看看有什么新的发现。郝笛声，还有韦闾，你们来谈谈对大都监狱毒杀案最近的调查情况！

郝笛声说，案发期间，大都监狱的监控设备坏了，而且有一个月之久，这不排除是人为破坏的可能。不过，这种现象已不仅仅是这一次。三年来，经常发生这样的问题。

韦闾说，此外，经对各大超市的监控录像分析，也没有发现张茅去过各大超市，更没有发现大都监狱的其他人去超市购买过百事可乐汽水，其中包括狱医埃农。从案情分析上看，张茅这个人很值得怀疑。他有可能在购买了百事可乐汽水之后，又搞到了毒鼠强，继而完成了对常希令的谋杀。也就是说，不排除是张茅一个人作案的可能。可是，令我费解的是，狱警张茅为什么也死掉了？由此我想到，如果张茅是凶手的话，那他肯定知道百事可乐汽水中是含有毒鼠强的。但在知情的状况下，他还会喝下去吗？显然不能。由此推论，狱警张茅会是毒杀常希令的人吗？这令人怀疑。那么，又是谁将狱警张茅聚拢到021监室的呢？也无从知晓。不过，我依然相信，张茅就是谋杀常希令的元凶，但他也谋杀了自己。

郝笛声说，我想，如果有他人参与了谋杀常希令的话，那张茅就是直接谋杀者，也是被谋杀对象。这个问题，在上次案件分析会时我们就谈到了。

言宁说，好，笛声，你可能说到点子上了。张茅可能是凶手，但也是被谋杀的对象。或者说，他毒杀了常希令之后，又服毒自杀了。我想，作为狱警，张茅应该知道在监狱里实施毒杀很容易破案。可是，一个训练有素的狱警，为什么要这样干呢？这可能源于两条：一个，他是凶手，在毒杀常希令之后，又被人设计毒杀了；再一个，他是凶手，又心甘情愿地自杀了。不管哪一种，他只有一个目的，那就是为了钱。因为他老婆鄢红患有紫癜肾，且需要作换肾大手术。如果是这样的话，那说明他非常爱鄢红，且情深不移。我想，案件侦破的重点还应该是狱警张茅，以及与他交情甚笃的人。据我所知，张茅的最好朋友是狱医埃农，但我们没有掌握他作案的嫌疑。不过，即使这样，埃农也不是一个有钱人，那30万元肯定是另有出处。对此，务必请同志们要小心求证，绝不能疏忽任何一个环节和细节。

第二十八章　在毒杀常希令之前，狱警张茅都做了些什么呢

鄢红，您知道吗，张茅向谁借的钱？在案件调查中，张茅的银行卡上有 30 万元钱的往来记录，是支付换肾的费用。

侦查员郝笛声和韦闾离开刑警总队之后，再次去了大都监狱，继续秘密调查张茅的活动情况。

经过调查，张茅在上夜班之前，并没有在家睡觉，而是外出办事了，这是张茅的妻子鄢红向警方提供的情况。但在上次同警方谈话时，她没有这样说，而是说张茅在上夜班之前在家睡觉呢。显然，这里面有巨大的出入，并且不排除鄢红知道什么。

那天午后，张茅外出了。鄢红这样说，但他没有说去办什么事情。他是午后两点钟走的，再没有回家来。我想，他一定是直接去上夜班了。可是，我没看到他没有什么变化，是跟平常一样的，不像是为了什么事情而精神焦虑的样子！鄢红说后，又为张茅的死而伤心地哭了。

鄢红，您知道吗，张茅是向谁借的钱，我是说那 30 万元钱的来源？在调查中，我们发现了张茅的银行卡上，有 30 万元的往来

记录。后来，他将这笔钱支付了您换肾的费用。这一点，在大都医学院第一附属医院得到了证实。郝笛声说。

哦，他没有跟我说过这件事。但我问过张茅，换肾的钱怎么办，他只是说借到了一点钱，基本上够换肾用的了。于是，他带我到了大都医学院的附属医院，求人作了换肾大手术。在这之前，我们一直欠债，欠好多好多的债，可让我们家的张茅愁坏了。但是，我没有想到他又借到钱了，并保住了我的生命。我知道的情况就是这些了，其他没有什么了。鄢红哀求说，我求求你们，张茅是好人，他不会去谋杀常希令的，你们一定要为他讨个清白呀！

不仅如此，鄢红，我们还要伸张正义。郝笛声这样说。但无论如何，张茅都是个疑点，因为他死在了 021 监室。而围绕他的生前身后，究竟发生了什么？仍是迷雾重重，调查仍然没有结果。

不过，有调查结果表明，在常希令被羁押到大都监狱之后，张茅同常希令有接触。据监狱内部人讲，张茅同常希令探讨过鄢红换肾的问题。在这之前，张茅同常希令之间并不熟悉，也谈不上什么友谊，更不会有什么仇恨。

可见，如果张茅真的是凶手的话，那他的目的就是钱。为了钱而毒杀他人，这自古以来就有案例。但谁会是指使张茅这么干的人呢？

郝笛声说，韦闾，我看张茅这个人可疑，但的确是找不到具体线索。你说说看，他怎么能一次性在银行存入 30 万钱呢？

韦闾说，或许，那钱就是雇凶杀人的佣金。否则的话，他不可能有那么多钱。要么，就是买彩票中奖了。可是，如果他买彩票中奖的话，他就不会去谋杀他人了。

但在监狱里面谋杀他人，不可能是市面价。另外，如果张茅受雇他人，肯定是为了妻子换肾。因此，他的要价会高一些，哥，您信不？韦闾说。

我想，一个缺钱的人，会在 30 万元的驱使下，鬼使神差地作了谋杀他人的选择。可是，如果是那样的话，张茅怎么会死呢？难道，张茅这人厌世了。或者说，张茅是不是因为生活无望而自杀了呢？郝笛声说。

韦闾说，哦不，不会的。他可能是为了自己所爱的人，才甘愿付出生命！

郝笛声说，您是说张茅为了爱，可能舍弃了自己的生命，但又为了爱，而直接谋杀了他人。可是，这未免有些偏执。

那么，张茅的30万元钱，会是从哪里来的呢？我看是很难搞清了，因为没有人知晓钱的来源。因此，这起案子恐怕会石沉大海，难见天日了。

噢，是的，有这种可能。张茅已死，也带走了不为人知的秘密。不过，有一个问题应该是清楚的。张茅作为一个狱警，他应该知道在监狱里毒杀他人，又将钱存入银行的话，是极不理智的。但他就这么干了，是不是故意为之呢？您知道的，因为巨额财产来源不明会牵出许多麻烦事。而好多的贪官，就是因为说不清楚钱的来源，才掉了进去。何况，一个家贫如洗的狱警，应该不会有什么存款。但不同的是，张茅竟然会有这么多钱，还将钱存在了自己的名下。

那么说，张茅是为了钱而毒杀了他人。另外，他自己是别无选择，而不得已自杀了？

是的，我看是。如果找不出其他什么原因，这会是一个合理的推论。何况，我听说张茅这个人有些精神抑郁。你知道吗？抑郁症最可怕的表现是什么？那就是自杀，并毫不畏惧。

嗯，有这种可能。可是，犯罪现场发现了百事可乐汽水，还有毒鼠强，会不会是张茅亲自买来的呢？对此，你又怎么解释？

噢，这是个谜。

我想，狱警张茅要毒杀他人，是会搞来毒药的，只是目前没有找到实物证据。应该说，这个情况只有张茅一个人知道。

可是，钱呢，那些钱呢？是谁给他的？也没有下文。因此，在张茅的身边，一定有个幕后指使者。但是，随着张茅的死去，那个背后指使者也神秘地消失了。

我想，那个钱应该是什么人送的。我们没有发现张茅有更多的朋友，而唯一的朋友就是埃农。在这之前，张茅倒是有几个朋友的。因为张茅借钱不还，其朋友关系也就断了。

然而，张茅往日的朋友都不富有。因此，没有人会一次性拿出30万元。应该说，他最好的朋友就是埃农了，但他也很穷。显然，那些钱不会来自埃农。因而，埃农并不值得怀疑。

可是，我们无论如何都没有理由不对埃农进行调查，就算他不是罪犯，也应该解除对他的嫌疑。

但接下来调查的结果表明，埃农是没有什么不良记录的。他机警，沉稳，又十分敬业。难能可贵的是，他的医疗业务也算是可以的。此外，埃农喜欢唱歌，而且嗓音浑厚，还有一大堆歌友会的朋友，又多是一些有身份的人。因此，埃农经常去市音乐厅唱歌，但一般是在节假日或礼拜天才去。这期间，没有发现埃农有不合时宜的举动和行为。在大都监狱发生毒杀案的前几天，埃农哪都没去。他就在办公室值班，没事的时候会上网聊天。这在他的QQ里有记录，也是秘密调查的结果。

在大都监狱发生021监室毒杀案时，埃农曾被监狱长叫到现场。但他很冷静，没有到监室里面去，执意等待刑警的到来。无疑，他这样做是对的，符合其职业的要求。埃农是狱医，其职业是为罪犯看病，而不是侦破什么毒杀案。

那天，埃农说，不，游狱长，您也不能进去。如果现场破坏了，将不利于公安机关的调查和破案!

埃农出生在大都的市郊，是一个农民的儿子。原来，他的父母有三垧地。他大学毕业后，其父母就不再种地了。现在，那三垧地包了出去，收回的租金也满足了他父母的基本生活需求。另外，埃农是一个孝子，每个月都会给父母零花钱。

再有，埃农会时常和张茅在办公室里坐坐，唠唠嗑，也会到监狱附近的稻花香小饭店撮上一顿。但是，每次花销也都是埃农支付费用，一般是几十块钱。这是稻花香女老板提供的情况。

女老板说，我知道的，埃农同张茅之间的感情最好，非常谈得来的。我没有发现他们之间有什么事儿。

张茅死于021监室的前天晚上，埃农和张茅还在稻花香饭店吃过饭。有一名稻花香饭店的服务人员是这样说的。

埃农在与郝笛声谈话时，也谈到了这个情况。看来，埃农自始至终都没有掩饰什么。不过，就是他刻意回避了什么的话，那也可以理解。谁都知道，没有人愿意被裹挟到什么毒杀案中去。

埃农说，我为张茅的死深感悲痛。您所不知道的是，张茅是我最好的哥们了。而且，他妻子有病，生活困难。过去，我是没少帮他忙的，包括为鄢红治病，再后来是换肾。不过，这都是我应该做的。情况的确如此，张茅的妻子鄢红也是这么说埃农的。作为朋友，埃农所做的一切很令人感动。

据监狱长游乐介绍，埃农是一个表现非常优秀的狱医，沉稳干练，敬业尽责。他至今没有结婚，也没有对象，似乎也没什么追求。这个人嘛，安于生活，安于享受，也安于快乐。他每一天都是乐呵的，活得有滋有味。案发的第二天晚上，他还去了市内听了一场高质量的音乐会。

一个没有欲望的人，应该每天都会活得很快乐，监狱长游乐这样认为。

但为了一辈子的快活，也会出手杀人，这是郝笛声和韦闾不同于监狱长游乐的看法。可是，埃农会这么干吗？为了自己一辈子的快乐，会去杀人吗？

这无法得出结论。在毒杀案件发生后，还没有看出埃农有什么变化，包括心理变化。埃农没有忧愁，银行里面也没有巨额存款。郝笛声和韦闾认为，埃农的嫌疑人身份可以排除掉了。

可是，狱警张茅死在了毒杀现场，而埃农是他最好的朋友，这又是怀疑埃农的理由。

事实上，埃农很清楚警方会怀疑一切，也应该怀疑一切。因为没有质疑，也就没有案件的侦破了，他清楚这一点。对此，警方先后三次同埃农谈话，他都想得通。他不仅配合警方的调查，而且情况说得准确清晰。可见，埃农是一个思路严谨的人。

从了解到的情况来看，埃农真的不应该受到怀疑。他虽然与张茅有着密切的关系，但不具有作案的嫌疑。而且，在案发之前，埃农从没有离开过大都监狱。更为重要的是，在各大超市提供的监控录像中，没有发现埃农的影子，他自然就不会购买什么百事可乐汽水了。一个没有购买过百事可乐汽水的人，怎么往百事可乐的汽水里面加入毒鼠强呢？

显然不能。不仅如此，埃农的照片被各大商场卖百事可乐汽水的售货员悄悄地反反复复地看过了，没有人认出他来，包括几个农药市场，也没有人认出他来。也就是说，埃农不仅没有购买过百事可乐汽水，也没有购买过毒鼠强。

此外，埃农也不是一个有大钱的人。郝笛声和韦闾决定，解除对埃农的怀疑。

第二十九章　快，马上出现场，又发生了一起案件

> 她，庄妮自杀了。我刚刚进屋，就发现她死了。您看，我该咋办啊！

荷塘医院发生的莫迪小姐谋杀案，还有大都监狱发生的毒杀案，均没有新的进展。

在莫迪小姐吊死的病房里发现了几个45码的大鞋印，经检验是耐克旅游鞋的鞋印。但不知脚印从何而来，因为没有高个子男人到过721病房，甚至在荷塘医院住院部七楼监控录像中，也没有出现过威武高大的男人。

另外，多次反反复复调查百事可乐汽水的来源，依然没有线索。那狱警张茅的30万元的巨额存款，也没有人知道它为什么会存到一个捉襟见肘的狱警名下。

这些问题，让言宁和她的侦查员们倍感焦虑。不仅如此，社会公众的耐心和来自上级的批评，也令人情绪低落。大都市市民热衷于猎奇，对荷塘医院发生的莫迪小姐谋杀案，以及大都监狱发生的毒杀案，多有非议和抱怨之声。

这不，大都电视台在新闻播报中，再次发表了新的评论。近

来，大都的治安状况持续恶化。相继发生的社会治安问题，以及一系列骇人听闻的谋杀案和毒杀案均没有告破。本台正密切关注着案件的进展情况，一旦获知新的消息，会及时向社会公众进行播报。

在公安局内部，也有了议论之声。比如，言宁太年轻了，一个毛丫头，还缺少案件调查的实践经验，尚不具备破获重大案件的组织能力。这些舆论和压力，言宁虽然能够理解，但免不了会心情抑郁，毕竟这些重大案件为人们所关注。但唯一可以告慰的是，在调查莫迪小姐的案件时，意外地破获了单善被谋杀的案件。此外，虽然搞清楚了狱警张茅购买花生米、茶蛋、香肠的情况，但他被毒杀了，这使案件的侦破再次陷入了重重迷雾。不过，言宁相信，那个幕后主使者总有一天会浮出水面！

可是，老的问题没有解决，新的问题又来了。言宁接听了电话。喂，您好，有事请讲！

哎，你，你是谁？对方说话语无伦次。言宁觉得对方慌里慌张，分明是打电话给自己，却问言宁是谁，这岂不令人费解。

喂，您要找谁？请讲！言宁再次问道。

哦不，你是哪位？快说话呀！

你这人真是怪了。不是你给我打的电话吗，还问我是谁？喂，我问你，你找哪位？有什么事？请讲！

噢，对不起。我找艾子凯，哦不，不，我是艾子凯！

哦，我知道了，你是庄妮小姐的男朋友，对吧！

哦对，是，我是！

什么事？艾子凯，你说吧，我是言宁！

哦，对了，我就找你，言宁！现在可好了，不，不，可不好了。她自杀了！说后，电话里传来了艾子凯呜呜的哭泣声！

什么？你说什么？艾子凯，你说谁自杀了？你把话再说一遍！

她，她自杀了，是庄妮自杀了。我刚刚进屋，就发现她，她已经死了。您看啊，我该咋办啊，言宁，你要不要来这儿看看！

好的，没问题，你在哪儿？

噢，我在这儿，就在我这儿！哦，对，对了，是庄妮小姐的家，你知道庄妮小姐的家吗？

在哪儿？慢慢说，说具体地址，是什么地方？

哦对，是地址，雄王殿小区知道嘛，是A座3栋18层2号，对，是2号。她死了，庄妮死了，但我不知道为什么，她为什么死了呀？

好的，艾子凯，我知道了。你站在原地别动，什么都不要动，懂吗？不要弄乱了现场，我马上就会到！说完，言宁一挥手。走，又发生了一起案件，马上出现场！

庄妮小姐之死，让言宁感到非常震惊！她不知道庄妮小姐为什么会死。前不久，自己还同庄妮小姐谈过话的，是在荷塘医院，因为那儿发生了莫迪小姐的谋杀案。再就是她出院的那天，妈妈还有爸爸以及土地佬和渔泽水法医，一块同庄妮小姐去广州酒楼吃饭的。当时艾子凯也在场的。

她怎么也没有想到，刚刚通过妈妈认识的庄妮小姐，竟然这么快就死了。言宁记得，妈妈说过，因为莫迪小姐之死，庄妮和一些住院的病人都执意出院了。那天，妈妈给她打来电话，说要回家吃晚饭。但妈妈说，庄妮小姐请客。于是，她指定土地佬安排了饭局，是在广州酒楼吃的饭，但没有让庄妮小姐买单。因为庄妮小姐是妈妈的患者，而做医生的不好接受患者的宴请。

言宁回想着前几天的情况。那天，妈妈说，言宁，这些天你都忙些什么呢？也不回家看看，知道不？你爸爸都想你了。真是的，老是让我操心！

言宁说，知道了，妈妈。其实爸爸是想我，可妈妈更想我！妈妈，我今天晚上回家吃饭，您就弄点儿好吃的吧，我有点馋了！

哦，好啊，言宁，你爸爸要是知道你回家吃饭的话，那还不得乐死呀！好啦，言宁，就这样定了。我一会儿早点回家去，好给你买点好吃的！

好的，妈妈，谢谢您，再见！

可是，不一会儿，妈妈又打来了电话。妈妈说，小宁，有个事犯难了。有个患者你知道的，那个叫庄妮的患者现在出院了。她非要请客，还执意要你也过来吃饭。噢，对了，她还要你爸爸也过来。你说咋办啊，言宁！

哦，好啊，妈妈，那就说定了，我来安排就是了。晚上，您和庄妮小姐到广州酒楼怎么样？由土地佬订位，你们直接过来就好了。妈妈，您再通知爸爸好嘛，我再叫上渔泽水伯伯！

言宁，你刚才说什么，渔泽水伯伯？

噢，是的，妈，您知道他。渔泽水是我们刑事案件鉴定中心主任，您的老校友，同您在荷塘医院一块儿工作过。

哦，我知道他。可是，你刚才还说了什么，土地佬？可是，我不知道土地佬是谁？

啊，妈，土地佬就是一个土地开发商，那个小子有两个瘪钱，今晚就由他买单好啦。妈，我是为您省钱了。好了，妈妈，您告诉庄妮小姐，到广州酒楼来。说完，言宁就把电话撂了。

言宁记得，那天的广州酒楼灯火辉煌，食客云集，生意红红火火。她和高声树是站在楼下迎接妈妈，还有庄妮小姐的到来。你好，庄妮小姐，我们在荷塘医院是见过面的。

噢，言宁，您搞案子一定很辛苦吧！

哦，是的。不过，更有乐趣。但有些案子是挺难整的，一时半会儿都见不到光亮！这不，有关莫迪小姐的谋杀案，至今都没有什么头绪，却接着又发生了大都监狱毒杀案。

噢，是嘛，那够你们忙的了。哎，言宁，我给你介绍一个人，他叫艾子凯，是我的男朋友！庄妮小姐说着，就拉过来艾子凯介绍说。

哦，是嘛，好啊！庄妮姐，我们欢迎艾子凯先生光临晚宴。这时，渔泽水主任到了。各位宾客落座之后，言宁正式向大家介绍了高声树。

土地佬，你现在站起来，我给你介绍。知道嘛，这两位是我的爸爸妈妈。爸妈，他就是我说的土地佬，没准他会成为我的男朋友呢！不过，也都是说不准的事。现在，好像什么都是靠不住的，特别是标致一点的男人，谁看中了都会抢的。你说吧，土地佬，是不是这么回事！说后，言宁自己先咯咯地笑了，并显露出得意的神情。

朵拉拉说，哎，言宁，看你这孩子怎么说话呢？真是没教养。言起年，这都是你的不是了，把孩子宠坏了。我跟你说，言宁，再不许这样称呼人家，什么一口一个土地佬的，多不尊重人。言宁听了，哈哈地笑着，一副没心没肺的样子。

噢，言宁，你处对象的事，可没有跟家里说呀！言起年责问道。为此，他感到吃惊！可高声树倒没有觉得什么，看着朵拉拉医生训斥着言宁，倒是挺高兴的样子，脸上堆满了笑意。

不过，爸妈，你们要是看不中他的话，那辞掉就算了。你说呢，土地佬，有思想准备吗？高声树瞧瞧言宁，依旧笑而不答，忙活着给大家倒水。

朵拉拉说，言宁，还说呢！看你这孩子，看我回家不收拾你才怪呢！

高声树说，噢，阿姨，您应该收拾言宁。知道嘛，她老是欺负我。不过，朵阿姨，言宁的性格蛮好的，有啥说啥，我喜欢她的性格。还有，渔泽水主任也知道这件事，言宁是不会辞掉我的，我表现老好嘞！

朵拉拉说，哦，渔主任，您早就知道他们的事？那么说，言宁同您说过了？

哦，对！渔泽水说，我是知道一些的。朵医生，您好福气喽，有一个好女儿。现在，您又有了一个好儿子。高声树这个孩子非常好，我从他小的时候就了解他。声树不仅懂事，还特仁义，特好学，特勤奋。你看，现在一个人支撑一大摊子事，该有多不容易啊！

朵阿姨，您放心吧，我要努力当您的好儿子！高声树说，特别是要帮助言宁成长进步！

滚吧，土地佬，你给我一边去，说不上谁帮助谁呢！好了，你抓紧给我倒茶。高声树再次站起来，为言宁斟满了茶水。

朵拉拉医生，我不仅了解高声树，不谦虚地说，还特别了解他的父亲高加乔。知道嘛，高加乔人特好。而且，他帮过我不少忙！在我创办刑事案件鉴定中心时，引进的那些进口设备，都是高声树的爸爸帮我弄的钱。朵医生，你就高兴去吧，言宁和声树这两个孩子是绝对般配的一对。哎，对了，有句老话说，在天比翼鸟，在地连理枝，那言宁和高声树就是人间绝配，是中国版的罗密欧与朱丽叶！庄妮小姐听了高加乔的名字之后，脸上有了惊诧的表情，但除了言宁之外，没有人注意到她的表情。

朵拉拉说，噢，渔主任，我有个问题。高声树这个孩子是好，我看没说的。可是，有些门不当户不对了。您知道，高加乔是高干，那高声树就是高干子弟了，可这怎么行啊！然后，朵拉拉对高声树说，小伙子，你是知道的，我女儿出自一个普通家庭，她怎么能够享受得了荣华富贵呢！声树，您还是不够了解言宁。她从小就散打游纲惯了，已经套不上夹板了。就她那样的性格，你想过没有，以后她会听你的吗？不会的，言宁连我的话都不听的，怎么能会听你的呢！再说了，我作为言宁的妈妈，最了解自己的孩子，这都是她爸爸把言宁宠坏的。声树，我看言宁这孩子是配不上你的，你可要慎重考虑！

哦，没什么的，朵阿姨，我了解言宁。以后过日子，我听言宁的就是了。一个基本原则是，言宁怎么说，我就怎么办，只要您老同意，我们也就成了！说后，高声树瞧瞧言宁。言宁瞪了他一眼，但没有吱声。

可能是刚刚出院的关系，言宁觉得庄妮小姐好像很不舒服，又好像有些尴尬，还有一点点的无奈。而艾子凯倒是蛮高兴的样子，有滋有味地喝着茶水。

朵拉拉说，声树，你们年轻人搞对象，老人是可以帮着参考的，但不是决定性意见。不过，我还是觉得有问题。我们家嘛，应该说条件一般化，不算穷，也不富裕，与你们家相比应该是天上地下了。再有，你爸爸是什么意见啊？我想知道。

高声树说，朵阿姨，我的事儿我做主。不过，我爸爸已经见过言宁了，他百分百赞成！还说，哪天两家老人要见一面。还有，渔伯伯，我爸爸也邀请您去呐，他对您老佩服了，说您是不可多得的著名法医！

噢，是嘛，我可不敢当。不过，有时间我去好了，去见见你爸爸。不过，声树，还有言宁，你们虽然是自由恋爱，但我还是要做媒的。但不是媒婆，而是媒公了。那边，我认识你爸爸；这边，我认识朵拉拉医生。现在，我是一手托两家，别提有多光荣了！

言起年说，渔主任，我向您表示感谢。现在，我看声树这孩子蛮好的，应该说，要比我姑娘强多了。可是，也认为言宁她妈的意见是有道理的。声树，还有言宁，你妈妈的意见，要认真考虑。婚姻问题是大事，不得盲从啊！有关门当户对的事，自古以来就有说道儿！言宁点点头，但没有说什么。

高声树说，我是一百个同意，就是言宁想辞退我，那也说不通。当然，我会尊重并按照言宁的意思做的。说完，高声树自己也笑了。可见，如今的年轻人是开朗活泼，眼界开阔，在笑谈之中就把事情说得明明白白。在渔泽水主任看来，言宁和高声树是绝对般配的一对。

言宁说，哎，土地佬，我们行不行的事还不好说呢。这要看你以后怎么表现了！

高声树说，没问题，言宁，我一定要好好表现，让在座的每个人都放心好啦！也一定不辜负朵阿姨的期望，要好好帮助言宁！

土地佬，你说什么呢，快给我闭嘴！言宁说后笑了。

是，没说的，我听支队长的！

噢，这还差不多！

哦，庄妮，你喝水吧。你看我，光顾跟这两个孩子说话了，忘了照顾你了！朵拉拉说，哎，言宁，你今天同庄妮认识一下，你们以后做个好朋友吧。知道嘛，小宁，庄妮人非常好。这不，她刚刚出院，就非要约你见面。现在，她是药品和医疗设备的经销商，人不仅漂亮，还特别善良，还有歌唱的天赋。这不，她曾在市内得过美声唱法大奖赛的冠军，她的歌声好极了。艾子凯嘛，是庄妮的男朋友，做过网球教练。只可惜，我现在是老了，要不也去唱唱歌，或者打打球，那该有多好啊！

言宁说，妈妈，您放心吧，我会和庄妮姐成为好朋友的。姐，您把电话留给我，没事的时候，我就折腾你！于是，言宁留下了庄妮的手机号码。同时，艾子凯也将言宁的手机号码存入了自己的手机。

庄妮说，言宁，你不知道。我在住院期间，可是没少得到朵老师的照顾。那以后，我们就是好朋友了，没事儿见见面！

言宁说，好的，没问题，庄妮姐！只是我说话快言快语，您得将就我一点！

噢，没说的，都是姐妹儿嘛！

艾子凯说，朵老师，我向您报告。我现在已经不做网球教练了，在为庄妮小姐打工呢！推销药品，还推销医疗设备什么的。偶尔也会去打打网球！

噢，那好，只要赚钱就好！朵拉拉说。

艾子凯说，是的，庄妮对我挺照顾的，经常给我发工资！

这时，言宁说话了。哎，土地佬，你还等什么呢？还不赶紧催上菜。告诉你吧，今天是大餐，什么鲍鱼、海参、龙虾，你得抓紧给我上。哎，对了，那墨西哥黄金鲍是不是每（美）人一份呢？我长得也不算丑，是不是也该给我来一份呀！言宁说完，是一串的咯咯的笑声，给大家带来了欢乐。

高声树说，言宁，你来不来墨西哥黄金鲍的事，是个重大问题，我将慎重考虑。没准，你应该上双份，因为搞案子太累了，对不对？

言宁说，噢，土地佬，你这样就对了，算你小子懂事！但我一份就够了，两份多了，吃了也是浪费。

朵拉拉说，言宁，你在说什么呢？你不该让声树花那么多钱嘛！那一份墨西哥黄金鲍得好几百块，该有多破费呀！

噢，妈妈，这有什么呀？该宰就宰嘛，不宰白不宰。没准，明天对象就黄了呢！你说呢，土地佬，是不是不宰白不宰？

高声树说，那是，我没说的。言宁，只要你高兴就成。不过，我按照你的意见，已经安排好了。服务员，快上菜吧！

大家吃了一会儿，庄妮说道，朵老师、言叔叔还有渔主任，你们先吃着吧，我一会儿要办一点事情，要先走一会儿。哦，言宁，声树，我为你们祝福，你们真是美好的一对！庄妮表达了谢意，就同艾子凯一块离开了广州酒楼。

第三十章　姑娘，处对象还是感情第一，财富和出身都是次要的

庄妮是好姑娘。只是随着社会的沉浮，心思变了。她恨钱，就拼命赚钱。她恨男人，却从没有离开过男人。

言宁记得，那天回家是爸爸开的车。爸爸说，姑娘，你得好好休息一会儿了。我看你是一身疲惫。看来，刑警这个活，你该考虑考虑了，是不是得换个职业。整天起早贪黑的，案子破不了，可别把我姑娘累坏了！

啊，老爸，没事的，您老放心好了。哦，对了，妈妈，你看那个土小子到底怎么样？还行吗？

哪个土小子？

“土地佬”啊！

哎，言宁，你得尊重人家嘛，怎么能老是叫人家外号呢？这不好。我看那小伙子不错，要比你强多了。只是，他是高干家庭的孩子，恐怕不适合。你应该知道，多少门不当户不对的婚姻最终都破裂了。小宁，我建议你要慎重考虑。婚姻问题是终身大事，就像你爸爸，是根本配不上我的，但他对我好。姑娘，处对象还是感情第

一，财富和出身都是次要的。妈妈这个话，说的不一定对，但绝对是为女儿负责任。噢，对了，你怎么没有跟家里人说一声就上人家去了呢？真是的，看你这孩子，做事是欠考虑嘛！

噢，没什么，妈。高声树是大都市公安大学毕业的，应该说是校友了，但不是一个班级的。我认识高声树还是一个巧合。因为不久前的一些同学聚会，一个认识高声树的同学把他找来了，是让他花钱。我看这小子还行，不抠门儿！后来，他就开始追我了。我去他家，也是偶然。我是在路上遇到了高声树。而后，他约我去了他爸爸的别墅。还好，他爸爸在家，对我的印象不错。他爸爸说，言宁，你来家之前，声树就跟我说过你了。今天见了，蛮不错的。你们要好好相处，结婚成家是大事。我相信声树这孩子心地善良，会好好待你的。她妈妈去世了，这孩子也是苦命啊！后来，土地佬告诉我，他母亲得了癌症，去世好多年了。他爸爸的生活，也够苦的。他爸爸说，为了声树，我就没有再找人。而他家的情况，就这样了，你们二老都知道了，你们做主吧！我领他来见你们，可不是说我自己就定下了婚姻大事。这搞对象的事，还有结婚的事，得听你们的意见。毕竟你们都是过来人，见多识广的。再说，你们给了我生命，尊重父母的意见，还有孝敬二老，那是我必须做的！

言起年说，老婆子，你看看，你看看，我姑娘该有多懂事，你骄傲去吧！要不是因为我，你哪有这样好的姑娘！

言起年，你给我一边去！你忘了搞对象时追我了。哼，没有我，你哪能有这样漂亮的姑娘！不过，言宁，你的案子搞得怎么样了？是不是有了眉目？

哦，还没有头绪。莫迪小姐的死，又牵扯到了一年前的单善。单善是一年前死的，里面的事儿复杂着呢！噢，妈妈，你认识常希令吗？原来的大都市卫生局局长。后来，他做了市长助理兼卫生局长，但他死了。

啊，天哪，怎么会呀？前不久，我还去大都监狱看了他，还买了些衣物什么的！

妈，他是被人下药毒死的。同时，还有一个狱警张茅，也一块死了。妈妈，我看您还蛮讲究的嘛，常希令都判了刑，您还去监狱看他，够意思嘛！爸，您看看我妈做人，那是绝对够格的，是不是特讲究！

那是。姑娘，要不我能娶她做老婆嘛！

一边去吧，言起年。我要是不点头，你恐怕这辈子都得打光棍。姑娘，妈妈去大都监狱，也不都是做人上的事。噢，你今天见到了庄妮。知道吗，她感染了人类免疫缺陷性病毒，她也是常希令局长的情人。因此，我去大都监狱是追踪庄妮的感染源去了，看是不是常希令把病传染给了她。应该说，常希令这人挺不错的。他在任时，就对我们这些专家型的大夫很看重。可是，他不应该利用职权便利来谋私。噢，姑娘，你的婚姻大事，还得认真考虑。高声树的爸爸高加乔，是手握重权的人，会不会也谋取点什么私利呀！比如，高声树为什么会做房地产生意，该不是借助了他爸爸的特权吧！我不相信一个刚刚毕业不久的大学生，就能够立马成为房地产开发商。我问你，他是哪儿来的那些钱？

妈妈，这个我知道一点。高声树的工作，的确是他爸爸策划的，一毕业就自己单干了。他爸爸不同意他在官场上混，认为没什么意思。至于钱嘛，是他爸爸通过朋友拆借了一些，自己家有一些，但主要是银行贷款。不过，妈妈，也不排除私下里高加乔有什么猫腻。管他呢，只要不是他爸爸搂来的钱就成。这期间，土地佬拿地，应该说比较便宜，这可能同他爸爸有关。现在，高声树干事顺风顺水，开发的房子，刚破地基就全卖光了！妈妈，我干了一年，还不如他卖一户房子赚钱多呢！不过，妈妈，您放心好啦，我绝对不会让高声树赚黑心钱的！

言起年说，姑娘，你还真得把握着点，免得他爸爸出事之后，跟着吃括劳，咱犯不上的。现在，当官的有三大风险，姑娘你知道吗？

您说说看。

一个是政治风险，比如站错队，排错行，被人收拾掉了。不仅现在，历史上就有许多人是因站错队被革了职。另一个是经济风险，贪污受贿，以权谋私，也有拔出萝卜带出泥的，进了笆篱子。三是道德风险，不仅包养二奶，还有小三什么的，甚至搞个百八十个女人的，也是屡见不鲜的，真是好说不好听啊！不过，我看高声树这小伙子不错。你还行，挺有眼力的，说明我姑娘不傻！

那是。哦，妈妈，我看你的患者庄妮小姐，好像不那么开心，是不是有点抑郁呢？不过，我看您对她挺好的，还帮着她夹菜，比对我要好呢！

嗨，言宁，你不知道，庄妮是患者。这个孩子挺苦的，婚姻出了问题。应该说，她的确有些精神抑郁。不过，现在好多了。前不久，她曾有过自杀行为，但被唐小荷救了。庄妮这孩子嘛，因为对象没找好，又离婚了，也对谁都不信任了。她认为男人没有一个好东西。她自己也有点放弃人生追求，破罐子破摔了。还有，生活上有些放纵。再后来，她得病了，认为生活没有什么意思了。不过，庄妮还是一个好姑娘，只是随着社会的沉浮而心思发生了变化。她恨钱，就拼命地赚钱。她恨男人，却从没有离不开过男人。

在去往雄王殿小区的路上，言宁回忆着那天同庄妮小姐吃饭的情形。她为庄妮小姐不明原因的死去而惋惜。人怎么说死就死了呢！

第三十一章　无疑，凶手很专业，他应该不是医生就是护士

在那个神秘的夜晚，有人为庄妮小姐注射了过量的氯化钾，导致她死亡。这同谋杀单善的方法一致。

在向公安局副局长王子皇汇报之后，言宁赶到了庄妮小姐死亡的案发地——庄妮小姐的家。艾子凯傻呆呆地站在庄妮小姐家的楼道里，精神极度紧张，泪眼迷茫，如同一个极度悲痛的大男孩儿，感觉像是遇到了一件棘手的问题而不知所措。

言宁记得，在广州酒楼吃饭之后，艾子凯是同庄妮一块离去的。走前，庄妮还礼貌地向自己表达了祝福。可世事难料，没有多长时间，庄妮就去了。

艾子凯说，言宁，你可来了。不知道为什么，庄妮她就死了，这是为什么呀！

言宁仔细地检查了房门，没有任何撬轧的痕迹。进屋后言宁发现，庄妮小姐是个很爱干净的人，屋内收拾得井井有条，没有什么异样，也没有人为翻动的迹象。这显然，庄妮小姐不是因为遇到了窃贼而遭遇了杀害。

现在，庄妮小姐就平躺在床上，犹如一朵凋零的花瓣，被无情的西风吹落了。但她好像没有一点痛苦，人看上去非常平静。不过，她那憔悴的面容，微黑的嘴唇，让人觉得死者应该不是一个健康的人。

渔泽水稍稍用了一点力，将庄妮小姐的尸体翻动了一下，可人整个滚动了过来。显然，庄妮小姐的尸体已经有些僵硬了。经过现场勘查，刑侦技术人员在室内采集到了一个大大的鞋印，以及一些相关的证据，但没有找到可直接证明庄妮小姐死于谋杀的证据。

渔泽水说，言宁，我看不出有直接谋杀的迹象。现在，应该将庄妮小姐的尸体送到刑事案件实验室去。得通过解剖，来进一步判定她的死因。

好吧，渔主任，我同意您的意见。不过，您在尸检时，要特别注意判断庄妮小姐死亡的时间，还有她血液的生物学检验。我担心，庄妮小姐的死亡，可能与莫迪小姐的案件有关，这可能与我的工作失误有关。渔伯伯，如果庄妮小姐是死于谋杀的话，那么，我就有不可推卸的责任。同时，也说明在庄妮小姐的身边可能有着不为人知的阴谋。我不知道为什么会有这样的想法。可能，有一个强大的对手正在掩盖着什么。

当言宁和她的同事们离开庄妮小姐家的时候，天已经微明。远处的东方地平线上，出现了一抹红色。此刻，雄王路小区里的人们还沉睡着，只有少数人获知庄妮小姐走了，告别了这个世界。

这时，言宁想顺便回家一趟，去看看妈妈，但马上又觉得很不合适。她想，如果妈妈还在睡觉的话，那就没必要打扰她老人家了。最重要的还不是这些，因为庄妮小姐是妈妈的患者，并同妈妈的关系不错。如果这一大早的，让妈妈知道了庄妮小姐走了的消息，那妈妈肯定会悲痛不已。再有，如果庄妮小姐是死于谋杀，那妈妈就有可能受到怀疑，那样的话，也会使事情变得更加复杂。言宁决定直接回到刑警总队去。

在刑事案件实验室检验结果没有出来之前，言宁组织了相关人员对庄妮小姐离奇死亡的案件进行了讨论。首先，郝笛声讲述了现场勘验情况。

郝笛声说，开始，我在现场发现了艾子凯的脚印。后来，又发现了室内地板上有人用抹布拖过的痕迹。而且，拖布杆歪在一边。那么，庄妮小姐家的地面是谁拖的呢？庄妮，还是艾子凯？或许，也不是他们中的一位。从已经了解到的情况看，庄妮小姐是爱干净的女人，她有可能在临睡之前打扫过房间。可是，那应该留下她的鞋印呀，但地板上没有庄妮小姐的鞋印。显然，这不符合常理。后来，通过侧光技术，我发现橡木地板上有一个含水的鞋印，且水已经挥发掉了。于是，我用显影粉撒在鞋印的上面，用照相机拍了照。经过测量，那个鞋印为 45 码，男性鞋印。经初步比对，为耐克旅游鞋鞋印，鞋底是不规则的菱形码。此外，在防盗门内侧和外侧，我均用红光照过，发现了一些指纹，并用塑胶采集了这些指纹。经过初步分析，这些应是四个人的指纹。从指纹的大小和纹理的粗细分布看，初步认定有两个指纹属于女性的，而另外两个指纹是男性的，这需要在案件调查中进一步确认。再有，我还找到了治疗人类免疫缺陷性病毒的药物，以及一次性的输液管。显然，这同庄妮小姐的疾病有关。此外，在马桶内边缘处，我发现了一小块印有胸腺肽说明书的碎纸片，但被水打湿过，这显然是被人撕过后扔在了马桶里，并用水冲过。那么，这小块碎纸片能够说明什么问题吗？是的，毋庸置疑，它说明庄妮小姐可能在死前注射过胸腺肽，或者她看过胸腺肽的说明书。据我所知，胸腺肽是一种提高机体免疫力的药物，对感染人类免疫缺陷性病毒的庄妮小姐来说，这应该是她的需求用药。我需要补充一点的是，庄妮小姐家的门窗均没有破损，也没有撬轧过的痕迹。因此，我认为，庄妮小姐的死因，有待于实验室进一步确认，应该有他杀的重大嫌疑。我之所以这样说，是因为现场发现了一个神秘的大鞋印，45 码的大鞋印。不排除是艾子凯留下来的鞋印，因为他正好穿 45 码的鞋。可问题是，当晚艾子凯并没有穿耐克旅游鞋，而他穿的是一双皮鞋，可现场是耐克旅游鞋的鞋印，且仅有一只，是右脚的鞋印。显然，这个大鞋印同艾子凯脚上的皮鞋印不符。我想，如果庄妮小姐是死于他杀的话，那应该是熟人作案，也应该是一个男人，还是一个高个子的男人。我就讲这么多，别的没有什么了。

渔泽水说，现场勘查时，我发现庄妮小姐的左手背有输液的针眼。无疑，她在死亡之前输过液。至于是什么药物，尚需检验。还有，我发现庄妮小姐的尸体已经僵硬。从僵硬的程度看，她死亡的时间，应该不会超过 48 小时。从一般情况看，尸体在 30 小时之内会持续的僵硬，但接续下来会发生渐次的软化，70 小时后会恢复原状。因此，庄妮小姐死亡的时间，不会超过 48 小时。再次，她的肤色黄黑，略有失水，嘴唇为紫黑色，这可能与她饱受疾病折磨有关。需要说明的问题是，庄妮小姐的尸体解剖情况，还有实验室的检验结果，目前还没有出来。结果一旦出来，我会立即向大家报告的。

言宁说，好了，对于庄妮小姐死亡原因的分析，我们先进行到这儿。下次，我们再详细听取实验室的检验报告。也就是说，庄妮小姐死亡的结论，还有待进一步检验后作出。但我们不能等待检验的结果，而要积极工作。对此，我来做一些分工，请韦闾负责对雄王殿小区的监控录像进行分析，包括进出的人员、车辆，如果有值得怀疑的情况要立即报告；另外，请谢阶平负责调阅庄妮小姐的通话记录，了解同她相识人员的情况，更为重要的是，要负责找到那个穿 45 码大鞋印的人，这个人的身高应该在 185 ~ 190 厘米之间；再有，请渔泽水主任尽快给出实验室的检验报告，这对庄妮小姐的死亡定性非常重要。

第三十二章　那张卡片写着庄妮的名字，但我忽略了这一重要线索

庄妮小姐遭遇谋杀的现场，又发现了一个45码的大鞋印，是耐克旅游鞋鞋印，但仅仅是一个右脚的鞋印。

同志们离开会议室后，言宁回到了自己的办公室，她想着莫迪小姐遭遇谋杀以来的情况。

言宁觉得，可能是自己的脑子昏了，因为这一系列案件的发生，使自己身心疲惫，也使工作思路混乱不清了。没准，正是因为自己工作的失误，而导致了案件侦破的延误。

比如，在荷塘医院护士站，她明明看到病房卡上写着庄妮小姐的名字，却忽略了这一重要线索。因为护士唐小荷介绍的情况打消了她的怀疑。那天，唐小荷说，自己因为忙忽略了这项工作，没有及时更改721病房卡片上的信息。对于工作人员的疏忽，言宁能够理解，也没有引起她的足够重视。

无疑，这可能是一个错误，或许还是个致命错误。恰恰因为这个错误，使案件的侦破发生了某些扭曲，并没有关注到庄妮小姐可能是谋杀对象。因而，在莫迪小姐死后，又导致了庄妮小姐被

谋杀。

现在，庄妮小姐死了，可她真的是死于谋杀吗？显然，在实验室没有给出报告之前，既不能作出庄妮小姐自然死亡的结论，也不能作出她死于谋杀的结论。

还有，在庄妮小姐的家，那个 45 码的大鞋印同莫迪小姐病房里发现的 45 码大鞋印有着什么关系？还有，莫迪小姐死在荷塘医院，而庄妮小姐恰好也是荷塘医院的患者。难道说，荷塘医院的医护人员同这两起案件有着某种关系吗？这些情况，真是既令人头疼，也令人费解。

经过深度思考之后，言宁决定再次向王子皇副局长报告自己的想法。于是，她拨通了王子皇的电话。王局长，我是言宁，在案件侦破中我可能陷入了迷局，一错再错。或者说，因为我的错误，影响了整个案件的侦破。

哦，言宁，你为什么这样讲？是不是有了什么问题？或者说，是不是有了什么非议？王子皇说。

是的，我想是有问题了。我是说，因为我没有尽到应有的责任，而导致了庄妮小姐的死。我发现，我的工作可能出现了某些偏差。或许是严重的错误。现在，我坦诚地向您汇报，我担心莫迪小姐可能不是被谋杀的对象。

哦，什么，你在说什么？言宁，这是个重大问题，你该不是太累了吧？王子皇说。

不，王局长，我的确很累，但头脑没有发昏。我辜负了组织上的期望。莫迪小姐可能不是谋杀对象，真正的谋杀对象，有可能一开始就是庄妮小姐。现在嘛，因为庄妮小姐的死，才使我想到了这个问题。我之所以这样说，虽然尚没有什么依据，但可能是真的有问题了。因为我在荷塘医院看到过这样的情况，在 721 病房的卡片上面明明写着的是庄妮的名字，而不是莫迪小姐。但那天晚上，莫迪小姐被谋杀了。显然，在莫迪小姐住进荷塘医院 721 病房之前，那儿住的是庄妮小姐。因此，我推断，庄妮小姐才是凶手的谋杀对象，而不是莫迪小姐，她可能是被误杀了。就这样，头儿！

可是，你不是在荷塘医院调查了嘛，不是问过护士唐小荷了嘛！她是怎么说的？

对，唐小荷说，因为庄妮小姐不愿意两个人合住一个房间。那天晚上，庄妮小姐就搬到了VIP病房。而护士站的卡片没有来得及更换。

哦，是这样！

头儿，问题要比我们想象的复杂。现在，我怀疑，庄妮小姐可能死于谋杀。虽然尚没有结论，但我必须把想到的情况向您汇报。可能莫迪小姐不是被谋杀的对象。当然，这只是我目前的推论。王局长，您要不要过来一下，请您来主持庄妮小姐的死亡分析会。一会儿，有关庄妮小姐的检验报告就会出来，包括监控录像什么的，也都在分析之中。

好吧，言宁，我马上就到，你在刑警总队等着我好了。不过，你怀疑是谁谋杀了庄妮小姐呢？同荷塘医院的相关人员有关系吗？

王局长，这个事我说不准，但不能排除荷塘医院的医护人员的怀疑。我在荷塘医院调查莫迪小姐死亡案件时，尚没有发现有可疑人。现在，荷塘医院有没有人与庄妮小姐的死亡案件有关，也需要调查。不过，郝笛声认为，不排除是庄妮小姐遭遇谋杀的可能性。因为现场发现了一个45码的大鞋印，是耐克旅游鞋的鞋印，且仅仅是一个右脚的鞋印。如果有人谋杀了庄妮小姐，那么，这个人应该是名男性。

好，言宁，我知道了，你立即通知有关同志，马上到刑警总队会议室开会，我马上就到。另外，注意搞清庄妮小姐的所有情况。如果莫迪小姐被误杀的话，那么，围绕庄妮小姐所发生的情况，就可能给我们带来破案的转机。懂了吗？言宁，我们有可能通过庄妮小姐的案情，找到谋杀莫迪小姐的凶手。或者，会告破这一系列的案件。但一个重要的前提是，庄妮小姐死于谋杀。如果庄妮小姐不是死于谋杀，那你的推理就没有任何意义。

好的，头儿，我马上通知所有人立即到会。

第三十三章　谋杀者会使用注射器，且手法比较娴熟

> 她的左手有针眼，是输液的痕迹。这说明，庄妮小姐在死亡之前，输过液，其注射的药物是氯化钾。

分析庄妮小姐死亡原因的会议再次召开了，公安局副局长王子皇亲自主持了会议。

王子皇说，同志们，现在我们遇到了一系列的问题。从莫迪小姐遭遇的谋杀，到单善死于谋杀案件的告破，以及大都监狱毒杀案的发生，再到庄妮小姐的死亡。现在看，我们可能遇到了前所未有的困难。在这之前，言宁说了她的想法，我觉得有必要把言宁的想法通报给大家。言宁的想法是，如果庄妮小姐死于谋杀的话，那莫迪小姐就可能是被误杀。说到这儿，王子皇副局长停顿了一下，对言宁说，你是不是这个意思？

是的，王局长，我是这个意思，但前提必须是庄妮小姐是被谋杀的。我之所以提出这个问题，是因为在荷塘医院发现 721 病房卡片上写的不是莫迪小姐的名字，而写着庄妮小姐的名字。护士唐小荷跟我说，庄妮小姐不愿意同莫迪小姐合住 721 病房。之后，她就搬到 VIP 病房去了。可是，当晚就发生了 721 病房的谋杀案，莫迪小姐死亡。现在，又发生了新的问题，庄妮小姐也死了。如果庄妮

小姐是被谋杀的话，那莫迪小姐就有可能是被误杀了。这就是我的想法。之前这个问题没有引起注意，是因为唐小荷护士说，她是忘记更改 721 病房的卡片了。

王子皇说，请大家继续讨论庄妮小姐死亡的原因。庄妮小姐是正常死亡，还是非正常死亡，这关系重大。首先，请渔泽水主任将实验室检验的情况介绍一下。

渔泽水说，从尸体解剖的情况看，庄妮小姐的心肌收缩明显。经血液检验，氯化钾含量过高，足以危及生命。对此，我可以给出这样的结论，庄妮小姐死于高血钾症。可是，现场没有发现氯化钾药物。另外，她的左手背上有针眼，是输液的痕迹，虽不明显，却可以说明庄妮小姐死亡之前输过液，其药物为氯化钾。

王子皇说，那么，庄妮小姐为什么会死于高血钾症呢？我的意思是说，她是自杀，还是他人谋杀？是自己输入了氯化钾，还是有人为其输入了氯化钾？这个非常重要。

渔泽水说，显然，庄妮小姐死于他杀。如果是自杀的话，那现场应该有注射器、输液管，以及氯化钾注射液瓶体。但现场我们什么都没有找到。因此，我的结论是，有人在那个神秘的夜晚，为庄妮小姐注射了过量的氯化钾，并导致她死亡。

郝笛声说，这么说，有人为庄妮小姐注射氯化钾，而输液的工具和相关的物品，都被带走了，您是这个意思吗？

渔泽水说，是的，我想是的。但庄妮的体内没有发现麻醉剂的毒性。可见，她的死又不同于虞尔宁谋杀单善的情况。虽然莫迪小姐死了，也无法证实她给单善的水杯子里是放了一粒高效麻醉剂。但现在来看，谋杀庄妮小姐的方法，是同谋杀单善的方法相一致的。

边路遥说，渔主任，我还有一个问题。假如庄妮小姐是死于他杀的话，那么，谁会是谋杀者呢？也就是说，是谁给庄妮小姐注射了氯化钾呢？显然，这应该是熟人作案。或者说，是她为自己注射了过量的氯化钾。

渔泽水说，是的，我想是熟人作案，如果有人谋杀了庄妮小姐的话。我推测，谋杀庄妮小姐的人，如果不是医生，就应该是护士。第一，这个人懂得直接推注氯化钾会致人死亡的原理。因此，应该是一名医护人员。第二，谋杀者会使用注射器，且手法比较娴熟。在这里，我想起了谋杀单善的虞尔宁。她在实施作案时，因为精神高度紧张，不仅割破了手指，还在谋杀结束时又慌里慌张地回抽了注射器的手柄。因此，虞尔宁在微型注射器里面留下了谋杀单善的罪证。

谢阶平说，在庄妮小姐出院之前，是在荷塘医院进行的治疗。显然，她应该同医院的人比较熟悉。比如，朵拉拉医生，还有其他医护人员。头儿，我们应该通过朵拉拉医生进一步调查庄妮小姐的情况。

言宁说，小谢，您的意思是不是我的母亲很了解庄妮小姐的情况，会不会有作案的可能呢？

谢阶平说，哦，头儿，我不是那个意思，绝对没有那个意思。再说，朵拉拉医生没有那么大的脚。那个45码的大鞋印，不会是女人留下来的。

言宁说，小谢，这没有什么。既然庄妮小姐属于非正常死亡，而且渔主任说了，谋杀者不是医生就是护士，因此，不能排除任何人有作案的可能，也包括我母亲朵拉拉医生在内。还有其他医护人员，也应该受到怀疑。不过，还有一个问题，大家需要知道一下。莫迪小姐死后，一些患者认为医院没有什么安全保障，非要执意出院不可，这包括庄妮小姐在内。那天，她要请我母亲吃饭，并邀请我一块儿参加。于是，我母亲通知了我，我安排了饭店，也是为了不想让庄妮小姐花钱。同时，还邀请了渔泽水主任。那次，我同庄妮认识，还认识了她的男朋友艾子凯。

渔泽水说，是的，言宁说的情况属实，并且我也有参与。也因为我同朵拉拉医生是老校友，还是荷塘医院的老同事。那天，我见到了庄妮小姐，还有她的男朋友艾子凯。

郝笛声说，照这样说，头儿，您的母亲朵拉拉医生应该知道庄妮小姐的一些情况。我们可以通过她了解庄妮小姐的情况。还有，应该采集朵拉拉医生的指纹。我相信，通过采取相应的措施，可以排除朵拉拉医生的嫌疑。

言宁说，是的，我同意你的看法。我想，朵拉拉医生同庄妮小姐住在同一小区，有可能去过庄妮小姐的家。假如，朵拉拉医生去过庄妮小姐的家，又恰好她死了，那么，我的母亲没有理由不成为犯罪嫌疑人。况且，也应该留下指纹。但我相信，她不会是罪犯，因为我了解我的母亲。她只是一个医术高明的医生，且极有善心。可能，我这样说不妥。不过，在案件没有给出结论之前，不能排除任何人，朵拉拉医生应该受到怀疑。对此，我应该向王子皇副局长提出申请办案回避。

韦闾说，王局长，我需要介绍一个情况。就是在调查常希令被毒杀的案件时，我注意到了庄妮小姐同常希令有着非同寻常的关系。应该说，庄妮小姐供职的香港阿大药品与医疗设备有限公司是常希令的提款机。此前，常希令遭遇了毒杀，当然还有狱警张茅。现在看，庄妮小姐又神秘死亡，这其中会不会有某种神秘的联系呢？不排除在座的人，都被一个神秘的家伙耍了。如果是那样的话，耍弄我们的那个家伙应该是魔鬼，而非寻常人。

王子皇说，是的，你说得好，有个魔鬼耍弄了我们。这里，我想到了一个情节，应该关注莫迪小姐死亡现场，就是刚才言宁介绍的情况，在荷塘医院 721 病房住院的卡片上，写着的不是莫迪的名字，而是庄妮小姐的名字。现在看，是有人蓄意谋杀庄妮，而莫迪小姐就不是谋杀的对象，但她被误杀了。这一点，应引起特别关注。因此，我的意见是，应该将庄妮小姐同莫迪小姐的死亡案件，还有大都监狱的毒杀案，实行并案侦查，并集中所有力量，在庄妮小姐的案件上寻求突破。侦查的重点是庄妮小姐熟悉的所有人。或者说，懂得医疗专业的人是重要嫌疑人。现在，请参与分析雄王殿小区监控影像资料的同志来介绍情况。韦闾，你来讲。

韦闾说，通过监控录像资料分析，我发现了朵拉拉医生，她到了庄妮小姐家时，是十八点三十分左右。但我相信，朵拉拉医生应该不会是谋杀庄妮小姐的人。

王子皇说，噢，怎么会？这么说，朵拉拉医生真的是去了庄妮小姐的家。可见，朵拉拉医生应该定为本案的嫌疑人。对此，我提议，在调查朵拉拉医生的时候，言宁支队长应该回避，但不能放下对大都监狱毒杀案的调查。我相信，言宁支队长会秉公办案，不会因为朵拉拉医生出现在庄妮小姐的家，而影响工作的。如果厘清了朵拉拉医生同庄妮小姐的毒杀案没有关系，那么，言宁还要接手庄妮小姐的谋杀案。此外，对所有案件嫌疑人都要进行周密的调查。

第三十四章　她嫌我贫，但我们却一直在一起凑合着过

庄妮的房子是常希令送给她的。最重要的是，常希令支持她做起了药品生意。而且，生意还做得很大。

艾子凯是与庄妮小姐接触最密切的人，也是重要怀疑对象，因此对他连夜进行了询问。

郝笛声说，说说吧，艾子凯，把您所知道的庄妮小姐的情况，统统都说给我们。您知道的，因为庄妮小姐的死亡，所有人都应该受到怀疑，您是其中之一。但问题是，您怎样才能排除作案的可能，这对您来说非常重要。

艾子凯说，这我理解，谢谢您如此坦诚。庄妮嘛，她是阿大药品与医疗设备有限公司的总经理。这家公司隶属香港阿大医药公司，也是大都医疗机构药品的稳定供药商。当然，还包括一些医疗设备什么的。

我想知道，庄妮小姐同谁联系得比较紧密？

我，当然是我。还有一些商业伙伴，但多数是医院。在她没有得病前，她的手机会不停地叫唤，或者她呼叫别人。我是说，同她

熟悉的人很多很多。不过，在她有病之后，通话量明显减少了。另外，我还知道，她应该有两部手机。但现在，她只剩一部手机了，而那部手机没了踪影。

您是说，庄妮小姐少了一部手机？

是的。

那部手机的号码是多少？

哦，不知道，我不知道。应该说，她是没有固定的号码，一个手机卡打了几次就扔掉了。或者说，手机卡都是一次性的。这不排除她有些什么秘密，包括推销药品和医药设备的秘密。她不想让别人知道，也从没有跟我说过。虽然我问过一些情况，但她都缄默其口，封锁了所有的秘密。

您说说看，庄妮小姐的手机是什么样式的？

哦，我想想，她有一部三星手机，而另一部是诺基亚手机。三星手机是黑色的，诺基亚手机是白色的。现在看，那部诺基亚手机没有了。

型号？

哦，不知道。

您接着讲。这期间，您在哪里？又都做了些什么？我是说，在庄妮小姐死亡之前，您应该说清楚您的情况。

噢，这期间嘛，我去了深圳，是去见了阿大药品公司的实际控制人索阿大。

哦，索阿大，他是谁？

一个港商，主要做房地产生意，在深圳有10个亿的投资。他在大都设有药品公司，即阿大药品公司，而庄妮是总经理。我是庄妮的助手。

噢，我想知道，您什么时候去的深圳？

是前天晚上，21点的飞机。到达深圳时，已经是第二天凌晨一点了。在那儿待了一天，我昨天晚上回的大都。到庄妮小姐家时，我发现她死了。于是，我打电话给言宁支队长，说了情况。

您说，索阿大同庄妮是怎么认识的？为什么要聘她做总经理，而不是别人呢？

这，怎么说呢？

是什么情况，你就怎么说，实实在在地介绍情况。

我，知道一些情况。需要说明的是，索阿大同常希令是好哥们儿，而庄妮同常希令关系不错。所以，索阿大是通过常希令认识了庄妮小姐，并看中了她，就聘了她做香港阿大药品与医疗设备有限公司在大都公司的总经理。

噢，是这样。那么你说，庄妮小姐同常希令究竟是什么关系？他们之间走动密切吗？

哦，这怎么说呢？

没关系的，有啥说啥，知道啥说啥！

应该是非同一般的关系。不过，这也没有什么，当下的一些女孩子，也都是这么做的，都不算什么事的，都想开了。

都怎么做？

傍个高官或者大款什么的。我是说，她们会从中得到一些好处。但不同于一般女孩子的是，庄妮小姐想干出点成绩来。

您能说得再具体一点吗？

这话有点长了。刚开始时，庄妮没有钱。为了挣钱，她应聘到了香港阿大药品公司。再后来，公司的业务渐渐好了，她有钱了。

您同庄妮小姐是怎么认识的？

说来话长。在这之前，我是网球教练。因为庄妮小姐偶尔打打网球什么的。所以，我们就混熟了。应该说，庄妮小姐是一个悟性很高的人。她爆发力很好，歌唱得更好。

再后来呢？

我们成了好朋友。不过，她认识邹正道之后，又同邹正道好了一阵子。但邹正道那小子举报了常希令，也坑了庄妮。他们之间的关系，也就此中断了。

那么，你先谈谈庄妮小姐都得到了什么好处？我是说，在常希令那儿。

首先，庄妮有了自己的房子，是常希令送给她的。还有，庄妮在澳大利亚也有房子，也是常希令给买的。但最重要的是，常希令支持她做起了药品生意，而且越做越好。

你是不是说，庄妮还同常希令去过澳大利亚？

是的。不过，庄妮的姐姐在澳大利亚。常希令出国时，庄妮已经在那儿了。因此，常希令在那儿给她买了房子。从澳大利亚回来后，庄妮去了深圳，她才认识了索阿大。再后来，庄妮就做了阿大药品公司的总经理。

哦，是这样。那么，庄妮去深圳做什么？

庄妮去找索阿大列销了一些费用。庄妮跟我说，常希令率领卫生代表团出国考察，并在澳大利亚旅游。因此，有一笔很大的花销不便处理。因此，常希令让庄妮去深圳，请索阿大列销相关费用。

刚才，您还提到了一个人，他叫邹正道。您说说看，邹正道是谁？他又怎么坑了庄妮？又为什么会举报常希令？

邹正道是原市卫生局副局长，同常希令一块儿搭伙。他认为庄妮是跟着常希令的，所以就有了嫉恨心，也就举报了常希令。因此，邹正道是把庄妮给坑了。要不，常希令不会被判刑，而庄妮的生意还会更好。

那是为什么？

因为庄妮所在的公司，主要给医院供应药品，都是由常希令帮助打通路子，才做得相当好。

还有一个问题，我想知道您同庄妮是什么关系？为什么会有她家的房门钥匙？

噢，我们是朋友关系，但还没有结婚，这说来让人有点儿心酸。这么说吧，庄妮可能过于物质和现实了。她嫌我贫寒，但我们一直在一起凑合过。

您再说说，庄妮还同谁比较熟悉？

我知道多数是卫生行业的人员，比如医院院长、副院长什么的，还有一些科主任、主刀医生。

好，那您接着谈！

可是，我想不起什么了。

艾子凯，您不要有什么顾虑。如果庄妮小姐是死于他杀的话，就不能排除任何人。我们必须把所有情况都了解清楚，在庄妮小姐的生活圈子里，都有一些什么人。

这么说吧，常希令是没少帮过庄妮的，特别是推销药品、医疗器械什么的。

您能再细致一点谈谈吗，常希令都给过庄妮小姐什么支持？

是这样，常希令同各大医院打过招呼。因为他是市长助理，又兼卫生局局长，各个医疗机构没有人不听他的。当然，庄妮对他够意思。比如，什么时候用钱都成，多少钱都成，甚至帮助他弄个官什么的。

哦，庄妮小姐怎么帮助常希令弄官？是花钱买吗？

我说不清楚。不排除庄妮交际广泛，熟人多呗。我知道，她同不少当官的都熟悉，但她从不跟我说。不过，有一次她说的话让我印象深刻。她说，你知道吗？常希令这人快做市长助理了。不久，常希令就真的做了市长助理。对此，我觉得庄妮的确有本事。尽管她有复杂的人际关系，曾让我心烦意乱。但她让我佩服，也就一直没有离开她。还有一个因素，庄妮给我开的钱不少。

好，您接着说吧。

还说啥呢？我真的不知道说什么了。

郝笛声瞧着他，暗中想到，艾子凯应该是一个诚实的人，还不够懂得什么人情世故。不过，如果庄妮小姐死于 48 小时之内，那么，不排除他有作案的可能。比如，为庄妮小姐注射了氯化钾之后，再乘飞机赶往深圳，这是来得及的。因为庄妮小姐的尸体处于僵硬状态，他应该受到怀疑。可是，他不是医护人员，这与渔泽水主任的推理不相符合。

哦，瞧，艾子凯，您这么大的个，真让我羡慕。有一米九吧？

嗯，一米九一。

看看您这双大脚，少说也得是 47 码鞋。

不，45 码，我穿 45 码鞋。

哦，您这是什么牌子的鞋？

意大利的手工皮鞋。

噢，您为什么不穿耐克旅游鞋呢？我知道那个牌子非常好的，市场占有量比较大。

有的，我有耐克旅游鞋。

噢，您真让我羡慕，这么高的个子。要是能将您的身材匀给我一点就好了，我就不会是“残废”了。

哪里，您是开我的玩笑。现在，您的身高也不矮嘛！

通过调侃，郝笛声掌握了艾子凯鞋的号码。无论如何，都不能排除他作案的可能，而且应该马上去深圳核实他说的情况。

他真的是去了深圳吗？

第三十五章　朵拉拉很值得怀疑，她去了庄妮小姐的家

我开门的时候，看见一个50多岁的女人，她去了庄妮小姐的家，但没有看清长相。

侦查员韦闾发现，在庄妮小姐家附近，仅仅从监控录像中发现了一个高个子男人，他就是艾子凯。艾子凯是前一天离开小区，又隔一天回来。这同艾子凯的说法吻合。看样子，艾子凯没有撒谎。

此外，从监控录像中，还发现了朵拉拉医生。据庄妮小姐女邻居讲，我开门时，看见一个50多岁的女人，去了庄妮小姐的家，但我没有看清她的长相。至于她什么时候走的，我就不知道了。

那么，她身高多少，又穿什么样的衣服？

从背影上看，她个子比较高，有一米七？差不多。那个人上身是米色衣服，下身是黑色裤子，脚上好像是一双皮鞋，别的我就说不准了。

不过，监控录像提供了朵拉拉医生到来与离开的时间。昨天18时32分，朵拉拉医生去了庄妮小姐的家，离开时是19时20分。她肩上挎的是普拉多牌子的包，衣着同庄妮小姐邻居介绍的情况完全一样。从其他录像中看到，朵拉拉医生离开庄妮小姐家之

后，是直接回了自己家，雄王殿小区 B 座，当天她再没有离开过。

侦查员们分析，如果朵拉拉医生是谋杀庄妮小姐的凶手，那她挎包里应该装有耐克鞋，也会有一次性注射器。因为她挎包足够大，装下一双耐克鞋和一次性输液管，以及注射器是没有问题的。

不过，在监控录像中，并没有看到庄妮小姐的影子，庄妮小姐既没有迎客，也没有送客。再者，监控装置是装在电梯内了，也无法看到楼层住户的门。显然，朵拉拉医生很值得怀疑。在这个特殊时段，她去了庄妮小姐的家。为此，言宁已经作出了回避。

谢阶平按照上级指令，连夜去了荷塘医院，因为朵拉拉医生是值夜班。在这之前，渔泽水主任推测，杀死庄妮小姐的人不是医生，就是护士。那么，朵拉拉的医生身份，是符合渔泽水主任的推理。但她不是男人，也不具备穿 45 码鞋的大脚。

朵阿姨，您还认识我吗？

噢，认识，你不是小谢嘛！那天，因为莫迪小姐的死，言宁向我问话时，你在做记录，对不对？

噢，对。朵阿姨，您的记性可真好。可是，您知道我为什么来拜见您吗？

哦，不知道。有事吗？小谢。

是的。我来您这儿是想告诉您一件事。同时，还要了解一些有关庄妮小姐的情况。

哦，说吧，小谢。

朵阿姨，我来您这儿，是因为庄妮小姐她死了。

啊，天哪，怎么会！说后，朵拉拉差点从凳子上摔下来。谢阶平心想，从她惊诧的表情看，不像是谋杀了庄妮小姐，也不应该受到怀疑。

朵阿姨，庄妮小姐死在了家里。经了解，那天晚上，您去过她的家，对吗？

哦，是的，我去过庄妮小姐的家。待了差不多一个小时之后，我回家了。怎么，小谢，你是怀疑我吗？该不会认为我是杀死了庄妮吧！

哦不，不会的，我怎么会怀疑您呐。但按无罪推定原则，朵阿姨，您应该找出无罪的证明，这很重要。

啊，是的，这我知道。好像言宁在家里说过她的工作，也说过这方面观点。可是，那天晚上，我的确是去了庄妮小姐的家。但从她那儿出来后，我就回家了。

朵阿姨，当时庄妮小姐应该活着吧！

哦，她当然活着呀！不过，她身体虚弱，还有些发烧，疲惫不堪的样子。当时，我还劝她住院来着，可她说再说吧！

哦，这我知道。

小谢，你知道什么？

朵阿姨，我是说，在您离开庄妮小姐家之后，她就死了。

哎，小谢，你这话是怎么讲的，该不是说我谋杀了庄妮小姐吧？是不是？

哦不，我不是那意思。但您说的情况很重要，它说明庄妮小姐死亡的时间，应该是在20点以后，而不是之前。也就是说，您离开庄妮小姐家的时候，她应该还活着。因此，她死亡的时间应在24小时以上，但不会超过30个小时。

也许吧，反正我离开她家时，庄妮小姐没有死，只是身体很虚弱。后来，我回家了。就这样，别的没有什么了。

朵阿姨，那言叔叔在家吗？

不，他去上海了。怎么，你问他有什么事吗？

不做什么。朵阿姨，您到庄妮小姐的家之后，都做了些什么？我的意思是说，庄妮小姐的身体好吗？

不好，我说过了，她身体虚弱。噢，对了，我还给她送了药，有依非韦伦，是抗病毒药物，还有齐夫多定、拉米夫定。此外，我还给她检查了身体。

哦，是这样！朵老师，那您给她点滴了吗？我指的是输液。您给庄妮小姐输液了吗？

噢，没有，但我让她去住院，她没有同意。

朵阿姨，您会输液吗？我是说给病人打针。

会。那有什么呀，很容易的呀，我会输液。不仅会，我还可以为自己打针，用右手给左手打针，你信不信？

噢，我信，那您真是了得！可是，这就怪了，庄妮小姐的手背上有输液的痕迹。您想想，那天晚上，是谁为庄妮小姐输液了呢？

哦不，这我不知道。但肯定不是我，因为我没有给庄妮小姐输液。对了，她是护士，也可以为自己输液的呀！

那是。朵阿姨，我想知道的是，您在庄妮小姐的家，去过厕所没有？

哦，没有。怎么了，小谢，厕所有什么问题吗？

哦不，没什么问题，我只是顺便问问而已。噢，对了，朵阿姨，您为她开过什么提高免疫力的药物吗？比如说，一些保健的药物。

没有。但她可以用一些提高免疫力的药物，包括胸腺肽，小牛脾提取物什么的，这有助于提高身体免疫力！

朵阿姨，您再想想，您真的是没去过她家的厕所吗？

是的，没有，我真的没有去厕所！小谢，她家的厕所到底怎么了？我想知道，你为什么老是盯着厕所的问题呢？

朵阿姨，没什么，我只是问问而已。可是，您在那天晚上，真的是没有为庄妮小姐注射过什么药物吗？您知道嘛，这很重要的。

噢，没有，真的没有。我没有给她注射药物，但我是建议她服用药物。不过，她如果输液的话，会有好处的。

可是，朵阿姨，您最好是能够拿出那天晚上您活动的记录，是有人证明你活动情况的记录。知道嘛，这非常重要。

可是，我就在家呀！小谢，你说，我一个人在家，还需要什么证明吗？我是去过庄妮小姐的家，可是，我什么都没做呀！我同她的死是没有任何关系的！我回家后还看了电视，是 CCTV5 频道，F1 汽车拉力赛。可是，比赛没有结束，我吃点饭就睡了。至于谁输谁赢，我就不知道了。可是，那天晚上，我的活动情况就是这些，其他并没有什么。

您记得嘛，汽车拉力赛是几点开始的？

噢，我没在意，反正是打开电视机不一会，F1 汽车拉力赛就开始了。也许，是晚上八点钟。

好吧，朵阿姨，那今天就谈到这儿。以后，如果再有什么情况，我会再来拜见您。不过，还有一件事，我是不是可以采集您的指纹？因为您去过庄妮小姐的家，只是想鉴别一些问题。

噢，可以。于是，谢阶平用塑胶采集了朵拉拉医生的指纹。之后，他直接去了指纹鉴定中心。

通过指纹比对，在庄妮小姐的家中，有朵拉拉医生的指纹。然后，谢阶平回到了自己的办公室。他打开了计算机，调阅了那天晚上 CCTV5 的节目，的确有 F1 汽车拉力赛，是德国选手胜出，而开赛时间为 20 点整。

但这说明不了什么，如果朵拉拉医生真的实施了犯罪的话，那她完全可以趁其不注意，为庄妮小姐输液的时候加注氯化钾的。为了消除罪证，她把胸腺肽的说明书撕碎，扔在马桶里用水冲掉，将一次性注射器，塞进自己挎包带走。另外，她还可以穿上男人的大鞋，进而制造他人谋杀的假象，然后再把作案时用过的鞋带走，而离开时，换上了自己的皮鞋。

可是，这样的推理能成立吗？谢阶平马上又作了否定，朵拉拉医生是个好人，她没有杀死庄妮小姐的动机。对此，谢阶平是不愿意再想下去了。嗨，真是的，这案子怎么能够搞到自己顶头上司的母亲头上了呢？再说了，言宁会怎么想啊！何况，言宁支队长对自己很不错。

可是，谢阶平又想到了一个问题，好人嘛，也是会杀人的。目前看，朵拉拉医生不可以被排除在外。因为，她毕竟是去了庄妮小姐的家。而后，庄妮小姐就死了。是的，朵拉拉医生应该受到怀疑，也应该是重要嫌疑人之一。

之后，谢阶平给去深圳的侦查员韦闾打了电话。喂，哥们，你知道嘛，我找过朵拉拉医生。她承认在庄妮小姐死亡的当天晚上，去过庄妮小姐的家。她是 18 点 30 分去的，19 时 32 分离开的。而且，她离开时，庄妮小姐还活着，这得到了朵拉拉医生的证实。

哎，哥们，我的意思你明白吗？

哦，我不明白，你是什么意思啊！

你可真笨，可惜你是白长一个大奔儿头的。我是说，庄妮小姐死亡的时间没有超过 30 个小时。这很重要，而不是什么 48 小时。也就是说，庄妮小姐死亡的时间，应该是在 24 小时以上，但不会超过 30 个小时，这你懂吗？笨蛋！

噢，是嘛，我懂。那么说，艾子凯就不是案中人了，也不应该受到怀疑的。

哦对，因为庄妮小姐死亡的时间不超过 30 个小时。所以，艾子凯应该是被排除在外的。也就是说，艾子凯不应该是凶手，而那个 45 码的大脚印，也不是他留下来的。

好，我知道了。哥们儿，你这个信息真是太重要了。不过，我还是想通过索阿大了解一些情况，是有关庄妮小姐和常希令之间的情况。

那好，再见！

再见！

第三十六章　她很迷人，会在男人的肩膀上翩翩起舞

她带来的票据被我烧掉了。我的意思是让她明白，既然都是哥们儿了，就不能这边办事而那边出事。

在深圳公安局的配合下，侦查员韦闾同港商索阿大进行了谈话。他说，索阿大先生，我们想同您谈一件事。因为庄妮小姐的事，我专程从大都赶来拜见您。

噢，好，您说吧！

您知道吗，庄妮小姐死了，但死亡原因不明。

啊，怎么会啊？她不是刚刚出院嘛，怎么会死呢？不应该的呀！

她死了。昨天，有人发现庄妮小姐死在了家里。现在，我来您这儿，是想通过您了解一下庄妮小姐的情况。

噢，那好。您说，需要我做些什么，尽管吩咐好了。

我想知道，艾子凯先生来过您这吗？如果他来过您这儿，他又做了些什么？

噢，他来过。我想想，他是大前天晚上到的，只待了半天。昨

天16点多的飞机，他回了大都，说是回去照料庄妮小姐的身体。我知道，庄妮小姐病了。

噢，他来您这儿做什么？

他来我这儿嘛，是汇报了阿大药品公司近期的运作情况。您知道的，因为庄妮小姐病了，但公司的业务还必须继续运行。噢，我想知道，庄妮小姐的死，该不会同艾子凯有关系吧？

噢，现在是没有证据表明他同庄妮小姐的死有关系，但不排除庄妮小姐是非正常死亡。另外，在她家，我们采集到了一些指纹。因为您曾是那座房子的主人。所以，我想采集您的指纹。当然，是为了排除各种可能。您别介意，在案子没有搞清之前，公安部门将努力排除一切可能。

噢，这我理解。但事后查明，索阿大在庄妮小姐死亡期间，没有离开过深圳，不具有作案可能。在庄妮小姐的家，也没有发现索阿大的指纹。

韦闾说，索阿大先生，请您为我介绍一下庄妮小姐的情况。索阿大犹豫了一会儿，开口说话。

庄妮嘛，我与她认识是一个偶然的机会。因为常希令从澳大利亚回来，安排她来我这儿处理一些费用。实际上，您别在意，没有几个钱的。实际上，是他们去澳大利亚一些旅游花销。由此，我认识了庄妮。应该说，她给我的印象不错，美丽、精明、干练，是我要找的特殊人才。我是这样认为的，庄妮小姐具有经商头脑，以及与人打交道的特殊才干，但我更看重的是她同常希令之间的亲密关系。我这样说，可能有些不妥。可是，我是个商人。

哦，我能够理解，这也没什么。我知道，生意人最为看重资源，各种各样的资源。

哦，您让我佩服。是的，有了资源就有钱可赚。之前，我在大都注册了一个公司，经营药品和医疗器械，还有医疗设备什么的。但不瞒您说，因为没有合适的人才，公司的业务开展得并不好。您知道的，在内地最好赚钱的有两方面。一个是房地产，另一个是医药行业。因此，我想把大都的药品市场做起来。在这之前，我通过关系认识了卫生局长常希令。之后，又认识了庄妮小姐，真是机缘巧合，天赐良机。

那么，庄妮小姐同意为您做事？

不，她当时没有同意。那天，庄妮小姐来深圳，我安排她住阳光酒店总统套房。那是好大的床啊，红色的地毯，连坐便都漆着金色。我的意思您是明白的，我绝不能慢待庄妮小姐。知道嘛，她是常希令的特使。晚上，我又宴请了她。要了龙虾，墨西哥黄金鲍，喝的是拿破仑红葡萄酒。

你们都谈了些什么？可以说给我吗？

没问题。我说，庄妮小姐，您是我最尊贵的客人。她说，不，不能那么说的。我只是个听差的！其间，我还了解到了一些情况，庄妮小姐是一家医院高干病房的护士长。那天，她向我转达了常希令局长的意思，要我处理一些相关的费用。

韦闾说，为什么呢？公派出国人员的费用不是由国家承担吗？他不应该找你来处理费用啊！

是的，公派出国人员的费用应该由国家承担。但国家是有规定的，不允许考察团组到目的地国旅游。

后来呢？

第二天，我带庄妮小姐去了银行。按照当日的汇率，直接将钱汇到了她的银行卡。但她带来的票据，被我在同庄妮小姐吃饭时烧掉了。我的意思让她明白，既然为哥们儿办事，那就不能这边办事，那边出事。实际上，是让她学给常希令局长，我是个讲究人。

噢，一共多少钱？

没有几个钱，真的。现在，庄妮小姐死了，就不谈这些了。

之后呢？

那天，我带庄妮小姐参观了世界之窗，还参观了药厂，并看了好多世界顶级药厂和医疗设备厂商委托我代理销售的凭证。显然，她不懂我的意思。晚上，我又请她去洗了桑拿浴，做了按摩。之后，我又谈了一些想法，是请她来主理阿大医药品公司业务。因为她是高干病房的护士长，会有些人脉关系。至少，常希令会支持她的商业活动。

庄妮怎么说？她同意了？

噢，没有。庄妮小姐说，我一个月的工资要5000多元呢，这可不是个小数！我说，那不多。一年下来，不才6万多块钱嘛！那天，她说我为生意费心劳神，成了钱奴。我告诉她，我有自由。而且，我的网球打得不错，还有自己的网球场、高尔夫球场。可是，她嘲笑了我。说，瞧你，身材没有高度，臂膀没有力度，就凭你那两条小腿怎么跑得动。我告诉她，矮不是问题，一些领袖都是矮个子，比如拿破仑，不是照样叱咤风云嘛！她说，不，我不是说搞政治，也不是说治理国家。

第二天，我又带她去了半湾网球场，她开了眼界。半湾网球场对面是大海，绿色草坪，塑胶场地，远处有许许多多的花树！她说，哇，这儿可真美。这么好的网球场，在大都没有。我告诉她说，知道嘛，这是我的球场，而且收费很高。如果你想成为这儿的VIP会员，我可以特批你！我的意思您明白，只要她对我的生意感兴趣，那我就可以把她挖过来。那天，为了能够留住她，我对她说，庄妮小姐，我看您是一个天使，会给我带来福分！

她说，不，我只会给您添乱，是来花您钱的！我告诉她，如果你同意的话，我们可以合作。她说不！我说，我可以给你30万的年薪，您看怎么样？如果生意做得好，大都有一户房子，也可以落到您的名下！她说了，哦，索老板，没想到您嘴巴里蹦出的嗑，我很愿意听。不过，你说的事，我是不想做的。因为我舍不得我的工作。不过，我也能做得来。起码，我要比你更懂得医院，也更懂得医院需要什么。另外，我还知道哪些人物是关键！于是，我说，好，我们一块儿做好了。后来，她同意了。那天，我将大都的房钥匙交给了她。

那么说，她接受了？

是的。我想，她回去之后，会和常希令商量这件事的。如果常希令不同意，那也没辙。但我相信，她会有能力说服常希令的，因为庄妮是一个有野心的女人。我这样说她，并不是贬低她，而是赞美她。庄妮小姐正是我需要的人，因为她能够站在男人的肩膀上翩翩起舞！我是这样看的！

在韦闾看来，索阿大对社情的认识，要比自己深刻得多。而且，他对钱有着强烈的占有欲。可是，后来呢？

她正式同我签约了，并再次来到了深圳。为了庆祝她的到来，那天我特意安排了，开着特豪华的游艇去了三亚。您要是有机会的话，可以坐一坐我的游艇。那家伙 80 英尺长，价值 7500 万美金。而这座游艇共有三层，可容纳 50 多人，由意大利法拉第集团建造，性能和外观堪称世界一流，绝不亚于英国王室的豪华游艇。此外，游艇上还配有电子保安系统、卫星导航系统，是七星级酒店装修标准，包括海事卫星电话，甚至还有戏院、球场等娱乐和运动设施。在我看来，这就是生活。我要让庄妮小姐看了心动，死心塌地地为我卖命。可是，她认为我玩大了，说我搞了一个海上别墅。不，我纠正了她的说法，那是海上行宫。这个夜晚，我们从深圳出发去了三亚。

我告诉她，今晚，我们将在海上度过。我让她知道，冒险、进取、游戏海洋，是我的一种价值取向。夜半时分，游艇在寂静的海面上停了下来，大家开了派对。我没有想到的是，她的歌唱得非常好，还是大都歌友会的领唱。那天，海上的夜色充满了迷人的诱惑。我相信，她会乐于掉进那黑黝黝的海里，而不想再上岸了。黎明的时候，我们到了亚龙湾。在游艇的豪华客厅，正式谈了大都的生意。我说，庄妮，你做公司的总经理，我做董事长。她说，那我试试看吧，但愿如你所愿。不过，我不会白拿钱的。她这样说是表明了一个真诚的态度，也是甘愿为钱冒险了，这让我高兴不已。

为什么？

也许吧，我是过多的让她见证了新奇和富有。现在看来，这不是什么好事，庄妮死了，这不能说和我没有关系。

您的意思是什么，我想知道。她是为钱而冒险吗？或者说，她死于谋杀吗？

是的，也许是吧，我说不准，但不排除这种可能。

那天，您还对她说了些什么?

我提示过她的，医药行业虽有暴利，但赚钱的时间不会长了。因为医改，可能还有一些不确定因素，因而暴利的空间被大大的压缩了。我要求她，务必抓住黄金机遇期，加快放大赚钱的效应。怎么做，由她自主决定。那天，我为她启动了100万元资金，做了铺路的费用。

哦，您是什么意思?

噢，那是活动经费，但不包括请客吃饭的花销。我提示过她，你千万记着，钱花给谁，我是不管的。但必须看准人，不能这边给钱，那边检察院找上门来。如果是那样的话，生意就没法做了。但这事已经过去了，你就不要当作问题了。

此外，索阿大没有透露更多的实情。但韦闾相信，在庄妮小姐的后面，有一些不为人知的秘密。否则，她不会死，也不会死于谋杀。

索阿大先生，您还知道庄妮小姐的其他情况吗?

噢，没有了。韦闾确信，索阿大是讲了一些实情，但不会什么都说。精明的商人，自有精明的奥秘。否则，就不会称其为商人了。

第三十七章　干吗不去呢，我不能便宜了那小子

不过，庄妮小姐离婚后，心灵受了创伤，继而放纵自己，接触了不少男人。

言宁的手机叮铃铃的响了。她看看来电显示，是妈妈打来的。噢，妈妈，您有什么事吗？

有事，你马上给我来家一趟。说后，朵拉拉医生就把电话摔了。言宁知道，妈妈真的生气了。但不知道是因为什么，而这仅仅是第一次，以前从未有过。

言宁回家见了妈妈。言宁说，妈妈，您老怎么了，是生我的气了吗？

我没怎么的。言宁，我问你，你妈妈是不是杀人犯？你给我现在说清楚！

不，妈，您不是杀人犯，也没有人说您是杀人犯。妈妈，您是不是为庄妮小姐的案子而生气呢？

何止是生气！哼，言宁，还不是因为你。我看你是太不懂事了。案子破不了，人是不是也疯了，谁都怀疑。现在，你们都搞到我的头上了。

不会，妈妈！

怎么不会，已经有人对我进行了调查。这不，今天你们那个小谢去了我单位，问我去没去过庄妮小姐的家？我告诉他，去了。他采集了我的指纹，还让我提供什么活动证明。这是想干什么？我告诉你，言宁，你妈妈去了庄妮的家，然后就回家了，什么事儿都没干。证明，证明个屁！我告诉你，老子可不是什么杀人犯！再说了，庄妮跟我好着嘞，这你是知道的！

妈妈，您是生小谢的气了？

生了，又咋的？还有，更生你的气。你没有能力破案就别搞，现在连自己的妈妈都开始怀疑了！

妈妈，小谢是组织上派他过去的。现在，庄妮小姐死了，您又去了她家，应该受到怀疑！再说了，如果一个人在警察没有调查之前，又去过犯罪现场的话，那肯定要受到怀疑的。您看，您就是因为这一点受到了怀疑，这很正常。因此，小谢是让您提供无罪的证据，也是为了排除您，不是说您就是罪犯了。他是在按照组织上的安排，逐人进行核实，不光只有您一个人。妈妈，这没有什么。按照无罪推断原则，您应该找到无罪的证据。为此，您应该感谢小谢，他是帮助您排除嫌疑啊！

啊，那么说，我就是犯罪嫌疑人了？

对，应该说您是嫌疑人之一，但没人说您就是罪犯啊。妈妈，您必须努力找到无罪证据。您是去过犯罪现场，去过庄妮小姐的家，而庄妮小姐死了，您没有理由不受到怀疑。如果您无罪的话，那您就应该找到证明自己清白的证据。否则，您的嫌疑人身份，在案件真相大白之前，是不会被解除的。除非公安机关是找到了真正的罪犯，那才会证明您的清白。妈妈，您当晚去了庄妮小姐的家，除了给她送药外，还做了些什么？

我什么都没做。噢，对了，我给她拿了药，还检查了她的身体，又说了一会儿话，别的就没什么了。

比如说，您去没去过厕所，庄妮小姐家的厕所？

哦，没有。不仅我没有，庄妮也没有去厕所。嘿，这可就怪了。你说，厕所怎么了？小谢问过这件事，你也问这件事。你说，厕所那到底怎么回事?

没什么,妈妈,我只是顺便问问而已。哦,还有,您给没给庄妮小姐输液,比如提高免疫力的药物?

没有,但她应该输液。我建议她住院,但她没有同意。那天,庄妮发烧了,身体虚弱,就这些。

那您从去庄妮小姐的家,到离开,约一个小时,对吗?

是的,一个小时,差不多吧。我是 18 点多去的,走的时候,应该是 19 点多!

当时,庄妮小姐状态怎么样?

还可以,但她发烧。怎么,言宁,你也认为是我谋杀了庄妮?他妈的,我还真是说不清了呢!这是言宁头一次听到妈妈骂人。是的,朵拉拉医生从没有骂过人,这回是心里真有气了。

妈,看您,又生气了不是。妈,您说,别人不了解您,我还不了解您嘛!妈,我知道的,您不会杀人。就是谁让您去杀人,您都下不了手。可是,您有责任协助警方做无罪推断,提供相应的证明,证明您无罪。当然,就是您不能提供什么证明的话,也会慢慢排除掉您嫌疑人的身份。妈妈,我是了解您的,您不是什么罪犯。但您知道,刑警的例行调查都是公务,而这您应该理解,也必须理解。并且,还必须密切配合组织上的调查。妈妈,您是医生。可是,您知道嘛,如果一个医生杀人的话,会来得更为专业。说到这,言宁咯咯地笑了。

是啊,医生杀人会来得更为专业。可是,言宁,你妈妈是医生,但没有杀人啊,这里面到底有什么问题吗?

朵拉拉医生直愣愣地瞅着自己的女儿,她不明白言宁为什么要说医生杀人的问题。不过,她认为,言宁说的没错,一个医生出手杀人的话,那肯定会来得更专业。

没什么,妈妈,我只是这样想的,也就说了出来,真的没有什么具体指向。

那就好。不过,言宁,说真的,妈妈真的是去了庄妮的家,但我找不到没有犯罪的证据。回来后,我看了一会儿电视,噢,对了，是 F1 汽车拉力赛，才刚刚开始！这你知道的，妈妈就愿意看体育节目。言宁，如果我找不到无罪的证明，你会把妈妈送到笆篱墙里去吗？但我可不是什么杀人犯！

哦，不会。妈妈，我们走吧。现在，我要把您送到饭店去，那个土地佬还在饭店等着呐。还有，他的爸爸高加乔，还有渔泽水主任也在那儿。

什么，言宁，这是不是会亲家？你看你这孩子，怎么这么不懂事，为什么不先告诉家里一声呢！另外，你爸爸在上海呢！你知道的，咱家的大事，都是你爸爸做主的。而这事儿，他不在的话，这么做好吗？要不，你去吧，妈妈不去了。

妈妈，我们只是随便吃个饭，不是什么会亲家，土地佬也没有跟我说是会亲家的！

噢，那就好。可是，我还去嘛，你爸爸不在家呀！

去，干吗不去呢！妈妈，我不能便宜了那小子。您知道的，妈妈，要是对象黄了呢，您又没吃他几顿饭，那可是亏大了！说罢，言宁笑了，脸上满是灿烂的笑容。

嗨，言宁，你这孩子，怎么会这样想问题呢。我告诉你，言宁，你要注意了，高声树他爸爸在场，咱可得规矩点，可别让人家说你没教养。知道嘛，对象成不成是一回事，而素质和水准不能低，你表现要像点样儿。

好的，我听您的。妈，那咱们走？

走吧！

广州酒楼的总统厅装修豪华。有一个巨大的枝型吊灯，发着柔和的光。此外，室内墙壁上，有一条人造的瀑布，溪水缓慢地流淌着。在积水的池子里，有几条锦鲤悠闲地游来游去。在瀑布的对面，有一个龙凤呈祥的木雕，漆着金黄色，象征着帝王的色彩。在地面上，铺着红色的纯毛地毯，脚踩上去柔软而舒适。

朵拉拉在广州酒楼吃过饭，那是同庄妮小姐一起吃的。但她从没有在总统套房吃过饭，其豪华气派程度，让她感到吃惊而又无所适从。她想，今晚的消费肯定会贵得惊人，这得多少钱啊！

这时，高加乔和他的儿子走了进来，并快步走到朵拉拉的面前，握着手说，噢，亲家，我本该先到，应该在这儿恭候您。可是，因为一个小小的会议，耽搁了一会儿。对不起，亲家，让您久等了！

噢，没说的，你们领导忙嘛！

坐吧，亲家，您请上坐，坐上坐。我坐在您的旁边，渔泽水主任挨着您坐！

不，使不得的。您是领导，应该坐首席。我是一个医生，怎么能坐上首呢！朵拉拉医生客气地说。

来，就这样好啦，您上坐。我，还有渔泽水主任，就坐在您的旁边。哦，今天是我请客，请亲家吃顿饭，也请亲家来做个主。如果您认可高声树这孩子，就把他们的婚事办了。亲家，两个孩子的年岁也都不小了。

朵拉拉说，噢，您这样想。不过，说真的，言宁他爸和我还真没有思想准备。言宁只是说请我出来吃顿饭，但没有说您请客，也没有说是会亲家的事儿，其中包括两个孩子的婚事。亲家，我看您的儿子很不错，比我姑娘强多了。如果言宁他爸爸同意，我没什么意见。不过，言宁结婚的事儿，是我们家的大事，您知道，我家的大事一向都是她爸爸做主。不过，他也得听您的，您是领导嘛！

哦，不能这样说。知道嘛，亲家就是亲家，没什么领导不领导的问题。不过，亲家，我老伴活着时，家里的大事儿都是她定。可惜，她过世了。为了孩子，他妈妈真是操了不少心。如果两个孩子能够结婚的话，我高兴，声树过世的妈妈也会高兴。刚才，您说不知道会亲家，只是吃顿饭，这是我没有让高声树说给言宁。所以您不知道今晚这顿饭的意思。如果您认为可以的话，又能够批准他们结婚的话，我求之不得，也感激不尽。

朵拉拉说，那没说的，这两个孩子都不错。如果他们俩同意结婚，那言起年没说的。您看呢？渔主任。

渔泽水说，我赞同，你们两家我都了解，两个孩子都非常好。如果他们结婚，我就是当之无愧的证婚人。只是，言宁为了一些案子，要忙活好一阵子，都不会有时间准备婚事。

高加乔说，哦，那没关系，我来安排人准备就是啦。亲家，您为言宁的婚事也不必操心了。您放心好了，什么东西都不会少的，我会让您满意的。

噢，我知道，但我可以提供点儿资金，也不能都让您花钱。尽管我家是姑娘，但我家也会全力以赴，毕竟这一个孩子嘛！

这，亲家，您就不要管了，我来操办就是。您的钱就留着自己花吧！

哎，那怎么行啊？

高加乔说，没说的，就这样定了。声树，你记着，朵拉拉医生，还有言起年先生，也包括渔泽水主任，都是你的亲人，你要孝敬一辈子，懂嘛！还有言宁，也照顾好你的父母。人老了，都不容易的。

高声树说，爸爸，您放心吧，我一定会照顾好各位长辈，还要照顾好言宁。

朵拉拉回到家后，跟女儿说，言宁，高声树这孩子不错，他爸爸高加乔人也蛮好。如果你爸爸没有什么意见的话，那婚就结了吧！

妈妈，我听您的，一辈子都听您的！

哦，对了，这些天，我瞧你让案子缠得揪心。吃不好睡不好的，妈妈看了心疼啊！言宁，如果可能的话，你就别再做什么刑警了。

妈，您就甭操心了。我身体好着呐！只是一时找不到案子的突破口，一时难以告破。妈，我想知道，您对庄妮小姐怎么看？

哦，这孩子不错。不过，庄妮离婚之后，心灵受到了创伤，心思也是挺重的。继而，她又放纵了自己，接触了不少男人。我看，她有复杂的社会关系，也难免是接触到了什么坏人。或者是因为什么事儿，得罪谁了。比如，经济上的问题。另外，她做药品生意，里面的事儿复杂着呢。可是，不该有人命案子的呀！嗨，这事也说不准。

您放心吧，妈妈。我想，这个案子总有一天会搞清楚的。不过，妈妈，您放心，就算您是罪犯，我也不会大义灭亲，不会把您送到笆篱墙里面去的！

言宁，妈妈不是罪犯。不过，我的确是去了庄妮小姐的家，只是一个医生对患者的关心，别的没有什么。

这我知道，妈妈，我会想办法证明您的清白。

好吧，妈妈配合你们的调查。

第三十八章　她认为，美女就应该嫁给有钱人

庄妮把身子交给了吴子明，以为得到了真爱，也会千年不朽。可是，她错了，这世界上根本就没有千年不朽的爱情。

侦查员边路遥来到大都医科大学第一附属医院，找到了庄妮的同学陈筱荬。边路遥说，陈筱荬，庄妮小姐死了。现在，我来找您，是想请您谈谈庄妮的情况。我知道，您是她同学，而且又非常要好。另外，她在经商之前，是您这儿的护士长。

我知道庄妮死了，这很不幸。不过，您需要了解些什么呢?

这样吧，把您所知道的有关庄妮小姐的一切，都说给我们，以便我们了解更多的情况。

我和庄妮是初中同学，是一块儿进的卫校，又一块儿分到了这家医院。应该说，庄妮非常聪明，人也善良。但她没有办法读高中了，因为家里条件不算好。还有一个原因，她太漂亮了，也多少影响了学业。

哦，为什么？这漂亮和学习又有什么关系呀?

女孩子漂亮就会有人追，自然会分散学习的精力！所以，庄妮的学习受到了影响。那时候，有一个叫项一平的同学，挺帅气的。

在初中一年级，项一平就开始追庄妮。为此，庄妮分了心，也不时地同项一平偷偷地约会。再后来，她跟我说，他们之间是有了那事儿。可是，项一平那小子不讲究，后来变心了，是看上了一个更漂亮的女孩子。而且，那个漂亮女孩子的家里很有钱。为此，庄妮非常痛苦。但项一平跟她说了，庄妮，我爱你，但我更需要钱。没办法，我只能是跟她了，你要理解我。

噢，那后来呢？

他们分手了，但她将这些事儿跟我说了。因为这件事，项一平毁了庄妮。不仅坏了她的心思，也让她更恨漂亮的女人，还有钱什么的。因为漂亮女人，会抢走她的男朋友。还有钱，也会使男人变心。

再后来呢？我是说，庄妮小姐还和项一平有联系吗？

不，没有。那个姑娘出了钱，项一平出国了，是去的德国，同那个女孩子一块儿去的柏林，至今都没有回来。

您接着讲？

我们毕业后，一块儿来到了这家医院，又都留在了高干病房。不久，庄妮跟我说，她将来要嫁给一个有钱人。我想，这不仅仅是嫁人的问题，也是她想平复内心的悲苦。还有，是包括了对项一平的怨恨。其实，这都没有什么，只不过是她自己的想法而已。在历经坎坷之后，庄妮要找一个心理平衡。她的意思不言而喻，你项一平能找一个有钱的姑娘，那我也能嫁一个有钱的男人。这不知道是阴错阳差，还是机缘巧合，她真的遇到了一个有钱人，那个人叫吴子明。

做什么的？

商人，是鲜花供应商。他很有实力，包揽了大都市所有的鲜花市场。其实，吴子明还有一个别名，叫“采花大盗”，这是庄妮所不知道的。

哦，那后来呢？我是说，庄妮小姐同吴子明相处得怎么样？他们真的结婚了吗？结局又怎样？

后来，庄妮死心塌地的嫁给了吴子明。可不久，他们又离婚了。庄妮告诉我说，富人都不可靠啊！

为什么？

吴子明那小子在我们这儿住过院，是离了两次婚的。庄妮嫁给他之后，实际上跟“小三”差不多，但她料到之后的惨淡结局，也导致了庄妮的悲惨命运。

噢，是这样。那您再详细谈谈吴子明的情况？

好的。我记得，那是下着毛毛细雨的午后，吴子明住进了高干病房。他身子烧得厉害，是39度。那天，庄妮给他输了液。之后，又进行了物理降温，用酒精给他擦了身子。当时，吴子明很苦闷，因为刚刚和第二个老婆离婚，还留下了一个孩子。再后来，我知道吴子明挺有钱的。而让有钱人住进高干病房，医院是破了例。此后，我听庄妮说，吴子明这人离了两次婚，前一个不生孩子，而第二个脾气大。再后来，庄妮跟我说了，吴子明很感谢她。又过了一段时间，吴子明总请庄妮吃饭，我也去过。但这样次数多了，他们俩也就开始约会了。庄妮告诉我，吴子明请她去歌厅唱歌，洗桑拿浴，都是高端消费，他这人是老有钱了，而我每次都不好意思说不去。庄妮说，她就像一只被绳拴着的宠物狗，是任由吴子明牵来牵去的。不过，我曾劝过她，吴子明岁数大，又离过两次婚，你应该慎重考虑。可是，庄妮说了，自已失过身，也就这样了。因此，她没有听我劝，就跟了吴子明。我看，她当时心里是很美的，觉得吴子明是牛郎，而她自己就是织女，而他俩几乎是天天相会！那个时候，庄妮真是幸福啊！她还认为，美女就应该嫁给有钱人。我看，她心里是充满了欢乐，也是鬼迷心窍了！有一天，我正在家休假呐，庄妮突然打电话给我。她说，走，筱萸，吴子明请客。我说不去了，她说不去白不去，不吃白不吃。于是，我就跟着去了。到了饭店，我才知道，那天是庄妮的生日。吴子明为庄妮买了钻戒，还送了我礼物。噢，那天庄妮就像一个天使！再后来，我借故走开了。我知道，他们是真的相爱了！可见，爱情没有年龄界限，只是一种感觉。

你说，庄妮是真的爱吴子明吗？

是的，我想是的。女人啊，会凭着感情做事，也会被物欲迷障双眼，还会为钱财导致悲情。不仅庄妮是这样，还有好多女人也是这样。庄妮不是第一个，但也不是最后一个。事后证明，庄妮错了，她再次犯了错误。

您接着讲下去。

庄妮告诉我，吴子明很爱她。她呢，也想找一个大一点的男人，成熟的男人。她说，男孩子不成熟，都是些青苹果，是好看不好吃的。只有成熟的男人才最可爱。实际上，我知道她是想找一个依靠。我想，这可能是她初恋后的苦果，才导致她有这样的想法。我说，吴子明和你合适吗？她说，没问题的，我漂亮，他有钱，养活我不是问题。她的想法，不足为奇。因为当下的社会，女孩子这样想不算什么。其他一些女孩子，也都是这么想的，愿意给有钱人做小。另外，一个漂亮的女孩子给有钱人做小，也不是什么砢碜事。我记得，那天，吴子明要了一份心型冰点，是白色巧克力做的，上面有生日快乐四个字。事后，庄妮告诉我说，你走后，吴子明突然变出了一朵粉红的玫瑰！噢，我的心啊，别说有多么激荡了！爱，让我痴迷，也没有了理智，兴奋得一塌糊涂。那天，我是迷迷糊糊地跟着他去了歌厅，嗓子都快喊破了。一曲庾澄庆的《让我一次爱个够》，吴子明就彻底俘获了我的芳心。之后，我醉了，是因情而醉，并去了他的家。我们俩是一宿都没消停！

那么说，他们是结婚了？

是的，之后他们就结婚了，但没有举办婚礼。因为庄妮的父亲、母亲，还有姐姐，都反对她嫁给吴子明，反对她嫁给一个离了两次婚的男人。可是，谁说都没用。庄妮是执意嫁给了吴子明，因为她将身子交给过项一平。但她不能将和项一平发生性关系的事，说给吴子明，更不能说给她的妈妈，还有她的父亲，也包括她的姐姐。我想，庄妮未婚就和人上床，无论如何都说不出口。但她对没有举行结婚仪式，向我表示了终身的遗憾。她跟我说过，非常渴望像公主一样走进婚礼殿堂。可是，她很不幸。庄妮跟我说，我就像一个偷婚的婆娘儿，悄悄地跟他上床了。因为吴子明说过，庄妮，我是第三次结婚，再举办隆重的婚礼，一些人的眼球会滚出眼眶。你看呢，庄妮，还有必要让他们来嚼我的舌头嘛！于是，庄妮同意不再举行结婚庆典。可是，结婚的当晚，还是举办了一个小规模的答谢宴会，主要是宴请了为数不多的几位要好的朋友，还有几个同学。我去参加了。但庄妮的父母没有出席，而她的姐姐庄贞倒是来了。可她只是转了一圈，又不吃不喝地走了，说是要照顾自己的女儿。实际上，那是一种托词。您看，从一开始，庄妮的婚姻就不顺溜儿，也注定了一个惨淡的结局！

那么说，他们后来是离婚了。

是的。您知道的，离过两次婚的男人，再次离婚的话，那就像打牌一样，我是不跟你玩了。庄妮以为，自己把身子交给了吴子明就会得到真爱，爱情会千年不朽。可是，她错了，这世界上根本就没有什么千年不朽的爱情。

因为离婚，他们之间有恨吗？我是说，因为爱的散去，也会有恨的纠缠，而一般女人都会有这样的想法。

是的，他们之间有恨。吴子明比庄妮大了十七岁。结婚那年，庄妮只有 20 岁，是一个为爱而无悔的年龄。她以为，做了吴子明的“小三”之后，她会成为掌上明珠的。但没有想到的是，庄妮很快就从天使变成了狗屎。在庄妮怀孕后，吴子明就夜不归宿了。即使回家，也不在一张床上睡。在腹部横切一个口子后，庄妮生了一个男孩，还掏出来一个女孩。吴子明这个家伙真是可恶，在孩子生下来之后，当时我是在现场，他都没有看庄妮一眼就走了。后来，庄妮告诉我，吴子明再也没有动过她的身子。不久，庄妮跟踪了他，发现吴子明有了新欢。此时，庄妮才真切地明白，吴子明是吃着碗里的，还盯着锅里的，喜欢不断地变换女人，一个十足的淫棍。于是，她果断地同吴子明办理了离婚手续，也没有讨论财产问题，独自一个人走出了别墅。从此，庄妮认为，男人没有一个是好东西。也就是说，从结婚到离婚，庄妮什么都没有得到。还好，她年轻，可以从头再来。也就是那一年，她姐姐同一个私人老板去了澳大利亚，而把自己的丈夫扔在了家里，还有他们的女儿乐乐。

那他恨她吗？我是说吴子明。爱恨情仇，如果吴子明恨庄妮的话，就有可能杀了庄妮。

是的，吴子明恨她，骂她是婊子！不仅如此，他还不断地来医院骚扰她。但庄妮做了生意之后，认识了一些人，也采取了一些果断措施，吴子明就老实了，也再不敢骚扰她了。事实上，庄妮不是婊子，吴子明才是一个恶棍！

您说，庄妮采取了什么措施？

她找了一些人吓了他一下，吴子明就老实了，也再不敢骚扰庄妮了！

那么，庄妮找的是谁？

哦，我想想看，好像是郎尔格先生。但我说不准的。事后，庄妮说过，横的就怕不要命的。妈的，吴子明是规规矩矩的了。

现在，你知道吴子明在哪儿吗？

噢，还在做鲜花生意。至于他在哪儿，您得自己去找他了。

吴子明高吗？我是说他的个子。

高，一米八多的大个，也是一个挺有魅力的男人，尽管他行为放荡。

可见，吴子明是很值得怀疑的。可是，一个离了婚的男人，他会杀死已经离婚的前妻吗？

尽管有种种的矛盾或愤怒。按常理，应该不会，但也有例外，因为浑蛋的人是从来没有在这个世界上绝种过。边路遥心想，吴子明有作案的可能。

不过，他很快就搞清了情况，吴子明没有作案。在庄妮死去的那个夜晚，他同两个客人吃过饭后，又一块儿去洗浴了，是开了三个房间，每个人都要了小姐。他自己同两个小妞泡了一夜。

此后，边路遥找到了那两个人，她俩也证实了吴子明当夜的情况，他没有离开过宾馆。

第三十九章　买台电脑嘛，你可以在网上发飙啊

网络带给我的伤痛，让我刻骨铭心。我长这么大，还没有做过什么坏事。

令人沮丧的是，最值得怀疑的人、有可能是谋杀了庄妮小姐的人，也都被排除了怀疑。一个是朵拉拉医生，在庄妮小姐死亡的那个夜晚，她去过庄妮小姐的家。而后，庄妮小姐死了，因为高血钾症而死亡。朵拉拉是医生，有作案的直接嫌疑。而另一个人是艾子凯，他是庄妮小姐的男朋友，有她家房门的钥匙，也有作案的可能。而且，他喜欢穿耐克旅游鞋。更为重要的是，在现场发现的一个 45 码的大鞋印，同艾子凯的鞋码一样大。

但调查的结果，令人大失所望。朵拉拉医生和艾子凯都没有作案的可能，佐证他们无罪的证据不仅充分，而且绝对简单，并且真实可靠。也就是说，在庄妮小姐死亡的夜晚，她的手机通话清单说明了一切。

庄妮小姐手机通话记录显示，艾子凯同庄妮小姐通过话的时间，是庄妮小姐死亡的那天午后。准确地说，是艾子凯到达深圳的第二天的午后，他们之间通了话。而准确的通话时间是下午三点四十五，通话的时长为 10 分 20 秒。事后，通过与艾子凯核实，他说

清了通话的内容，主要是告诉庄妮，向索阿大汇报顺利，并询问了庄妮的身体情况。这说明，庄妮小姐在艾子凯到达深圳的第二天午后，她是活着。也说明艾子凯在去深圳之前，没有谋杀庄妮。显然，警方之前的怀疑被彻底否定了。

另外，朵拉拉医生介绍的情况，也间接地证实了庄妮小姐还活着。她说，那天，我是去了庄妮小姐的家，除了送药，还为她做了身体检查。

无疑，如果庄妮小姐在这之前死了的话，那朵拉拉医生就进入不了庄妮小姐的家，也就无法对她进行体检。

那么，在解除艾子凯的嫌疑人身份的同时，朵拉拉医生成了重要嫌疑人。也就是说，在朵拉拉医生离开庄妮小姐家之后，庄妮小姐死了，而且死于谋杀，是有人为她注射了氯化钾。可是，在朵拉拉医生有口难辩之时，侦查员找到了朵拉拉医生无罪的证据。那晚八点三十分，朵拉拉医生离开庄妮小姐家，在一小时十分钟之后，有一个电话打进了庄妮小姐的手机，且双方通话的时间长度为 2 分 37 秒。那么，这个人是谁？

监控录像证明，这个时间，朵拉拉医生早就离开了庄妮小姐的家。此时，庄妮小姐不仅活着，而且接听了打进来的电话。事后查明，那个打给庄妮小姐的电话，来自一个公共电话亭。而这个公共电话亭，不在监控录像的范围之内，并距离庄妮小姐的家有两个街区。

此外，渔泽水主任给出了具体的意见，也说明了朵拉拉医生不是谋杀者。他说，如果朵拉拉医生直接为庄妮小姐推注了氯化钾，那她不一会儿就会死亡，而七十分钟之后，她还能够接听电话吗？那是完全不能的。

因此，根据庄妮小姐的手机通话清单上的情况，可以推断出庄妮小姐的死亡，同朵拉拉医生没有必然的联系。因为朵拉拉医生离开庄妮小姐的家之后，庄妮小姐又接听了一个电话。这就排除了朵拉拉医生的犯罪嫌疑。

庄妮小姐的这起谋杀案，再次陷入了迷雾之中。因为最值得怀疑的两个人，均被解除了嫌疑，他们都不具有直接作案的可能性。因此，案件调查工作必须从头再来。

于是，公安局副局长王子皇指令言宁，继续负责庄妮小姐谋杀案的调查工作，因为朵拉拉医生被解除了嫌疑人的身份。之后，言宁向各个派出所发出协查通报。第二天，橡树街派出所上报了这样一条信息：庄妮的名字，曾出现在一本卷宗里。

那是庄妮离婚不久，她陷入了一起网络诈骗案。而打开“王在一诈骗案”的卷宗，有一段庄妮小姐自述的文字，引起了支队长言宁的注意。

“我离婚了，不能再回家了。父母对于我嫁给吴子明这件事，是耿耿于怀的。他们认为我不争气，真的同我断绝了关系。于是，我租了一间房子，照样当我的护士。但下班后，我会进入一种苦闷的状态。寂寞让我难熬，又找不到打发掉寂寥的方法。有人给我出了主意，你买台电脑嘛，可以在网上发飙啊！不久，号称‘我是太阳’的网友，进入了我的情感世界。我们常常聊到深夜。每次结束之后，他都会给我发来短语，‘做个好梦，亲爱的’！我也会给他回帖，‘你也做个好梦，亲爱的’！但我不愿意睡去，更不愿意从梦中醒来！后来，我们相约见面了，他出手阔绰。一小时之后，我们在宾馆开了房。再后来，我们就开始同居。有时候，他会外出几天，说是有什么事，我没在意。但没有想到的是，他会是个骗子。”

此外，言宁从卷宗发现，王在一不仅骗了庄妮。而且还骗了十多个女孩子。他以未婚女性为对象，骗色、也骗财，手段是虚报年龄，虚构身份，还大献殷勤，承诺结婚什么的。

从一个女孩儿那里骗来钱之后，又花在多个女孩子的身上。以此类推，并屡屡得手。后来，王在一是栽在了两个女孩的手上。其中，一个叫乐丽的女孩，21 岁，条件比较好，家里有的是钱。她同王在一在网上认识后，就开始同居了。以做生意为名，王在一拿走了乐丽的一台笔记本电脑，还拿走了五万元钱。然后，就消失不见踪影了。

另一个受骗的女孩，叫柳叶眉。她的受骗，是因为王在一跟她说，我有两处房产，还有豪华汽车。王在一拿着房子的室内照片，还有他和一台宝马车合影的照片给柳叶眉看过。在柳叶眉看来，他是个有钱人。而嫁给有钱人，应该是没有什么问题的。于是，她就将王在一领到了自己的住处，并发生了性关系。

两个受骗的女孩，各自决定找到他！后来，她们在网上相遇了，互说了心声。不久，她们捕捉到了王在一在网上的信息，立即报警，王在一这才落网。

言宁支队长，您知道吗，这个案子是我办的。橡树街派出所所长陆天柱说，至今，我还清楚地记得。当时，庄妮刚刚离婚不久。在出了这事之后，她非常后悔。审问她的时候，她的脸颊红红的，非常羞涩，也为自己的欲望而悔恨不已。她说，网络带给我的伤痛，让我刻骨铭心。我长这么大，从没有做过什么坏事。但受骗失身、失财，让我痛苦万分！她还声嘶力竭的喊叫，我恨男人，有机会的话，我要报复那个王八犊子！

那后来呢？

王在一被判了 4 年有期徒刑。但案子并没有公开审判，因为不仅仅涉及庄妮，还涉及许多少女。但我们说服了庄妮，让她出庭作证。现在，王在一那小子应该是走出大牢了！

那么，王在一在哪里？我是说，他是不是有作案的可能？或者说，他会不会因为庄妮出庭作证，对她实施了报复。

我知道的，那小子回杭州去了。半年前，他又骗了三个女孩子，又被警方抓了。这不，杭州警方还专门派人来到大都，调取了他过去的犯罪卷宗。

那么说，王在一是再次入狱了？

噢，不知道，不过，他应该是入狱的。

可见，王在一很值得怀疑。他有对庄妮小姐进行报复的可能。但调查结果依旧令人失望。王在一被判刑 8 年，而在庄妮小姐被杀害的那天，他已经没有作案的可能了。

不过，在庄妮小姐的办公室，刑警们又发现了一些宝贵的线索。通过一个来自澳大利亚的国际特快专递，发现了里面有两份悉尼房产产权证明的英文资料。而其中一份的房产产权，隶属常希令名下，为120平方米；另一份是庄妮的房产产权，100平方米。从时间上看，他们是同时购买的房产。不过，这是几年前的事了。

可是，常希令和庄妮小姐为什么要在澳大利亚购买房子呢？又是谁办理的产权手续呢？不同的是，这之后，常希令被判刑了，而后死于毒杀。庄妮呐，也是死于谋杀。显然，这其中有着必然的联系。

可是，这两户房子能说明什么问题吗？是的能够说明些问题。言宁相信，常希令同庄妮之间，可能有着非同一般的关系。否则，不会一块儿在悉尼购买房产。

另外，在庄妮办公室的墙体上，发现了一个镶嵌在墙壁里的保险柜，里面有一个小本本。此外，还有近百万元的现金。那个小本本上面，记着密密麻麻的数字，还有银行的账户，以及长长的一串人名。其中，发现了常希令的名字，还有邹正道的名字。言宁知道，他们都是市卫生局的头头。此外，还发现了各大医院院长的名字，一些著名医生的名字，医药科主任的名字，而后面也都有阿拉伯数字，以及日期和“坎子”的标记。显然，这是一份清单，而“坎子”是民间的说法，是指“万元”的单位。

那么，这份清单又能说明什么问题吗？而附在银行账户下面的阿拉伯数字，应该是一次次转账的款项，但转账的时间不同。可是，那个银行账户又是谁的呢？

第三，还发现了一个光盘。言宁把光盘塞进了电脑驱动器，显示器上有了影子，是英语歌的曲调。她发现，这是一个澳大利亚人结婚仪式后刻录的光盘。一个很像庄妮小姐的女人，同一个澳大利亚白人举行的结婚庆典。不同的是，那个女人是站着的，而那个男人是坐在轮椅上。他们的婚礼，是澳大利亚人特有的游走式婚礼。

澳大利亚人不同于世界各地约定俗成的先办婚礼再度蜜月的传统，而是带着亲人旅游结婚。光盘显示，他们是去了大堡礁的哈密顿岛，而那儿是度假胜地。这个婚礼，有十几个人参加，在一个天主教的小教堂外面的草地上举行。一个牧师担任了主持人。客人们都是光着脚的，女宾客戴着木槿花。新娘推着轮椅，走过了撒满玫瑰花花瓣的红地毯。

主持人讲了，新郎叫希克曼，是一个白人，但因为交通事故下身瘫痪了。新娘叫庄贞，来自中国。在亲友们的陪伴之下，那个坐在轮椅上的男人，看上去是兴高采烈的样子。新娘穿着露肩的白色婚纱，眼睛和嘴角都带着微笑，但眼帘处又含有晶莹的泪珠，是喜悦，还是别的什么，没有人搞得清楚。

不一会儿，庄妮小姐走上了前台，她唱了一首英文歌曲，《今夜给我你的爱》。

那个叫希克曼的男人，还有各位宾客，为庄妮的优美歌声而欢呼击掌。但庄妮的姐姐庄贞，泪眼蒙胧，难掩心事。

第四十章　您说，这个银行账户会是谁的呢

俗话说，生意场就是战场，也是情场。其间，有对女人感兴趣的，那就安排。

娄部长，我们在庄妮小姐的办公室发现一个小本子，那上面记载了一些情况。您说说看，它说明了什么？侦查员郝笛声对阿大药品公司的财务部长娄大宁说。

娄大宁看了看那个小本子，说道，这应该是记事本。或许，是庄妮小姐经营活动的记录。

您说，这个银行账户会是谁的呢？

我想想，噢，我知道的，那是郎尔格先生的一个公司的银行账户，这在银行可以查到。

可是，这个银行账户为什么会出现在庄妮小姐的记事本中呢？您怎么看？难道你们同郎尔格先生有业务往来吗？

噢，是的。庄妮小姐同郎尔格先生有过经营上的合作，包括拆借资金什么的，还有必要的账务往来。

还有，那些人名呢，以及那些阿拉伯数字呢，都是什么意思？您说说看。

噢，这应该是办理事项的记载吧，我想是的，就是这样。

可是，那“坎子”两个字，究竟是什么意思？是不是钱的意思？我知道的，百姓中都这样说的，比如办什么事得花几坎子的。

噢，是的，应该说是的，一坎子是一万元钱。

这么说，数字后面标明的坎子，就是钱数喽？

嗯，应该是吧。不过，这应该是庄妮小姐个人之间的事务往来。

还有，那上面的人名，是不是都得到钱了呢？

噢，难说。郝笛声知道，娄大宁没有说实话。他猜测，这应该是一个庄妮送给他人的好处费的记录。无疑，娄大宁是不想透露出更多的内容。

您看到了吗，那上面有常希令的名字，也有邹正道的名字，还有各大医院院长的名字。这里面，庄妮小姐同他们之间会有什么问题吗？

我不知道哪里面会有什么问题。我想，庄妮同他们都有一些业务往来。或者说，卫生局长常希令，还有邹正道副局长，都没少帮庄妮。

您再详细说说情况，特别是邹正道副局长的情况。

好吧，我是被庄妮拉着一块儿来阿大药品公司创业的。因此，我了解庄妮小姐的一些活动。初期，在大都著名的金街，庄妮小姐租了一家门市，并装修得富丽堂皇。让人感觉到阿大药品公司实力不俗。事实上，也的确如此。当然，庄妮这样做，是向索阿大作了请示。索阿大说，庄妮，这是你的事，不必请示我。今后，只要有利于经营的事，你尽管做主好了。另外，你是总经理，最终考核是利润，即总支出，减去总成本，它的余额就是利润。由此，我坚定了同庄妮一块儿干的决心。门市装修好之后，我组织一些人摆上了几千种的药品，还有必要的医疗器械及医疗设备的相关资料。之后，庄妮把邹正道请来了。他看过后，很是高兴。说，噢，不错，言宁，你作为药品和医疗设备代理商，可以满足各类医院的供应。但不同的是，还需要增加投影设备，并雇用相关专业人士，把当下新型医疗设备的型号、性能、价格比，向客户进行必要的推介。可见，邹正道的意见是非常专业的，这对我们来说太重要了。于是，按照他的想法，庄妮请了专门人士，安装了专门的投影设备，还将各大药品制造商、医疗设备及医疗器械供应商的委托代理等相关资料，用镜框挂在了墙上，便于各医疗机构参考。做完这些，并没有多少顾客上门，只有一些零零星星的散户来这儿采购些药品，而对医疗设备和医疗器械采购无人问津。无疑，阿大药品公司在大都的市面上，还没有什么影响力。于是，庄妮再次请邹正道出主意。邹正道说，必要的工作还是要做的。比如，召开新药特药推介会，新医疗设备推介会，以及小型联谊会，甚至安排医疗机构的关键人物去培训，什么香港、澳门，包括到国外培训，等等。说实在的，这方面我懂，业务培训的同时，顺道旅游，会花不少钱，都是控制药品采购的那些人渴望的。可见，邹正道副局长了解市场情况，也深知采购方的心思。如果庄妮小姐想赚大钱的话，那就必须得这样做。于是，我对庄妮小姐说，庄妮，先不要考虑赚钱了，重点应放在疏通关系上。俗话说，临渊慕渔，不如退而结网。这个网，就是人际关系网。为此，庄妮给索阿大打了电话，说经营没有打开局面，大量的工作还需要做。于是，她讲了培训问题的重要性。庄妮说，有些投入让你想象不到，特别是疏通关系上的投入，不仅学问多，而且花销大。索阿大说，这我知道，也是必须做的，你早就应该这么办。他的话，让庄妮心里有了底，因为发生的成本，会由索阿大承担。否则，干活不由东，累死也无功。半年过去了，但市场销售起色依旧不大。

可见，医药采购不够透明，导致了庄妮小姐打不开局面，是这样吗？

是的，这里面猫腻多着呢。为了生意，需要宴请客人，也需要打点。更难的是，那些握有实权的人都是不差钱的，但希望庄妮陪着。他们真是人精啊，贼奸溜滑的。事实上，人家都有自己的进货渠道。要打破已经形成的利益格局很难。开始，庄妮求他们进我们的货。但这些人只是哼哈地应答，又笑眯眯地看着庄妮的脸蛋，但没有同意或者不同意的表示。时间长了，我们懂了，那种笑意的神态是对你善意的拒绝。

那是不是很可恶呢？如果是我的话，就狠狠地扇他一个嘴巴！

噢，那不行，那样干的话生意就砸了。后来，庄妮发现了其中的秘密，钱是通神的钥匙。那些神啊，见了钱都会笑眯眯地看着你，是好可爱的样子啊！为了获得更多的订单，庄妮决定改变路子，她不再大面积请客，而是采取个别宴请方式，之后再跟上一些意思表示。她这样做，成本会高些，但效果却出奇的好，有大额订单拿到手了。头一年，去掉成本之后，利润虽然不多，但有了些收益，更主要的是有了社会关系网。

这么说，你们的经营是有了好转？

是的！有些规则不可忽视，它左右了医药采购市场。有的医院购买药品，或者购买医疗设备什么的，销售者要花钱疏通，少的是几“坎子”，订货额度大的，那就不是几“坎子”的问题了。不过，黑金在药品、医疗设备、医疗器械的采购上，是起到了四两拨千斤的作用，也存在投入和产出的正比例关系。

可不可以这样说，你们药品销售额度，是取决于对规则的掌控程度？

那是。不同对象有不同对策。有喜欢旅游的，那就安排最好的线路。孩子想出国读书的，那就挑选最好的学校。喜欢唱歌的，那就到歌厅一块儿喊破嗓子。庄妮应对此类问题的办法，是成立了公关部，请一些漂亮的小姐陪吃、陪喝、陪唱。俗话说，生意场是战场，也是情场。有对女人感兴趣的，那就先安排洗浴，再安排打炮。或许，我这样说，您是明白的，这不是庄妮的错。不过，我说这些，您听听就算了。

噢，是吗？不过，您刚才说到了阿大药品公司的公关部问题，我想同公关部部长谈谈！

噢，对不起，公关部被庄妮突然解散了，公关部部长已经走了。其他公关部的人，也相继被庄妮小姐撵走了。

哦，是这样！不过，公关部部长叫什么名字？

寒江雪。

独钓寒江雪，这么说这是个男人？

不，是一个漂亮的女人，但她离开了公司。

我怎么能找到她呢？

不知道。

因为有了公关部，你们公司的业务做大了，是不是？

是的，但不是全部。公司生意真正好转，是在2003年抗击非典期间。那一年，东莞先暴发了非典病毒，一些人相继死去了，包括参与抢救的医护人员。非典病毒的传播，造成了人们心里的恐慌，也震惊了全世界，却给我们公司带来了难得的商机，因为港商索阿大的反应要更快一些。

哦，说说看。

知道嘛，商人是逐利的虫。在非典病毒暴发初期，索阿大就嗅到了商机，并立即作出了判断。于是，他打来电话说，庄妮，我们的商机来了！

庄妮说，为什么？

索阿大说，这样，你们立即腾空所有库房，并大量囤积防毒医用服装、口罩，包括对付非典病毒的药品。同时，索阿大为我们注入了大量资金。按照他的指示，又托“主官儿”办理了巨额贷款。同时，“主官儿”还向郎尔格先生拆借了过亿的资金。

哦，你是说庄妮同郎尔格先生熟悉？

是的，郎尔格先生是著名土地开发商，垄断了钢材市场，他是大都物流业名人。不过，庄妮是通过“主官儿”的介绍，才认识的郎尔格先生。从此，庄妮小姐同郎尔格先生有了紧密的业务往来。

哦，“主官儿”，您说说看，“主官儿”是谁？

噢，庄妮没有跟我说过“主官儿”的事，但她跟我提起过“主官儿”这个人，只是她没说“主官儿”的名字。

那后来呢？

我们按照索阿大的意见，囤积了大量的隔离服、口罩、呼吸机，又进口了治疗非典病毒的药物，包括利巴伟林、甘草甜素、蛋白微抑制剂、点温计，以及连翘、甘草等中草药，都是用来抗击非典型肺炎。那一年，公司雇用了上百人，昼夜不停地干，为各大医院、商场、火车站、飞机场配货。令我们欣慰的是，阿大药品公司成了抗击非典型肺炎的药品供应商，还有呼吸机、点温计、防毒医护服、口罩的供货商。那个时期，为了抗击非典病毒，政府不计成本，我们获得了巨额利润。

你们成了非典暴发户？

也许是吧。通过抗击非典病毒，我们同各大医院院长、副院长、呼吸科主任、药剂科主任都成了好朋友，这为公司的后来的发展铺平了道路。那一年，公司销售额 5 个亿。去掉银行贷款和成本，净赚了 1 个亿。

您再谈谈邹正道副局长，以及他同庄妮之间的关系。

邹正道嘛，他是给了庄妮许许多多的关照。但后来，因为庄妮同常希令走得近了，他心生怨气。从日本回来后半年，就公开署名举报了常希令。

为什么呢？

因为庄妮同邹正道曾有过一段感情。可是，邹正道有老婆的，他们无法走到一起。不过，因为常希令对庄妮不错。邹正道知道后，每每有些微辞，认为庄妮感情不够专一。庄妮呢，因为同邹正道不开心，而向常希令说邹正道的坏话，建议把他调离卫生局。为此，常希令找了市委组织部，但被邹正道知道之后，认为常希令整了他。而他的想法是，你整我我就先整你。

那么说，庄妮小姐介入了官场之间的纠葛，并同邹正道的关系彻底恶化了，是这样吗？

应该是。这是庄妮小姐的错，坑了常希令局长，又影响了公司的生意。于是，常希令同邹正道成了冤家对头。而私下里，邹正道为这事儿还抽过庄妮的耳光！

为什么？

因为爱，是他们之间扭曲的爱。

听了娄大宁的话，郝笛声认为，邹正道有作案的可能。他恨常希令，也恨庄妮，有明显的作案动机。而且，他是医生出身，懂得输入氯化钾会致人患高血钾症而死亡。

可是，邹正道会这么干吗？而且，他同庄妮小姐的关系僵化了，还能进到庄妮小姐的家吗？

第四十一章　我是不愿做副职了，因为正职有诸多好处

你以为他会约我，我又不是什么千金小姐。再说了，人家是大局长啊，我只是一个离了婚的娘们儿！

侦查员们似乎找到了谋杀庄妮小姐和谋杀常希令的真凶。现在，邹正道是大学教授，已经辞去了市卫生局副局长的职务。

暗中调查的情况表明，邹正道的确很值得怀疑。因为他同常希令同属于一个领导班子，又同庄妮小姐是暗中情人。如果将庄妮小姐和常希令之死联系起来看，他同他们都有怨怼。

再者，邹正道是大个子，穿 44 码的鞋。他要是穿上 45 码的鞋，应该不会觉得怎么别扭，只不过是大了一号。还有，在庄妮小姐死亡的那个夜晚，邹正道踪迹不明。至少，那天晚上他没有回家。

在这之前，侦查员托故向邹正道的老婆摸了底。庄妮小姐死的那个晚上，邹正道的老伴是这样说的，他是去了外地一家医院做会诊了。但实际情况不是，邹正道根本没有去什么外地医院。

还有，秘密调查发现邹正道的账户有很多钱，而且巨额资金往

来额度巨大，且过于频繁。包括常希令被毒杀之前，有几十万元的资金流动。而且，不是一笔。另外，有一个医药商店隶属在他的名下。显然，他是借助职权之便，并做着同业经营的买卖。但没有迹象表明，他是认识狱警张茅的。也没有发现，他同张茅之间有什么往来。而更为重要的是，邹正道同庄妮小姐因情而反目成仇，也是导致常希令失去人身自由最终锒铛入狱的原因。可是，邹正道虽然没有同庄妮小姐彻底断绝关系，但已经不再是旧日的情人。

不过，邹正道敢于公开署名举报自己的上司，不仅是有勇气。这期间，还有一些不为人知的内容，那就是他心中堆满了刻骨的仇恨。另外，邹正道是一个脾气暴躁的人，心胸狭窄。他无法接受庄妮小姐在和自己上床的同时，又同常希令有往来，这使他心生仇恨，恨不得杀了庄妮和常希令。

更让他不能容忍的是，常希令想要把他从市卫生局开出去的现实，他通过关系提前获知了这个消息。因此，他决定进行报复。当然他也看到了仕途上的光亮，常希令下台，会腾出一个显赫的位置。他多次向人流露过，不愿意再做副职了，因为正职权大，好处多着呢！

在常希令被抓之后，邹正道副局长主持了卫生局的工作。曾有过多次，在处理一些繁杂事务之余，他让公务人员把卫生局局长的那间办公室打开，自己坐在卫生局长的椅子上闭目养神，而一坐就是一个小时，或者更长时间，并一直到眼睛里放出金色的光之后才肯离去。

为此，邹正道是信心满满，连走路的脚步都变得轻快了。他觉得，公开站出来举报常希令这一步棋算是走对了。除了自己，还没有人敢这么干。为此，在常希令身陷囹圄之后，他心里是充满了胜利后的欢喜，也看到了卫生局长座椅在闪闪发光。

在同腐败分子进行坚决的斗争之后，邹正道受到了上级组织的公开表扬。市纪委书记刘大勇这样讲，邹正道同志是一位有觉悟的党员领导干部。他有着无畏的精神，是勇士的精神。在党风和社会风气不正的情况下，能够公开署名举报腐败分子，其行为可歌可泣，非常值得称颂。我们为有这样的党员领导干部，而感到无比的骄傲。

可是，令他绝对没有想到的是，事物还有另一面，那就是不测的人心，以及心灵的灰暗。也就是说，邹正道没有阅到人心的深处。不久，他私下里获得了一个确切信息。一位高官说了，邹正道这个人嘛，的确有医术。可是，他举报常希令这件事，不能说会怎么样，谁能保证他不再举报别人呢？你们说吧，今后谁还敢用他吧！

是的，邹正道真的就没有被重用。不久，组织上派来了一位更年轻的市卫生局局长。这让他彻底绝望，内心感到无比的寒冷。在这之后，他病了，病了好长一段时间。邹正道知道自已年岁大了，没有再晋升的希望了。

于是，他作出了一个重大选择，回到大都医科大学附属医院。因为他切开人的脑袋瓜，就像切开西瓜一样的容易。因为他是大都为数不多的著名的脑外科专家之一，而手下还有两个脑外科小组，有几名专业医生，还有几个动作麻利的护士。每周，他都会参与一些脑外科的会诊，也做一些难度很大的开颅手术。

郝笛声离开阿大药品公司之后，直接去找了邹正道。说道，邹正道教授，我们有事想和您聊聊。您知道吗？庄妮小姐死了，是一周前的一个晚上。

哦，我已经知道了。她活该！可见，邹正道是没有气量的人，而又直抒胸臆。在郝笛声想来，他不会什么弯弯绕绕的。

噢，邹正道教授，您是怎么知道庄妮小姐死的？

报纸，《大都晨报》作了详细报道，说一个很有名的医药代表死了，曾同一起网络曝光的事有关。

可是，您怎么看庄妮小姐呢？

噢，我没什么看法，这很正常，坏人自有报应。

可是，我知道您和庄妮小姐是很熟悉的。或者说，你们之间曾走得很近，是这样吗？

噢，是的，我们以前熟悉。过去，她是一家医院的护士长。所以，我们因为业务关系就熟悉了。但后来呢，她做了生意，我还帮过她不少忙。她推销药品，还推销医疗器械设备什么的，但这人不咋地。

嗯，我知道您说的这些。现在，我想知道的是，您从她那儿得到过什么好处没有？

哦，没有，我没有得到什么好处，而她也没有给过我什么好处。您知道的，我不能像常希令那样干，收受贿赂，又做些出格的事。要不然的话，我就不会举报常希令了。

噢，是这样。可是，我在庄妮小姐的一个小本子上，好像看到了您的名字。不仅仅是您的名字，在那名字的后面，是有些数字的，且不仅仅是一笔。当然，那里面还有其他人的名字，是一长串的名字。

瞎扯，我没有得到什么钱。真的，就这样。邹正道说话时，比较激动，眼珠子转动得明显加快了。郝笛声推测，他可能在掩饰着什么。但这不是他要关心的事情，也不是调查谁受贿多少的问题。他要做的是排查一个个嫌疑人，进而找到谋杀庄妮小姐的真正凶手。

噢，邹正道教授，会有专门的机构对庄妮小姐行贿问题进行必要调查。不过，如果实施调查的话，那恐怕不会是现在。我想，有些账目您还真得想一想，也真的需要您说明白。不过，我想知道的是，您对庄妮小姐还有怨气吗？

哦，这话怎么讲？不过，她死了，我对她没什么怨气了。

噢，那就好。不过，有人不像你这么说。

那怎么说？

有人说，庄妮小姐同某人有着情感上的纠葛。我听那话，好像说你们之间有那事儿的。但现在，我想知道的是，您还恨庄妮小姐吗？

对此，邹正道教授沉默不语。郝笛声预感到了，邹正道的坏脾气很快就会发作。此刻，他呼呼地喘着粗气。可见，他还不是一个善于控制自己坏脾气的人。

我想，邹正道教授，有些事恐怕是无风不起浪的。尽管这件事已经过去了，但要是折腾起来的话，那也会有些麻烦的。

您什么意思？跟我说这些。哼，我就不信那个邪！

哦？没什么。我的意思您明白，什么事弄大了都不好。不过，有些事我可以保密，只要您将情况说清楚就行了。

可是，我真的同她没什么呀！你想让我怎么样呢？你说，你是不是想跟我过不去？

不，邹正道教授，我没那个意思。但我听说了，您抽过庄妮小姐的嘴巴。如果是那样的话，那肯定会有因由的。可是，这是真的吗？

邹正道看着郝笛声，他觉得眼前这个人好像知道什么，也是一个不好对付的主儿。另外，他觉得自己可能有点麻烦，眼前这个人不是简单地同自己聊聊。可是，他会知道些什么呢？邹正道心想。

说吧，邹正道教授，把您同庄妮小姐的情况，都说给我们听听。您是知道的，有些事，谁都是不能对外说的。换句话说，我可以为您保密，这应该不是什么问题。

说罢，郝笛声转过头来，对负责记录的侦查员谢阶平说，小谢，你可能还没有什么社会经验。知道嘛，邹正道教授以下要说的话就不要记了。但你可以听，又不能让外人知道，这就是我们的职业要求，是不得已闭的嘴。

小谢点了点头，没有言语。他停下了手中的笔，注视着邹正道教授。邹正道沉默了好一会儿，说，你们真的能为我保密吗？

噢，这没问题，我们就是干这个的。另外，您是著名医生，又非常值得尊重，但也难免会有情感纠葛的事情。对您讲的情况，我和小谢向您保证，绝不会对外人说的。

是的，我是抽过庄妮的耳光。

噢，那为什么？

这话长了。我记得，六年前，常希令带领一个考察团去了澳大利亚。他们回来之后，我安排为他们接风，这是够意思的。不过，我听代表团的人讲了，庄妮更够意思，帮助找翻译，还周到地安排了代表团在澳大利亚的旅游。于是，我认为她同常希令之间非同寻常，肯定是有那事儿了。

哪事儿？

那事儿，这不用说嘛。

噢，好，不用说了。然后，你就不高兴了，而后就抽了她的耳光，是吗？

是的。

您说说具体细节。

那天，我见到了庄妮。但我们之间是话不投机，我索性就给了她一个响亮耳光。但后来，我们之间还是把话说开了。她对我说，人家常希令去澳大利亚公干，和我有什么关系。你以为他会约我吗？真是的，我又不是什么千金小姐。再说了，人家是卫生局大局长，而我只是一个离了婚的娘们儿。我说，那常希令到澳大利亚去，你为什么也在澳大利亚？而她没好气地说，呵，亏得你还是什么副局长，我以为你满脑子都是糨糊。你想想看，我姐不是在澳大利亚嘛，常希令是知道我姐在澳大利亚的。于是，他想在悉尼找个熟人。我说，那他怎么会联系到你的？我怎么就不信呢？你要不要再编个瞎话来骗骗我？她说，骗你啥呀！你当我是什么人，我骗你干吗！哥，告诉你吧，常希令是通过我们医院的工会主席找到我的。这你是知道的，他们是同学关系，不信你去问好了。是工会主席让我跟我姐说，在澳大利亚为常希令代表团提供一些方便。于是，我告诉常希令，说我就在澳大利亚呢！这么说吧，我姐绝对够意思。她为代表团找了导游。真是的，大哥，就这点儿事你干嘛老是怀疑我呢？于是，我对她说了，听说你是没少花钱的，是这样吗？吃饭、门票、飞机票什么的？是吧！你说，他给了你多少钱？她说，没有，常希令没有给我钱，都是我姐姐花的钱。哎，话说到这，我他妈的还满肚子不高兴呢！我跟你这么长时间了，你给过我钱嘛，没有的。你们当官的，没有一个不占女人便宜的。到现在，那些去澳大利亚的人，是没有一个人把花掉的钱给我的，也包括常希令在内！哼，你不信的话，你去问问那些考察团成员吧，看看他们还没还钱给我姐？没有的，一个都没有。我说，是嘛，那我是误解你了。哦，对不起！我说的事儿，都是听考察团成员讲的。由此，我才怀疑你和常希令有一腿，你是不是真有那事儿呢？庄妮说，滚吧，就你不信任我，真让我伤心啊！我为你的怀疑感到恶心，觉着跟你是靠不住的。您看，要不我退出算了，你再找一个年轻的信得过的女孩子。我说，不，宝贝儿，我是爱你的！好了，你就别生气了。然后，她跟我说，哥，我有个想法，不知道你赞不赞成？我想辞职，不干护士长了。我说，那你能干什么呀？她说，大哥，我想做个医药代表，你来帮我运作。我挣钱，你花钱，怎么样！我说，哎，庄妮，这还真是个路子，早就应该想到这个问题，我正分管着这方面的事呢！好吧，我支持你创业。她说，哎，哥，你的话，让我高兴死了，也算是我没白跟你一回！这就是当时的情况，也仅此而已。

可是，现在庄妮小姐死了，是上周五的晚上。我想知道，上周五的晚上您在哪里，又都做了些什么？

哦，您是怀疑我，对不对？

不，这只是例行的调查。不过，在庄妮小姐死亡案件大白天下之前，不排除任何人有作案的可能。对您来说，说明那天晚上的情况，并没有什么不妥。

那天晚上，我在家。

不，我们间接知道您没有回家。您的老伴说了，您是去了什么医院，是去作会诊去了。您的老伴说得不够准确。因为她说的那个医院我们已经去过了。但调查的结果是，您根本没有去过那家医院。可是，您那天晚上到底是做什么去了，我们想知道。说吧，邹正道教授，把您的活动情况，统统说给我们。

不，我的老伴已经老糊涂了，我的确是在家的。真的，哪儿都没有去。显然，邹正道教授在说谎。后面的询问，邹正道教授是一言不发了。

第四十二章　你退出竞标吧，我给你20万怎么样

郎尔格的手下剔着寸头，身上纹着蛟龙、猛虎、毒蛇什么的。女部下的乳房上，也有纹着玫瑰花什么的。

可是，邹正道为什么会撒谎呢？难道，他有什么不可告人的秘密吗？这种种迹象表明，他依然可疑，但没有直接证据可以拘捕他。

在谈话之后，侦查员秘密跟踪了邹正道教授的行踪，发现他的业余生活丰富多彩，而一个年轻貌美的女助手一直跟着他，还有一个不到30岁的女人，因为他而没有结婚。后者叫香椿，一个朝鲜族姑娘，为他打理着医药商店的事务，且兢兢业业。

经过同香椿谈话，证实了邹正道在庄妮小姐死亡的那个夜晚，他们是泡在一起的。之后，办案人员马上对邹正道进行了询问。他承认，同香椿之间是情人关系。因为香椿爱他，并为他放弃了结婚。邹正道之所以会撒谎，是不想让老婆知道他金屋藏娇，也是为了掩饰自己的私密。

此外，侦查员发现，邹正道教授在银行账户里的钱之所以滚动得非常快，是因为他在秘密走私药品。走私药品，价格便宜，获利

颇丰。但谁是他的上家，尚不清楚。不过，侦查员注意到了，尽管他同庄妮小姐有矛盾，但并没有影响他们之间生意上的合作。钱财让他们苟合在了一起，而不仅仅因为性，因为他们之间早已没有性的问题了。

此外，警方还发现，邹正道教授是郎尔格先生的保健医生。而这让侦查员们相信，邹正道和郎尔格先生之间可能有着某些不为人知的秘密。

再者，警方怀疑，单善的死亡，吴心正可能脱不了关系，而吴心正是郎尔格先生的经纪人。可见，单善之死，吴心正有作案的可能，邹正道教授会不会参与其中呢？这是一个谜，但手头没有任何证据。

让人疑惑的是，虽然莫迪小姐同虞尔宁共同谋杀单善的案子告破了，但谋杀单善所使用的氯化钾注射液，还有微型注射器的来源，至今都没有结论。因为莫迪小姐之死，她将秘密带入了坟墓。那么，是谁提供的氯化钾注射液，还有那个制造精美的微型注射器呢？是谁通过莫迪小姐之手，交给了虞尔宁呢？

为此，警方怀疑邹正道是谋杀者。不过，侦查员们搞清了邹正道举报常希令的一些情况。那是源于采购日本东芝公司 320 排 CT 项目的采购。而在该项目运作期间，常希令接受了一些医院的贿赂。

320 排 CT，是日本东芝公司生产的大型医疗设备，是动态容积 CT，具有 0.5 毫米探测器，一次扫描可覆盖 160 毫米，实现了 CT 从形态学检查到功能性成像的飞跃，并可以完成全身器官各向同性和各时同性的扫描和成像，其意义非凡。尤其对动态器官的研究，是史无前例的突破。

可见，320 排 CT 会给患者带来极大好处，也会给各大医院带来可观收入。为了加快医疗系统现代化建设，常希令主导各大医院全面更新设备，其中采购 320 排 CT 是其中一项内容。可是，一些医院因为资金紧张，买不起这样昂贵的设备，这让阿大药品公司有了同各大医院紧密合作的机会。

于是，常希令建议庄妮，在各大医院资金不足的情况下，你可以进入医疗设备采购市场，先垫付采购设备资金。不同的是，购买的设备，由各大医院使用，并对设备使用期间的利润五五分成，时限为 20 年。20 年后，320CT 无偿归属各大医院。

这是医疗体系的一场变革。320 排 CT 的市场价为 300 多万美元，庄妮一次性购买了 10 台。同各大医院的合作对于庄妮来说是包赚不赔的买卖。同时，还约定由日本东芝公司免费培训人员。但往来中国和日本的交通费用，由庄妮的阿大药品公司全部承担。

此时，不为常希令所知的是，邹正道在暗中注视着常希令同庄妮之间的微妙关系。在这之前，虽然邹正道同庄妮小姐做了长谈，但没有冰释前嫌。邹正道知道，男女之间一旦有了那事儿之后，就不会是一说了之的事了。在他看来，常希令和庄妮之间会暗通曲款，并借机生财。否则，常希令不会让阿大药品公司介入大都的各大医院。

不同的是，在 320 排 CT 采购问题上，金钱迷惑了常希令的心。各大医院为了获得 320 排 CT 的使用权和最终所有权，是争先恐后地给常希令行贿。有送 10 万的，也有送更多钱的。但后来发生了问题，作了表示的医院，或者说送钱多的医院都上了 320 排 CT。而规模比较小的医院，或者说行贿额度小的医院，并没有捞到新设备。而在新设备的投放上，庄妮做了利益上的考量，也就是说，投资方有权决定选择效益好的医院。

这引发了一些医院的不满，但他们不能对庄妮说什么，而是在不同场合对常希令颇有微词。于是，在邹正道获知常希令要将自己调离市卫生局的消息之后，便马上向市检察院反贪局写了告发信。由此，常希令才锒铛入狱。

还有，秘密调查又发现了新的情况。那就是郎尔格先生同庄妮小姐有着暗中合作，并以另类的手段抢占了医药市场。这个消息是郝笛声再次找娄大宁谈话时获得的。

娄大宁说，在医药管理体制不够健全的情况下，药品采购行业，不仅会出现某种程度上的管理混乱，也会诱使一些负责采购药品的人，还有部分医生，坠入泥潭，但这仅仅是问题的一个方面。

那么，还有其他问题吗？

娄大宁说，在医院以盈利为目的的机制导向下，各个医疗机构，也会坠入以药养医的黑洞。不同的是，由于社会分配不公，加上贫富差距扩大，这会使生活在社会底层的人群的生活负担不断加重，也会使一些患者看不起病。因为看不起病，患者会遭受疾病的折磨，甚至有可能出现发生患者自杀的现象。

您的意思我好像没有听明白。但我知道的，有患者因为看不起病而自杀了。

我的意思是，在医药采购体制不够透明的情况下，或者说法制不够健全的体制下，为从事销售药品行业的不法商人提供了牟取暴利的机会，更加重了医疗行业的腐败。我想，不仅仅我们公司是这样，其他公司也是一样，都成了牟取暴利的商人。

我想，这应该改革，而改革会改变这一切。

是的，您说得对。我们进入药品和医疗设备的销售行业时，社会出现公共医疗改革问题，社会上已经有了强烈的呼声。比如，药品和医疗设备的公开采购和公开竞标。在这方面，港商索阿大有先见之明。他说了，医药行业获取暴利的机会已经不多了！

这么说，你们赚钱的机会，也就不多了。

不，依然充满赚钱的机会。在药品和医疗设备公开竞标的情况下，庄妮有了自己的应对措施，比如注册多个医药公司，都是独立法人。再利用各个公司进行围标，进而获得向各大医院供应药品和医疗设备的机会。其间，通过常希令、邹正道等官员同各大医院打招呼，或者是暗示，以及我们借助同各大医疗机构人熟悉的条件，多数大额度订单还是拿到手了。此外，郎先生给了我们很多的帮助，庄妮同他暗中合作得非常好。比如，在竞标激烈的情况下，我听庄妮说，郎尔格先生会看在“主官儿”的面子，用他独有的手法，吓退一些竞标人。

噢，以前您向我提到了“主官儿”。刚才，您又提到了“主官儿”。那么，我想知道“主官儿”是谁？

哦不，我是真的不知道“主官儿”是谁。庄妮只是跟我说过“主官儿”，但她没有说他的名字。

那您看，郎尔格先生这样做合法吗？

不合法。如果您怀疑庄妮小姐之死，可能是死于谋杀的话，或许，她在同郎尔格先生的合作中，不排除会有些什么问题。您可能知道，郎尔格先生是非同寻常的人。他从事物流业，房地产行业，还垄断了大都市的钢材市场。我同庄妮在参与药品招标时，看到过郎尔格先生手下的人，都剔着寸头、那些人在胸膛、背部或者胳膊上都有黑红色的纹身，要么是蛟龙、要么是猛虎、或者毒蛇、蝎子什么的。也有的女部下，将纹身搞在了乳房上。透过低胸的衣服，可以看到乳房那儿有一朵玫瑰花。

噢，有意思。

可是，郎先生手下的人，做什么事并不声张，会悄悄地吓退那些竞标的人。在一般情况下，他也会花些钱让那些竞标人退出市场。比如，给个10万、30万的。如果竞标的额度特别大，也有给50万的。在完事之后，阿大药品公司会支付给郎先生所发生的相关费用，通常是利润的15%到20%，再以假合同的方式支付到郎尔格先生的账上。您记得嘛，在这之前，您在庄妮办公室找到的那个银行账户，实际上是郎尔格先生的账户。

噢，是这样！

这前不久，有一个河南的医药代表。由于没有生意可做，人又特别的犟，执意参与竞标。于是，吴心正指派一个人，带了四个小平头，去了那个河南人住的宾馆，并跟他单独谈了话。他们说了，哥们儿，退出竞标吧，我给你20万，怎么样？

结果呢？

那个小子说，不行，我凭什么退出竞标？如果我中标的话，那会赚得更多。再说了，你们拿这么点儿小钱，以为打发要饭的呀，唬谁呀！我告诉你们，我可不是二百五！还有，你们是干啥的呀，算老几呀，又有什么权力让我退出竞标！我告诉你们，别人在乎你们，我可不在乎你们！

嘿，小子，有种！郎先生的人阴笑着说。

那个小子说，你们想怎么样？

那个小平头咧了一下嘴唇，说，哎，哥们儿，你小子挺有尿的。知道嘛，我就喜欢你这样的人。这么说吧，哥们儿，你还真他妈的是有种的人！不过，咱把话撂这儿，您有权力选择参与竞标，也有权拿着我的钱走人。不过，咱哥们把话挑明，您是拿着 20 万元走呢？还是留下一条腿？怎么样，两条路，您来定。另外，我看您不是尿叽人。结果，那个小子是连屁都没敢放，就乖乖地溜了，连那 20 万元钱都没敢拿。再后来，剩下的参与竞标的公司，都是庄妮小姐控制的公司，进而是构成了不为人知的围标行为。我想，会不会是因为庄妮小姐和郎尔格先生合作以及非法围标的事，庄妮小姐得罪了什么人呢？如果是得罪人了，那会不会搭上性命呢？

您接着说？

我想，如果庄妮是被谋杀的话，那说不定会同这些事有关系。可是，我向您说这些，也有风险的。要不是为了协助您破案，我可不扯这个。当然，也是为了庄妮小姐讨个公道。我觉得，庄妮小姐这人还是不错的。

谢谢您！

不，我说多了。另外，我不想您把我的话说出去。我只是希望平安，别的没什么。

好，我们就是干这个的，会严格保密的，这您用不着担心。好了，再次谢谢您！

第四十三章　“主官儿”，一个很有力量的人

生活中有这样的秘密，金钱同权力会暗通曲款，一旦占有了肮脏的婚床，就会生出许多金蛋蛋。

那么，“主官儿”会是谁呢？郝笛声对娄大宁再次提到的“主官儿”产生了疑问。于是，他向言宁作了专门汇报。

头儿，我同阿大药品公司的财务部部长娄大宁谈过话，她提到了一个人，这个人很令我生疑。

谁？

“主官儿”。

谁是“主官儿”？

娄大宁也不知道“主官儿”是谁，也不知道他叫什么名字。我想，“主官儿”这个人很神秘，不排除他与庄妮小姐的案情有某种关系。但这仅仅是我的猜测。目前，我还没有什么根据。也许这是我胡思乱想。

哦，您再详细说说情况。

据娄大宁讲，那位“主官儿”好像同庄妮小姐熟悉，又同郎尔格先生有着密切关系。不过，好像郎尔格先生是听“主官儿”

的话。据娄大宁说，在抗击非典病毒期间，“主官儿”让郎尔格先生给庄妮小姐以资金支持，一个亿的资金马上就到位了。可见，“主官儿”应该是一个很有背景的人，因为他能够左右郎尔格先生。再者，我们通过阿大药品公司的账项，证实了娄大宁的说法，庄妮小姐多次给郎尔格先生转过钱，而且数额巨大。于是，我做了一些细致的调查，可谓是费尽了心力，但仍不知道“主官儿”是谁。

那么说，“主官儿”这人很低调，又很神秘。不过，我想，“主官儿”应该是一个名字，或者是官职，应该是握有重权的人。否则的话，郎尔格先生是不会买他的账的。您知道的，生活中有这样的秘密，金钱同权力会暗通曲款，一旦占有了那肮脏的婚床，就会生出许多金蛋蛋。在金钱至上和物欲横流的社会里，人会堕落成无利不起早的动物。为了钱，一些人什么都敢干，甚至蔑视法律和道德。因此，郎尔格先生作为一个商人，他最看重的应该是资源，是官场的资源。当然，商人追逐官员，最终还是为了获得更多的钱。郎尔格先生是绝顶聪明的人，他知道自己的主子是谁，也愿意为主子摇头摆尾。

头儿，您说得对，“主官儿”应该是当官的。我推测，“主官儿”也肯定知道庄妮小姐的猫腻。如果我们能够找到“主官儿”，那就有突破庄妮小姐谋杀案的可能。可是，去哪儿找“主官儿”呢？郝笛声说。

笛声，我猜测，“主官儿”可能同庄妮小姐有着复杂的人际关系，如果不是经济上的往来，就是男女之间的私情。如果常希令活着的话，或许知道“主官儿”是谁，也会知道他们之间的关系，但他被人毒杀了。还有，庄妮小姐同“主官儿”走动密切，但她死了。不排除这种可能，常希令和庄妮是知道了什么秘密，因此，他们都被人巧妙的杀掉了。不过，还有一个人应该知道“主官儿”是谁？

您说是郎尔格先生吗？

对，是的，郎尔格先生肯定知道谁是“主官儿”。但他世事洞明，不会说出心中的秘密。

不过，头儿，还有一个人应引起您的注意，并且他同郎尔格先生往来甚密。

谁？

邹正道教授。如果郎尔格先生有事，邹正道教授会不会参与其中呢？我想，他会的。

您继续说？

邹正道教授是原市卫生局副局长。但我调查过了，邹正道的日常生活丰富多彩，也是身体倍棒的老情种。他同多个女人保持着性关系，而庄妮小姐是其中之一。还有一个叫香椿的女孩子，也真是痴情，竟然为了邹正道教授而不想结婚了。您说，头儿，香椿这样做值得吗？真是的，我怎么就想不通呢？

哦，男女私情的事，你和我都说不清楚。不过，女人可能与男人不同，女人会感性一些，乐于为情而活。一旦坠入了情网，女人往往会很少考虑值与不值的问题。但是，对于一个讨女人喜欢的男人，香椿可能有自己的判断，也会有自己的考量。比如，她是不是想获得更多的金钱。

可是，邹正道的脾气不仅暴躁，而且心胸和气量都不够。他跟好多女人上过床，但绝不允许庄妮又跟别的男人。比如，他同庄妮小姐是情人，但不允许庄妮再跟着常希令。相反，他则到处播撒情种。我想，邹正道的控制欲是有点过了。如果他的身体能够承受得了的话，那个家伙会霸占世界上所有的漂亮女人。

这不难理解。邹正道这样做，从某种程度上讲是动物的本能。或许，是自私的基因支配他不断地寻找机会，并不断地进行自我复制。当然，人不是普通动物，也应该与其他动物有所区别。生活的内涵不仅仅是性，还有别的意义。

可是，头儿，我向您请教，讨女人喜欢的男人会不会杀人呢？比如邹正道，他有没有可能谋杀了常希令，甚至谋杀了庄妮小姐。我看，邹正道同常希令以及庄妮小姐之间，既有官场的算计，也有情场的纠葛，还有商场的利益。没准，常希令和庄妮小姐都是死于他手。但遗憾的是，我没有找到邹正道同狱警张茅的关系，但邹正道的的确确是有钱人，也绝对能够一次性拿出30万元的巨款。另外，他是医生。对庄妮小姐之死的勘查，渔泽水主任提出了一个重要的观点，谋杀庄妮小姐的人，不是医生，就是护士，而邹正道教授符合这一特征。

我想，他应该受到怀疑。如果人的欲望难以遏制的话，就会主导人的灵魂向恶的方向发展。甚至，在某种条件下，欲望会使人变成恶魔，并促使人做出一些龌龊的事情。

可是，人应该保持理性啊！

是的，人应该有理性。但有的时候，人又会自我迷失在误区之中，甚至不能自拔，并做出一些万劫不复的事情。我知道，生活中常有这样的现象，一些人会因情而引发命案，也会因钱而谋杀他人。此类事情很难根绝。

头儿，您认为庄妮小姐的案子，会与邹正道有关系吗？他有作案的可能吗？

是有可能的，但没有证据。不过，种种迹象表明，邹正道有被怀疑的理由。你看，他同常希令有仇，又告发了常希令；怀疑庄妮小姐与常希令之间有男女私情，又生出了许许多多的怨恨，甚至还给了庄妮小姐一个响亮的耳光。在我看来，如果男女之间不能两情相悦，那就应该挥手作别，而不是选择报复。可是，邹正道没有选择理性，而是选择了报复。他把常希令送进了笆篱子。你想想，一个选择报复他人的人，说不定会在生活中干出什么蠢事来。

可是，头儿，邹正道教授还同庄妮小姐做着买卖，这是个不可思议的问题。对此，我想不通。只要有钱可赚，仇人之间依旧可以生财！头儿，您说说看，这邹正道教授和庄妮小姐之间的苟合，是不是有点像官场呢？相互之间不断地猜疑，不断地较量，又照样相互进行着利益交换。您说他们到底是为了什么呢？

不难理解，他们是为了获得更大的利益。虽然他们之间因情生恨，但暗中会达成某种苟合。只要利益的双方能够得到均衡，那就没有什么不可以交换的了，包括女人可以同男人上床，甚至可以杀人越货。可见，邹正道同庄妮小姐之间不仅仅是性的问题，还有其他肮脏交易。

嗯，头儿，您说得有理。在商品经济社会中，没有什么不可以交换，包括肉体和灵魂，也都是可以卖个好价钱的，只是不能明码标价罢了。

值得注意的是，性是人的欲望，又是人的本能，还是人类生活中的罪恶之源。它会促使人随随便便的上床，也会在罪与非罪之间往来游走，不仅不讲良心，还会蔑视法律和道德。从常希令到邹正道，以及庄妮小姐，甚至包括单善、虞尔宁、莫迪小姐，都概莫如此。

那么说，性不仅仅是生理需求，一旦变为商品，就会变得令人可怕。

是的。常希令被人毒杀，庄妮被人谋杀，都不排除同性有关。因此，邹正道应该受到怀疑。他同常希令熟悉，还同庄妮小姐熟悉，而且两个人都死了。可是，到目前为止，我们没有能够找到可供怀疑的实证。

不过，我想，他那穿 44 码鞋的大脚，要是穿上再大一号的鞋，也应该不是什么问题。可是，在雄王殿小区的监控录像里，我们没有看到邹正道的影子。还有，在荷塘医院的监控录像中，也没有见到他的身影。不同的是，头儿，我发现了邹正道有走私药品的问题，并获利多多，但我对此不感兴趣。

不，这是很重要的信息，应该马上交给缉私部门。由他们派人调查清楚，并要求他们同我们保持密切联系。我想，邹正道走私药品可能不会是一个人。那么，谁是他走私药品的上家？走私的药品又都销售到了哪里？或许，这对我们突破庄妮小姐的谋杀案会有所帮助。

是，头儿。此外，还有一个人很神秘，他就是郎尔格先生。

您的意思是？

应该秘密调查郎尔格先生。因为他同邹正道教授，还有庄妮小姐，都有着某种神秘的联系。还有，他应该知道“主官儿”是谁。而且，因为郎子歌同莫迪小姐想单做的事，郎尔格先生同单善有了更深的矛盾，其经纪人吴心正裹挟其中。

噢，是的，郎尔格先生很神秘，但我们没有他可能犯罪的嫌疑。不过，可以秘密调查他的行为。

是的，头儿。不过，因为单善不同意莫迪小姐和郎子歌单做的事，我怀疑郎尔格先生是指令吴心正采取了具体的报复措施。比如，在一个夜晚，单善的宠物东方神犬被活活地吊死了，而且还把舌头割了下来。头儿，您是知道的，那条纯种藏獒价值不菲，要400多万元啊！可是，单善为什么要花400万元买一条藏獒呢？真是的，您说，他有钱干什么不好呢，接济穷人，或者干点儿善事，他是不是有钱烧的。

单善的确是有钱烧的。他宁可花费巨额钱财来养宠物，也不会去接济穷人，这就是现实社会的可悲之处，但这不是我们所关心的事情。我所关心的是，单善的神秘死亡，到底暗藏着什么玄机？肯定会有幕后主指使者，而这个人又深藏不露。

郝笛声说，在单善死亡的案件上，吴心正应该是嫌疑人，但他滑过去了。吴心正有可能是谋杀单善的设计者，而主谋人或许是郎尔格先生。我记得，在案件调查中，吴心正向虞尔宁提出了建议，让她管管自己的丈夫，还让她同莫迪小姐进行商量，并寻找一个解决问题的办法，其目的是让莫迪小姐能够得到解脱。吴心正那样做，对虞尔宁有好处，她可以获得巨额财产。于是，在一个神秘的夜晚，单善就神秘的死了。对此，虞尔宁承认了罪行。但遗憾的是，谋杀单善的氯化钾，还有微型注射器的来源，至今仍不清楚。

言宁说，因为莫迪小姐的死，吴心正得以逍遥法外。吴心正之所以矢口否认一切，无疑考虑了谋杀他人的风险，也不愿意受到法律的追究，并承担掉脑袋的罪责。

因此，郎尔格先生可能是一个狡猾的狐狸，他应该受到密切关注。

言宁点点头说道，是的，笛声，我同意你的看法。郎尔格先生非常狡猾。另外，你思考一下，为什么单善会死于高血钾症？而庄妮小姐也死于高血钾症？这两者之间会有什么联系？

应该说，这两起谋杀案，作案手法有着惊人的相似性。唯一的差别，是单善的体内有了麻醉剂成分，庄妮小姐的体内没有麻醉剂成分，郝笛声说。

言宁说，显然，这两起案子的谋杀用药，都是氯化钾，谋杀的方法都有着惊人的一致。因此，与此有关的一些人，都应该受到怀疑。

您指的是谁？郝笛声问。

邹正道，还有郎尔格先生，他们都是非常神秘的人，又非常值得怀疑。你想想看，邹正道教授同常希令、同庄妮小姐都有着紧密的关系，但这两个人又都死去了。虽然邹正道教授同单善没有关系，但郎尔格先生同单善有仇。问题在于，单善死于高血钾症，庄妮小姐也是死于高血钾症。而用氯化钾杀人，郎尔格先生不会知道其中的原理，但邹正道教授可能深知其道，这不能不令人怀疑。

不仅如此，吴心正是重要嫌疑人。虽然没有发现他同常希令的毒杀案，以及庄妮小姐的谋杀案有什么直接关系，但他同单善之死有着某种牵连。

因此，吴心正应该受到怀疑，还必须盯着他不放。再有，埃农同狱警张茅是朋友关系。可是，我们没有发现他同常希令之死有什么关系，以及同庄妮小姐的谋杀案有关。

那么，头儿，您看看眼前这些线索，应该从哪儿下手？这关系到案件调查方向。

唉，不知道，但我们应该找到同庄妮小姐通电话的人，这是破获案件的唯一希望。

第四十四章　在电话记录中，我发现了“农弟”的名字

小谢，你要密切注视埃农的情况。他是男人，也是医生，有聪明头脑。但他身高差了不少，不穿45码的大鞋。

经过调查，侦查员找到了那个打给庄妮小姐的电话，它来自帝王大道旁边的一个公共电话亭。这个公共电话亭，只要扔进一枚硬币双方就可以通话。

于是，谢阶平又调阅了附近各路口的影像资料。他相信，这些监控录像资料会提供一些情况。如果那个人打了电话后，又去了庄妮小姐的家，他就会在附近的某个路口留下鬼魅的影子。如果这个人同庄妮小姐熟悉，那他就有重大嫌疑。

可是，调查结果一无所获，从所有路口的影像资料中，根本没有什么发现有熟悉庄妮小姐的人，包括吴心正、邹正道教授，也包括其他已经受到怀疑的人。

于是，谢阶平再次去了那个公共电话亭。这次，他发现了新的问题。他从这个公共电话亭向庄妮小姐的家走去。只有两个街区远，步行10分钟左右。而且，步行的路线，可以从正门通过并到

达庄妮小姐的家，也可以绕过大门，只要跨过铁栅栏，就可以到达庄妮小姐的家。

那个铁栅栏约一米高，只要轻轻抬腿一跨，就可以到达庄妮小姐家的楼下。如果那个人跨过了铁栅栏，也就躲过了雄王殿小区正门的监控。而雄王殿小区的监控装置，只是对进出小区正门的车辆和人员有效，发现不了跨越小区铁栅栏的人。

那么，如果那个打电话的人是谋杀庄妮小姐的凶手的话，那他肯定会跨越铁栅栏，并抄近道到达庄妮小姐家。也就是说，谋杀庄妮小姐的人，对庄妮小姐家的周边环境非常熟悉。

可见，庄妮小姐遭遇谋杀，应该是熟人作案，这符合渔泽水主任的推理。而这个人应该是医生，或者是护士。无疑，邹正道教授很值得怀疑，因为他是医生，且知道高血钾症会致人死亡。

可是，如果邹正道教授是乘坐电梯到达了 18 层的庄妮小姐的家，那他会被发现，因为电梯内有监控装置。但从消防通道上楼，就会躲过监控装置。不过，从已经下载的电梯中的监控录像中，没有发现庄妮小姐熟悉的人，更没有邹正道教授的影子。

谢阶平猜测，那个谋杀庄妮小姐的人肯定是通过消防通道步行到了 18 楼。无疑，消防通道是唯一路径，如果谋杀了庄妮小姐又不想被人发现的话。另外，这个人的脑袋足够聪明，具有反侦查的能力。

然而，谢阶平又想到了一个问题，那个给庄妮小姐打电话的人，也未必就是谋杀者。不过，这需要细致排查。在嫌疑没有排除之前，还不能解除对同庄妮小姐通话的人的怀疑。但是，那个打电话给庄妮小姐的人会是谁呢?

通过调查，已经知道那个同庄妮小姐通话人的一些情况，他们在电话里面说了 2 分 37 秒。如果通话双方互不熟悉的话，一般会在几秒钟内挂断电话。可见，他们之间是熟悉的。另外，接近三分钟的通话量，双方会交流很多的信息。哪怕一个说话语速很慢的人，也会讲出许多含量丰富的话语。那么，他们之间都在电话里说了些什么？无疑，这是个谜。也恰恰如此，排除了艾子凯和朵拉拉医生作案的可能。

谢阶平揣测，如果那个打电话的人是谋杀庄妮小姐的凶手的话，那他会在三分钟之内，说服庄妮小姐把门打开。几分钟之后，这个人就会到达庄妮小姐家的楼下，并按响了门铃。再用三分钟左右的时间，步行到18层。而庄妮小姐把自己家的门打开之后，这个人就会在温情而善意的环境中，谋杀了庄妮小姐。显然，庄妮小姐熟悉这个人，而这个人也取得了她的信任。

那么，这个人会是谁呢？他为什么要给庄妮小姐打电话？还有，他在电话里面都同庄妮小姐说了些什么？这需要搞清楚。

然而，侦查员谢阶平还是无法找到这个人。这个人很令人着迷。可是，凡事都有可能。比如，这个同庄妮小姐通话的人，他或她并没有去庄妮的家，也没有谋杀任何人。或许，他是一个上好的良民。

不过，随着调查的深入，谢阶平有了新想法。对言宁说，头儿，我没有找到那个给庄妮小姐打电话的人。而那个公共电话亭的附近，也没有监控录像。包括附近的各个路口的影像资料我都逐一调阅过了，没有发现庄妮的任何熟人，包括我们已经怀疑的人。

这么说，你一无所获？

哦，也不是。我发现了一个新的情况，从那个公共电话亭步行到庄妮小姐的家，有两个街区远。我测量过了。如果匀速行走的话，步行十分钟的路程，且可以绕过雄王殿小区所有监控装置。这个人只要跨过一米高的铁栅栏，就能够躲过监控录像的捕捉。

那么说，这个人熟悉雄王殿小区的环境，而且知道监控装置的设置。在作案之前，他跨过了那个铁栅栏，没有走雄王殿小区的正门。

应该是的。我想，这个人很有头脑，且同庄妮小姐熟悉。如果再加上医生和护士的身份，他或她对庄妮小姐的谋杀是很专业的。

可见，这个人很鬼道儿！

嗯，是这样。头儿，我想，这个人脑子不差，是足够的聪明。我看，做一个侦查员应该是没有问题的。头儿，您看，我们下一步该怎么办？

哦，谢阶平，你的思路很好。根据你说的情况，我们可不可以有这样的推理：这个人是医生，或者是护士，这是渔泽水主任的意见。也应该是男性，这是郝笛声对现场勘查的结果，是发现了45码的大鞋印，而身高应该在180厘米到190厘米左右。那么，再按照你刚才补充的情况，这个人是可以做侦查员的，对吧？

嗯哪，这人做侦查员没有问题。至少，这个人要比我的脑子好使。可见，头儿，您的对手足够强大。

好吧，谢阶平，我想到了一个问题，并建议你去电信部门秘密查阅荷塘医院住院部7楼的值班电话的记录。知道吗，如果庄妮小姐是谋杀对象，那么，莫迪小姐就是被误杀的，而庄妮小姐才是真正要被杀的对象。如果这个推理能够成立的话，那么，这个人在荷塘医院谋杀莫迪小姐之前，也会给荷塘医院七楼住院病房打电话。他打电话的内容，不排除是确认庄妮小姐的住院病房。如果他真的打了电话，那么就会有人接听。我想，这个人也会利用公共电话亭打电话。当然，不一定是给庄妮小姐打电话的那个电话亭的电话。之后，言宁思考了一会儿，向谢阶平发出了明确的指令。快，要立即查明真相。

哦，好！可是，真的会这样吗？头儿。

哦，这是我的推理，也相信会这样。如果这个人谋杀了庄妮小姐，那么，他就会利用公共电话亭，来确认庄妮小姐所处的环境，也包括她住的房间。因此，他打给荷塘医院的电话，就是重要线索。其目的是确认庄妮小姐的病房，而那天晚上，令凶手意想不到的是，庄妮恰恰离开了721病房。

可是，头儿，这个谋杀者完全没有想到的是，他在打电话之后，当晚的情况发生了变化，庄妮小姐搬出了721病房，也因此逃过一劫。而问题是，在庄妮小姐出院之后，依旧没有躲过谋杀。

是的，我想是的，但这只是推理。可是，事实真的会是这样吗？需要进一步确认。我想，你去电信部门核实相关情况，应该会有答案。如果有电话打进了荷塘医院住院部七楼，那这个人就有重大嫌疑。或者说，这个人就是凶手，而谋杀的目标指向了庄妮小姐，而莫迪小姐就是被错杀的人。

好了，头儿，我明白了，那我现在就去。不过，在去电信部门之后，如果发现了疑点，我想去荷塘医院做进一步核实，看看能不能找到在莫迪小姐被谋杀前一天，或者前两天的情况。比如，是谁接听的电话？

哦对，小谢，你好聪明啊！不过，这个案件已经有一段时间了，需要细心，不能漏过一点儿细节。

是，头儿，您放心！

这时，言宁支队长的办公室响起了咚咚咚的敲门声。言宁说，请进！

侦查员边路遥走了进来。说，报告支队长，按照您的分工，我负责对庄妮小姐的通话情况进行追踪。现在，我想把进一步分析的情况向您汇报一下！

说吧，简要一点！谢阶平，你也一块儿听一听。

头儿，我在庄妮小姐的通讯录上，一共发现了500多个电话号。上次，我重点分析了同庄妮小姐保持热络联系的通信情况，但没有发现问题。可最近，我又再次逐一检索了所有通信录，发现了一个叫“农弟”的名字，但这个手机号码早就停机了。而且，在庄妮小姐死亡的前两个月，也没有通话记录。可是，我追踪了“农弟”的情况。而且，通过户籍信息系统进行检索，也没有找到“农弟”这个人。再后来，我到电信部门去了，也没有发现“农弟”的登记情况。不过，我想，这个人会不会是埃农。经过调查，“农弟”的确就是埃农，他用过那个手机号码，大都监狱有人证实了情况。游乐监狱长说，埃农是用过这个手机号码，但他早就不用了。但庄妮小姐并没有在她的手机记录簿里将其删除。现在，我想不明白的是，埃农为什么会变成“农弟”呢？他又是怎么同庄妮小姐熟悉的呢？我知道，常希令和张茅是死于大都监狱021监室，而埃农是狱医，他同狱警张茅是最好的朋友。再者，常希令和庄妮小姐有着紧密关系，那埃农同庄妮小姐之间会不会有些什么问题呢？

比如说，言宁思考着说。

常希令和张茅死了，现在庄妮小姐也死了，而这两起案件之间会不会有内在联系呢？如果有联系，那狱医埃农应该是重要嫌疑人。当然，我只是瞎猜，也没有什么具体的根据。

不，边路遥，你不是瞎猜，而是推理。我要求所有侦查员在案件调查中学会思考，还要在实践中深入分析。我相信，一个善于推理，善于逻辑，又善于综合分析的侦查员会有所作为。否则的话，那就是一根木头。说吧，边路遥，你接着说下去，还有什么新的发现？

据艾子凯讲，庄妮小姐还有一部手机，但至今都没有找到。她的那部手机都和谁通过话，一直是个谜。

是的，庄妮小姐很神秘，她的确还有另一部手机，这个我知道。但案件发生以来，我们一直没有找到那部手机。

还有什么吗？

没有了。

这样吧，边路遥，你同谢阶平去电信部门，一块儿核实荷塘医院 7 楼病房的通话记录。看看在莫迪小姐遭遇谋杀之前，有没有什么可疑电话打进了荷塘医院住院部七楼。

是，头儿。

那好，你们去吧！务必抓紧，还要格外细心，不要放过任何一个可疑的电话！另外，小谢，你要密切注视埃农的情况。他是男人，也是医生，且有聪明头脑。只可惜，埃农不是个大个子，也不穿 45 码大鞋，他的身高差了不少。否则的话，埃农就符合我们的推理了。不过，埃农是医生，应该懂得怎么使用氯化钾会致人死亡的问题，又同狱警张茅是好朋友。

那么，狱医埃农真的同庄妮小姐熟悉吗？真的有作案可能吗？这需要进一步调查。

第四十五章　埃农唱歌的话，会发出曼妙无比的歌声

那个人的嗓音很好听。我想想，应该是男低音，低沉而富有磁性。

在大都电信大楼，侦查员谢阶平和边路遥向一位漂亮的女值班经理出示了刑警总队的介绍信，并讲明了来意。

小姐，您帮个忙，因为搞案子需要，我们想调阅两个月以前荷塘医院住院部 7 楼的值班电话的通话记录，并请打印出来。

好的，这没问题。

在拿到荷塘医院住院部 7 楼的值班电话的通话记录后，谢阶平和边路遥发现端倪。在莫迪小姐被谋杀的前一天午后，那个公共电话亭的电话，是拨打了荷塘医院住院部 7 楼的值班电话，而通话时间是 1 分 22 秒。这个电话，仅拨打过一次。在这之前和之后，都没有拨打荷塘医院住院部七楼的值班电话的电话记录。

于是，谢阶平和边路遥将情况向言宁作了汇报。谢阶平说，头儿，我们发现了问题。在莫迪小姐被谋杀的前一天的午后，那个公共电话亭的电话是打给了荷塘医院住院部的七楼值班电话，而具体时间是 16 时 38 分 58 秒。无疑，这个电话应该有具体指向。我猜

测，不排除凶手是为庄妮小姐而来。

哦，是嘛！那好，你们现在立即赶往荷塘医院，看看那天谁值班，又是谁接听的电话。如果能够找到接听电话的人，请她仔细回忆一下通话的内容。

谢阶平和边路遥来到荷塘医院后，直接面见了朵拉拉医生。谢阶平说，朵阿姨，我和边路遥来看您了！

噢，是嘛，小谢！不过，你该不会是又怀疑我什么吧？是不是还要我找到无罪的证据？朵拉拉医生很幽默，她依然记得谢阶平之前来找她时的情形。

噢，哪里，朵阿姨，我怎么会怀疑您呐！

朵拉拉瞧瞧谢阶平和边路遥，说道，小谢，我看你和言宁一样，是有些神经质了。案子破不了，又谁都怀疑。知道嘛，那几天搞得我都睡不好觉了。这不，要不是发现有个电话是打给了庄妮的，我还真是说不清楚了。朵拉拉说后，咯咯地笑了。

噢，朵阿姨，我们不同于您的女儿，她厉害着呢！不过，朵阿姨，在案子没有告破之前，我们应该怀疑所有的人。当时，您去了庄妮小姐的家，的确应该受到怀疑。但现在好了，您解除了嫌疑。小谢说后，耸了耸肩，又摊摊手，并做了一个滑稽的样子。

好，谢谢！不过，你们现在来这儿，又有什么事吗？说吧，我能为你们做些什么？

边路遥说，朵阿姨，我和小谢这次来您这儿，是想核实一个重要情况。就是莫迪小姐死亡的前一天午后，护士站是谁值班？

怎么了，有什么问题吗？

没有，只是想知道那天谁在16时38分接听的电话，我们想找到她，要核实情况。

哦，是这样。这好办，你们就直接找护士问问好了。

好吧，朵阿姨，那您忙！

在逐一谈话之后，护士王娜介绍的情况引起了侦查员谢阶平和边路遥的注意。王娜说，在莫迪小姐吊死的那天下午，我接听的电话。那个打电话的人问的问题我还记得，是问庄妮小姐是不是在这儿住院？我告诉他说，是在这儿住院。不过，那个人还问了庄妮小姐的病房号，我告诉他是721房间。然后，他还说，我想同庄妮小姐通个话。

你问了吗，他叫什么名字？

哦，不知道。但我听出来了，他是一个男人，而且说话很好听的。

噢，好，那您回忆一下。他还说了些什么？包括他的声音有什么特点？

有的，那个人的嗓音很好听。我想想，应该是男低音，低沉而富有磁性！

哦，他还说了什么？

他说，喂，贵姓？我告诉了他说，我叫王娜，您有什么事？他说，我想知道庄妮小姐是在这儿住院吗？我告诉他，是的。他说，那您能告诉我她的病房号吗？我想过去看看她。如果方便的话，还请庄妮小姐接听电话！后来，我对他说，庄妮小姐因为输液，不方便接听电话。那个人就没有再说什么，就把电话撂了。

噢，王娜，您说的情况很重要。不过，如果您再听到那个人的声音，还能够分辨得出来吗？

哦，我想想，能，应该能吧，但我说不准。不过，我是歌迷，耳朵好使着呢！你们如果能够找到那个人，我也许能够听出他的声音。

于是，他们将王娜说的情况向言宁支队长作了汇报。言宁说，那么，你们看，这个人会是谁呢？他为什么要打听庄妮小姐住院的病房号呢？

边路遥说，显然，莫迪小姐的死，这个人应受到怀疑。但那天，他问的是庄妮的病房号，而不是问莫迪小姐的病房号。而王娜告诉他了，是721病房，并在庄妮小姐不能接听电话的情况下，他就把电话撂了。

言宁说，显然，这个人是为庄妮而来。另外，这个人很狡猾，因为那个公共电话亭不受监视。无疑，他具有极高的警觉性，说明反侦查能力很强。可见，这是一只狡猾的狐狸。

不，这小子是魔鬼。只有魔鬼才配与您过招，而狐狸完全不是您的对手！

言宁说，现在看，我们的工作很被动，而我有负组织上的信任。如果案子继续拖下去，我恐怕是干不了刑警了。此外，你们还有什么新的情况吗？

没有了！

好，那你们辛苦了！

侦查员小谢和边路遥出去了。言宁在办公室里面来回踱着步子，继续思考着什么。这一系列错综复杂的案件，让她身心疲惫。但现在，她似乎觉得有了一些头绪。不过，她好像是想起了什么。哦，对了，是王娜的话让她突然顿悟。他是个男低音，说话真的很好听，低沉而富有磁性。

她想起来了，这个人她熟悉。而且，她还同这个人直接谈过话。这个人同狱警张茅是好友，他叫埃农，说话的声音低沉，并富有磁性。不过，她还不知道埃农会唱歌，也不知道他是大都歌友会的成员。

可是，这有什么不对劲呢？言宁想着。

哦，对了，是有些不对劲。埃农身高170厘米，是穿41码鞋。但留在721病房的大鞋印，是45码。另外，这个大鞋印，还留在了庄妮小姐家的地板上。显然，41码的鞋，同45码的大鞋印差距过大了。如果反映在身高上，至少是差了15公分。

不过，埃农的手机号码，为什么会出现在庄妮小姐的手机里呢？而且是变成了农弟？还有，在庄妮小姐死亡的两个月之前，那部手机号码就停机了，这又是为什么呢？

另外，埃农会是给庄妮小姐打电话的人吗？如果是，那么他也应该给荷塘医院住院部7楼打电话。可是，调阅埃农的手机通话记录，他没有同庄妮小姐通话。至少，在近半年之内，他没有同庄妮小姐直接通过话。思来想去，言宁拨叫了埃农的手机。

对方接听电话之后，问了一句，哪位？言宁听到了一个标准的男低音。

喂，埃农，我是言宁。

噢，言宁支队长，您有何吩咐？

是这样，你认识庄妮小姐吗？

哦，庄妮，我认识，我们熟悉，她是大都市歌友会的领唱。不过，她死了！

是的，她死了，但死的有些蹊跷。

啊？是，是嘛！

是的！埃农，庄妮不该死。

为什么？

因为庄妮是死于谋杀。而且，在她手机里，我们发现了你的手机号码。现在，刑警们正在进行深入排查。你想想，在大都监狱021监室的案子上，我们已经熟悉了。但现在，庄妮又死了，当然她的死和你没有关系。但你的手机号码，为什么会出现在她的手机里呢？我想，你恐怕会受到怀疑。这事儿，因为我们熟悉，而我是不能不告诉你的。不过，在案子没有侦破之前，其他与之有关的人，都会受到怀疑。其中包括你在内，还有我的母亲也受到了怀疑。

哦，为什么？他们没有理由怀疑朵拉拉医生呀！

不，我的母亲是重要嫌疑人。而且，因为我的母亲受到怀疑，我也被组织上强迫回避了。您说，作为刑警，我破案又受到怀疑，你说我窝不窝囊？

嗯，是有点窝囊。不过，由他们调查好了。可是，他们怀疑您的母亲没有道理！

不，埃农，不能说没有道理。莫迪小姐死在了医院，她是科主任。而庄妮是她的患者，出院后死在了家里。如果人为地将这两起案子联系起来的话，那警方对她的怀疑，就不是没有道理了。还有，在庄妮小姐死前的那个夜晚，我的母亲去了她的家，还留下了影像资料。

哦，是嘛！那应该受到怀疑！不过，朵拉拉医生是个好人，她是不会谋杀庄妮小姐的。

是的，我了解我的母亲，她的确是个好人。不过，她受到怀疑，也没有什么，随便他们怎么调查吧，反正我母亲没事，你也没有事！

言宁，那谢谢您。不过，您对我很够意思，提示我警方对我的调查。不过，由他们去查吧，我和庄妮小姐的死，没有任何关系，也同朵拉拉医生没有关系。我看，你们的那些警察就跟犯人似的，都是些精神病，疑神疑鬼的。噢，言宁，我这样说话，不包括您在内的，您和那些警察不一样！

埃农，既然我妈妈受到调查，你说，我这个做刑警支队长的，真是没劲？我想，这个活是不能再干了！

也是！说到这儿，埃农沉默了，他没有再说什么。

那好，哥们儿，再见！

好，再见！说罢，埃农把电话撂了。

言宁将同埃农的通话录音，在电脑上作了备份。之后，她责成边路遥去找护士王娜，请她听一听埃农的录音。

护士王娜是一个浪漫的女孩儿，也特喜欢音乐。每天，她都会在酷狗音乐上泡着，又特喜欢陈琳的歌。但她想不明白，陈琳为什么要自杀呢？在她看来，女人是犯不上为不值当的男人而殉情自杀的。

此刻，她正在宿舍外的一个小亭子里，痴迷地唱着陈琳的歌，《你的柔情我永远不懂》。陈琳的歌声伤情而哀婉，那说过的话和走过的路，什么是爱，又什么是苦，你的出现是美丽错误，我拥有你，但却不是幸福！她边唱边泪水横流！

王娜有过恋爱的经历，但留给她的却都是苦涩。不过，她渐渐地走出了痛苦的漩涡。但她始终想不明白，原来与那个男孩儿都相互接吻了，可说不爱就不爱了。妈的，他是个坏蛋，男孩儿们都是混蛋！

王娜没有发现侦查员边路遥已经站到了她的身后。不过，边路遥没有打扰她。不一会儿，王娜又学着格格的样子，痴迷地唱着

《火苗》那首歌！你的爱就像火苗，把我的心燃烧，烧得我的骄傲，无处可逃！你的爱就像火苗，我用相思煎熬，整个草原飘着爱的味道！

王娜的歌声很好听，她是来自草原的女孩，从小就喜欢唱歌，在歌声中长大。但最终，她放弃了草原，考中了大都的卫生学校，并在荷塘医院谋了个护士的职位。

小王，你好可爱，歌唱得真好听！边路遥说。

嗨，您怎么又来了。

噢，王娜小姐，不欢迎我？

噢不，不能那么说。我的意思是您影响我唱歌了。您知道嘛，我可爱唱歌了，就是家里没钱。要是有钱的话，我就不会做护士了！现在倒好，是心不遂愿，只能做护士了。

小王，你还记得嘛，就是那个给病房打电话的人。

哦，您是说谁？

就是那个打电话问过庄妮小姐病房的人，你说他的声音很好听！

噢，记得！

现在，我这儿是搞到了一个人的录音，想请你听听，看是不是那小子？

哦，但我不能白给您听。

好，没说的，你是不是想撮一顿？

好啊，不吃白不吃，白吃谁不吃！

来吧，完事之后我请客！

王娜接过录音带，听了一遍又一遍，一会儿说不像，一会儿又说是。最后，她说，是他，就是这个人。那天，他打电话询问庄妮小姐的病房，我告诉他了。

哦，是真的吗？

是的，是真的，我听出他的声音了，是标准的男低音。

好，那谢啦！不过，王娜，这件事还处在调查之中，你需要保密，不能跟任何人讲！

我知道，这不用说的。不过，我看你们公安人员都挺神道儿，老疑神疑鬼的。

其实，也不都是这样。我们侦查员热爱生活，也有可爱的一面。如果你同意的话，我还想给你介绍对象呢！

呵，跟真事儿似的！

真的，我们那儿有一个好小伙子，人挺好的。个子嘛，就我这么高，差不多吧！

那么，他有您这么英俊吗？

嗯，差不多吧！不，他几乎跟我一模一样，人善良，好可爱的！如果你同意，我找机会把他介绍给你。

可是，我信不过您。

为什么呀？

不为什么。

那总得有理由啊！

理由嘛。是男人都不着调，但不包括您在内！

噢，但话不能这么说。知道嘛，世上还是好人多！

拉倒吧，我不信！

小王，真的！我们那儿有个好小伙子，可帅了，的确是很难找的！

是嘛！

是的。走，我先请你撮一顿。说，你想吃什么？

海里游的。

海鲜？

不可以吗？

噢，那要花我不少钱，你真坑人。

啊，是心疼钱了不是，那我就不去了！

不，我不心疼钱。只要你要什么，我都在所不辞，懂了吗？我乐意为你赴汤蹈火。

不懂，您什么意思？

这还用说吗？以你的智商，是心有灵犀。你不仅歌唱得好，还特别的聪明。

嘚，别胡说八道了，您在恭维我！据我所知，恭维女人的男人都深不可测。

是嘛，那走吧，吃饱了肚子你就了解男人了。侦查员边路遥和护士王娜欢欢喜喜地去了泰国餐厅。

在告别王娜之后，边路遥向言宁汇报了情况，这让她大喜过望，请来了侦查员郝笛声、谢阶平、韦闾等人，并秘密下达了指令。

第四十六章　感谢上帝，人世间的一切都那么美好

人们看见了，郝笛声同漂亮的新娘耳语了一会儿，又悄然离开了婚礼现场。他不是主角儿，没有引起人们的关注。

大都十月的潮白河谷阳光明媚，山色青青，一幢建造精美别致的东正教风格的别墅被粉饰一新了。别墅的周边，铺设的是嫩绿色的矮沿阶草。

在别墅的后面，有莽莽的山峦和茂密的森林，前面则静静地流淌着潮白河水。在别墅的周边，草坪被花农精心地修剪过了。在阳光和雨露的滋润之下，那嫩绿色的草坪和树冠很大的雪松，都充满了勃勃生机。在绿色的草坪之上和高大雪松之中，有支好的红色或绿色的太阳伞，下面是摆好的桌椅板凳。别墅的上空，飘舞着红色的氦气球。

现在，这里要举行一场规模盛大的露天婚礼，主角是美丽漂亮的言宁小姐，新郎是英俊潇洒的帅哥高声树。参加婚礼的宾客一共有200多人。现在，客人全部到齐了，他们静候着幸福时刻的到来，分享着新人的甜蜜和欢乐。

婚礼的主持人是大都电视台娇艳欲滴的著名女主播珍娜。她身着一身白色服装，显得清亮可人。现在，珍娜小姐以甜美的嗓音开始了现场主持。

女士们、先生们，各位朋友、各位来宾，现在是10时28分，高声树先生，言宁小姐的婚礼隆重开始！

随着婚礼主持人嗓音落下，接续而来的是礼炮齐鸣，小乐队奏响了《婚礼进行曲》。在草坪的深处，言起年携手自己的宝贝女儿，并在两个风笛手的伴奏下，缓步向婚礼的圣坛走来，脸上洋溢着微笑。

新娘子言宁超凡脱俗，美丽惊艳。她披着白色的露肩婚纱，而眉心之处点上一个水滴型的红色，象征着爱情的纯洁和心的善良。此刻的言宁，如出水的芙蓉，让所有的来宾都睁大了眼睛，并被她的年轻和美丽震撼。

言起年携手自己的女儿走到了一棵高大的雪松前，身着白色西服的新郎官高声树，向岳父大人和新娘子行了感恩礼。然后，高声树站起身来，从言起年的手中接过了妻子的手，共同走向了婚礼的殿堂。参加婚礼的人们全体起立，为他们的甜蜜和幸福鼓掌，表达着他们心中的喜悦和美好的祝愿！

之后，高加乔讲了话。他说，今天我非常高兴，我的儿子结婚了，并将同言宁相依相守！应该说，我的儿子高声树非常懂事，而言宁则更加优秀，他们都是当代优秀的青年，也是美满幸福的一对！现在，他们拥有了美好幸福的开始，以后的生活，也会更加美好！在这里，我要代表我的亲家，以及两个孩子，向各位朋友和亲属，表达衷心的感谢和美好的祝福，再次谢谢你们！随即，大家报以了热烈的掌声。

婚礼进行到18分钟，高声树和言宁将一个特制的五层的白色巧克力蛋糕，分切给了各位来宾。著名的歌唱家玄石，为高声树和言宁的婚礼演唱了小夜曲！此后，有十八位清纯美丽的少女，在小乐队的伴奏之下，跳起了优美的民族舞蹈。那蓝蓝的天空，绿绿的草坪，高大的雪松，少女们的舞蹈，给所有的宾客留下了美好的记忆。

婚礼仪式结束之后，人们看见言宁的部下郝笛声从一辆汽车里面走了出来，并坐在一张桌子旁。待人们的注意力不再关注之后，他端起一个餐盘走向了新娘。他礼貌地向新娘子表达了祝福，轻声细语地说了些什么。之后，他微笑着同高声树碰了杯子，将一杯红酒喝了下去。又过了一会儿，郝笛声悄然离开了婚礼现场。当然他不是主角儿，也不会引起人们的关注。

又过了一会儿，人们看到言宁对高声树说了什么，是情话，或是什么事情，没有人知道。然后，一对新人在主持人珍娜小姐的指引下，换掉了婚礼的盛装，换上了亮丽的礼服向大家集体敬酒。

在更换礼服离开婚礼现场之前，言宁和高声树向高加乔、朵拉拉、言起年作了谢别，这是他们的父母，对他们有养育之恩。之后，高声树还同郎尔格先生碰了杯，表达了敬意和谢意！郎尔格先生是高加乔的朋友，他为高声树和言宁的婚礼张罗着，就像自己的儿子结婚一样的高兴。

大家知道，新郎和新娘马上要回到城里去了。那儿，有他们的爱巢。噢，他们真是让人羡慕的一对，也是美好的一对，是人间的凤与凰，梁山伯与祝英台。感谢上帝，它缔造了人类，也让人世间的一切都变得那么美好！

其实，没有人知道，此刻的言宁有了重要任务，她接到了郝笛声的密报，“我们对监控的嫌疑人有了重大发现”。

嗯，好的，我知道了。笛声，你先离开这儿，我一会儿就到。之后，言宁依然微笑着应酬各位参加婚礼的来宾！再后来，言宁对高声树说，哎，土地佬，一会儿我们得马上离开这儿。

噢，好啊，你真懂得我的心，又真让我高兴。亲爱的，我早就渴望离开这儿了。宝贝儿，我们应该马上回到爱巢去！

说什么呢？土地佬，我不是那个意思。知道嘛，这几天，我的几个小弟兄因为搞案子累坏了。他们跟我说，要去桑拿宫享受一下。我听说，那儿非常豪华，你得为他们掏钱买单！

啊，就这点儿事呀，没问题！好啦，宝贝儿，你就让他们去好了，我派个人结单。走吧，我们回城里去。

好的，但我先不能回家，你也得去桑拿宫，我要你亲自给他们安排一下。然后，我们一块儿回家！

哎，亲爱的，你可别忘了，今天是你我结婚的好日子，时间和空间都属于我们。可不能因为他人的一些活动，而影响我们之间的欢乐！

土地佬，说什么呢，这个我知道。不过，我去那儿是因为有事情，要同他们商量一些事的，懂嘛！

噢，好，我陪你一块儿去。知道嘛，今天是我们结婚的大喜日子，而新郎绝对不能离开新娘。

噢，好吧，我们这就去东方桑拿宫。

东方桑拿宫是洗浴文化的典型传承企业，对商周时期以来，皇帝登基、继位、祭奠、开元等重大活动之前的沐浴更衣礼仪均有详尽介绍。七仙女下凡洗浴的民间传说故事，是用烧制的瓷砖镶嵌在了墙体之上。

桑拿宫的洗浴方式，是应有尽有。有蒸汽浴、温泉浴、冷水浴、药浴。此外，还有脉冲、泡足、熏疗、按摩等保健项目。另外，桑拿宫还设有茶秀、酒吧、台球厅、健身房、美容、网吧、豪华套房、广场休息大厅。在一进门宽阔的厅廊处，言宁看到了一个匾上是一位著名的书法家题写的大字，“洗浴能使人消除疲劳，提神醒脑，畅通血脉，保护皮肤”。

言宁换过衣服之后，离开了浴区。她看到一些按摩女，并排地坐在一条长凳子上，而且各个是长相美丽，妖艳无比。当有客人走过时，那些按摩女的脸上会荡漾着媚笑。言宁知道，她们是按摩女，会做中式、日式、韩式、泰式的按摩，也随时会应召而去。只要付钱，她们会满足顾客提出的任何要求。

言宁看到一个年轻的富婆是用手指勾了一勾，一个高个的小伙子便跟着她去了包房。又来了一个老头子，不同于那个富婆的是，他用手指打出了两个声响，两个打扮时髦的女孩子就随他飘然而去。

言宁回过头来，对高声树说，土地佬，你要不要我帮你挑两个按摩女，免得你看花了眼。说后，言宁咯咯地笑了。

高声树说，噢，谢谢，非常感谢！可是，我的按摩女已经有了。她一生都会给我按摩，真是幸福死了。

言宁说，嗨，土地佬，你想得倒美。好了，哥们儿，我想去看看这里的豪华套房。

宝贝儿，我们还是回家吧！你看，这里该有多不消停，哪有新婚夫妇在桑拿宫过夜的。

蠢嘛，土地佬，你都想哪儿去了，真是的，愚不可及！

噢，宝贝儿，我现在的心里只有你，知道不？我想回家。

不知道。走，我们上楼去。言宁和高声树向楼上走去，一位着黑色正装的年轻女领班迎了上来。说，小姐、先生，你们是要开房吗？

说后，那位女领班用羡慕的眼神看着他们。言宁从她那羡慕的眼神中，读懂了她的想法。无疑，在那个女领班看来，眼前的这两个人，肯定是情人关系。一个是有钱的公子哥，而另一个应该是漂亮的白领，是偷偷地约会。

高声树说，不，我们不开房，只是想参观一下。

言宁说，哎，姑娘，我要个总统套房。

噢，对不起，总统套房被人预订了。

不，我就要用总统套房。

真的很抱歉，小姐，实在没办法了，总统套房被预订出去了。不过，还有副总统套房，紧挨着总统套房，条件也非常好。

有部长套房吗？

有的，您要哪位部长套房？是公安部部长套房，还是财政部部长套房？

噢，看来您这里同皇宫差不多了。不，应该是帝国了，是各个要员的套房一应俱全。可是，我不想要副总统套房，也不想要总理套房，而只想要总统套房。

小姐，总统套房真的是被预订出去了。要不，您再看看副总统套房吧？也是很不错的。

好吧！言宁和高声树来到了副总统套房，房内设施奢华，有红色地毯，意大利家具，还有好大的一张床。房内设有一个独立的房间，里面有自动麻将桌。还有一个淋浴间，一个卫生间，而窗帘全部是黑色的帷幔。在总统睡床的对面，墙体上挂有马蒂斯的油画《蓝色的裸体》。不必说了，这是临摹的赝品。

言宁说，你这儿的电视好用吗？你看看有没有凤凰台。那个女领班去床头柜找了遥控器。然后一个台、一个台地翻看着电视节目表。

言宁对高声树说，你去看看马桶，按一按，看看有没有水。还有，看看有没有热水，是不是好用？高声树去了。这时，她趁女领班不注意，将一个微型窃听器用不干胶粘在了那张大床的下面。

在高声树回来之后，言宁说，噢，这副总统套房还真是不错。走吧，我们再去看看总统套房，好嘛，美女！

噢，那不可以。我已经说过了，总统套房被人预订了，并且都已经收拾干净，只等客人晚上到了。

小姐，我们只是看看，是想参观一下，用不用再说嘛！高声树说。

噢，可以！

言宁和高声树来到了总统套房，这个套房有300平方米大小，而主卧室是一张水床，已经在加热了。地板上，铺着白色的羊毛地毯，室内的沙发是布艺的。有两个卫生间，一个是淋浴间，一个桑拿浴房。不同于副总统套房的是，墙体之上，是马奈的油画《草地上的午餐》。

言宁趁那个领班不注意，将窃听器粘在了沙发的下面。那是一个灵敏度极高的拾音器，无论在房间里的哪个角落，都可以把室内人员的说话声尽职尽责地发送出去，非常忠实，又非常可靠。

言宁说，小姐，我就要总统套房了，怎么样？

噢，那不行！

现在，我可以付比那个预定房间的人更多的钱！您说吧，要多少钱？

噢，不行。如果那样的话，我们桑拿宫就没有信誉了。另外……说到这儿，那个女领班把话停住了。

另外什么？小姐，我可以花更多的钱，难道你不相信我，或者怀疑我的信誉。

哦不，对不起！小姐，总统套房是被一个有身份的人预订了，是郎尔格先生。这个人你们应该知道，他声望极高，是我们这儿的贵宾。另外，他手下的人还说了，副总统套房，也要先留一留的，我实在是不好意思。

高声树说，我认识郎尔格先生，他会提供给我用的。小姐，要我给郎尔格先生打电话吗？

哦不，不用的。我真的没有办法，还请哥姐务必理解。下一次，我一定好好地为你们效劳。

言宁说，不，小姐，帮帮忙。因为副总统套房虽然奢华，但带了个副字。知道嘛，我的客人都是正职。而那个副字嘛，是好说不好听的。

没办法，小姐，您务必谅解。

之后，言宁离开了东方桑拿宫，去了刑警总队。走前，言宁对高声树说，声树，你先回家等着我，我需要去刑警总队一趟，跟几个哥们儿商量点儿事。搞不好的话，我晚上都不能陪你了。另外，你还要在这儿多押点钱的，让我这几个哥们儿好好的潇洒一回。知道嘛，他们和你没法比，很辛苦，又拿不了几个钱的。

好的，那我去了。不过，宝贝儿，你可要早一点儿回家，别让我着急！

好的，土地佬，那待会儿见。

言宁回到刑警总队之后，对身边的几位部下说，今天，你们有重要任务，晚上到东方桑拿宫去，谁都不要回家，至少要待到明天早上。可是，谁都不准泡妞，违纪违法的事情绝不可以做。当然，你们都不会做，而我又不能不说。另外，在楼下的公众桑拿浴房，如果有人想在那里单独说话，你们就要马上进到里面去，使他们不那么方便说话。不过，你们要换着班来，不要让人看出你们几个小子是一伙的。重点时间段，应该是21时，或者是明天凌晨1点钟，余下你们就没事了。

之后，言宁又去了公安局的指挥中心，安排了一台窃听接收车，并秘密停在了桑拿浴宫的附近。一切准备就绪之后，就等尊贵的客人到来了！

第四十七章　你知道嘛，光着屁股说事儿安全

埃农真的会是罪犯吗？他真的杀死了庄妮小姐吗？可是，他身高不够，是穿不了45码鞋的。

埃农成为重要嫌疑人，是因为护士王娜听出了他的声音，是好听的男低音。侦查员谢阶平和边路遥按照言宁支队长的指令，密切监视着埃农的活动。

在埃农住的房子，还有他的办公室，都秘密安装了窃听器。此外，侦查员在他住的房子对面，还秘密租了一间房子，昼夜监视着埃农的一切活动。

这些天，埃农好像什么事情都没有。每天到大都监狱上班，然后回家上网，或者阅读小说什么的。在谢阶平看来，埃农是一个尽责的人，也是一个无比孤独的人。他几乎没有什么朋友，也没有谁给他打过电话。

大都监狱监狱长游乐，已经被撤职了。因为监狱里发生了毒杀案，副监狱长辜明理代理了监狱长的职务。通过辜明理的协助，在狱医的办公室，谢阶平秘密采集了埃农的指纹，还有鞋印。拿到刑事案件鉴定中心进行比对后认定了埃农的指纹，同庄妮小姐家防盗门外侧采集到的指纹一致。只是鞋印的号码对不上，犯罪现场的鞋

印是45码，而埃农是穿41码的鞋。

从鞋的号码推断，罪犯身高应在185厘米到190厘米之间。而嫌疑人埃农的身高是明显低了，也仅为170厘米。

还有，对埃农的手机以及座机的通话记录分析，依旧没有什么疑点。在庄妮小姐死亡之前，他没有同庄妮小姐通过话，而同其他人也没有联系。如果有联系的话，就是狱警张茅了。此外，他还有几个歌友会的歌友。

可是，埃农真的会是罪犯吗？他真的杀死了庄妮小姐吗？还有，常希令被毒杀，狱警张茅的死去，真的同他有关系吗？

埃农，看上去是一个守法的公民。他每天哼着歌儿走向大都监狱，也会吹着口哨下班回家。他学画眉鸟的叫声，让他的同事惊叹不已，又印象深刻。

而且，大都监狱021监室的毒杀案，也没有迹象表明是他所为。现场勘查的结果表明，直接毒杀罪犯常希令的人是狱警张茅，但张茅也是被毒杀的对象之一。对此，侦查员们取得了一致的意见。

可是，莫迪小姐被杀的那天，以及在庄妮小姐死亡的日子，没有人证实埃农离开过家，但也没有人证实他就在家。没有人见到他出现在帝王大道旁边的那个公共电话亭，或者，他都没有乘坐过公共汽车去往市里。可见，埃农好像是与庄妮小姐的谋杀案没有什么关系。包括大都监狱的毒杀案，与他也似乎没有关系。但护士王娜说，就是这个人，我听出了他的声音，一个说话很好听的男低音。

这些情况，都是秘密调查得来的重要信息。那么，那个打电话的、并询问庄妮小姐病房的人会是埃农吗？王娜小姐有没有听错的可能？人在听力上犯错，也是常有的事情。而且在某种意义上说，人的听力并不那么可靠。包括王娜小姐在内，也都会犯某种常识性的错误。

再者，埃农的指纹，为什么会出现在雄王殿小区A座庄妮小姐家的防盗门的外面呢？也没有人能够说得清楚。可是，实验室所做的指纹比对，又会不会搞错呢？

刑事案件实验室给出的结论，是极其慎重的结论，是不会有错的。侦查员谢阶平这样认为。对埃农的电话监听，还在继续进行着。而跟踪埃农的行踪，也一刻都没有中断。言宁支队长指示，任何人都必须小心翼翼地做事，绝不允许打草惊蛇！

同时，针对埃农父母情况的调查，也在秘密进行。还有，他的收入情况的调查，已经有了结果，但又再次令人失望了。他父母的生活相对殷实，但并不富有。埃农的银行卡里面有三万多块钱，这符合他的收入水准。在他的办公室，没有发现什么大额资金。而秘密进入他的家，依然没有发现巨额钱财。以此种种，不排除对埃农的怀疑可能是错的。也许，埃农根本就不是什么犯罪嫌疑人，谢阶平这样想。

一周过去了，又一周过去了，监视埃农的同时，针对吴心正和郎尔格先生的调查，有了意想不到的收获。那是言宁和高声树结婚的早晨，郝笛声和韦闾通过对吴心正办公室的监听，获得了一个重要信息。

子歌，你晚上去趟大都监狱，把埃农那小子给我找来，就说老爷子要见他，明白不？这是吴心正在办公室向郎子歌发出的明确指令。

郎子歌说，吴哥，您说，让我把那小子接到哪儿去？另外，这是我叔的意思吗？

笨蛋，这是我的指令。好了，你把他接到东方桑拿宫，那儿环境高雅。另外，光着屁股说事儿安全。时间嘛，我想想，就定在21点吧，太早了人多眼杂！还有，老爷子要见埃农的事，你不要让其他人知道。懂嘛，这非常重要！

好，知道了，您需要我订房吗？

不，你的任务是让他在21点准时到达就可以了。不要早，也不要晚，知道嘛！不过，得让他等着老爷子，而不能让老爷子等着他。你说呢，“人样子”？

吴心正称呼郎子歌为“人样子”，是因为郎子歌长得帅气，也因为他做事没什么脑子，还因为他爱上了一个跟单善上床的莫迪小姐。当然，这事儿都过去了。

知道了，吴哥。但你以后别再叫我什么“人样子”了，那多难听啊！哎，吴哥，老爷子要见埃农的事，真是你的建议吗？我想，应该是我叔叔的意思吧？

郎子歌，你真他妈的笨。我警告过你的，有些事是该知道知道，不该知道的就不要问！小子，你以后做事要用脑子，不能太嫩了，知道不！要不，你叔叔为什么要我带着你呢，是想让你用脑子做事！

那是！不过，吴哥，如果没有我叔叔的话，那你能有今天么！操，还老是来调教我！

笨蛋，你记住，办事要用脑子。另外，“人样子”，你除了泡妞，还有什么本事！你啥事能干成？

一边去吧，吴哥。说啥呢，就好像你从没泡过妞似的？操，让我怎么信你？我看你那么有钱，天天都不会闲着。再说了，女人都喜欢有钱人，是你不懂，还是我不懂！哼，还跟我扯这个！

小子，你给我闭嘴。我告诉你好了，你还真没有说对这件事。要是我泡妞的话，你叔就不会看上我。包括你叔叔在内，生活都非常严谨，从不近女色。我跟你说，凡干正事的人，都没有泡妞的。这是你叔叔亲口跟我说的话。谁像你，整天他妈的往裙子里面钻，一点儿都不着调！

哎，你说的好像是真事似的？吴哥，那我叔是真的寡欲？是真的没有女人？我不信，这怎么可能？

那么，有时间的话，你就自己去问你叔吧！你真是个混蛋，竟然怀疑你的叔叔。知道嘛，他对女人从不正眼瞅一下的。噢，对了，因为莫迪小姐的事，以前警方找过我的。知道嘛，之所以会有这样的问题产生，还不是因为你交友不慎。你说吧，那个莫迪小姐哪好？你还对她那么痴情，就跟丢了魂似的，你知道砢碜不！

我爱她，怎么的，这有什么呀！

不怎么的，你是笨蛋。我跟你说，好姑娘有的是！我告诉你，那个莫迪小姐把对付单善的事，都跟她妈说了。现在，她妈又跟警方说了。可恨的是，那个虞尔宁也跟警方说了。没有办法，我告诉警方，是我让虞尔宁找的莫迪小姐。因为她的老头是个王八蛋，是吃着碗里的，还占着锅里的。我说这些，“人样子”，还不都是为了你嘛，也是为了那个婊子嘛！现在，我再次警告你，以后做事要小心，而小心做事的好处多着呢！

好，我记着了！

另外，你小子知道吗，单善那小子是占着莫迪小姐，还占着别的女人。我对你说过的，以后找对象要睁开眼睛，别再找什么婊子！知道嘛，要找一个真正的雏儿，懂吗？

不懂。可是，我认为莫迪小姐是好人，我就爱她！

但她是个“水货”！你说，女人一旦被过水之后，还哪有好的了？蠢嘛，“人样子”！我真是想不明白，郎尔格先生怎么会有你这么个侄子，真是家门不幸啊！

吴哥，我爱莫迪。她是没有办法，才跟上单善的，也是为了出名。

“人样子”，你他妈的是执迷不悟，真是个蠢蛋！是脑袋进水了，中看不中用！不过，你叔叔很看重你爸爸给他的恩泽。所以，才让我带着你。你小子再没有什么出息的话，我得跟你叔叔说了，什么屌都不是！

吴哥，你可不能跟我叔叔说这些。不过，有一件事你算是说对了，要是没有我爸的话，那我叔可能早就死了。小的时候，因为穷，他三岁时，爷爷和奶奶就去世了。然后，是我爸爸将我叔叔带大的。不过，我叔也的确讲究，就是对我爸好！

嗯，就凭这一点，没有谁能够比得了郎尔格先生！他是一个做大事的人，不忘亲情，是这个时代的精英！可是，他竟然有你这么个不争气的侄子！

吴哥，就您瞧不起我。不过，你最懂我叔叔的心。哎，吴哥，您说说看，我现在给埃农打电话可不可以？让他自己来东方桑拿宫好了，省得我去接他，也省得再跑一趟了。

你他妈的是长着猪脑子，蠢嘛！我已经跟你说过多少遍了，做事要用脑子。知道嘛，你不要打电话给他，而是预测好时间，按门铃叫他下楼好了。之后，什么都不用说，用车将他拉过来。“人样子”，我看你是真他妈的没出息了。

什么呀？吴哥，看你这话说的，该有多不好听！

哎，你真是让我烦恼。小子，你叔叔的指令你是知道的，不得在电话中下达命令，必须用原始的方法口口相传。否则，电话下达命令，会被人监听，会成为案件调查的线索，会在审判的时候成为举证的罪证。他妈的，你个“人样子”！说吧，你什么时候能够有出息？真是让我操心！好了，你可以滚了！

吴哥，您别生我的气。我的脑子，的确是没有你的脑子好使。要不，我叔怎么会看上你！

好了，别说些废话了，滚吧！

为了搞准情况，郝笛声和韦闾又反复听了一遍录音。然后，郝笛声去了潮白河河谷，并向言宁作了汇报！

晚上 21 点，埃农准时到了桑拿浴宫，由郎子歌陪着。郎子歌给吴心正打了电话，说，吴哥，我们到了！

好，知道了。这样，你们先换衣服洗个澡，蒸蒸桑拿浴。一会儿老爷子到了，我再通知你。

Yes!

侦查员韦闾远远地看着埃农在淋浴，而埃农的眼睛注视着地面。不知道为什么，他好像有自己的心事。这时，郎子歌想跟他说些什么，但埃农没有什么回应。也许，埃农考虑着什么问题。或者，他在想着，一会儿跟郎先生见面之后要说些什么。

这时，埃农和郎子歌向桑拿房走去，韦闾示意一名侦查员跟了过去。在桑拿房里，那个侦查员听到了郎子歌说的话，农哥，我还真没想到，我叔对您挺欣赏的。知道嘛，这是不容易的事情。一般情况下，他很少会看上谁的。

他说你办事严密，人才难得。我叔和吴哥都说了，想要你去澳大利亚。在那儿，我叔有铁矿石生意！

哦，是这样，这我的确没有想到。可是，你说的情况是真的吗？郎尔格先生会真的让我去澳大利亚吗？

你看，这是真的，绝对是真事。让你去澳大利亚，是我叔叔亲自提出来的。农哥，你愿意去澳大利亚吗？我听说，那儿挺美的，有人说那儿是天堂。但我没去过，只看过澳大利亚的一些风光片。不过，有一点是确切的，澳大利亚美女如云。我们模特都这么说。

是嘛！子歌，我愿意去澳大利亚做事。不过，我希望你也能去，咱俩还是个伴！

我跟叔叔说过这件事，他没同意。我叔说，你不成熟，还需要锻炼。农哥，你说，我叔那意思是不是不同意我去澳大利亚了，我没敢再提出来。

嗯，是不同意。不过，可以慢慢来！

第四十八章　他们坠入了爱河，那张结实的婚床摇晃了好长时间

好吧，年轻人，你真聪明！这样吧，你的事我已经想过了。你应该有个新的方向。

不一会儿，有人来找埃农了。并说，埃农，您一个人去总统套房。埃农点点头走了。随后，郎子歌点了一个小妞去了包间。

韦闾给言宁打电话，说，头儿，那小子（埃农）去了正套（总统套房）。由于客满，副套（副总统套房）也被人（吴心正）占了。

好，知道了！

吴心正把埃农领到了总统套房，郎尔格先生很热情地同他握了手。言宁在楼下的监听车里听得清楚。郎尔格说，坐吧，年轻人，你事情办得不错。虽然有一点点过失，但采取一些补救的措施，也没什么大碍了。

嗯，有一点闪失，我辜负了您的期望！

哦不，没有什么。事后，我通过郎子歌给了莫迪小姐的父母一些钱，毕竟他们恋爱过的！

噢，郎叔叔，您真是讲究人。可是，您完全可以不用照顾莫迪

小姐的父母。您这样做，我没有想到。那天午后，我还打电话问过的，是一个护士告诉我的。她说，庄妮是住 721 病房！但谁知道呢？到了晚上，她又搬离了那个病房！

噢，埃农，这没关系，事情都过去了。不过，现在好了，所有的问题都解决掉了！

那是有您的庇护，也应该说计划比较完美。

噢，埃农，你今后的生活有什么打算吗？说给我听听。当然，我会充分考虑你的意见。

噢，郎叔叔，我一生都追随您，一切都听您的。您让我做什么，我就做什么。为了您对我的赏识，我矢志不渝，也在所不辞。

好吧，年轻人，你真聪明！这样吧，你的事，我已经想过了。你应该有个新的去向，并离开大都监狱。你看，你是同邹正道教授做外科医生呢？还是去澳大利亚做事？你好好考虑一下。

郎叔叔，我的事您来定，我不可以自主选择。至于学医，或者是去澳大利亚，怎么都成。郎叔叔，我一生都交给您。您决定我的未来。我说过了，为了您的事业，我会在所不辞。

好吧，那你去澳大利亚好了！在那儿，我收购了一家铁矿石公司，你来做我的经营代表。主要任务是，用船将铁矿石运到国内的各大港口。你的薪水不会低，以你这样的头脑，经济收入是绝不亚于吴心正的。知道嘛，我把你和吴心正看作了左膀右臂，得到了我的充分信任。

哦，那谢谢您，郎叔叔！不过，您对我是过奖了，但我一定要好好做事，并成就您的丰功伟业！

好，埃农，我真是看对了人。不过，我想知道，你的英语怎么样？

还好，我一直没有放弃英语。目前，我的英语水平是达到了 8 级，应该属于研究生的专业水平了！

噢，好，那就这样定了。给，这是澳大利亚那边发来的邀请函。你马上去办理护照。然后，你去澳大利亚大使馆办理签证。在澳大利亚大使馆，我已经安排好了，那里会有人协助你。

好的，那我明天就去办护照，然后去办理签证。可是，您要我马上离境吗？

是的，马上离境，越快越好！不过，在你离境之前，我会为你安排50万美金，由吴心正在大都机场把银行卡交给你。是招商银行卡，可以在世界上任何国家办理支付。你知道吗？我们不能做蠢事，在你还没有离境之前，如果在你银行卡里面存过多的钱，那对谁都没有好处。

我知道的，郎叔叔，谢谢您！不过，郎叔叔，我可以定居澳大利亚吗？如果您不反对的话。

是的，你应该定居澳大利亚，没必要回国了。在那儿，你要成个家，也可以娶个洋妞，好好地过幸福日子！另外，在那儿，你要好好干。没准，我也会去澳大利亚的。也包括吴心正，他也许也会去澳大利亚的。

好的，郎叔叔，我一定不辜负您的期望！

一会儿，你到隔壁的房间去，吴心正有事和你当面交代。之后，郎尔格将埃农送出了门口。

您保重，郎叔叔！言宁在楼下的汽车里，仔细听着郎尔格先生和埃农的对话。监听车里，有同步录音装置忠实而安静地运转着。

接下来，她听到了一个女人的声音。先生，我来为您安排一个靓妹怎么样，给您做做按摩，挺舒服的！

不了。我知道，您这儿是有个小男孩儿的，他给我按过脚。好了，你把他请来吧！

噢，先生，您是我们这儿的贵客，我应该为您做些特殊的安排。放心吧，我这儿有绝对保鲜的雏儿。再说了，您干吗不享受人生呢！真的，是没有谁试过水的雏儿！

好了，你别再说了。我可以多给你钱，但我从来不近女色。你马上走开，去把那个小男孩儿叫来！

这时，另一台监听器传来了吴心正的声音。来，埃农兄弟，坐吧，老爷子很看重你。刚才，他已经跟你谈过了吧！

是的，是谈过了。郎叔叔的意思是让我去澳大利亚，并打理那里的铁矿石生意。

你知道吗？老爷子的钢材生意基本垄断了大都市的建材市场。如果从源头上为各大钢厂提供原料，那钢材的价格会更低一些。也就是说，在原料供应上，会有比较大的差价和巨大的收益。埃农，知道嘛，你正在成就老爷子的梦想，他想把生意做得更大。将来，你的财富也会与日俱增的。

哦，谢谢您！吴哥，您为我提供了发展机会。

不，不能那么说。我告诉你一个好信息，你是漂亮地解决了老爷子的忧虑。知道嘛，那位“主官儿”同老爷子好着呢！没有那位“主官儿”，老爷子的物流业根本形不成规模。

哦，是嘛！

不过，老爷子对那位“主官儿”够意思。知道嘛，庄妮的事，还有他儿子做生意的事，都是老爷子帮助办的，是提供了资金支持。哦，你还有什么事吗？

我去澳大利亚之后，我的父母会有些问题。因为没有人照顾，我对他们有些担心。

哦，这个不是问题。兄弟，我来安排人照顾你的父母就是了。明天，你将身份证的复印件给我，我为你开个银行账户。老爷子跟你说了嘛，关于你的酬金问题？

噢，说了，50 万美金。

好的，老弟，祝贺你！你能够得到老爷子的器重，那是很不容易的，不仅前途无量，也会很富有。此外，你还有什么事吗？

哦，没有了。吴哥，我再次谢谢您。

那好吧，你可以去了。

好的，吴哥，以后还望您多多照顾。

没说的，兄弟。咱哥俩是共同为老爷子做事，彼此相互照应就是了！另外，你如果有什么事的话，尽管对我说好了，我会逐一安排好的。

这期间，侦查员韦闾对郎先生、吴心正、郎子歌、埃农的活动情况，均用红外线照相机秘密地进行了拍照。

在窃听之后，言宁长出了一口气，一些扑朔迷离的案件，终于有了新的进展。但言宁指示部下，对郎先生、吴心正、埃农、郎子歌，要继续秘密监视和监听，尽可能多的掌握情况。不到关键时候，不得惊扰他们。

言宁回到家的时候，夜色已经悄悄地退去，而黎明正渐渐地到来。然而，她亲爱的土地佬，已经和着衣服睡着了。噢，宝贝儿，你起来，我们脱了衣服再睡！

高声树不高兴地说，言宁，你说吧，我们这是结婚的日子吗？还有，你怎么就不能把工作放一放呢？再说了，哪儿有你这样的新娘？知道嘛，我绝对理解不了。也许，我的话会让你生气，但我又不能不说，憋在心里会得病的。

噢，没关系，你说得是。不过，宝贝儿，我的工作实在是太忙了，这你应该理解。来吧，亲爱的，我帮你把衣服脱了，千万别生我的气。

言宁，你是知道的，我爱你。但你看看，谁家结婚是我们这个样子？真的没有一个。

噢，亲爱的，对不起，我理解你的心情。不过，你知道的，我手头上的事情是多着呢，也都很麻烦，不得不照应一下？

说着，言宁温情地拥抱了她的土地佬，随即共同坠入了爱河，而那张结实的婚床摇晃了好长时间。

第四十九章　言宁下达了指令，在适当时机秘密逮捕埃农

埃农，您为了自己去天堂，却让别人下了地狱。这样做既不道德，又触犯了法律。你死后的灵魂，会在炼狱中备受煎熬。

又过了两周，埃农的护照和签证都已经办好。之后，他开车回到了父母家。埃农是个孝子，把自己全部存款都留给了母亲。妈妈，您花吧，这是我孝敬您的。

侦查员郝笛声通过秘密操纵，打开了埃农的三星手机的拾音麦克，并听到了埃农和他母亲的谈话。

妈妈，您今后的日子不要太苦了。我已经找到了挣钱的办法，您以后的生活会好的。

那是，我就知道儿子会有出息。埃农，你真是妈妈的好孩子！妈妈为你高兴。

妈，我就要出国了，去澳大利亚。如果您同意的话，我就给您娶个外国妞儿，不知道您喜不喜欢。

哦，妈不会反对你的婚事。讨媳妇的事，你自己做主好了。不过，你要找一个性格好的善解人意的姑娘。知道嘛，她能够好好地

照顾你！

是的，妈。另外，我去澳大利亚之后，您可以住到城里去。那儿有一套房子，您们再雇一个保姆。今后，就不用在农村受累了。

儿子，你去澳大利亚做什么呢？妈妈不知道那儿会怎么样。

妈妈，我认识一个人。他在澳大利亚有矿。我去那儿主要是给郎先生打理生意。也许，我就不回国了。妈，如果可能的话，我会定居在澳大利亚，也不知道您老愿不愿意去那儿。

再说吧，我和你爸都不会说外国话，做事不方便。噢，儿子，你这车是哪来的？是自己的吗？

哦，不是，我借的，是郎先生侄子的车。吃过饭之后，埃农返回了城里。

在跟踪埃农的同时，侦查员边路遥也一直密切地注视着吴心正的动向。他发现，吴心正坐车去了招商银行，并通过银行内部的关系，拿着埃农的复印件，为埃农办理了银行卡，并注入了 50 万美金。

言宁下达了指令，在适当时机，秘密逮捕埃农。

埃农预订的是 CA175 航班的飞机。早上 8 点起飞，直飞澳大利亚悉尼。他到达大都机场已是早上 7 点钟了。郎子歌帮他办理了相关手续。在国际出发大厅，言宁远远地看着埃农在办理托运行李的手续。之后，埃农又与吴心正亲密的窃窃私语，只见埃农是频频点头。

大都国际机场出发大厅人声鼎沸，等待出发的人们，还有送亲友出行的人们，挤满了大厅。侦查员边路遥看见，吴心正同埃农握手之后，他们来到了一个自动取款机前。埃农用银行卡划了一下，敲打了几下键盘。然后，他回转身来，对吴心正说，好了，谢谢你，吴哥！

埃农，你安心去吧，祝你在澳大利亚发财。记着，如果有机会的话，我会去澳大利亚看你的。

好的，我在那儿欢迎您！噢，您再给老爷子带个话，我将一生为他卖命！

你放心吧，我会把你的话带给老爷子。我想，老爷子听了你的话会高兴的！说罢，吴心正同埃农向安检口走去。

这时，侦查员边路遥同郝笛声通了话。哥们儿，您的朋友通过安检门了。

好的，知道了。

在埃农离去之后，吴心正离开了国际候机楼，并乘车回了大都。他完成了使命，在埃农离开机场的那一刻，将银行卡交给了他。这是郎尔格先生的指示，不得有误。

在候机大厅，埃农找了一个座位坐了下来。这时，一个漂亮的空姐笑盈盈地向他走来。先生，您好，请问，您是尊敬的埃农先生吗？

哦，对，我是埃农，您找我有事吗？

不，没什么事。不过，郎尔格先生对您的出行特别关照过，他指令我们的航班要为您去澳大利亚提供无微不至的服务。我有幸将与您同行，并提供全程服务。埃农先生，您现在可以随我提前登机了！

哦，可是登机口还没有开呀？

噢，是这样，您是贵客，可以先行登机，不必随那些旅客挤来挤去的。

谢谢！埃农站了起来，随同那位漂亮的空姐沿着楼梯向下走去！

在停机坪的旁边，有两辆小轿车停在那里。那位空姐将埃农领到小轿车旁边，说道，埃农先生，请您上车，从这里到飞机那儿有一段距离！

于是，埃农上了车。这时，言宁和郝笛声从另一辆车里下来，他们打开了埃农乘坐的车门，郝笛声向他出示了逮捕证。埃农先生，您被捕了！

随即，埃农的双手被扣住了。这时，埃农回过头来，对那位漂亮的空姐说，您的服务，真让我印象深刻！言宁盯着埃农的眼睛。她看见，埃农的眼睛里流淌着愤怒的火焰。如果埃农有活动的自由，他会立马杀了那位空姐。但那位空姐并没有在意什么，只是礼貌并优雅地向他摆了摆手，说，埃农先生，拜拜！

开车！言宁下达了命令。随即，两辆小轿车快速驶离了大都国际机场。

在刑警总队的地下室，言宁和郝笛声立即对埃农进行了审问。说吧，埃农，把你请到这儿来的确不容易。为了找到你，搞得我们非常辛苦，还要饱受社会公众舆论谴责！埃农，知道嘛，侦查员这活儿真不是人干的。我想，你肯定不会像我这么蠢，来干侦查员这个活的。

不，言宁支队长，我是做不了侦查员的。不过，我也不知道，您为什么要我来到您这儿？

埃农，你是聪明人。我想，你肯定知道自己做了些什么？要不，你怎么会来这儿呢？说吧，你为什么去澳大利亚？言宁敲打着埃农的护照说。

噢，这很简单，是出国，我渴望到国外去生活。

噢，你的想法可以理解。不过，你去做什么呢？是读书，或者去做铁矿石的生意，是这样吗？

对此，埃农沉默不语。他瞧着言宁。他知道，自己的秘密是被警方完全掌握了。但他们究竟掌握了多少呢？他在心里盘算着，但又难以揣度清楚。

说吧，你在大都监狱做狱医，是不是不如去澳大利亚好？我看，你的心里长草了！可见，人的心要是活了，就什么事都做了。真可惜，你是走错路了。

不，我没有走错路。我去澳大利亚是想实现我的梦想。您不知道，那儿是天堂，一个最适宜人类居住的地方。我这样的想法，并没什么不好，好多年轻人都有这样的渴望。

可是，你绝对没有想到的是，一些想好的事会发生变化。这么说吧，你在渴望去天堂之前，却跌落到了地狱。这应该是你没有想到的，也太突然了吧！

不，尊敬的言宁支队长，您应该知道，我和地狱没有关系。我不明白的是，您为什么要对我说这些？

不，埃农，你什么都明白。不仅如此，我还知道澳大利亚的一些情况，那儿资源丰富。可是，我想不明白的是，埃农，你为什么要做那样的事呢，为了自己去天堂，却让别人下地狱。知道嘛，你这样做既不道德，又触犯了法律。我想，你死了之后，灵魂会在炼狱中饱受煎熬。

言宁支队长，您说的情况我一点儿都不知道。我没有违背道德，也没有违反法律，更没有让谁下地狱。是的，我不知道您跟我说这些，到底是什么意思？

不，你应该纠正自己的说法，你不仅是让一个人下了地狱，而且是让几个人下了地狱。埃农，你说吧，为什么要去澳大利亚？是去做什么矿石生意吗？现在，据我所知，是不是次贷危机过去了，经济复苏了，金属价格触底反弹了？你看到有钱可赚了，或者是别的什么？

噢，言宁，您很聪明，也知道经济走势。过去，我以为您只知道破案子，而不懂经济。

我对经济只是略知一二罢了。现在，次贷危机基本过去了，可你却来了一个华丽的转身，是想去澳大利亚发财了。我看，你是找到了一个理想的职业。可是，你为了这个理想的职业，却让一些人命丧黄泉。你说，你为什么要将自己的灵魂置于地狱门前呢？

不，言宁支队长，您说的话我听不懂。我的灵魂没有罪恶，也没有奢望。我说过了，澳大利亚是天堂，那儿非常适合人类居住，就这些，其他什么都没有。

我知道，你是为了发财才去澳大利亚的，去做铁矿石生意是吗？你对我的说法有什么怀疑吗？

是的，您不该怀疑我。我去澳大利亚没有什么，只是渴望出去换换环境。再说了，人都是逐利的。不言而喻，澳大利亚的铁矿石是好生意，也会有钱赚的。

噢，你的想法非常好，但你又让我难以理解。埃农，你为了自己赚钱，为什么送别人去死呢？埃农，我问你，你在为谁做事？或者说，谁这么欣赏你？

埃农沉默不语了。说吧，埃农，说出你所知道的一切，这对你有好处，而说出心里话之后，精神上会轻松得多。你知道的，如果你没什么事的话，我们就不会请你到这儿来，对不？埃农，你想想看！

不，我没什么可说的。另外，也没有谁欣赏我。我只是接受了澳大利亚一个铁矿石公司的邀请，其他没有什么。

噢，那个公司怎么知道你的？为什么不邀请我呢？我知道，你是个医生，也从来没有做过生意。说吧，埃农，是不是有谁为你做了什么铺垫？我想，这个人应该很有力量，对吧？

不，不是您说的那样，真的没有什么人为我铺垫生意之路。是我在，在澳大利亚有同学，他邀请我去那儿。

哦，是嘛！那么说，我还不够了解你，也不知道你在澳大利亚有同学。不过，据我所知，你的同学都是医生，而没有一个生意人。可是，你为什么要说谎话呢？我不能理解。现在，你的信用底线是破掉了，这很不好。

埃农不再说话了。不管言宁再说什么，他都一概的不应。言宁知道，这是他的心理抗拒期，是在努力为自己找到防御底线。不过，他是徒劳的，因为决胜的牌已不在他手里。

捕获埃农之后，侦查员对郎先生和吴心正还在继续监视和监听。晚上 22 时，吴心正接到了澳大利亚打来的电话。

吴先生，我是澳大利亚的基桐，埃农先生没有来这儿。现在，CA175 航班已经到达悉尼，所有旅客都走光了，而我没有见到埃农先生。

不，埃农肯定去了澳大利亚，是我陪同他办理的登机手续，又亲眼看他去了候机厅。然后，我才离开了大都国际机场。

可是，我没有发现埃农。吴心正先生，我通过机场内部人查找了 CA175 航班的旅客名单，也没有找到埃农的名字。

这样，基桐，你再找找埃农，我这边也找找。怎么会呢？埃农是去了澳大利亚呀，是 CA175 航班！

基桐说，好的，我再找找！

吴心正立即给郎子歌拨通了电话，说，“人样子”，你马上到大都国际机场去，通过我们的人调查埃农是不是去了澳大利亚。请记住，CA175 航班，要秘密查找。

好的，吴哥，您就放心好了！

放下电话，吴心正匆匆忙忙地去拜见了郎尔格先生。又过了半个小时，侦查员边路遥通过安置在郎尔格别墅内的窃听器，听到了他们之间的对话。那个窃听器，是他趁郎尔格先生离开家时，由侦查员装扮成煤气检查员秘密安置的。

吴心正说，郎先生，澳大利亚的基桐打来电话。他说，CA175 航班已经到达悉尼，但没有见到埃农。现在，这小子神秘失踪了。

哦，怎么会？不是你亲自送他去的机场吗？

是的，是我去的机场，但他失踪了。刚才，我又安排人去了机场。一旦有消息，马上就会告诉我。

哎，心正，你说，埃农走的时候，是你将 50 万美元的银行卡交给了他。

对的，这没有错。我将那 50 万美金的银行卡亲自交到了他的手上，而他在自动提款机上进行了确认。之后，我目送埃农走进了候机大厅。当时，您的侄子郎子歌也在场，他也看到埃农走了。

之后，郎尔格先生别墅内异常的安静，这让侦查员边路遥等得有些焦急。10 分钟过去了，20 分钟过去了，郎先生与吴心正谁都没有说话。于是，他给在郎尔格别墅附近负责监视的韦闾打了电话。哎，哥们儿，您的老朋友离开那儿了吗？

韦闾说，噢，没有，他们还在别墅里，我一直监视着。

过了许久，窃听器传来了郎尔格的声音。说，我想，这是一个不好的消息。如果埃农没有去澳大利亚，那么，会有两种可能。一个是他溜走了，另一个是他被抓了。如果是后者，那我们会有麻烦，是很大很大的麻烦。

是的，当初就该……吴心正说着下文，侦查员边路遥没有听到。

心正，我之所以没有那样做，是因为我看埃农是人才。其实，他的确是人才，是非常难得的人才，但你和我都错了。

这时，一个手机铃声传进了侦查员边路遥的耳朵里，他仔细地倾听着，是吴心正接听了郎子歌的电话。吴心正说，说吧，郎子歌，查到埃农没有？

郎子歌说，吴哥，我调查了CA175航班所有旅客的名单，那上面没有埃农的名字。不过，埃农办理的行李托运手续，在飞机起飞前被甩了出来。

那他的行李呢？

被人提走了，但不知道提走行李的是谁。

好了，我知道了，就这样！吴心正又对郎尔格说，不好了，埃农果真没有去澳大利亚。他失踪了。

郎尔格说，我想，他肯定是被警方抓了，我们应马上采取行动。

此后，侦查员边路遥再没有听到什么。他将头上的耳麦取了下来，直愣愣地看着，自动录音装置停止了运转。

第五十章　做了他，意思就是杀了他

我拖完地板，之后就把拖把扔到了墙根处，但那个拖把杆又倒了过来。

警方没完没了的问话，让埃农的身心十分疲惫。他困了，想睡。一个年轻的侦查员用竹竿子捅了捅他。埃农勉勉强强地睁开了眼睛，瞧了瞧那个侦查员，又狠狠地瞪了他一眼。可是，他什么办法都没有。

6 天过去了，埃农没有吐露一个字。应该说，他是一个意志顽强的人。此刻，言宁把打在埃农脸上的强光灯移开了。他感觉眼前一片漆黑，什么都分辨不清。眼睛渐渐适应后，他感觉好像有模模糊糊的一些挂件在眼前晃动。他仔细地辨认了一会儿。他看清楚了，的确是一幅幅的照片，但这些照片是被放大了。

言宁说，埃农先生，我问你，你认识这些人吗？照片上的这些人都在看着你呢！说吧，埃农，你应该认识这些人，他们都是你的朋友。为了朋友，你做了一些不该做的事情。

不认识，我不认识他们。噢我想睡觉。您让我睡一会儿吧！我一会儿再回答你的问题好了。就这样，您让我睡一小会儿就行。

埃农，说吧，你认识这些人吗？言宁指着墙上的照片说，听清楚了，这是你的郎叔叔，还记得吗？你管这个人叫吴哥，他叫吴心正。而那个人，你也是知道的，他叫郎子歌。埃农，说吧，那天晚上，你去东方桑拿宫干什么？我想，该不仅仅是汗蒸吧？

我只是洗个澡，真的没有别的。

谁陪你洗的澡？是郎子歌对吗？

是，不，不是！对，是，是郎子歌！我想起来了，是郎子歌叫我去洗浴的。

洗澡之后呢，你见到了郎尔格先生，对吗？这时，参与审问的侦查员郝笛声，突然从一张桌子上拿了一张照片，在埃农的眼前抖动，那是埃农穿着浴衣，同郎尔格在桑拿宫总统套房门口的照片。

噢，我想起来了。是的，他是郎尔格先生。对不起，我刚才没有看清楚。我困了，再让我睡一会儿吧！说后，埃农马上就睡着了。

一个侦查员再次捅醒了埃农。言宁说道，你醒一醒，埃农。说吧，你是怎么认识郎先生的？

有两年多了。我们都是歌友会的成员。您知道的，我喜欢唱歌，而郎尔格先生也喜欢唱歌。就这样，我们熟了。

说，什么是歌友会？

大都歌友会，都是一些爱唱歌的朋友。每个月，我们都会在一块儿唱唱歌，别的没有什么。

好，我知道了。不过，埃农，你的歌唱得好。可是，你为什么要杀死庄妮小姐？她可是歌友会的领唱啊！说吧，你为什么要这么做？

埃农直愣愣地看着言宁，他几乎声嘶力竭地号叫着说，不，我没有杀死庄妮！

埃农，你不必声嘶力竭。当然，你不该杀人！但你触犯了法律，却以为我什么都不知道。埃农，你想听听录音吗？言宁向郝笛声做了一个手势。

郝笛声将一张 CD 塞进了录音机，并按了按钮。录音机里面传出了郎尔格先生的声音，接着的是埃农的声音。郎叔叔，您真是个讲究人。可是，您完全可以不用照顾莫迪的父母。这件事，令我没有想到。那天午后，我打电话问过了，一个护士告诉我说，庄妮小姐是住721病房！但谁知道呢？当晚，她又不住那个病房了……

听清楚了吗？埃农，这是你说的话，是同郎先生对话的一部分。说吧，埃农，庄妮小姐住721病房是什么意思？埃农实在困得不行了，头一歪又睡过去了。

郝笛声用手把凉水打在了埃农的脸上，他马上清醒了过来。埃农，你仔细听清楚。刚才，录音机里面是你的声音。郝笛声又把录音重放了一遍。

言宁说，说吧，埃农，你说庄妮小姐住在721病房，这是什么意思？还有，你同郎尔格先生说“这件事”是什么事？其实，你就是不说话，我也知道你所做的一切。

是的，她是住721病房，是那个护士说的！令言宁没有想到的是，埃农是终于“吐”了。

你是在公共电话亭打的电话，对吗？

您是怎么知道的？我是在公共电话亭打的电话，是给荷塘医院打的电话。

不仅如此，你用那个公共电话亭的电话，还打给了庄妮小姐。当时，庄妮小姐就在家里，对不对？

是的，你们都清楚了，那还问我干什么！

可是，你为什么杀死庄妮呢？在这之前，你误杀了莫迪小姐。现在，郎尔格先生就在隔壁，他能听清楚你说的每一句话。说吧，埃农，要老老实实交代问题。

埃农浑身颤抖，又哆哆嗦嗦地说，是嘛，我，我想撒尿。

言宁转过身去。一个人被叫了进来，他摆正了埃农的“命根子”，为埃农接了尿。埃农说，是的，我是误杀了她！

说，说得具体些。你说，你是误杀了谁？是莫迪小姐吗？是你误杀了莫迪小姐吗？

噢，我想想，对，是莫迪小姐，我是误杀了莫迪小姐。我把她闷了，又吊死了。

可是，你的目的不是谋杀莫迪，而是要谋杀庄妮小姐，对吗？是不是这么回事。说吧，埃农，把你所做的一切，都统统交代清楚。

是的。我在去荷塘医院之前，是打听过了，知道庄妮住在了七楼的721病房。但没有想到的是，莫迪小姐在那天晚上成了替死鬼。

那后来呢？你又去了雄王路小区A座3栋18层2号，杀死了庄妮？

是的，我是去了雄王殿小区，把庄妮“做了”！

说，“做了”是什么意思？

做了，是市面上的黑话，那意思就是杀了她。大都监狱有黑道上的人，他们都这么说，而不直接说杀了谁。

哦，你把庄妮小姐“做了”，那意思是你把庄妮小姐杀了，对吗？是这样吗？

是的，我杀死了庄妮。

什么时间？

是21点，差不多吧。

之后呢，你是什么时间离开的？

我想想看。离开庄妮小姐的家，是在两个小时之后。

有人看到你吗？

没有。

你是不是清理了谋杀庄妮小姐的现场？

是的，我用拖布拖了地板，尽可能不留下痕迹什么的。

你戴手套了吗？

是的，我是戴了线手套。

但你留下了鞋印。你知道嘛。

是的。我拖完地板，就把拖把扔到了墙根处，但那个拖把杆又倒了下来。于是，我迈步过去，把那个拖布杆竖了起来。也许，鞋印留在了地板上，我太紧张了。

是右脚吗？

我想想，不，是左脚。不，不对，我想起来了，我迈的是右脚，应该是留下的右脚印。

另外，你在庄妮小姐的防盗门外面还留下了指纹，是你食指和中指的指纹。我知道，你是做事心细的人。后来，我们在你的办公室采集到了指纹。经过比对，确认是你的指纹无疑。此外，我们也验证了你的DNA。埃农，你还有什么要交代的？

那天晚上，我给庄妮打了电话，听说她病了，说是要去看看她。

你是用哪儿的电话打给庄妮小姐的？

一个公共电话亭的电话。

在哪儿？

帝王大道旁边的一个公共电话亭，离庄妮小姐家有两个街区远。

是步行过去的，对吧？大约十分钟的路程？

是的，十分钟路程。你们怎么会知道？

我们的人步量过了。我问你，你去庄妮小姐的家，走的是哪条路？

我没有走正门，因为正门有监控录像。我跨过铁栅栏，就可以到庄妮小姐家的楼下。

那为什么不走正门？

我已经说过了，正门有监控装置。另外，雄王殿小区的铁栅栏就一米多高，很容易就可以跨过去。

好吧，你接着说！

我按了门铃，并通报了名字，庄妮为我打开了大门。

停一下，你是怎么上到18楼的？

我没有坐电梯，而是沿着安全通道上到了18楼。因此，我的手是触摸过庄妮家的防盗门，指纹留在了上面。后来，我忘了消迹。过后，我是想到了，但已经没有机会擦掉了。所以，我的指纹被您发现了。

说吧，你是怎么杀死庄妮的！

进屋之后，我同庄妮唠了一会儿。因为好长时间没有见面了，但那个晚上她身心疲惫。于是，我为她输了液。由于她发烧，也很困，我建议她休息一会儿。于是，她在输液期间睡着了。

你给她输了胸腺肽？

是的，胸腺肽是一种提高免疫力的药物。她是护士，也知道胸腺肽的作用。

还有氯化钾？

是的，我是为她补了钾。

不，你是用氯化钾杀死了庄妮？

是的，您怎么会知道？

我们从庄妮小姐的血液中检测出了氯化钾的毒素。我问你，埃农，你是怎么知道氯化钾会置人于死地的原理？

我是医生，这是常识，普通业务常识，这是谁都知道的。

你为庄妮小姐注射了多少氯化钾？

约 20 毫克！

你究竟是从哪儿搞到的氯化钾？

在邹正道教授那儿，他给我的。

你同邹正道熟悉？

是的。

是怎么熟悉的？

邹正道教授是郎先生的保健医生，也是有名的外科医生。我通过郎尔格先生的介绍认识他了。

庄妮是护士出身，按理说应该知道推注氯化钾会致人死亡。

是的，刚我说了。她发烧，人很虚弱，我趁她睡着的时候，为她注射了氯化钾。那天的情况就这样，她是疲惫不堪的。

说，滴注氯化钾的时候，庄妮小姐有什么反应吗？

噢，有一点点的反应。因为补钾会有些疼痛，但我滴注的很慢，以减少她的疼痛。

后来呢，庄妮小姐怎么样了？

在滴注之后，她发生了抽搐，之后就死了。于是，我清理了现场，马上就离开了！

你穿多大的鞋？

41 码的。

可你为什么要穿 45 码的旅游鞋？说，是不是为了转移视线？

是的。我买了 45 码的旅游鞋。有点大，也不合脚，但为了不让你们产生怀疑，我就穿了大码的鞋。另外，我知道庄妮同艾子凯有恋爱关系，而他穿 45 码鞋。

于是，你想让警方怀疑艾子凯？

是的。

那你从哪儿买的旅游鞋？

新世纪百货商城。

是买了两双，对吗？因为你留在荷塘医院 721 病房的鞋印，还有庄妮小姐家的鞋印不一样。一个鞋底是人字形的，而另一个鞋底是不规则的菱形。

是的，我是买了两双旅游鞋，一个是人字形的鞋底，另一个是菱形的鞋底。

人字形鞋底的旅游鞋用在了荷塘医院，阴差阳错杀死了莫迪小姐，但那是误杀。不规则的菱形鞋底的旅游鞋，出现在了庄妮小姐的家，是这样吗？

是的。

埃农，你在杀死庄妮小姐之后，是不是将胸腺肽的说明书撕碎了，并且用马桶冲走了，对吗？

是的，我撕碎了胸腺肽的说明书，并用马桶冲走了！

可是，你就没有冲得彻底。在庄妮小姐家卫生间马桶内壁，我们找到了一小块碎纸片。言宁将那张胸腺肽说明书碎纸片的影印件，拿给埃农过目。你看，这就是胸腺肽说明书的碎纸片。

是的。可能是我当时太紧张了，没有检查是否冲干净，也是太粗心了。如果再细致一点，包括防盗门外面的指纹都擦掉的话，那恐怕你们就找不到我了！

不，我们依然可以找到你。埃农，你穿的鞋在哪里？包括线手套，还有输液瓶、输液管？

鞋和手套都被焚烧掉了，输液管和输液瓶也被扔掉了。

在哪儿焚烧的？

火葬场。那儿有焚烧炉，一些人死后的遗物，都是在那儿焚烧的。我偷偷地去了那儿，将一些证据统统地烧掉了。

接着说，你是怎么知道庄妮小姐住处的？

两年前，我一直想在市内买房子，这个事让庄妮小姐知道了。一次，庄妮跟我说，雄王殿小区的房子非常好，设计合理，环境优美，有草坪、绿树、假山、游泳池、健身场地，样样俱全。可是，我看过了，价格太贵，要25000元一平米，我买不起。因为没有钱，我恨房价，也恨政府，干吗要把房价搞得那么贵。我是带着希望去的雄王殿小区，也去了庄妮小姐的家。但我离开时，心中堆满了惆怅。不，是仇恨，但不是对庄妮小姐。

埃农，你为什么要杀死庄妮？

是因为吴心正，是他让我做掉庄妮的。我自己同她没有仇恨。

哦，那么常希令呢？

也是吴心正指使我做的。吴心正说，常希令知道的秘密太多了，而知道秘密多的人要先死。

埃农，你来讲讲常希令的案子。

按照吴心正的意思，并采用了毒杀的方法！

用的是毒鼠强？

是的，是毒鼠强！

那你从哪儿搞到的毒鼠强？

农村有的是，我父亲家就有，是在地柜下格的里面。

那百事可乐汽水呢？你又是从哪儿搞来的？

我是从一家小卖店购买的两瓶百事可乐汽水，那是塑料包装的软体饮料。我在汽水瓶商品的下面，用针头注射了毒鼠强。然后，再用蜡封死！

那针头呢？

都扔掉了。

是在哪儿买的百事可乐汽水？

柏树街的朝阳小卖店。

是谁带进监狱的？

张茅。

接着讲！

那天，张茅是夜班。我去了他那儿，将塑料袋里面装着的两瓶汽水交给了他。于是，张茅将百事可乐汽水瓶装在了裤兜里带进了监狱。

说吧，百事可乐汽水瓶里面的液体是什么颜色？

黑色，对，是黑色。

埃农，你是怎么说服张茅的？

因为他需要钱。他的妻子鄢红需要换肾，急得乱蹦。于是，我就跟他说了，他就同意了。

你给了他多少钱？

30万元。

人民币？

是的，人民币。

支付形式，现金还是存折？

现金。

钱是哪来的？

是吴心正亲手交给我的。

什么时候？在什么地点？

是在谋杀莫迪小姐之前。不，确切地说，是在鄢红换肾的前两个月。在一次歌友会之后，吴心正找到了我，并交给了我一个包包，里面是30万元人民币。这些钱，是雇用张茅的钱，不是给我的。

他交给你钱的时候，还有谁在场？

没有，因为这事不能让其他人知道。吴心正是一个人开车来的，也是一个人开车走的。

当时，吴心正还说了些什么。

没有，他什么都没有说。

那么，你收到钱之后，同张茅怎么谈的？

我和张茅是哥们儿。他对我很信任。在他爱人有病期间，我帮过他不少忙，他也很感激我。于是，我在吴心正同我谈了这件事之后，考虑张茅是合适人选。于是，我就跟他谈了。

那张茅怎么说？

他说，我考虑一下！后来，他同意了。因为他的妻子鄢红急着换肾，也等不得。但条件是在鄢红换肾之后，再谋杀常希令。我表示同意。

那为什么张茅也死了？

是的，他选择了死亡。

为什么？

张茅是聪明人。他知道在监狱发生了毒杀案，公安部门很快就会破案，也会马上找到他。因为他是夜班，杀死常希令他是脱不了关系的。可是，为了鄢红能够换肾，他执意做了，也就喝了含毒的饮料。

这么说，他知道自己会死？

是的，他爱他的妻子。否则，他妻子没有钱换肾，也会死。于是，张茅自己选择了死亡。对此，他让我敬重。有时候我会想，如果我是张茅，为了能够给妻子换肾，也会赴死吗？对这个问题，我想了好长时间，最终没有结论。可张茅真的是一条汉子。

鄢红知道吗？

不，她不知道，张茅也不想让鄢红知道这件事。如果鄢红知道了，那鄢红绝对不会同意。

接着说，说出你具体的谋杀计划？

我初期的计划是先对庄妮下手，再毒杀常希令，吴心正同意了这个方案。

结果呢，你误杀了莫迪小姐？

是的，但不是我的错。因为没有人知道庄妮会在那个夜晚离开721病房。而且，那个夜晚月黑风高，我无法确认庄妮小姐的面容。

第五十一章　但我不知道，吴心正为什么要做掉庄妮小姐

高加乔是“主官儿”，能够决定我的命运。而他妻子因病去世后，也很寂寞，并同庄妮小姐有了那事儿。

接着说，埃农，说出你杀死莫迪小姐的过程?

那天午夜，走廊里亮着灯，但我把灯关掉了。之后，我摸进了721病房。

你是怎么知道721病房的?

我说过了，那天我给住院部打了电话。一个护士告诉我的，庄妮是住721病房。但很不巧，那天晚上，庄妮搬到了别的病房。

接着讲!

我用枕头压住了她的脸，不让她发出声音。同时，我还按住了她的手脚。不过，她很虚弱，没怎么费力就昏过去了。最后，我将她吊在了暖气管子的扣件上，想制造她自杀的假象。可是，拉吊的过程中，我发现完全搞错了。她不是庄妮，吓得我出了一身冷汗。

你是从哪儿搞来的墨绿色尼龙绳?

我父母家就有。

手套呢？

早市上买来的，是在黎明早市！

是什么颜色？

白色的！

是棉线的吗？

对，是棉线的！

你作案后的手套呢，哪儿去了？

我说过了，作案用的旅游鞋和手套，都被我拿到火葬场烧掉了。包括那天我穿的黑色夹克，也烧掉了！

你是怎么上的楼？说，是电梯吗？

不，不是电梯，因为电梯内有闭路监视。我是通过防火通道上到住院部七楼的，那个楼有两个消防通道。

有人发现你吗？

没有！

你是怎么离开的？

原路返回的，是沿着楼梯到了楼下。那天，正好赶上一个病人死去，有十几个家属用平车送尸体到太平间去。于是，我就假装推着尸体随着他们出去了。我还知道，在太平间旁边那儿有个通道，我趁他们忙活的时候，转身就跑掉了。但我没有走马路，而是走的小胡同。

为什么？

为了避开各个路口的监控装置。

埃农，你说，吴心正为什么要你杀死庄妮，还有常希令？

他说，庄妮和常希令知道的东西太多，别的没有对我说什么。

那你为什么这样做？

我需要钱，又想调换个好工作。所以，我就做了。

难道你不考虑后果？

考虑过了。我想，好多年轻人不如我，但他们都比我过得好。他们有好工作，有房，也有车，还有漂亮姑娘跟着他们。而我在大都监狱工作，真是不怎么样。这期间，我看了几个对象，但都拜拜了，没有哪个姑娘愿意跟一个狱医的。其实，我长得不丑，虽然来自农村，家境不好，但我也是不差的。毕业后，因为没有人脉，我只能去大都监狱工作。

还有呢？

我想到大一点儿的医院去工作，整天同犯人打交道真的没有意思。再说了，大都监狱在郊区，交通不方便。另外，这儿学不到什么业务。时间长了，我的医学知识会荒废掉的。我的好多同学，在大学都不如我。但现在，他们混得都比我好。再者，大都监狱这儿根本是挣不到钱的。

于是，你为了赚钱，就做了杀人的事情？

是的。在这之前，我通过歌友会认识了几个朋友，并想通过他们来调动工作。

你找的是谁？是郎先生，还是吴心正？

不，我找的是高加乔，他是歌友会成员之一，但并不常去。他是一位领导干部，而我想借用他的权力来调换工作。而且，他有能力解决我的问题。

为什么？你再说一遍。言宁听到了高加乔的名字后，感到惊诧。她瞧了瞧郝笛声。郝笛声知道，高加乔是言宁的公公，而言宁又刚刚结婚。

是的，我向高加乔提出了请求。因为他是高官，所以就请他帮个忙。

然后呢，高加乔怎么说的？

高加乔只是点点头，并没有说什么。但当时，郎尔格先生就在他的身边，听到了我们之间的谈话。不久，吴心正找到了我。他说，郎先生对我说了，你工作的问题由我来帮你运作。

我说，谢谢！再后来，吴心正问我，能不能帮他办件难缠的事？

我说什么事？

他说，你们大都监狱有个犯人，他叫常希令，知道的东西太多，我想让他闭嘴，你看怎么样？

我说，您什么意思？

做了他！

我说，这恐怕太难了。

他说，那不行就算了，就当没有这回事。说完，他都没有看我一眼就走了。我知道的，调动工作的事儿恐怕是完蛋了，也意味着我这一辈子没什么希望了。

那后来呢？

又过了两天，我经过再三考虑找到了吴心正，表示可以试一试。于是，他告诉我，还有庄妮小姐，也要一块儿做掉。对此，我很是吃惊。但我知道，庄妮和常希令非常好，并且同高加乔、郎尔格先生的关系也不错。但我不知道，吴心正为什么要做掉庄妮小姐。

接着讲！

我等待着机会，并有意识地接触了常希令。从他的嘴里，慢慢地套出了一些话。

是什么？

我听常希令说，高加乔不够意思，他把我扔在监狱里就不管了，他妈的。后来，常希令跟我说，他同庄妮小姐是情人关系。因为渴望在仕途上有所进步，就把庄妮小姐介绍给了高加乔。而高加乔嘛，他是“主官儿”，能够决定我的命运。他妻子因病去世了，也很寂寞。有一天，高加乔听了庄妮演唱的《风含情水含笑》，觉得非常有味，加上她漂亮，他们之间就有了密切的联系。这正是我所希望的，渴望通过高加乔获得提拔的机会。不久，庄妮还真办事，跟“主官儿”说了我的事。不久，我被安排做了市长助理。可是，常希令没有想到的是，因为邹正道的署名举报，他有了牢狱之灾。

这么说，是常希令的问题牵扯到了高加乔？

应该是的，但常希令没有再多说什么，是寄希望高加乔解救他。可是，常希令触犯了法律，谁都没有办法的。但时间长了，常希令就说了一些对高加乔不满的话，什么“不行就抖搂抖搂”的话。“主官儿”可能是知道了他的这些话。

所以，高加乔要求你做了常希令？

不，他没跟我说。

那是谁的意思？

是吴心正找的我。当然，吴心正的幕后是郎尔格。如果高加乔倒掉了，郎尔格集团就会失去政界支持。

于是，郎尔格希望做掉常希令？

不是郎尔格先生亲自跟我说的，是吴心正找的我。条件嘛，他给我一笔钱，再运作一个好工作。

于是，你就做了这一系列的案件。

是的。

还有什么？

还有，因为庄妮是医药代表。网上说，她雇的一个小妞跟了好多男人，其中一些医生感染了人类免疫缺陷性病毒，还牵出了一些“主刀手”。再后来，庄妮小姐的阿大药品公司的公关部被解散了。

接着说！

不过，网上的消息很快就被屏蔽掉了，我将这个消息告诉了郎尔格先生。我知道，庄妮小姐跟郎尔格先生关系不错，还有高加乔也应该知道这件事。

接着讲！

最后，吴心正给我开出了条件，做掉常希令之后，他可以付钱给我，不会少于50万元。如果能够同步处理掉庄妮小姐，还会给更多的钱。

多少？

当时没有说具体数目，但不会比做掉常希令少。因为我知道他们有的是钱。不过，这件事会改变我的命运。另外，我渴望有更多的钱。真的，我不希望在狱医这个岗位上打发掉我的余生。

于是，你买通了张茅！

是的。

埃农，吴心正对你还开出了什么条件？

他说，等事成之后，你就可以到郎尔格先生的公司做事了，如果你愿意的话。

于是，你就同意了！

是的，我不可能不同意！

埃农，以上你说的情况属实吗？

属实，我没有说假话！

审判的时候，你需要出庭作证的。

我知道。

第五十二章　主官儿，有可能是涉嫌了犯罪

头儿，您知道的，如果高加乔裹挟其中，那将会是一个重大新闻，一位“主官儿”涉嫌了一系列的谋杀案。

审问过后，埃农的精神压力是释放掉了，身体也不再那么抖动了。但他知道，已经没有活的希望了。死神就在隔壁等着他，一会儿就会破墙而入。

埃农清楚，警方已经掌握了他的一切罪证，已不是说与不说的问题了。不同于埃农，审问过后的言宁脸颊上流淌着汗水，那眉心处的疤痕也变成了暗红色。这天真是太热了。但她没有办法掀开衣服，擦一擦那前胸和后背上的汗水。

现在，言宁觉得口渴无比，她拿过埃农喝过的矿泉水瓶看了看，而那里面还有一点水，她张开嘴全部喝掉了。此刻，她无比焦虑。

郝笛声为言宁的烦恼有些难过，觉得言宁非常可怜。不过，他能够理解，因为高加乔可能涉嫌犯罪，而高加乔是言宁的公公。至少，在埃农被审问时，埃农是这样交代的。不过，埃农不知道言宁是高加乔的儿媳妇。

一个刚刚结婚的新媳妇，该如何面对自己的公公可能涉嫌犯罪的事实？还有那可能道德失范的丑事呢？难道高加乔真的是罪犯，并参与了一系列的谋杀？还有，他同一个女医药代表搞在了一起，并可能接受了原卫生局长的贿赂？

从审问埃农的情况看，常希令和庄妮小姐的谋杀案是涉及了高加乔。而且，高加乔是一位“主官儿”。那幕后的主使者会是谁呢？是高加乔，还是郎尔格？如果是郎尔格先生做了这一切，高加乔是知道还是不知道？是郎尔格先生同高加乔一道实施了系列的谋杀案吗？或者是高加乔指使郎尔格先生出手，并在月黑风高的时候实施了这一切的罪行？可见，这都是有待搞清楚的秘密。

也不排除，因为高加乔而引发了一系列谋杀案。郎尔格先生可能为了高加乔的名声，还有他的地位，以及可供利用的政治资源，精心炮制了这一系列在阳光下的罪恶。

郝笛声看看言宁，她沉默无语。他觉得自己应该做点什么了。因为搞案子，刚刚结婚的言宁都没有去度蜜月。

有了这样的想法，郝笛声叫来了几名侦查员。说道，你们把埃农这小子带下去吧，他睡得死死的。去，把埃农送到大都第一看守所去。

他们走后，郝笛声开口说话了。头儿，您看这起案子该怎么办？

噢，你说什么？

我是说，这个案子该怎么办？因为现在涉及了您的公公高加乔，他身居要职！

我想，高加乔不会犯下如此低级的错误，也不会参与对庄妮和常希令的谋杀。对此，你会信吗？笛声，高加乔的脑子不会那么简单，但不排除他有些别的什么问题，比如耐不住寂寞了。但他应该不会卷入这一系列的谋杀案。另外，你是知道的，一旦案子被警方盯上，就会有托三托四的人找上门来。但高加乔一直都没有对我施加影响，也没有通过高声树对我说些什么。他知道的，我正在办常希令的毒杀案。反过来，如果高加乔参与了犯罪的话，那他应该不会是这个样子。我想，他会干涉我办案，也会为郎尔格先生说话。即使不找到我，也会找到我们的局长，并对此施加影响。

我希望是这样。希望高加乔没有罪。可是，头儿，您知道的，如果高加乔裹挟其中的话，那将会是一个重大的新闻，一位高官可能涉嫌一系列的谋杀案，还有男女作风的问题，并涉嫌职务受贿。

是的，笛声，我同意你的看法。如果高加乔涉嫌常希令和庄妮小姐的谋杀案，那应该是重大新闻。

还好，埃农没有说您的公公参与了谋杀，也没有说他执意让埃农实施了谋杀。现在看来，高加乔同我们的案件当事人，可能有着某种关系，但愿他没事。

我也是这样想的，希望高加乔真的没事，土地佬他爹没事。但这只是我的希望，可其中的秘密谁又知道呢？

既然这样，那我要不要找个什么办法，为高加乔做点什么，解脱您的焦虑，头儿。

哦，你有什么办法吗？

是这样，我可以把审问埃农的记录重新做一遍。您知道的，我会把它处理好的。

哦，笛声，你什么意思？言宁说后，直愣愣地看着郝笛声，似乎又有些不解。但她知道，郝笛声的意思是为了自己，还有她的土地佬。

我是说，我将埃农的审问记录稍稍改动一下，也包括同步录音影像重新刻录一下，那高加乔的名字就没了。您知道的，我是搞技术的，这对我来说易如反掌。可是，您信得过我吗？

不，笛声，这不可以，你不该有这样的想法。

头儿，这事完全可控，我来做好了。只要您信得过我，就可以了，我保证不会因此而引发次生问题。

是的，我信得过你，但我不能允许你那样做，绝对没有必要。

但我想这样做。埃农讲的情况，涉及您的公公。只要不深入探究的话，那高加乔就没事。

你的意思我明白，是不想让我公公牵涉进去。或者是，你认为高加乔没有事。

是的，我想这么做，也是为了您的丈夫高声树。

不，审问记录不可以改动，同步录音录像资料也不可以重新刻录，这涉及违法问题。

头儿，这件事和您没有关系，我来做就是了。您懂得我的意思，因为您刚刚结婚。我是不想让这件事，打乱了您的幸福生活。

不，笛声，我不能让你这样做。不过，你的想法我明白，都是为了我，是为了我的公公而做。对此，我真诚的谢谢你，但不可以这样做！

不用谢，头儿。您尽管放心，我会做好这一切，也真的同您个人没有关系。换句话说，我愿意这样做，不是因为有什么事情有求于您，或者是有求于高加乔先生。如果您认为我做了这件事，会从中得到什么好处的话，那您就彻底错了，您现在未必就相信我。

笛声，我信得过你，但绝不可以那样做。你是一个侦查员，知道这样做的危害。

是的，我知道。头儿，我真的是不需要什么，不需要高加乔回报我什么。如果有一天，真的东窗事发，那是我的事，同您没有关系，只要您闭嘴不说就可以了。到那时，我会一走了之，去做点别的什么。另外，我在国外有亲属，我可以出国。

这不可能，笛声，因为我已经知道了这一切，也知道高加乔可能裹挟其中了。

是的，但我会销掉您在此案中的影子。比如，我会重新审理埃农的犯罪问题，让他重说一遍，并全部销毁原有的审问记录和录像。

那是违法呀！

不，没有人知道我做这件事，只要您不说就可以了。

可是，天知地知，你知我知，还有良心知道。再说了，我们的社会所追求目标是公平正义，而这个目标任何时候都不能动摇的，也动摇不得。

头儿，这是我的事，同您没有关系，您也完全不必为我担心。我之所以会这样做，是因为您刚刚结婚，案子是涉及您的公公，他可能有犯罪问题，这真让您苦恼。

是的，我的心里很乱，甚至不知所措。偏偏让我遇到了这样的问题，真是令人焦虑。

不过，也没有什么，如果不再深究的话，那高加乔就没什么事了。我愿意为您做这一切。

不，笛声，你不要再说下去了，你和我绝不能做这样的事。好啦，到此为止，我们什么都不要说了。

可是，您是一个刚刚结婚的儿媳妇，要是把公公办进了笆篱子，这无论如何都让人难以承受，包括来自伦理道德的压力。

不，郝笛声，你应该受到批评，任何时候都不要有这样的想法。我知道的，你以前没有做过这样的事，而以后也不能做这样的事，哪怕是为了我。还有，法律面前人人平等。不管是高官，还是百姓，只要涉及违法问题，那就依法处置。说这话的时候，言宁的眼睛里已经变得湿润了。

可是，您作为儿媳妇，案子办到了自己公公的头上，那无论如何都说不出口。我知道的，您有原则性，但您会受到人们的非议。您看，我讲这些，是不是有点道理呢?

是的，是有点道理，但那是伦理的问题，而不符合法律。不，是没有一点道理。笛声，违法的事你我都不能做，就算是你为了我做了违法的事，我也不会同意。

是的，我知道。可是，案子继续办下去，高加乔会怎么想呢?还有，如果高加乔真的涉嫌违法，那么高声树又会怎么想呢？我想，如果我是高声树，不会赞同你办了自己的亲爹。如果你执意办了自己的公公，那土地佬就被迫只有一条路了，他会和你离婚。我想，作为一个男人我会这样做，绝不允许自己的媳妇办了自己的亲爹。

真的吗？会这样吗?

是的，真的，所有的男人都会这样想，也会这样做。

此刻，言宁是泪眼迷茫。她真是太难过了。一心想有所作为的侦查员，怎么也没有想到会在自己办的案子中，竟然涉及公公高加乔。

笛声，那你说说，我该怎么办？

您不要管了，这事我来做好了。

不，笛声，谁都不能那么做。如果我办了自己的公公，那土地佬还爱我的话，就不会和我离婚。

不，他会选择离婚。如果高加乔摊上事儿的话，他肯定会和你离婚。头儿，血浓于水，父子情深！更重要的是，您刚刚结婚。如果您只是订婚，那我都不会想做这样的事。真的，我不会为一个订婚的人做违法的事。可是，您结婚了，如果因为办了案子您又离婚的话，那真让人心酸啊！

是的，这我知道。一个结婚的女人，就不再是一个姑娘了。但是，你不能为我冒险。你现在是一个守法公民，但你改动了审问记录就会涉嫌违法。笛声，你和我都不能违法。记着，有毒的不吃，违法的不做！

头儿，这没有什么，我是一个男人，不能眼看着您遭遇如此大的人生痛苦。我国外有亲属。我可以在办完这件事之后，就光明正大地离开这里。但您不能办了您的公公高加乔，也不能同土地佬离婚。

不，你不要管我了！我再说一遍，法律面前人人平等。我不管他是谁，只要他有罪，那就要依法追究罪责。可是，你说，如果办了高加乔的话，那高声树真的会和我离婚吗？

会的，肯定会的。如果一个男人遇到了媳妇办了自己的老爹，即使有爱，也会选择离婚的，您知道吗？这是血仇。一个男人不为别的，就是为了自己的亲爹，也会选择离婚的。否则的话，作为一个男人，他将如何面对世人。我相信，没有哪个男人不这样做的。如果是我的话，我会选择离婚。请您相信我。如果你是男人，也会这么做。

不，笛声，你不要说下去了。尽管如此，言宁没有采纳他的意见。不过，她的眼睛里已满是柔情，看看郝笛声，又摇了摇头，并没有再说什么。

郝笛声知道其中的利害，也知道言宁的正直，但情与法的煎熬会让她难以忍受。何况，她和高声树是刚刚结婚。此刻，郝笛声愿意为言宁承担一切后果，也是一个男人的正常心理反应，但做下去会涉嫌违法。

头儿，我的意思很明确的，案子是不能再拓展下去了。

在离开审讯室的时候，言宁的脚打了一个磕绊，郝笛声扶住了她。他感受到了，言宁的身体微微颤抖。当然，这不是她精神紧张，而是其内心的焦虑所致。所发生的一切，不是言宁所能想到的。这太突然了，自己的公公可能涉嫌此案。但在这之前，高加乔都没有跟自己说一声。可她希望，高加乔不是幕后主使者，但有待于调查求证。

言宁向王子皇副局长汇报去了。不久，她从市公安局打来了电话。

笛声，你马上带人拘传吴心正！另外，因为高加乔可能有罪，我申请了回避，并得到了组织上的批准。

第五十三章　人字形鞋底，同犯罪现场的鞋印吻合

他怀疑，庄妮小姐那个诺基亚手机号码，可能是专为一个人通话使用的，这个人应该是“主官儿”。

随着调查的深入，侦查员采集到了一些关键的证据。郝笛声带领韦闾，依法搜查了埃农的办公室和他父母的家。

根据埃农的交代，他们在一个装杂品的木制小柜的旁边，找到了那只装有毒鼠强的瓶子，还有一些毒鼠强的液体在里面，但瓶体落满了尘埃。

经过询问，埃农的父亲埃东明说，这瓶毒鼠强是从农贸大集上买来的。

后来，郝笛声和韦闾还找到了那个私下里勾兑毒鼠强的人。他叫傅夏宾，一个大学毕业生。在校期间，他攻读应用化学专业。但毕业后，没有直接就业，而是偷偷勾兑一些农药到市场上去卖，其中包括毒鼠强在内。傅夏宾被依法逮捕。

刑事犯罪鉴定中心给出了检验结果，从埃农父母家搜查到的毒鼠强，同大都监狱毒杀案现场的百事可乐汽水中所残留的毒鼠强的

化学成分一致。

在柏树街朝阳小卖店，那个卖百事可乐汽水的少妇，认出了埃农。是的，这个人在我这买过百事可乐汽水，一共买了两瓶。不过，排查工作还是有疏漏，并没有人找她核实埃农购买过百事可乐汽水的情况。

侦查员韦闫采集了相关的证据，从收费的电脑中调出了销售记录。那是常希令被毒杀的前一天晚上，埃农在这儿拿了两瓶百事可乐汽水，每瓶零售价格 8 块钱。埃农很大方，给了 20 元，没等找零就离开了。

在黎明早市，侦查员边路遥找到了那个卖纺织品的摊主，他是个老头儿。边路遥说，大叔，您认识这个人吗？他将埃农的照片拿给摊主看。

不认识，我没有见过这个人。

您再仔细回忆一下，这个人是说在您这儿买过手套的？说是线手套？知道吗？

噢，不知道，因为买线手套的人多去了。

不，这个人是买了您的手套。大叔，您再仔细看看。这很重要，涉及一起重大刑事案件。

是吗？那我再看看。他瞧了好一会儿，说道，嗯，这人来过这儿，我见过他。哦，那是一天早晨，这人是在我这儿拿过线手套，还不只一双，是两双。我还记得，他还买了两双袜子，是浪莎牌的袜子。

摊主讲的情况，在埃农的家得到了证实。郝笛声和边路遥在这之前，找到了摊主所说的物品。一共是两双浪莎牌袜子，但其中的一双袜子被穿过了。这在后续提审埃农时，得到了确认。埃农在购买白色线手套时，确实购买了两双浪莎牌袜子。

当侦查员边路遥从兜里拿出那双袜子时，那位摊主说，对了，这是我卖给他的袜子，是 10 块钱三双，浪莎牌子。

还有，您的线手套是从哪儿进的货？

温州，棉制品。

都是同一批货吗？

是的，家里面还有一些，因为进货多会便宜。

那好吧，您给我拿两双线手套。经过实验室检验，摊主卖的线手套为纯棉制品，同留在吊死莫迪小姐的墨绿色尼龙绳上的棉絮为同一成分。但埃农作案的线手套，已经被他焚烧掉了。

针对耐克旅游鞋的调查，也有了收获。在新世纪百货商城的耐克鞋专卖店，侦查员谢阶平将埃农在荷塘医院作案时留下的人字形的耐克旅游鞋的鞋印，交给了卖鞋的小姐，并讲明了来意。说这涉及一起案件。

是的，我这儿是卖过这种鞋。不仅有人字形的鞋底，还有不规则菱形鞋底的耐克旅游鞋。

谢阶平将埃农的照片递给她看。小姐，您认识这个人吗？

我想想，好像见过。对，这个人是来过我这儿的，您的意思是不是他购买了耐克旅游鞋。

是的，我是想核实这个情况。

他来过这儿，是买过耐克旅游鞋。我想想，他好像是一次性购买了两双。

您看看，能不能查到鞋的号码？

哦，我这有销售记录。每次卖出的鞋，我都会作记录的。她找出了那个记录簿，那上面是些密密麻麻的字。她找了好一会儿，说，哦，在这儿。您瞧瞧，是两双45码的耐克旅游鞋，一个是菱形鞋底，另一个是人字形鞋底。

侦查员谢阶平索取了书面证明，又到新世纪百货商城的保安处，调阅了当天的录像资料。在拷贝监控资料时，发现了埃农购买耐克旅游鞋时的影像。

之后，谢阶平去了凤凰殡仪馆。那儿有十几个砖砌的焚烧炉，每天人来人往络绎不绝。在焚烧炉的旁边，他有了意想不到的收获。一个十三四岁的小男孩儿，额头上有着黑灰。他看了谢阶平递给他的埃农的照片说道，我见过这个人，他来这儿烧过死人的东西。

为什么？

因为在殡仪馆这儿有好多捡洋落的人，但多是一些老人，还有我这样的小孬子。也有帮着哭的，还吹着喇叭，还有帮焚烧亡者用品的。如果死者的家属给钱少了，那些吹喇叭的家伙，在吹过悲调之后，会突然来个《百鸟朝凤》什么的，让人得罪不起。对此，殡仪馆的管理人员经常进行干预，不允许在这儿捡洋落，我们只能是躲着点。

小朋友，你讲讲那天的情况。

那天，这个人来这儿焚烧东西。有一些衣物什么的，是扔进了炉膛里，我上前帮着烧。当时，他点燃了一捆黄纸，还把一些遗物引燃了。这时，那边有人喊了一声。快，保安来了。结果，那小子立马跑了。于是，我就掏了那个炉膛，找到了一个兜子，里面有一双旅游鞋，仅仅是烧了一点点。

他还焚烧了什么？

有旧夹克，线手套。噢，他不只一次来这儿焚烧东西。还有一次，他来烧东西，我什么都没有得到。

小朋友，你看那夹克和手套都是什么颜色，好好回忆一下？

好像是蓝色夹克，不，我想起来了，是黑色夹克，还有白色手套。另外，还有一些其他乱七八糟的东西。哦，对了，好像是还烧了一部旧的手机。

你都拿到了吗？

没有，都烧废了，手机变成了铁盒子。

那焚烧过的垃圾呢？殡仪馆会怎么处理？

他们有专人清理垃圾，送到填埋场去。

好，知道了。不过，小朋友，你刚才说的那双鞋呢？

在傻大个那儿呢！

谁是傻大个？

是我们屯子的人。那家伙长得老高了，就跟骆驼似的。

你能带我去找他吗，我可以给你钱，好不好？

可是，我还想在这儿掏点东西呢！

不，你陪我去吧，我真的付你钱。

你傻呀，还付我钱！

那没说的，走吧！

谢阶平开车到了庄坪村。这是一个不大的村落。由于地处大都郊区，庄坪村的男人几乎都去大都打工了。但那个傻大个，因为交通事故受伤失去了劳动能力。当谢阶平见到他时，那双旅游鞋就穿在他的脚上。

傻大个，你将鞋脱下来吧，这位警察叔叔要看一看。然后，他对谢阶平说，叔，他叫庄相知，这儿的人都管他叫装象，是鼻子插大葱装象的意思！

有什么事吗？庄相知说。

有的，这位警察叔叔来这儿，是要看看你最近都做了哪些坏事！

我这一瘸一拐的，又能做什么坏事，你竟瞎扯！

谢阶平拿过那双旅游鞋，是耐克，人字形的鞋底，有火燎过的痕迹。您看这样好嘛，庄相知，我把这双鞋买下来，您开个价！

不用了，装象，你就将这双鞋送给警察叔叔好了，又不是花钱买的。哪天，我再给你找一双鞋。

闭嘴，小兔崽子！

给，这是200块钱，您拿着吧，再买一双鞋吧。谢阶平将钱递给了庄相知。

不，不用了。但庄相知边说边伸手把钱接了，并拿出了一张百元的票子递给了庄志小朋友。

事后，谢阶平去了刑事鉴定中心，对那双耐克旅游鞋的鞋印，同荷塘医院721病房犯罪现场的鞋印进行了比对，除了磨损处外，鞋印大小和人字形的鞋底都是吻合的。之后，谢阶平向王子皇副局长作了汇报。

为了找到埃农焚烧的那部手机，王子皇动用了上百人，翻动了上万吨的垃圾。三天后，他们找到了那部手机的壳子，但烤漆被烧掉了，另外内部的零件都熔化了。

经大都金属研究所检验，为诺基亚手机外壳。再经诺基亚手机专卖店的人员确认，是诺基亚 F17 型号手机的外壳，而市场价位在 2700 元左右。

于是，谢阶平又找到了艾子凯。经确认，这部手机同庄妮使用的手机样式一致。艾子凯说，庄妮的手机按键是白色的，但这个是不是白色的我说不清楚。

那么，真的是白色的吗？经同埃农进一步核实，他说，是的，庄妮的那部手机的按键是白色的。我之所以会拿走那部手机，是因为吴心正要求我这样做。吴心正说，你务必拿到那部手机，并保证彻底销毁它。

谢阶平再次找到了诺基亚手机的专卖店，拿着庄妮小姐的照片请她们辨认，一个女孩子认出了庄妮。是的，这个人是去年在我这儿买过诺基亚手机。这不，我这有销售登记，以便事后维护。瞧，这就是庄妮小姐购买的诺基亚手机的登记，F17 型，白色。

遗憾的是，谢阶平虽然找回了庄妮小姐的诺基亚手机，但已经没有了手机卡，已经无法知道手机的主人都同谁通过话。他怀疑，庄妮小姐那个诺基亚手机号码，可能是专为一个人通话使用，而这个人应该就是“主官儿”。

在搞清上述情况之后，谢阶平又补正了一个重要细节。那就是在莫迪小姐被吊死的夜晚，有一个人也死去了，而埃农裹在死者的亲友中间，是从太平间旁边的过道溜走的。事实真的是这样的吗？经过荷塘医院提供的情况，他们找到了那个死者王上北的家属，请他们对埃农的照片进行了辨认。

是的，那天夜晚，王上北死了。这个人跟我们一块儿去了太平间，我还以为他是王上北的朋友呢！

不过，荷塘医院的监控录像不够清晰。无法认出埃农是否裹在了亡者的亲友之中。

第五十四章　在走私物品中，发现了法国产的微型注射器

微型注射器产于法国，同谋杀单善的微型注射器没有什么差异，包括生产日期，以及数字编码，都属同一批次。

在获取埃农谋杀莫迪和庄妮小姐的证据之后，寻找谋杀单善和谋杀庄妮的药物来源，成了案件调查的重点。警方怀疑，肯定是有高人参与了此案？

还有，单善的谋杀案同谋杀庄妮小姐的方法有着惊人的相似性。尽管时间隔了一年，但没法不让人产生某种联想，为什么会同样采取氯化钾实施谋杀呢？吴心正虽然人鬼道，但他绝对不会有那么专业？

还好，埃农对于谋杀庄妮小姐的药物来源，作了详细的交代。埃农说，我是从香椿那儿拿到的胸腺肽，还有两小瓶氯化钾注射液。

您认识香椿？

不，我不认识她。

那她为什么会给你药？

是这样，邹正道教授让我去香椿的药店取药，是氯化钾注射液。

你同邹正道熟悉？

是的。

那么，是谁让你找的邹正道？

是吴心正。

这么说，吴心正是知道你用氯化钾谋杀了庄妮？

是的，他知道。吴心正对我说，尽可能不要使用暴力，可以用氯化钾使其自然死亡。

可是，吴心正不是医生啊？他应该不会知道氯化钾会致人死亡的原理呀！

可他知道。

为什么？

我不知道。

还有，胸腺肽是营养药，它是杀不死庄妮小姐的。

是的，但吴心正说用胸腺肽可以骗过庄妮小姐。显然，这是他的计谋。

那天，你给庄妮打了电话，她是怎么说的？

她说，农弟，我非常疲惫。因为忙活了一些事，今天没怎么休息。不行的话，你明天再来吧！我说，我就在你家的附近，一会儿就到了。另外，我还给你拿了胸腺肽。就这样，我去了庄妮小姐的家，说了一会儿话，并说服她输了胸腺肽。由于她疲惫、发热，我建议她睡一会儿。在她睡着之后，我用一次性注射器，在输液管的药葫芦里加入了氯化钾。

埃农，认识单善吗？

不认识。

一年前，单善死于高血钾症。我是说，也有人给他注射了氯化钾，同谋杀庄妮小姐的方法一致。

可是，我和他没有关系。

那谁和单善有关系？

不知道。

吴心正？

不知道。

邹正道？

不知道。

不，你知道！

我真的不知道。

可是，有人知道。缉私部门在对邹正道教授走私药品调查时，有了重大发现。邹正道只是药品走私中的一个环节，而郎尔格先生才是幕后人。

调查发现，郎尔格先生的走私团队，会将走私药品的船只停留在公海上。然后，用小船或快艇进行分装，再秘密运到一个不为人知的地下仓库。而这个秘密仓库，由香椿指派专人管理，再通过阿大药品公司让走私药品进入流通领域。显然，庄妮小姐是走私药品的最后一道程序，她负责把黑钱洗白。

另外，秘密调查的结果很令人吃惊，香椿参与其间不到四年的时间，就积累了400多万元。其实，郎尔格先生已经是富甲天下的人了，他完全可以不用再干这些非法的勾当。可是，巨额利润的诱惑，还是让他铤而走险。

于是，缉私部门突然搜查了那座秘密仓库，并发现了大量的走私药品，并将情况通报给了言宁。在走私物品的清单中，发现了一些微型注射器。

为此，言宁去了大都微型医疗设备研究所，请周公望博士为微型注射器作出鉴定。周公望博士是微型医疗设备方面的专家，他给出了绝对权威的报告。在香椿仓库中发现的微型注射器产自法国，同虞尔宁谋杀单善时所使用的微型注射器没有差异，包括生产日期，还有生产批号，以及数字编码都属于同一批次。

于是，追踪微型注射器的流向成为核实谋杀单善所使用工具的重点。经过核实，走私的微型注射器一共是300个，但销售了270个。经过追踪，那270个微型注射器销售到了各个医疗研究机构和各大医疗机构。可是，实际库存却少了一个。经对看守人询问，他说有一个微型注射器被香椿拿走了。

那么，香椿拿走微型注射器做了什么？可见，她有重大嫌疑。经过突审，她道出了其中的秘密。那个微型注射器，是我给了邹正道教授。不，是邹正道教授管我要的。

你还给他提供过氯化钾，对吗？

没有，我没有给邹正道教授提供过氯化钾。

那么，邹正道教授拿走微型注射器做了什么？

我不知道，他没跟我说过。

你肯定知道？

不，我真的不知道。显然，邹正道成了问题之谜，他可能是谋杀单善的协同犯。

为了突破邹正道教授的心理防线，郝笛声决定对其进行突审。首先，是让邹正道透过玻璃窗子看到吴心正、虞尔宁、还有香椿被押解和审问的过程，而他又无法听到他们说话的声音。之后，择机审问了邹正道。

郝笛声说，邹正道，您身为教授，又是著名的脑外科医生，为什么要走私药品呢？为此，我们已经逮捕了一些人，还搜查了几个仓库，有一家医药商店是属于您的。现在，您说吧，说出具体情况。

邹正道沉默了好一会儿，说，是为了钱，也是为了女人我才做了走私药品的事。而且，我已经交代过了，一些女人跟着我，而我得给她们买房子，买车子什么的。

是的，这我们知道。可是，您走私药品的上家是谁？您要如实交代问题，这对您本人和我们都有好处。说吧，邹正道教授，如实交代问题。

郎尔格先生。我为他提供服务，包括市场预测，提供药品目录。由于我的职业关系，我知道国内市场药品短缺情况，也知道什么药走得快。

可是，您还做了些别的。您看到了吗？香椿、吴心正，都已经交代了。据我所知，您除了走私药品之外，还有其他问题。

是的，我的错误很多，但主要是男女作风问题。因为见了娇艳欲滴的女人，我就会心跳不已。特别是美女横陈在床上之后，那才是男人应该有的生活。这么说吧，我不能没有女人，也从没有离开过女人。

不，你还有比男女作风更为严重的问题。说吧，坦白从宽，抗拒从严，老实交代问题，是你唯一出路。

我再没有其他问题了。

真的吗？可是，吴心正交代了，香椿也交代了。说吧，你从香椿手里都拿走了什么？又去做了什么？还有，你同吴心正商量过什么事情没有？又都做了些什么？你知道的，单善是死于谋杀，有人在其中扮演了重要角色。

对此，邹正道沉默不语，但双腿抖动不止，额头上升腾着汗水，眼中满是焦虑。郝笛声说，邹正道教授，您好像很热？

不，我不热。

那您为什么会汗流不止呢？

是吗？我不知道。说后，邹正道用手抹了一下额头，并甩掉了手上的汗水。

邹正道教授，我有责任提醒您。您的出路只有一条，就是应该为自己的生命负责。您知道的，人的生命只有一次，死后不能复生。可是，现在没有人为您的生命负责，而他们只知道管自己，并把一些责任推给别人。说吧，说出您心中的秘密会好些，有助于减轻您的精神压力。更重要的是，一些罪恶已经大白于天下，不是说与不说的问题了。

那好，既然他们都交代了，那我愿意说出实情。我的确从香椿的手里拿过微型注射器，并交给了莫迪小姐，但我同单善的谋杀案没有关系。

不，有关系。您说，莫迪小姐拿了微型注射器想做什么？

我不知道。

胡说！

她可能是给单善注射了氯化钾。

为单善注射氯化钾是虞尔宁干的。

虞尔宁？谁是虞尔宁？我不知道她是谁？吴心正从没有跟我说过她是谁。

您说，为什么要用微型注射器？

为了不留下针眼，不想让警方产生怀疑。

说，微型注射器是哪儿来的？

走私来的。

产地？

法国。

但莫迪小姐不懂法文。

是的，是我教会了她。

那么，氯化钾是从哪儿搞来的？

从脑外科的护士手里要的。

那个护士叫什么？

马艳东。

说，吴心正为什么要找你？

因为我是郎尔格先生的保健医生，并同郎尔格先生一起做着生意。他对我很信任。

是什么生意？

从国外采购药品。

不，是走私药品。

对，是走私药品。

吴心正为什么要谋杀单善？

因为单善那小子不买郎尔格先生的账。另外，他们之间有争地的问题，是在CBD核心区。

这么说，谋杀单善是郎尔格先生的主意？

不，吴心正没有跟我说是郎尔格先生的主意，而郎尔格先生也从没有亲口对我说过什么。但吴心正跟我探讨了一些技术性的问题，是怎么让人死掉，又不至于被人怀疑和发现。不过，他没有直接跟我说是做掉单善的事。

那你怎么说？

我说，注射肌肉松弛剂，人死后就跟自然死亡是一样的，还不会有毒素残留。于是，他问我，去哪儿能够搞到肌肉松弛剂？我说，手术室有，但管理严格。后来，他说，你还有什么办法吗？我告诉他，直接推注氯化钾，也可以致人死亡。如果使用微型注射器注射的话，三个小时后连针眼都看不出来。之后，他让我千方百计搞到微型注射器，还有氯化钾，以及高效麻醉剂，等等。

为什么要用高效麻醉剂？

因为给人注射氯化钾，不可能在强制情况下进行。所以，应先对他实施麻醉，然后再注射氯化钾。

现在已经查明，莫迪小姐是趁单善不注意对他实施了麻醉。之后，是虞尔宁用微型注射器为单善推注了氯化钾。也就是说，她们共同完成了对单善的谋杀，而你是她们的帮凶，吴心正是谋杀单善的主谋。

不，我不是帮凶，只是按照吴心正的要求提供了技术性的建议，并为他搞到了氯化钾，还有微型注射器。不过，我并不知道吴心正想干什么。因此，单善的死亡和我没有关系。

你搞到了水溶性高效麻醉剂。

是的。

事后调查，大都医科大学附属医院脑外科马艳东护士提供了证言。我的确是给过邹正道教授两只氯化钾注射液。他说，是有个低血钾病人需要补钾。

再次审问香椿，她说了实情。走私药品中有水溶性高效麻醉剂，这主要用于癌症晚期的病人。我给过邹正道教授一粒高效麻醉剂。

是一盒？

不，他只拿走了一粒。

经过再次审问，邹正道作了交代。那粒高效麻醉剂，连同氯化钾和微型注射器，都交给了莫迪小姐。

在什么地点?

是莫迪小姐来我办公室取走的。

是您教会了她有关怎么使用微型注射器的问题?

嗯,是的。不过,她很笨,并不像走在T型台上那样的光彩夺目。我教了她将近一个小时,莫迪小姐才学会了微型注射器的使用方法。

第五十五章　他咬断了自己的舌头，并吞了下去

吴心正很狡猾，不是一个好对付的人。此外，他跟着郎尔格先生，懂得暗中做事的诡秘，还有着人鬼难分的两面性。

现在，涉嫌谋杀庄妮小姐和谋杀常希令的罪恶，都指向了吴心正，还有他的主子郎尔格先生。而“主官儿”高加乔，也受到了警方的怀疑。

更为重要的是，邹正道和埃农都是精明人。在同吴心正打交道时，也都留了后手。不过，他们吐出心中的秘密，都是在身陷囹圄之后的事了。

邹正道对犯罪过程做了录音。他说，我害怕事情败露又吃官司，也承担不起责任。

而埃农在录音的基础上，还做了备份。那备份的录音，就在他随身携带的准备去澳大利亚使用的笔记本电脑上。埃农说，我是担心做掉庄妮和常希令之后，忧虑吴心正会对我采取措施。

哦，您忧虑什么？

主要是两个方面，一个是怕得不到钱，而另一个是怕自己的生命不保。

为什么？

我想，他们既然敢于谋杀常希令，还有庄妮，那也会杀了我。而且，他们出手绝不会手软。

郝笛声在审问埃农和邹正道教授之后，分别拿到了这些罪证。随即突审了吴心正。

吴心正说，我想，邹正道的那些录音很好解释。不难想象，这是人工合成的玩意。而他这人做了什么坏事，又加害于人，是为了保全他自己。另外，谁都知道的，自己私下里搞的录音不具法律效力。我跟你们说，如果是我设计谋杀了单善，也绝不会同他商量。你们知道，谋杀他人的事，那是最高机密，我怎么会同他人商量呢？您想，我不是那么蠢的人。而他的录音，未免太可笑，也太不可思议了。再者，我是严守社会法律和道德的人，怎么会去干那些杀人越货的事呢！您不知道，我这人生性胆小，连蚂蚁都不敢踩死，怎么会去谋杀他人呢！还有，我心中有佛，是从不杀生的。

郝笛声说，吴心正，我们已经打交道多次了。我了解你，你也了解我们。但我必须提醒你，你不仅设计谋杀了单善，并给出了谋杀单善的方法。此外，还指令埃农谋杀了庄妮小姐，以及常希令。而狱警张茅之死，也是谋杀常希令的副产品。

不，不！您作为办案人员，说话不能口无遮拦。这不符合您作为公职人员的身份。您作为警察，也不该这样胡乱的讲话。我作为一个守法的公民，不会干不负责任的违法的事情。哦，您真令我失望，也失去了我对您执法的公正性的信任！

是的，我知道，我很令你失望。因为你作恶太多，而事情又败露了，落在我们手里。好了，吴心正，你不要狡辩了。我问你，埃农那儿有录音的，你知道吗？

不知道，我不知道。对此，我不得不再次提醒您，我是守法的公民，违法的事从来不做。

吴心正，你指使埃农做掉了庄妮小姐，还谋杀了常希令。你想听听自己的录音吗？之后，郝笛声是将录音机的按键按了下去，你听，这是你说话的声音，也是你犯罪的记录。

播放器里传出了吴心正的声音，常希令知道的东西是太多了，应该做掉他。还有，庄妮小姐也要一块做掉，而她利用公关小姐同医生上床的事，影响太大……”。

郝笛声说，吴心正，您听清楚了吗？你的声音，是多么清晰。可是，你为什么要谋杀常希令，还有庄妮小姐呢？这究竟出于什么样的目的和动机？非要杀他们不可呢？你这样做，是不是有点太残忍了？

不，我没有那样做。

是嘛！不过，我知道，你是将30万元亲手交给埃农的，是一个人开车去的，又一个人开车走的，是在埃农参加歌友会之后，对吗？说，那些钱是哪儿来的？而且还是现金，对不？

吴心正用错愕的眼神直愣愣地看着郝笛声，沉默不语。郝笛声说，说吧，吴心正，是不是郎尔格先生让你这么干的？郎尔格先生这样做其目的是什么？还有，你为什么要给埃农那么多的美金？

吴心正的眼睛游移着，但目光坚定。不过，他双唇紧闭，依旧一声不响。郝笛声猜测，吴心正可能是考虑着对策，也可能是寻求滑过去的途径。郝笛声知道，吴心正这人很狡猾，是郎尔格先生的军师，绝不是一个好对付的对手。此外，吴心正跟着郎尔格先生做事多年，有着暗中做事的诡秘和极为丰富的黑道经验。另外，他还具有人鬼难分的两面性。说吧，吴心正，把你的所作所为统统交代出来，这对你是个解脱。在问过话之后，郝笛声转过身去，吐了一口痰。之后，又拿起水杯喝了一口水。

等他再次注目吴心正的时候，突然觉得有点什么不对劲了。吴心正双唇紧闭，嘴里咀嚼着什么，其眼角处还不由自主地抖动着。难道他有什么不适？哦，他好像很痛苦，是的，他很痛苦，并努力地坚忍着，还是一副怪怪的样子。不一会儿，郝笛声看到了吴心正的嘴角之处，有鲜血流了出来。

啊，怎么回事？吴心正，你的嘴角为什么会有血！

这时，吴心正的下颏又快速地横向交错了几下。然后，他把嘴张开了，并哇的一下吐出了一口鲜血，血水顺着他的下颏滴落到了胸襟上。郝笛声赶紧喊来了侦查员，并撬开了他的嘴吧，发现他的舌头已经被咬断，并吞下了肚子。

郝笛声叫来救护车。在大都医科大学附属医院对吴心正实施了紧急抢救。可是，他拒绝救护。此后，吴心正再没有进食。虽经强制补充生命体液，但每每清醒之后，又会继续自残身体；如果手脚被控制了，就自残那条已经是半截的舌头。而一个月之后，吴心正的心肺功能渐渐地衰竭了。在生命的最后一刻，诡笑着告别了人世。

吴心正为什么要结束自己的生命呢？不久，侦查员似乎找到了答案。在吴心正的办公室，他们发现了一个笔记本，那上面是这样写着："人会死去的，这是自然规律，没有谁能抗拒得了。因而，有关人生的故事，讲出去或不讲出去都不重要，因为有人不懂。许许多多的故事，随着生命的结束带进坟墓是最好的选择。随着生命体的腐烂，永不被他人所知。"

那么，他究竟出于何种原因指令狱医埃农谋杀了庄妮和常希令的呢？侦查员郝笛声，在找到原阿大药品公司的公关部长寒江雪之后，这个谜团似乎破解了。

寒江雪说，因为一起网络事件，阿大药品公司的公关部被解散了，我离开了公司。我之所以做了阿大药品公司的公关部部长，是因为不想吃苦，又有赚大钱的机会。在大学毕业之后，我按照庄妮小姐的指令，谋求各大医院20%的药品自购权，并拿下与之相关的医药市场份额。因此，对那些负责进货的科主任、医生，加大了公关的力度。其间，少不了陪吃、陪喝、陪唱什么的。

说吧，您拿多少钱？郝笛声问。

不多，除了基本工资外，会有高档时装，也有高档化妆品，以及必要的生活费用。

还有哪些？

推销药品的提成费用。

比例是多少？

一般在3%到5%，最高会有10%的比例分成。因此，我的人会不择手段，也甘愿舍身求钱。当然，这都是不能公开的秘密。

您指医药推销中的黑幕？

嗯，是的。但我没有想到，事情会败露。因为一起网络事件，庄妮小姐果断地解散了公关部。

您说细节？

一天早上，庄妮一脸严肃地跟我说。江雪，你是怎么搞的？网上说，一名医生婚前体检时，查出了人类免疫缺陷性病毒，并牵出了你的一些人，还有照片。我已经看过了。另外她还说，通过女医药代表牵出了一些医生，并毁掉了四个“主刀手”。

哦，是嘛！

网上评论说，女医药代表和医生之间的关系不清不白，乱七八糟。这名女医药代表，早就知道自己感染了人类免疫缺陷性病毒，并故意传染给他人。你瞧瞧，怎么会出这档子事？真是的。不过，我已经采取了措施，将其屏蔽掉了。现在，你们公关部立即解散，让那些丫头片子马上走人，但别忘了给那些妹子钱。

给钱了吗？

给了。之后，我让这些人统统的离开了阿大药品公司，并各自谋求生路去了。

第五十六章　我没那么时髦

绿竹掩映下，一位靓丽的姑娘玉指轻拨，古筝发出了舒缓而悠扬的曲调，让人心醉神迷。

庄妮的父母拒绝谈论女儿的事情。他们想不明白的是，自己年轻漂亮的的女儿，怎么会嫁给一个离了两次婚的老男人，并甘愿为吴子明做小。

庄妮的父亲说，她不再是我的女儿。有关她的事，你们愿意找谁就找谁吧！

随后，侦查员谢阶平被撵了出来。还好，公安部门又联系到了庄妮的姐姐。庄贞特意从澳大利亚赶回了大都。在谈到庄妮的事情时，庄贞满含泪水地对侦查员谢阶平说，庄妮是不该嫁给吴子明的，也不该为了几个钱，做常希令的情人。可是，我必须强调，这不都是庄妮的错。

谢阶平说，您知道的，庄妮和常希令都被谋杀了。请详细介绍一下他们的情况，以便案件最终真相大白。

庄贞说，那是五年前的事了。我从澳大利亚回来，庄妮要安排我吃饭。不巧的是，常希令局长给庄妮打来电话。说相约见面。当时，我听到庄妮说，哦，不好意思，常局长，我姐刚从澳大利亚回来。常希令说，那好啊，一块儿吃嘛！她说，什么呀，领导，你蠢嘛！常希令说，那有什么呀！庄妮说，那不行的，有些事还不能让我姐知道！说这话时，庄妮就在我的身边。但常希令说，那怕什么呀，不就你姐嘛，我来安排好了。再说，我今年也要去澳大利亚，正好见见你姐。当晚，常希令是在万豪大酒店请的客。

庄贞说，那天晚上吃饭时，我趁常希令去厕所时，悄悄地问了庄妮。小妹，他是你的铁子（情人）？庄妮说，算是吧。并在我的腰上掐了一把。我说，他对你可好？她说，好，老好了。现在，他给我买了一处100平方米的大房子，并过到了我的名下。

还有呢？

后来，我问她了，常希令为什么要那么做？她说，这不算什么呀，一些女孩子都是这样的，只要开心就好！我说，你很时髦。她说，我没那么时髦，只是相互玩玩而已。再后来，庄妮跟我说了，同常希令是在歌友会相识的。在樵夫餐厅，有一个月见草的小单间，他请我吃的饭。那儿，装修极其奢华。灯光可调可控，可明可暗，凳子可高可低。还有一幅精致的照片，是一只月蛾在吸食月见草的花粉的照片。后来，我知道了，樵夫餐厅是情人经常光顾的地方，都是些白领人士，或者说是有钱人才去得起的地方。庄妮说，那天，常希令为我点了一只龙虾，一盘三文鱼生吃，还要了一盘北极磷虾，一盘清炒蕨菜，要了一瓶法国产的拿破仑葡萄酒。那个晚上，我们吃得悠闲，一直到23点多，才意犹未尽地离开了樵夫餐厅。

常希令说，夜深了，我送你回家吧！我说，好啊，要不我会走丢，也会很孤独的。之后，在那个月色迷离的夜晚，常希令去了我的住处，并有了那事儿。庄贞说，我知道的，小妹的人生坎坷，渴望爱，也渴望被爱。但她恨爱，也恨男人，但又没有勇气离开男人。

您知道嘛，常希令在澳大利亚给庄妮小姐买了房子？

是的，这我知道。常希令带团到了悉尼，是我为他们请了一个导游。在大堡礁，他们进行了海底潜水，而常希令还与灰鼻子鲨鱼